동아시아 문예공론장의 형성과

동아시아 문예공론장의 형성과

진재교 · 한기형 외 지음

성균관대학교
출판부

최근 수년 동안 '동아시아'는 학계의 화두가 되고 있다. 일각에서는 '동아시아'를 방법론으로 삼아 분과 학문의 틀을 넘는 '동아시아학'의 적극적인 정립을 위해 학술적 모색을 시도하고 있으나, 구체적인 성과를 기대하기란 이른 감이 없지 않다. 그러나 '동아시아학'은 현재 그 내연과 외포의 층위와 지향점이 명확하지 않음에도 불구하고, 점차 학술 담론으로 학적인 '시민권'을 획득함은 물론, 제도적 '합법성'도 획득해 가고 있다.

해방 이후 오랜 기간 동안 한국 학계는 서구 학문의 발 빠른 수입과 소개로 손쉽게 학적 권위를 보장받는 것에 익숙하였다. 이러한 관행은 한국 학계의 주류가 되었고, 서구 종속적 학문풍토를 더욱 심화시킨 바 있다. 이 점에서 '동아시아'가 학적 담론으로, 또한 제도권의 학문 단위로 들어 온 것은 이례적이거니와, 한국 학계의 창신(創新)을 위해서는 대단히 고무적이다. 이럴 때일수록 '동아시아'를 대상으로 학적 성과를 거두기 위해 분명한 자기인식과 목표를 설정하여 '학(學)'으로 나아가야만 한다. '동아시아' 연구를 통해 학적 유용성을 담보해나가지 못한다면 동아시아 담론은 한때의 유행으로 치부되어 이내 그 수명을 다할 것이다.

그러나 새로운 통합 학문 영역으로 주목받기 시작한 동아시아학이 대학 제도에까지 틈입하여 학문체계로 기틀을 잡아 나가는 최근의 동향이 고무적이기는 하지만, 여전히 불안의 요소들로부터 자유로운 것은 아니다. 학적 성취에 비해 제도화가 앞설 경우, 연구자들의 학적 탐구와 성취는 제도에 이끌려 분과 학문의 변형으로 전락할 위험성도 없지 않기 때문이다. 이제 학문적 엄밀성과 유용성의 차원에서 더 신중할 필요가 있으며, 동시에 학문의 경계 및 국가의 경계를 넘나들어야 한다는 의미에서 더욱 더 과감한 시각과 학적 자세를 견지해야 할 필요가 있다. 이런 의미에서 '동아시아학'은 발아 단계에 있다고 해도 과언이 아니다.

『문예공론장의 형성과 동아시아』은 '동아시아'를 하나의 비교와 대조의 틀로 바라보고, 한·중·일의 근대문학을 보다 거시적인 시각에서 상호 교차시켜 되짚어보려는 학문적 실천의 소산이다. 근대 국민국가의 단위가 한·중·일 근대 문학사의 내적 근거이자 외적 경계선을 형성해온 것은 공통된 현상이다. 그러나 각국의 근대 문학사가 언어, 국적, 영토와 같은 근대 국민국가의 외연적 경계를 확증하는 표지에 강하게 긴박되어 있는 조건 때문에, 그것을 넘어서 한·중·일 상호 간의 동일성과 차이를 진지하게 비교 검토할 기회는 극히 적었던 것 또한 사실이다.

19세기 말에서 20세기 초, 신문과 잡지와 서적이 상업적으로 유통되면서 사회적 소통의 핵심적 수단이자 막강한 정치적 영향력을 행사한 바 있다. 그러나 20세기의 정보 기술의 발전 속에서 문학이라는 활자 매체의 특정 형식이 누려온 권위는 사회정치체제의 다양한 변화양상과 더불어 영화, 방송, 인터넷 등과 같은 복합 미디어에 의해 점차로 입지를 잃어가고 있다. 이와 같은 변화 속에서 최근 10여 년간 근대 서구의 문학적 경험을 농축하여 범주화한 '근대문학(modern literature)'이라는 개념도 반성적 재검토가 이루어지고 있다. 하지만 각종의 '포스트' 이론으로부터가 아니라, 동아시아 근대문학의 역사적 전개 과정 그 자체에서 실마리를 찾으려는 노력이 필요하다. 이것이야말로 학문적 주체성의 정당한 표현임은 새삼 강조할 필요도 없을 터이다. 이러한 반성의 실마리를 찾는 탐색 속에서 '동아시아'는 일견 '시좌(視座)'이자 '방법'으로, 또한 새로운 개념 혹은 이론으로 나아가는 유용한 길잡이가 될 수도 있다.

이를테면 기왕에 자명한 것으로 여겨져 왔던 근대문학의 범주와 여러 가지 속성을 동아시아 문학사의 전개과정과 결부시켜 이해해 보면 어떨

까? 어떤 개념(근대문학)을 전제로 삼아 그에 속하는 것과 그 바깥에 놓인 것, 가치 있는 것과 그렇지 못한 것을 구분·위계화하고, 이를 다시 시(時) 계열의 영향관계 속에서 체계화한 과거의 문학사 서술은 그 자체로 내재적 완결성을 갖추고 있었다. 하지만 21세기에 이른 지금, 문학의 역사를 통해 당대 사회·역사의 전체상을 조망하고 통찰할 수 있도록 해주어야 한다는 방법론이 여전히 강한 설득력을 가지고 있는지 여부는 자못 의심스럽다. '근대문학'이 지니는 자기 완결적 범주에 지나치게 얽매인 채로 '문학'을 바라볼 때, 문학의 생성과 존립을 가능하게 해주는 층위의 다양성과 사회와의 관계망은 후경화(後景化) 될 우려가 크다.

　문학이 사회적 소통의 핵심적 수단이자 지적·예술적 규범으로 인정받아온 권위는 이제는 옛날이야기가 되어가고 있다. 이제 문학은, 문학 그 자체를 비추었던 스포트라이트의 영광을 다시 반추하기 위해서가 아니라, 모름지기 그 스포트라이트에 의해 음영의 영역으로 남아 있었던 더 넓은 '배경'의 영역을 아울러 조명하기 위해, 하나의 매개로서 검토되고 활용되어야 할 필요가 있다. 문학을 그 스스로가 관계 맺고 있는 더 넓은 사회적 '장(場)'과의 관련 속에서 살펴보려는 최근의 관심은 바로 이러한 반성적 인식의 소산이다.

　프랑스 사회학자 부르디외의 '문학장' 이론은, 복잡한 사회적 네트워크 속에서 상호 제약하는 동시에 일정한 효력을 발휘하는 범위를 갖는 하나의 복합적 사회현상으로서의 문학을 이해하는 이론적 계기를 제공해 주었다. 이는 근대문학이라는 개념을 공리적 전제로 놓고 서술한 20세기적 문학사의 유효성을 근본적 차원에서 회의하는 것을 의미한다. 즉 일종의 '패러다임 쉬프트(paradigm shift)' 효과의 발생을 의미하는 것이다. 우리가 문학을 하나의 '장'으로서 이해할 때, 이전에 문학 바깥의 요소들로 치부했던 많은 요소들은 불가피하게 장의 내부로 이동하게 된다. 문학장은 그와 병렬적으로 존재할 수 있는 무수한 다른 '장'들과 동등한 자격으로 서로 얽히거나 겹치는 어떤 것이 된다. 또한 문학장이 하나의 범주로서 성립 가능하다면, '정치장', '도덕장', '소통(미디어)장' 등의 술어 또한 동등한 자격으로 존재할 수 있다. 그렇다면 '문학장'을 포함하는 '예술장' 혹은 '문예장' 같은 더 포괄적인 '장'의 존재양식을 상정하는 것도 가능하지 않겠는가.

이러한 시도는 문학을 둘러싼 다양한 복합 경험들을 표현해낼 계기를 제공한다는 점에서 유용성을 가진다. 여기서 우리는 '문학사'를 '문학장'에 대한 연구로 확대시킬 수 있을 뿐만 아니라, 나아가 '문예장'에 대한 연구로까지 확장시킬 수 있는 논거를 확인해낼 수 있다. 이는 기존의 문학사 서술이 주목하지 않았던 것이거니와, 문자-텍스트의 경계를 넘어서는 다양한 표현수단, 예컨대 사진이나 영화, 음악 등의 장르가 문학 혹은 다양한 문자-텍스트들과 어우러져 발생시키는 예술적 복합성과 정치적 효과들을 포괄적으로 담아냄으로써, 당대 사회의 전체상에 대한 더 깊은 이해에 다가갈 수 있을 것이다.

21세기의 시점에서 과거 동아시아 문학의 역사를 다시금 되짚어 검토하는 일은 어떤 생산성을 담보할 수 있을까. 우선 국민국가 단위로 전개되어 온 한·중·일 삼국의 근대문학 형성 및 전개 과정을 서로 병치·대조하거나 착종·충돌시켜 봄으로써 고정된 문학사적 문맥으로부터 벗어나 새로운 시각과 해석을 이끌어낼 수 있다. 기존의 문학사 서술과 달리, 문학사로는 수렴해내지 못했던 '주변적' 사실로부터 문학적 현상의 새로운 의미망을 끄집어낼 수 있을 뿐만 아니라, 경계를 가로지르는 종(縱)적 공통성도 발견해낼 수도 있다. 또한 삼국을 한 단위로 하는 단순 비교와 대조를 넘어서 종횡의 착종과 충돌을 통해 기왕에 국가로 경계 지워진 문학 및 문학사의 관념을 뒤흔들고, 이를 다시 사유하는 데에도 적지 않게 기여할 터이다. 하지만 이 책은 '문학장'이나 '공론장' 같은 새로운 이론적 틀을 전제로 집필된 것은 아니다. 단지 기왕의 개별적 연구를 통해 도출된 유사한 결론들을 몇 개의 축으로 삼아 재구성한 것이다. 19세기 말 20세기 초 동아시아에서의 문학적 실천에 내재한 또 다른 독해의 가능성과 그 윤곽을 묘사해 보려는 시도에 가깝다.

몇 편의 글은 문학사에서의 낡은 것과 새로운 것이 상호 길항하고 균열하면서도 접점 속에서 이어지는 양상을 탐구하고 있다(진재교, 홍준형). 이는 동아시아 전통 문학 양식의 근대적 전환 양상을 주목하고 그 결절점을 확인한 것이기도 하다. 어떤 경우는 근대문학이라는 새로운 관념과 제도가 그 자신이 미처 의식하지 못한 가운데 정치, 제도, 미디어의 또 다른 근대적 관념 및 제도들과 복잡한 방식으로 얽히는 국면을 발견함으로써, 기존의 문학사 설명의 패러다임이 가진 과도한 단순화의 위험성을 경고하기도 한다(한기형, 차태근). 또한 더러 문학사 서술에서 빼놓을 수 없는 특정 시대의 문학적 논쟁이 기실 지식사회학이나 정치학의 틀로 분석할 때, 훨씬 명료하게 파악될 수 있는 예를 보여주고 있다(김미정, 이정훈, 이희경). 여기서 우리는 특정 시대의 문학 현상을 '문학장'의 복잡한 사회적 자장 속에서 파악할 때, 그것이 변형된 형태의 공론장의 존재 혹은 부재, 더러는 왜곡을 대속(代贖)하는 어떤 공간으로 기능하고 있음을 확인할 수 있다.

그런가하면 어떤 글은 전쟁이라는 극단적 정치상황 속에서 문학 텍스트가 사진이라는 이미지와 결합하여 '화보 잡지'의 형태로 '선전'이라는 정치적 임무를 수행하는 양상을 보여주기도 한다(김영숙). 노래 운동이라는 형태 속에서 노랫말(시)이 음악과 결합하여 강력한 대중적 전파력을 형성할 뿐만 아니라, 하나의 운동 – 정치를 이루어 국제적 연대의 정치적 계기를 보여준 점을 밝히기도 한다(임경화). 여기서 우리가 텍스트 중심주의에 빠질 때 흔히 간과하기 쉬운 트랜스 – 미디어의 역동성도 함께 확인할 수 있다.

『문예공론장의 형성과 동아시아』는 느슨하게 연결된 몇 개의 접점 속에서 새로운 이론화의 가능성을 모색하는 것에 그치고 말았다. 그 구체적인 방향성과 실질을 찾아내는 부담은 결국 '동아시아론'의 이론적 가능성을 높이 사는 눈 밝은 독자와 함께 짊어질 수밖에 없다. 그럼에도 불구하고 행여 눈 밝은 독자가 우리의 개별적 시도에서 다수가 공감할 만한 새로운 해석 틀의 형싱으로 수렴될 가능성을 보았다면, 후속작업은 보다 높은 수준의 이론적 상호공감대 속에서 동아시아 문학사의 몇 가지 핵심적 국면을 체계화하는 구체적 연구로 드러날 수도 있을 것이다.

진재교 · 이정훈 함께 씀

2008년 1월

| 차례 |

제 1 부

동아시아의 근대와
문예공론장의 역사적 성립

한문 서사양식의 근대적 모색

– 한문의 서사 전통과 근대계몽기 신문의 서사 –

진 재 교

1. 머리말

20세기 초 한문학은 역사 속으로 퇴장할 운명에 직면한다. 한문 서사 역시 같은 처지에 놓였다. 한문의 서사는[1] 근대계몽기에 매체를 통해 새로운 모습으로 전변한 바 있다. 모든 문화 현상이 그렇듯, 한문학의 서사 역시 판 쓸이하듯이 한꺼번에 사라진 것은 아니다. 기왕의 한문학 전통도 새로운 양식의 자양분으로 기여하거나, 스스로 다른 모습으로 변모하듯이 한문학의 서사도 같은 길을 걸었다. 그런 점에서 한문 서사의 계기적 관계를 주목할 필요가 있다. 여기서 한문 서사의 계승론적 면모를 파악하고자 한다. 예컨대 근대계몽기의 신문매체에 보이는 다양한 서사적

---

1 여기서 말하는 '서사'는 양식적 혹은 장르적 개념이 아니라, 일정한 사건이 있
  는 모든 이야기를 의미한다. 즉 장르나 양식을 의미하는 고유명사가 아닌, 허
  구적 이야기를 포함하여 史實과 實事에 근거한 사건을 아우르는 글쓰기 자체를
  의미한다. 본고에서의 이러한 의미로 서사를 사용하고자 한다. 중국의 서사개
  념에 대해서는 홍상훈, 『전통시기 중국의 서사론』(소명출판, 2004) 제2장 참조.

글쓰기와 한문 서사와의 관련양상과 그 의미를 따져보고자 하는 것이
구체적 작업의 하나일 터이다. 이를 위해, "전통적 '문(文)'에 대한 인식
과 신문기사의 글쓰기는 어떠한 관련성을 지니는가? 전통 한문 서사의
글쓰기가 신문의 틀과 신문기사와의 연속성과 비연속성은 무엇인가? 근
대계몽기 서사의 다양한 실험을 어떻게 바라 볼 것인가?"라는 문제제기
를 한 다음, 여기에 답해보고자 한다.

하지만 여기서 나는 참신한 발상과 새로운 이론을 마련하여 문제 제
기에 답하고자 하는 것은 아니다. 자료를 새롭게 발굴하여 정치하게 분
석하기보다, 기존의 논의에 약간의 의견을 덧붙이는데 그칠 것이다. 한
문 서사의 창조와 부정의 계기적 관계를 통해 근대계몽기 신문과 한문
서사와의 내적 계기를 구체적으로 파악하여 한문의 서사 전통이 근대로
이월된 자취를 추적해보고자 하는 것이 본 논제의 핵심이다.

2. 조선조(朝鮮朝) 문(文) 관념과 서사(敍事)

근대계몽기 계몽지식인들의 뇌리에는 여전히 전통적인 문·사·철
의 통합적 사유가 자리 잡고 있는 경우가 많았다. 문학에 대한 인식 역시
전통적인 '문(文)'내지 '문장(文章)'을 염두에 두고 모색하였다. 당연한
말이지만 이 시기 계몽지식인들은 '소설'이니 '서사'니 하는 양식을 따로
떼어서 거론한 경우는 드물었다. 그들은 과거의 모든 서사양식이 현재의
'소설'이나 현재의 문학을 위한 '과도기'의 부산물쯤으로 취급하지도 않
았다. 하지만 있는 현실의 문제를 글쓰기를 통해 '계몽'하겠다는 자체가
사실 경세적(經世的)이며 사회적 공용성이 짙다. 그런 점에서 신문의 글
쓰기는 기본적으로 경세적 면모와 사회적 공용성을 내장하고 있는 바,[2]

---

2 신문의 기사 내용이나 신문에 보이는 서사 전체가 그렇다는 것은 아니다. 근

이는 전통적 문장 관념과 견주어 보더라도 크게 다르지 않다. 한 대목을 보자.

> 일월·성신은 하늘의 문이고 산천·초목은 땅의 문이며, 시서·예악은 사람의 문이다. 그러나 하늘의 문은 氣로써 되고 땅의 문은 形으로써 되지만 사람의 문은 도로써 이루어진다. 그러므로 문이란 '도를 싣는 그릇이다[載道之器]'이다. 인문에 대해 말해보자면, 그 도를 얻게 되면 시서예악의 가르침이 천하에 밝아서 일·월·성의 삼광의 운행이 순조롭게 되고, 만물이 골고루 다스려지게 된다. 문의 거룩함이 이에 이르면 지극하게 될 것이다.[3]

정도전이 파악한 '문'관념이다. 여기서 문이란 사람과 천지를 아우르는 광대한 개념이다. 일단 천문과 지문의 개념은 논외로 하더라도 정도전은 인문(人文)을 '도(道)'에 결부시키고 있다. 정도전이 파악한 문은 단순한 문장을 넘어서 제도와 문명내지 문화를 아우르는 개념이다. 위에서의 '재도지기'나 '관도지기'와 같은 개념은 '문'을 하기 위한 전제조건이다. 문에 담는 '도'가 어떠한 것인가 하는 구체적인 내용은 시대마다 그함의가 각기 다를 수 있다. 인문의 경우, 도를 매개한 만물이 다스려지는 경지를 강조한다는 점에서 경세적 면모와 사회적 공용성을 지향한다. 그런데 여기서 '문'이란 '시서예악(詩書禮樂)'을 두루 포괄하는 의미다. 이입장에 서면 어떠한 글쓰기든 '도'를 드러내는 것이 중요하며, 그것을 표

대계몽기의 신문이 다 그런 것은 아닐 터, 당시 제도로서의 신문의 기능과 신문을 창간한 의도와 신문의 효용성이 현실을 향해 말하고자 하는 의도가 있을 것이며, 그 파급효과도 전에 없이 광범하였다는 점에서 그렇게 말할 수 있다.

3 『三峰集』권3,「陶隱文集序」, "日月星辰, 天之文也. 山川草木, 地之文也. 詩書禮樂\, 人之文也. 然天以氣, 地以形, 而人則以道, 故曰文者, 載道之器. 言人文也得其道, 詩書禮樂之敎, 明於天下. 順三光之行, 理萬物之宜, 文之盛至此極矣."

현하는 문의 양식은 그리 문제가 되지 않는다.

이러한 문의 관념은 심지어 상상력에 바탕을 둔 서사적 글쓰기에 영향을 주기도 한다. 하여 서사 행위를 하는 서사 주체도 자발적인 '경세적 관념'와 사회적 '공용성'을 의식하는 경우가 적지 않았다. 조선조 문인들의 대부부의 글은 이 범주에서 크게 벗어나지 않는다. 조선조 후기 한문서사의 주체들 역시 이러한 문 관념을 통해 그 저작의 정당성을 부여받으려 하였다. 김려(金鑢)의 경우가 그러하다.

그는 『한고관외사(寒皐觀外史)』와 『창가루외사(倉可樓外史)』와 같은 야담을 편저하고, 야사(野史) 속에서 흥미로운 인물을 찾아내어 다양한 인물의 '전(傳)'을 남긴 인물이다. 김려는 일기(日記)·필기(筆記)·만록(漫錄)에 이르기까지 '신사(信史)'의 특성을 지닌 것들을 '외사(外史)'로 범주화하고 과안(過眼)의 저작물들에 대하여 제후(題後)를 남긴바 있다.[4] 여기서 김려가 끌어 들인 논리가 정사(正史)를 보완할 만한 서사를 중시한다는 것인 바, 이는 사회적 효용성을 내장한 언급이다. 특히 김려는 '신사'의 논리를 강조하고 있는데, 이때 '신사'의 함의는 있는 사실을 그대로 기록한다는 전통적 역사 서술의 관념인 '실록정신'과 맥락이 닿아 있다. 김려가 '신사'로 제시한 한문학의 서사는 '외사'의 범주를 넘어, 비지(碑誌)·행장류(行狀類)·전·기사(記事)·야담(野談)·필기는 말할 것도 없고 잡기류(雜記類) 등에서도 확인 할 수 있다.

노명흠의 『동패낙송』에 발문을 쓴 홍직영(洪稷榮, 1782~1842) 역시 사회적 공용성을 고려하여, 상상과 허구가 가미된 야담집에 '실록(實錄)'을 슬며시 끌어들인 바 있다.

---

4 金鑢, 『藫庭遺藁』 所收 「寒皐觀外史題後」 및 「倉可樓外史題後」. 여기에 대해서는 심경호, 「한문산문의 기록성과 국문산문과의 관련성」, 『한국한문학연구』 제22집, 1998년, 80~84면 참조.

이제 이 책(『동패낙송』: 필자 주)에 실린 것은 남녀의 정욕, 선석(仙
釋)의 기이함, 기예의 묘함, 귀신의 변화로 놀랄 만하고 즐거워할 만하고,
사랑할 만하고, 미워할 만하여, 말하면 마음을 놀라게 하고 들으면, 배를 움
켜쥐게 하니, 어려서 들은 것이 열에 일곱 여덟이나 되었지만 비리한 것은
신기로 바뀌고 허무(虛無)는 전실(典實)로 바뀌어 대부분 아무 때 아무개
의 일이라고 분명히 지적하며, 아무 곳 아무 땅에서의 일이라고 증험할 만
하였다. 저절로 믿을 만하고 속임이 없으니, 야사의 빠뜨린 곳을 채집하고
가승에서 빠진 것을 수습해 놓았다.[5]

노명흠의 『동패낙송』은 18세기의 전형적인 야담집(野談集)으로, 신
이(神異)한 내용이 거의 3분의 1을 담고 있다. 여기서의 신이란 바로 인
간의 삶에서 합리적으로 설명하기 힘든 존재나 그 작용을 이른다. 이를
의식이나 한 듯, 홍직영은 '비리가 신기로, 허무가 전실로 바뀌어 고증
(考證)할만 하며, 야사와 가승의 보탬이 되는 기록'이라는 것으로 그 효
용가치를 부여하고 나선다. 사실 신이하고 상상이 가미된 작품에 '실록'
의 태도를 끌어들이는 자체가 아이러니다. 이는 『동패낙송』을 옹호하기
위한 수사적 발언이지만, 내적으로는 전통적인 '문' 관념을 강하게 의식
한 결과이기도 하다. 요컨대 조선조 후기에 이르러서도 서사를 창작한
주체들은 야담조차 역사기록의 범주로 전환시켜 "믿을 만하고[徵信], 사
실에 가까워[典實], 삶의 이치를 그려내는 기능을 가진 것으로 치환하
여, 마치 사실과 같은 세계를 그린 정전적(正典的) 독서물로 편입시켜
놓았다. 한문 서사에 '전', '록', '기', '지(志)', '기사(記事)', '편(篇)', '만록',
'야담' 등을 내세워 그 내용에 관계없이 '거사직필(據事直筆)'의 정신을
강조하면서 허구를 사실로 꾸민 것은 이를 말한다. 이런 현상은 전통적

---

5 『小洲集』卷49,「東稗洛誦跋」, "今此編中所載, 男女之慾, 仙釋之奇, 技藝之妙,
鬼物之變, 可驚可喜, 可愛可惡, 言之駴心, 聽之折腰, 兒時所聞者, 幾居什之七
八, 而鄙俚化爲新奇, 虛無變以典實, 類是某時某人, 明示持的, 某處某地, 可驗
考證, 自有徵信而不誣者存, 探野史之闕略, 拾家乘之遺漏."

인 '문'의 권위와 외피를 통해 자신들의 저술을 합리화시키려는 의도로 볼 수 있다.

그런데 앞서 언급한 이러한 '문'의 관념은 19세기까지도 그 영향력을 잃지 않는 것으로 보인다. 반면에 근대계몽기 지식인들 중에는 전통적 '문'관념을 아예 의식하지 않거나, 이 문제를 발본적으로 재인식한 경우도 없지 않았다. 하지만 대개의 경우, 서사주체들은 문 관념을 의식하였는가의 여부에 상관없이, 그 범주 안에서 글쓰기를 시도한 바 있다. 근대계몽기 지식인들이 신문에서 보여준 글쓰기는 당시 '문'에 대한 인식을 새롭게 하고 기왕과 다른 다양한 시각을 보여줌에도 불구하고[6], 전통적인 문 관념과 완전히 결별하지는 못하였다. 예컨대 '경국지대업(經國之大業)'이나 '불후지성사(不朽之盛事)'를 완전히 탈각하거나, 분화 된 다른 분야와의 관계를 인식하고 전문화 된 시대의 전문 분야의 글쓰기를 방식으로 전환한 것은 아니었던 것이다.[7] 물론 당시 전통적인 '문'관념의 광범위한 외연과 내포로부터 벗어나 새로운 문학 관념을 지향한 논의도 적지 않게 있었으나, 대개 전통적인 '문'관념을 의식하고 나온 발언이 많았다.[8]

---

6 권보드래,『한국 근대소설의 기원』(소명, 2000) 제2장 및 류준필, 「'문명'·'문화' 관념의 형성과 '국문학'의 발생」,『민족문학사학회』제18호, 2001 참조.

7 근대계몽기에 이미 "디금 세상은 專業時代"(崔生, 「지리학 잡기」,『대한유학생 학보』2호 1907.4, 45면)와 같은 인식이나, "萬有 과학 즉 온곳 학문을 統히 修習 연구 ᄒᆞᄂᆞᆫ 것이 아니라 문학은 문학가, 理學은 理學家ᄒᆞ야 각각 전문가가 有"(抱字生, 「스스로 교육할지어다」,『태극학보』23호, 1908.7 22면) 하다는 전문화의 구도로 학문과 같은 활동을 재배치해야 한다는 선명한 주장이 있었다. 하지만, 신문의 글쓰기는 근대계몽기에 이러한 논의를 전적으로 관철시킨 것은 아니다. 그런 점에서 전통적인 '문' 내지 '문장'과의 결별은 다소 시간이 걸렸다.

8 전통적인 '문'관념을 대립 항으로 놓고 논의하던, 아니면 이를 넘어서는 논의를 하던, 이러한 의식자체가 전통적인 '문'과 연관된다는 점에서 그 자장 안에 놓인다고 볼 수 있다.

당대 신문에 적지 않은 글을 남긴 유원표는 『몽견제갈량(夢見諸葛亮)』에서 "물여사(物與事)는 국가를 배양ᄒᄂᆫ 원소(元素)也ㅣ오 文은 사물(事物)에 수종(隨從)ᄒ야 복역(服役)ᄒᄂᆫ 부속품에 불과ᄒᆫ 자라(……) 고로 서적만 성일(盛溢)ᄒ고 사물이 미소(微少)ᄒ거나 문화만 귀중ᄒ고 실업에 배치(背馳)ᄒ고ᄂᆫ 국가를 보존ᄒᆫ 자 미유(未有)ᄒ지라(……) 혹자 우매ᄒᆫ 방국(邦國)엔 질적(質的)ᄒᆫ 사물은 소삭(銷削)ᄒ고 공허ᄒᆫ 문기(文氣)가 횡사(橫肆)ᄒ야 부

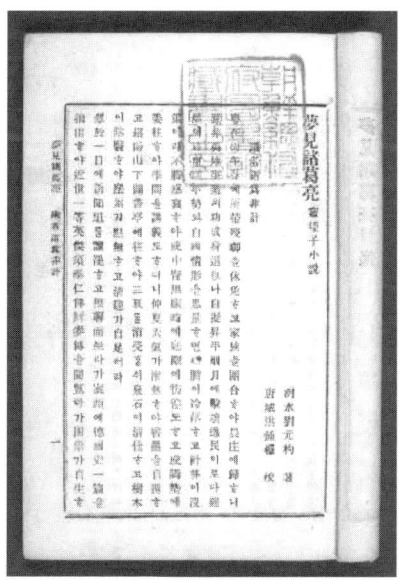

그림 1 ┃
〈유원표의 『夢見諸葛亮』〉 1908년 유원표가 지은 신소설. 국립중앙도서관 소장

허(浮虛)ᄒᆫ 의론(議論)과 부미(華靡)ᄒᆫ 사장(詞章)으로 자상경쟁(自相競爭)타가 필경 국가를 소멸ᄒ나니"[9]라 하여 물(物)과 사(事)를 우선시하지 않고 실업과 무관한 문의 가치는 의미가 없다고 단정한 바 있다. 뿐만 아니라, 그는 사물과 연관이 없는 문기(文氣)와 의론(議論), 그리고 사장(詞章)의 경쟁적 추구는 결국 국가를 소멸하는 데까지 나간다고 인식하였다.

유원표는 전통적 문인들의 문장과 문의 병폐를 비롯하여 그것이 끼치는 사회적 파장을 매우 부정적으로 보고 있다. 사실 이때의 문은 천지인과 무관함은 물론 그저 의사를 소통하는 표현의 수단으로 나아갈 여지가 다분하였다. 여기서 전통적인 문 관념의 균열과 해체를 상상할 수도

---

9 유원표, 『夢見諸葛亮』, 광학서포, 1908, 42~43면.

있다. 이러한 정황이 발전하면 문 관념은 제한적인 의미를 지니고, 단순한 의사소통의 수단으로 축소될 수밖에 없다. 그럼에도 불구하고, 이 시기 '문'은 균질의 의미를 지닌 관념으로 규정되기보다는 여전히 불완전한 비균질적인 모습으로 동요하는 경우도 적지 않았다.

근대계몽기부터 전통적인 문의 관념은 점차 소멸되는 한편 다양하게 분화되어 간 사정은 이를 반영한다. 새로운 문 관념이 등장한다고 해서 그것이 곧장 근대적 의미의 '리터래쳐'[10]로 전환할 수는 없었다. 이 시기 전통적인 문 관념도 전면적으로 소멸한 것이 아니었을 뿐더러 축소과정에서도 그 흔적을 적지 않게 보여주거나, 자기 갱신 내지 다른 방식으로 전환한 경우도 있었기 때문이다.

하지만 이 시기 이러한 '문' 관념이 언어와 감성의 등가화와 일치, 정서와의 유기적 결합, 내면에서 구성한 이미지가 그대로 언어화 되어야 한다는 근대적 의미의 '리터래쳐'와 같은 성격에 부합하지는 않는다 하더라도, 그것은 전통적인 '문' 관념과는 다른 방식으로 자기의 존재를 보여주는 바 있었다.[11] 근대계몽기 신문이 보여주는 다양한 기사가 그 중의 한 예다. 이 점을 감안하면, 근대계몽기의 '문'은 근대어 형성에 기반한 근대문학의 길에 자양분을 제공할 여지가 충분히 존재한다.[12] 근대계

---

10 여기서는 서구의 근대적 의미의 문학 내지 문학성을 의미한다. 당초 서구에서의 리터래쳐는 인문과학의 의미, 글쓰기 전반 혹은 커뮤니케이션의 기술을 의미하였다. 그러다가 18~19세기에 오면 리터래쳐는 창조적 허구적 의미의 글쓰기로 바뀌게 되는데, 이른바 개인의 창조적 문학성 자체를 의미하면서 지금의 문학 개념을 의미하게 된다. 리터래쳐의 번역과 그 전변에 대해서는 스즈키 사다미 지음, 김채수 역, 『일본의 문학개념 – 동서의 문학개념과 비교 고찰』, 보고사, 2001 참조.

11 화로 인식하거나 여기서 국문학의 단초를 찾는 것도 이러한 관점에서 이해할 수 있다. 류준필, 앞의 논문 참조.

12 근대어의 형성과 근대 미디어 매체의 언어전략을 통해, 근대어가 매체와 식민체제와 근대 문학과 상관관계를 가지면서 형성, 발전한 점을 밝힌 것은 한기형, 「근대어의 형성과 매체의 언어 전략」, 『역사비평』 통권 71호, 2005년

몽기 신문에서 볼 수 있는 관보, 잡보와 논설, 그리고 외보(外報)나 외국통신 등에서 확인할 수 있는 글쓰기 방식을 통해 한문학 전통의 다양한 글쓰기 방식의 전통과 그 층위를 확인할 수 있는 것도 이러한 이유에서다.

근대계몽기의 지식인들이 한문학의 전통적 글쓰기에서 벗어나기 위한 많은 문제를 제기하였음에도 불구하고 신문기사의 경우, 그러한 시각과 문제제기를 전면적으로 수용할 수는 없었다. 단지 신문 기사에 여전히 전통적 글쓰기의 다양한 흔적이 남아 있거나 상호 착종하는 방식으로 전통적 글쓰기의 흔적이 존재하고 있을 뿐이었다. 새로운 문에 대한 인식과 그것을 창작하는 현장에서 발생하는 간극을 메우기 위해서는 시간이 필요하였다. 적지 않은 반복 학습과 실험을 거쳐야 하는 과정이 필요하였던 것이다. 이를테면 근대계몽기의 신문기사를 "서사적 논설"과 "논설적 서사"로 파악한 것도, 따지고 들면 이러한 상황을 고려한 언급으로 읽을 수 있는 것도 이 때문이다.[13]

3. 근대계몽기 신문(新聞)의 존재 방식과 한문 서사

근대계몽기의 신문[14]에서 우리는 논설과 잡보, 소설 란에서 적지 않은

여름, 356~377면 참조.

13 김영민 교수는 근대계몽기 신문의 논설란에 서사성이 가미된 것을 아우르는 명칭으로 '서사적 논설'로 규정하여, 그것을 근대 소설의 발생기적 모습을 보여주는 근대 전환기적 서사문학 양식으로 파악하고 있다. 그리고 소설사적 맥락에서 '서사적 논설'은 야담이나 한문 단편 양식 등이 근대 문명의 산문인 신문의 논설과 결합하여 생긴 양식으로 이해하였다. 김영민, 『한국 근대소설사』, 솔, 1997 참조.

14 자료는 김영민, 구장률, 이유미 편『근대계몽기 단형 서사문학 자료전집』상, 하, 2003, 소명출판)을 주로 활용하여 서술한다. 이후 인용은 출전을 밝히지 않고, 이 책에 없는 신문 기사를 인용할 경우 출전을 밝혀 둔다.

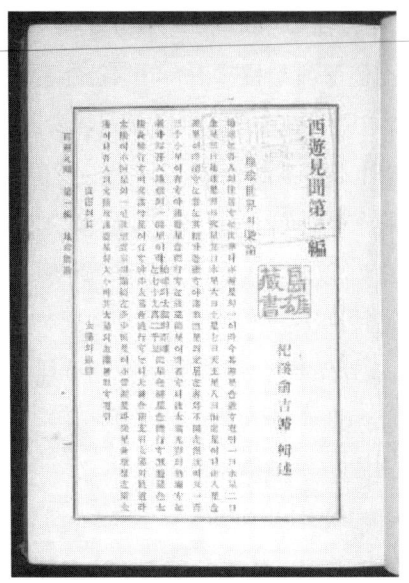

그림 2 |
〈유길준의 『西遊見聞』 第一編〉

서사를 발견할 수 있다.[15] 한문으로 표기한 것은 말할 것도 없지만, 국한문 혼용이나 국문으로 표기한 기사라 하더라도 가만히 들여다보면 한문서사의 흔적이 심심치 않게 남아 있다. 우선 근대계몽기 신문의 존재방식을 통해 한문 서사와의 관련을 몇 가지로 나누어 살펴보기로 한다.

당시 신문은 서적과 학교의 교육을 통한 계몽활동을 훨씬 뛰어넘는 수월성과 기능을 가졌다. 유길준도 "개인(蓋人)이 소수(消受)하기를 위(爲)하야 고금(古今)의 서적(書籍)이 불소(不少)하나 연(然)하나 세계(世界)의 물정(物情)을 통지(洞知)하며 자기(自己)의 견문(聞見)을 박(博)하야 허세(處世)하는 도(道)를 련마(鍊磨)하기는 신문지(新聞紙)의 공(功)이 역다(亦多)할 듯"이라고[16] 하였던 바, 이 시각은 신문의 대중적 영향력을 염두에 두고 한 발언이다. 『독립신문』, 『매일신문』, 『제국신문』 등은 순 한글로 표기하여 대중적 지향을 추

---

15 그것이 논설란에서 확인할 수 있든, 잡보와 소설란에서 확인할 수 있든 간에 일단 여기서는 '서사'의 관점에서 보고자 한다. 당시의 서사가능성이 있는 것을 하나의 개념으로 아우르는 것도 충분한 의미가 있지만, 근대계몽기의 신문자체가 다양한 서사의 실험장이자 글쓰기의 실험장이라는, 그 자체의 역동성과 그 실험정신에 의미를 두고자 한다. 이는 하나의 양식적 길을 추구하여 나머지를 배재하는 것을 고려한 의미다.

16 『서유견문』 1895, 458면 참조.

구하였다.

특히 이 시기 신문은 한글 문체를 구사함으로써 여성을 포함한 각계 서민의 계몽의식의 각성에 기여한 바 크다. 신정보와 견문을 전달하고 독자가 이를 수용하는 방식에서 볼 때, 신문의 공이 크다는 유길준의 언급은 적실하다. 이는 전대에 비해 전혀 새로운 방식의 지식 전달의 수단이기 때문이다. 지식과 정보의 범위, 이를 전달하는 신속성, 그리고 다양한 독자를 손쉽게 대면한다는 점에서 신문은 전근대의 어떤 매체보다 큰 영향력을 발휘하였다. 신문은 근대의 독자를 형성하는데 결정적인 역할을 한 셈이다. 근대 전환기 동아시아에서 근대독자의 성립을 거론할 때, '서면화' 혹은 '묵독'의 방식을 거론하거니와,[17] 이러한 방식은 한국의 근대계몽기의 경우에도 예외가 없었다.

대개 신문의 읽기방식은 근대의 독자를 탄생시키는 한편, 훈련받고 조직된 많은 독자를 양산하는 데 기여한 바 있다. 이 점에서 신문은 근대계몽기 서사의 주체들의 '문'관념과 그들의 글쓰기를 변화시키는 데 일정한 역할을 한 것으로 보인다. 더욱이 근대계몽기에 신문의 확산과 독자의 대중은 판매와 판매망의 확대, 광고란을 통해 더욱 진전되었다. 번잡하지만 몇 사례를 들어 본다.

① 이 회보는 믹 토요일에 혼번식 발간ᄒ고 파는 쳐소는 빅지학딩 뎨일방

---

17 중국의 경우, 진평원은 창작의 대상을 '청중'이 아니라 '독자'로 설정한 것을 晩淸시기로 보며, 이는 신문과 잡지가 견인한 것으로 보았다, 그리고 중국소설의 이러한 전달방식 변천('구두화 → 서면화')이 중국 소설의 서사양식의 변천에 문화적 배경을 제공한 것으로 보았다.(진평원 저, 이종민, 역,『중국소설서사학』살림, 1994, 27면) 일본의 경우도, 근대의 독자가 '음독'에서 '묵독'으로 전환된 것에서 그 계기를 삼고 있다.『일본 근대 독자의 성립』(마에다 아이[前田愛] 저, 유은경, 이원희 옮김『일본 근대 독자의 성립』2003, 이룸) 이 역시 신문과 잡지와 관련이 있음은 물론이다. 그런 점에서 동아시아 근대 독자의 성립은 공히 신문과 잡지에 큰 영향을 받았다.

이오 갑슨 미쟝에 엽젼 너푼식이니 사다 보시기를 브라오[18]

② 이 회보는 미 토요일에 흔번식 발간흐고 파는 처소는 셔울 졍동비지학딩 뎨 일방이오 흔쟝 갑슨 미쟝에 엽 너푼 일월됴 션급 엽돈반 일년됴 션급 엽 흔량 일곱돈 오푼이오니 사다 보시기를 브라오[19]

③ 새로 츌판 흐는 대한 회보는 학문상에 미우 유죠흔 말솜이 만흔 지라 졍 동비지 학당 뒤 대문 엽희방과 죵로 대동셔시에셔 파는되 흔쟝 갑슨 엽 오푼이오 흔둘 션급은 엽 돈반이오니 사셔 보시오[20]

④ 이 회보는 미 토요일에 흔번식 발간흐고 파는 처소는 셔울 졍동비지학 딩 뎨 일방이오 갑슨 흔쟝 엽 너푼 일삭됴 션급 엽돈반 일년됴 션급 엽 흔량 일곱돈 오푼이오니 이어 보시랴 흐시는이는 거쥬와 셩명을 분명히 젹어 보늬시면 젼흐여 드리겟습 늬이다.[21]

⑤ 독립신문은 우리나라 인민에게 미우 유익흔 신문이오니 만이 사다들보 시오[22]

⑥ 새로 츌판 흐는 경셩신문은 샹무에 미우 유익흔 말이 만코 쏘흔 매미흘 째에 더옥 요긴흐니 만히 사셔보시압 신문파는 쳐쇼는 젼동 젼협판 윤 치호씨집이오 흔쟝 갑슨 엽오푼이오 일삭됴 션급은 엽 너돈이오 일년됴 션급은 엽녁량두돈이압[23]

⑦ 됴야 수이에 졍론과 당의가 건건 악악흐야 일셰를 풍동흐는 모양이 이 슴으로 시셰에 변화 흠이 됴셕을 두고 측량치 못흘지라 금일에 오인이 국민을 두고 측량치 못흘지라 금일에 오인이 국민을 위흐야 쳔신 만란

---

18 『협셩회회보』 뎨일권 일호(한광무이년일월일일) 1898년 1월 1일 참조. 협 셩회는 배재학당 확생회인 協成會가 주간으로 발간하던 회보다. 이 회보가 천부씩 발간하여 호응이 있자, 1898년 4월 9일부터 일간으로 전환하면서 이 름을 『미일신문』으로 바꾼다.

19 『협셩회회보』 뎨일권 뎨이호(대한광무이년일월팔일) 1898년 1월 8일 참조.

20 같은 글, 같은 곳.

21 『협셩회회보』 뎨일권 뎨삼호(대한광무이년일월십오일) 1898년 1월 15일 참조.

22 『협셩회회보』 뎨일권 뎨사호(대한광무이년일월이십이일) 1898년 1월 22일 참조.

23 『협셩회회보』 뎨일권 뎨십호(대한광무이년삼월오일) 1898년 3월 5일 참조.

을 무릅쓰고 그 근본을 발휘ᄒ야 아모됴록 긔명의 쥬의를 널리발고ᄒ야 문명진보를 긔약고 권면ᄒ자ᄂᆞᆫ 쥬의기로 특별이 갑슬 간략히 ᄒ야 사방 쳠군ᄌᆞ의게 널리 보시도록 쥬장을 삼으오니 대긔ᄂᆞᆫ 좌에 긔지 ᄒ노라

혼장 갑 엽너푼
한달 션급 열입곱돈
셕달 션급 엽두양
여슷달션급 엽셩량아홉돈
일년션급 엽일곱량 아홉돈
각디방에셔 신문보시ᄂᆞᆫ 이ᄂᆞᆫ 우쳬로 갑을 싸로 보ᄂᆡ시오
셔울 오셔안에 분젼하ᄂᆞᆫ 것과 각 지방에 우쳬로 보ᄂᆡᄂᆞᆫ 법은 간졀
이 신속흠을 힘써 우리 신문보시ᄂᆞᆫ 모든군ᄌᆞ의 가득히 깃겁게흠을
쥬장ᄒ겟소24

⑧ 대한신보ᄂᆞᆫ 광무협회에셔 ᄂᆡᄂᆞᆫᄃᆡ 학문상에 미우 유익ᄒ며 외국ᄉᆞ졍을
명빅히 긔지 홀터이오 일요일에 발간ᄒ며 갑슨 일장에 엽 오푼이요 일
삭죠ᄂᆞᆫ 엽 두푼이요 륙삭됴ᄂᆞᆫ 엽 혼량 흔돈이오 판미쇼ᄂᆞᆫ 명동 경경학
당ᄂᆡ 본회 ᄉᆞ무쇼와 종로대동셔시 이오니 만히 사셔보시오25
⑨ 새로 츌판 ᄒᄂᆞᆫ 대한 황셩신문은 샹무에 미우 유익흔말이 만코 ᄯᅩ흔 매
믹 홀째에 더욱 요긴ᄒ니 만히 사셔보시ᄋᆞᆸ 신문파ᄂᆞᆫ 쳐쵸ᄂᆞᆫ 젼동 젼협
판 윤치호씨 집이오 혼쟝 갑슨 엽 오푼이오 일삭됴 션급은 엽 너돈이오
일년됴 션급은 엽녁량 두돈이ᄋᆞᆸ26
⑩ 근일에 뎨국신문이 새로 낫난ᄃᆡ 우리 믹일신문과ᄂᆞᆫ 도모지 샹관이 업스
니 혹 신문 보시ᄂᆞᆫ 군ᄌᆞ들이 뎨국신문을 믹일신문으로 그릇 아실 듯 ᄒ
기로 ᄌᆞ에 광고ᄒᄂᆞ니라27

---

24 『믹일신문』 뎨일권 일호(대한광무이년ᄉᆞ월십일일) 1898년 4월 19일 참조.
25 『믹일신문』 뎨일권 십구호(대한광무이년ᄉᆞ월삼십일) 1898년 4월 30일 참조.
26 『믹일신문』 뎨일권 ᄉᆞ호(대한광무이년ᄉᆞ월십삼일) 1898년 4월 13일 참조.
27 『믹일신문』 뎨일권 구십륙호(대한광무이년팔월십팔일 목요일) 1898년 8월
18일 참조.

근대계몽기 신문의 광고란에 실린 신문 판매와 새로운 발간 신문에 대한 선전 문구다. 이미 1895년에 『관보(官報)』가 판매를 시행하고 있었다. 관보를 비롯하여 사보(私報)를 판매하고 이를 구독하는 사람이 다양하게 존재 한다는 사실[28]은 당시 신문의 대중적 파급이 어떠했던가를 확인할 수 있는 대목이다. 근대 매체인 신문이 판매를 통한 확산을 기본으로 한다는 점에서 그 내부에서 이미 상업성을 지니고 있었다. 신문에 실린 서사도 '상업주의'와 어떤 식으로 연결될 수밖에 없는 운명이었다. 신문기사가 독자의 흥미를 고려할 경우, 오락성과 통속성을 고려할 수밖에 없음은 주지하는 바다.

신문의 존재방식과 서사를 거론할 때 고려할 사항은 '서사주체와 독자'의 만남, 그리고 '신문기사'의 형성과정이다. 이러한 만남의 방식과 형성과정은 한문서사의 그것과도 유사성이 있다. 조선조 후기, '전', '야담', '인물기사'와 같은 한문서사가 구연과정과 기록과정을 거쳐 작품으로 정착되는 것은 익히 알고 있는 사실이다. 그 대표적인 양식이 야담(혹은 한문단편)이지만, 이러한 원리는 조선조 후기에 이르면 다양한 한문서사의 양식으로까지 확대된다.[29]

조선조 후기 한문서사의 형성에 '구연'이 간여하고, 또한 제보자의 이

---

28 『官報』의 경우 1895년 開國 504년(1895년) 6월 1일자를 보면 官報定價表가 처음 나오는데 당시 官報 1부의 값은 一錢이었다. 그런데 一個月은 二兩五錢이었으며, 六個月은 十五兩, 一個年은 三十兩으로 광고를 하고 있다. 당시 관보를 정기 구독한 층이 적지 않았음을 짐작할 수 있다. 관보의 판매와 구독은 새로운 글쓰기와 근대적 독자를 형성하는데 일정하게 기여한 것으로 보인다.

29 이조 후기 한문서사양식의 층위와 변모에 구연이 간여하면서 이야기가 다양한 서사로 정착되고 양식이 상호 교섭한다거나 서사양식이 다양한 층위를 형성하여 그 자체의 역동성과 그 의미를 논한 것으로는 진재교, 「구연전통과 이조 후기 서사양식의 변모」, 『한국한문학연구』 제22집, 1998, 401∼435면과 「한국 한문서사양식의 층위와 변모」, 『대동문화연구』 제40집, 2002, 101∼135면 참조.

야기를 근거로 서사 주체가 서사화하는 과정은 한문 서사양식에서 손쉽게 발견할 수 있다. 특히 한문서사의 서사화 과정에서 제보자의 역할이 중요하게 작용한다. 제보자의 경우. 전문적인 이야기꾼이 있는가 하면 개인의 체험을 들려주거나 자신이 직접 견문한 흥미로운 사건과 인물을 구술하는 경우도 있다. 서사 주체는 이러한 제보자의 이야기를 근거로 작품화하는 경우가 많다. 여기서 주목할 점은 이미 알려진 이야기나 사건과 정보가 문헌으로 정착되었다가, 다시 약간의 첨삭을 거쳐 다른 문헌으로 전승되는 경우가 있다는 사실이다. 곧 문헌전승의 경우겠는데, 야담에서 야담으로 혹은 야담에서 전으로, 혹은 전에서 기사 등과 같이 같은 이야기가 다른 서사양식으로 전재(轉載)되는 경우가 많다는 점이다.

신문 기사 역시 신문에서 다른 신문으로 전재되는 경우, 한문서사의 문헌전승의 그것과 견줄 수 있다. 몇 가지 사례다.

① 아라사 희군대신이 흑희에 잇ᄂᆞᆫ 함듸아령관의게 명ᄒᆞ야 군함 십일척을 모도 수리ᄒᆞ고 외양에 나아가 싸호기로 준비ᄒᆞ고 다시 령을기다리라고 ᄒᆞ엿더라 (이십칠일 독립신문)[30]

② 今朝以來嘉義에셔ᄂᆞᆫ布袋嘴方位에砲聲을聞得ᄒᆞ고想我海軍인가陸軍의下陸을準備ᄒᆞ야잇쓸듯ᄒᆞ더라 (日本官報)[31]

③ 又日本國에셔ᄂᆞᆫ臺灣事務整理를 爲ᄒᆞ야五月二十一日에勅令으로써臺灣事務局官制를頒布ᄒᆞ야伊藤博文으로ᄂᆞᆫ該局總裁오 (日本新聞抄譯)[32]

④ 淸國湖北造幣局의開始라
曩者에湖廣總督張之洞이經營ᄒᆞ던新式銀貨鑄造所ᄂᆞᆫ湖北省武昌에建設ᄒᆞ야去月中旬붓터開始ᄒᆞ더니其鑄造ᄒᆞᆫ銀貨ᄂᆞᆫ혼번南京에送付ᄒᆞ야通用케ᄒᆞᆫ듯홈 (上海滬報)[33]

---

30 『협성회회보』 뎨일권 뎨오호(대한광무이년이월오일) 1898년 2월 5일 참조.
31 『官報』 第154號, 開國 504년(1895년) 9월 5일 火曜, '外報' 참조.
32 『官報』 第77號, 開國 504년(1895년) 6월 1일 月曜, '外報' 참조.

①의 기사는『독립신문』을 전재한 것이다. ② ③ ④의 신문 기사는 모두 일본의 관보와 일본신문, 그리고 청나라 상해에서 발간되는 신문기사를 전재하여 해외의 소식을 전하고 있다. 이 시기 신문들은『관보』를 고정 란으로 설정하여『관보』의 기사의 일부를 따서 전재하기도 하였다. 이처럼 다른 신문을 통한 기사의 전재는 조선조 후기 지식의 유통과 서사의 유통과정에서 보여주는 다양한 과정을 연상시키는 바 있다.

조선조 후기 필기류에서 하나의 정보가 문헌전승으로 전재될 경우, 흔히 '차기체(箚記體) 방식(方式)'을 차용한다. 저자가 독서물을 통해 특정한 사안이나, 흥미를 가진 학술적인 문제나 인물, 혹은 특정 인물의 삶 속에서 특기할 만한 사건과 그 인물과 관련한 역사의 이면 등에 자신의 의견을 덧붙여 전재할 경우 '차기'를 활용하는 경우가 많다. 대개 차기 방식의 내용은 학술적 문제를 논란하는 경우가 많기 때문에, 소재의 폭도 비교적 넓으며, 차기의 대상도 학술과 문예를 아우른다. 차기 방식은 특정 문제를 저자의 학문적 입장과 연역, 학문관을 바탕으로 문제점을 간단하게 제기한 뒤, 이를 비평적 시각으로 견해를 덧붙인다. 그런 점에서 일반적인 독서후기나 비망록(備忘錄)의 성격도 있지만, 그 내용과 서술방식에서 독서후기나 비망록의 그것을 넘어선다.[34] 더욱이 차기의 대상은 기존 문헌에 있는 지식과 정보를 근거로 재구성하여 배치한다는 사실은 주목할 필요가 있다. 더욱이 차기 방식의 필기류는 문헌의 정보에 자신의 비평을 첨가하기 때문에, 기본적으로 지식과 정보를 유통시키는 방식을 여실히 보여준다. 이 점에서 차기 방식의 필기는 조선조 후기 지식ㆍ정보의 생성ㆍ유통과도 밀접한 관련성을 지닌다.

---

33 『官報』第77號, 開國 504년(1895년) 6월 1일 月曜, '外報' 참조.

34 조선조 후기 차기체 방식의 글쓰기에 대해서는 진재교, 「19세기 차기체 필기의 글쓰기 양상」,『한국한문학연구』제36집, 2005, 363~416면과 「이조 후기 차기체 필기 연구-지식의 생성과 유통의 관점에서-」『한국한문학연구』제39집, 2007, 387~425면 참조.

19세기 중반의 필기인 홍한주(洪翰周, 1798~1868)의『지수염필(智水拈筆)』의 한 대목을 보자.

> 담파고(痰破菰)[35]가 무슨 풀인지 모르겠으나 여송국(呂宋國, 지금의 필리핀 : 필자 주)에서 처음 나왔다. 선조 임진왜란 이후 일본 사람에게 얻어 종자를 가져다 심었는데, 지금은 천하에 성행하고 있다. 이 이야기는 『계곡만필(谿谷漫筆)』에 자세히 보인다.[36]

  홍한주는 이국 문물을 소개하면서 그 정보를 장유의『계곡만필』에서 전재한 것임을 밝히고 있다. 담배에 대한 정보와 이를 소개한 것은 비단『지수염필』에 국한 된 것은 아니다. 담배와 관련한『계곡만필』의 정보와 지식은 후대로 오면서 다양한 필기로 다시 전재된다.『지수염필』의 경우도 역시 다른 필기류로 다시 전재되고 제한적 범위에서 새로운 독자를 만나 읽혀지게 된다. 18・19세기에 폭발적으로 늘어난 서적의 유입과 유통의 결과, 하나의 정보가 다양한 문헌으로 전재되어 간 것은 이러한 상황을 점차 확산시켜 갔다.
  이 점에서 조선조 후기 필기에 보이는 지식과 정보의 유통, 그리고 이를 기록하는 방식과 원리는 근대 계몽기 신문의 전재방식과 조금도 다르지 않다.[37] 위의 사례처럼 외국 신문을 전재한 것은 야담의 전재방식에 대응되는 바 있다. 일부 야담은 중국의 필기를 전재하였거니와, 이원

---

35 『계곡만필』 권1, 「南靈草吸煙」・「南草之用於世殆將如中國之茶」・「稱頌南草之虛實」・「世之攻南草者」 참조.

36 『지수염필』 권7, '痰破菰', "痰破菰者, 不知何草, 而始出於呂宋國. 宣廟壬辰後, 得之倭人, 取子以種之, 今則盛行於天下. 其說詳見谿谷漫筆矣." 痰破菰는 淡巴菰, 淡巴苽, 淡巴姑, 淡巴菰, 淡芭菰, 淡婆姑, 談婆枯라고도 하는데, 오늘날의 담배[tabaco]를 말한다. 그런데『지수염필』은 1860년대의 저술이다.

37 신문에 보이는 '시사 토론체 단편'이 시사적 사건이나 문제를 서사주체의 비평이 덧붙여지면서 서사로 전재되는 경우 구성 역시, '차기체 필기'의 서사구성과 흡사하다.

한문 서사양식의 근대적 모색

명이 편저한 『동야휘집』의 일부 내용은 청나라의 심기봉(沈起鳳, 174
0~?)의 필기소설집 『해탁(諧鐸)』의 작품을 다수 수용하여 전재한 경우
가 그 사례에 해당된다.38 이야기를 바탕으로 하는 야담도 외국의 문헌
을 전재하여, 이후 다른 야담집에 그 내용을 문헌전승으로 이월시켜 주
었던 것이다. 이러한 일련의 과정은 위에 나오는 신문의 기사 전재 방식
과 다르지 않다는 사실을 확인할 필요가 있다.

신문의 잡보란이나, 소설란에 보이는 기사 역시 다양한 한문서사의
구성원리와 겹치는 부분이 적지 않다. 근대 계몽기 신문은 기자의 취재
를 통해 기사로 재구성하여 배치하기보다, 독자의 투고와 기존의 정보와
사건을 제보한 것을 근거로 기사로 작성하는 경우가 많았다. 몇 가지 사
례를 든다.

① 官報集蒐ᄒᄂᆫ時間은每日午後一時로定ᄒᄂ니其時를過ᄒᄂᆫ諸報告ᄂᆫ翌日
官報에記載치아니홈39
② 누구시던지 각종 학문에 유죠ᄒᆫ 글을 지어 보ᄂ시면 우리 회보에 긔지
ᄒ겟습ᄂ니다40
③ 누구시든지 론셜을 지여 보ᄂ실째에 국문으로 쓰고 거쥬와 셩명을 즈세
히 적어 보ᄂ시면 본회보에 긔지ᄒ되 만일 셩명ᄂ기를 원치아니ᄒ면 셩
명은 쓰지안코 글만 긔지 ᄒ겟소다41
④ 신문에 긔지홀 말이 잇거든 즈셰히 적어 본샤 대문밧 투합통에 갓다 너
시되 셩명 거쥬가 분명치 안으면 긔지치 아니 홀터이오42

---

38 여기에 대해서는 이강옥, 「『동야휘집』의 『해탁』 수용양상」(『한국한문학연
구』 특별호, 1996) 참조.
39 『官報』 第77號, 開國 504년(1895년) 6월 1일 月曜, '外報' 참조.
40 『협성회회보』 뎨일권 뎨오호(대한광무이년이월오일) 1898년 2월 5일 참조.
41 『협성회회보』 뎨일권 뎨칠호(대한광무이년이월십이일) 1898년 2월 12일
참조.
42 『미일신문』 뎨일권 십일호(대한광무이년ᄉ월이십일일) 1898년 4월 21일 참조.

위에 제시한 경우는 투고에 대한 안내문으로 주로 잡보란과 광고란에 실려 있다. ①의 경우는 『관보』의 경우로 다른 것과 사정이 다소 다르다. 다른 점이 있다면 학문적인 것이나, 신문기사로 낼만한 것이면 무엇이든 지 투고가 가능하다는 광고 문구인데, 기실 이 광고가 신문 독자의 투고 를 확대시켜 신정보를 제공하는 중요한 역할을 한다. 그런데 이 시기, 신 문에 게재하는 방식은 위의 사례처럼 주로 보고 듣거나 투고한 내용을 첨삭하여 기사로 만든 경우가 많았다.

① 엇던 사름이 본샤에 편지ᄒ기를 일전에 시흥쌍에 볼일이 잇셔 갓다 오 ᄂᆞ길에 날이 져문고로 급히 오다가 남대문에 이른즉 문이 발셔 닷쳣기 로 홀길업셔 문열기를 기ᄃᆞ리든 차에 엇더ᄒᆞ 외국사람이 와 문을 두ᄃᆞ 리며 열기를 쳥ᄒᆞ민……43
② 북경셔 온 편지를 보니 쳥국 대간이 황뎨의게 상쇼ᄒᆞ고 말ᄒᆞ되 리홍쟝 이가 아라샤에 돈 일빅 팔십만원을 밧아먹고 대련만을 주엇다고 ᄒᆞ엿ᄂᆞ 디……44
③ 연강에 도젹이 심ᄒᆞ단 말은 전호에 긔진ᄒᆞ엿거니와 ᄯᅩ들으니 감은돌 해쥬쥬인 박원칠의 집에 도젹 슈십명이 달려 들어 돈 슈쳔량을 달나ᄒᆞ 즉……45
④ 그 하회는 엇지 되엇ᄂᆞ지 일시 이약이로 드른 것이니 하도 이샹하기로 긔진ᄒᆞ노라46
⑤ 남양에 유지ᄒᆞ 션븨가 본사에 튜셔 ᄒᆞ엿ᄂᆞ대 셰샹 부귀고락이 엇다ᄒᆞ 줄 셜명ᄒᆞ란 ᄯᅳᆺ이기로 그ᄃᆡ로 등ᄌᆞᄒᆞ오47

---

43 『민일신문』 뎨일권 십일호(대한광무이년ᄉᆞ월이십일일) 1898년 4월 21일 참조.
44 『민일신문』 뎨일권 십일호(대한광무이년ᄉᆞ월이십일일) 1898년 4월 21일 참조.
45 『민일신문』 뎨일권 십ᄉᆞ호(대한광무이년ᄉᆞ월이십오일) 1898년 4월 25일 참조.
46 『민일신문』 <동도 산협 듕에> 1898년 4. 20. 론설 203~204면(김영민, 구장률, 이유미 편 『근대계몽기 단형 서사문학 자료전집』 상, 2003, 소명출판)
47 『뎨국신문』 <남양에 유지ᄒᆞ 션븨가> 1899년 11. 22. 론설 328~330면(김영민, 구장률, 이유미 편 『근대계몽기 단형 서사문학 자료전집』 상, 2003, 소명

⑥ 셔울 친구 ᄒ나이 어느 시골 사름으로 더브러 슈작ᄒ 말을 본샤에 와서
전ᄒᄂ듸 두 사람의 언어가 비록 셔로 반듸는 되엿시나 ᄯᅩᄒ 각기 경황
을 변론ᄒᆷ인 고로 좌에 긔ᄌᄒ노라48"

이러한 사례는 신문에서 흔히 발견할 수 있다. 이는 독자의 제보를 통
해 기사가 만들어 졌음을 보여준다. 당시 제보는 '편지', '투서', '들은 이
야기' 등의 방식으로 이루어졌다. 근원이야기가 신문의 서사로 되는 과
정은 그야말로, 조선조 후기 한문 서사의 형성과정과 닮았다. 구연을 통
한 기록화는 국문소설에서도 가끔 확인할 수 있지만49, 이는 한문 서사
의 야담, 전, 인물기사에서 선명하게 볼 수 있다. 여기서 한문 서사 성립
과정의 몇 가지 예를 들어 확인해보자.

① 윤공의 맏자제 심재씨가 이 일을 나의 선친께 이야기해 주어서, 나 또한
이를 들을 수 있었다.50
② 갑오년(1894) 봄에서 여름이 될 즈음은 호남에서 동학란이 일어난 때이
다. 어떤 군인의 처 某召史가 한양에서 남편이 죽은 곳으로 와서 곡을 하
는데, 슬프게 곡만 하고는 가 버리는 것이었다. 이를 본 사람에게 다음과
같은 말을 들었다.51

출판)
48 『뎨국신문』 <셔울 친구 ᄒ나이> 1901년 3. 22. 론설 437~438면(김영민, 구
장률, 이유미 편 『근대계몽기 단형 서사문학 자료전집』 상, 2003, 소명출판)
49 장편가문소설에서 구술성(구술적 사유)과 기록성(기록적 사유)이 혼재·
조화되어 있는 점을 탐구한 논의로는 송성욱, 「혼사장애형 대하소설의 서사
문법 연구」(서울대 박사학위논문, 1997)
50 任邁(1711~1779), 『雜記古談』, 「神劍」, "尹公之胤, 心宰氏, 以此事, 傳說於
我先君, 而余亦得聞焉."
51 宜田 陸用鼎(1843~1917)의 「軍人妻某召史傳」 "歲甲午, 春夏間, 湖南敎匪亂
時, 有一軍人妻某召史, 自京來哭其夫死處 哭盡哀而去焉. 聞諸觀召史者" 작
품이 수록된 『의전문고』는 新式活字本으로 1912년에 아들인 鍾允과 손자인
定洙 등에 의하여 刊印되었다. 육용정의 본관은 管城, 初名은 在坤이며, 號는

③ 이야기 주머니 김옹은 이야기를 아주 잘 하여 듣는 사람들이 다 포복절
도하지 않을 수 없었다. 김옹이 바야흐로 이야기의 실마리를 잡아 살을
붙이고 양념을 치며 착착 자유자재로 끌어가는 재간은 참으로 귀신이 돕
는 듯하였다. 가위 익살의 제일인자라 할 것이다. 가만히 그의 이야기를
음미해 보면 세상을 조롱하고 개탄하고 풍속을 깨우치는 말들이었다.[52]
④ 나는 마침내 들은 이야기를 이와 같이 서술하니, 애오라지 늦기 전에 한
번 만나는 행운을 기대하며 또 늙어서 만나지 못하면 이 글로 마기사를
만난 듯 볼 것이다.[53]

①은 야담의 경우며, ②는 '전'의 경우다. ③은 이야기를 제보하는 이
야기꾼의 존재를 제시하였다. ④의 경우는 기사문을 통해 한 인물의 특
이한 행적을 듣고, 이를 인물기사로 창작한 사례다. 모두 제보자로부터
들은 내용을 바탕으로 서사로 구성하고 있음을 밝혀 놓았다. 이를테면
'야담'과 '전', 그리고 서사의 제보를 일상으로 하는 이야기꾼의 존재, 그
리고 '기사문'에서의 구연전통의 사례. 한문서사의 작자가 자신이 새롭
게 견문한 지식과 정보를 한문서사로 재배치하고 있다. 이는 지식과 정보
의 생성·유통과 전파의 한문학적 대응인 셈이다. 특히 ②의 경우는 1894
년의 갑오농민전쟁을 배경으로 한 이야기를 바탕으로 입전하고 있어, 시

宜田이다. 任憲晦(1811~1876)의 문하에서 受學하였다. 그는 개화사상을 옹
호한 인물이다. 그의 독서 체험과 정보습득은 매우 광범위하였다. 그가 지은
『宜田記述』 권3을 보면, 그의 개화사상은 기본적으로 서양을 비롯한 세계 각
지역의 문물과 국제질서 등에 대한 새로운 지식을 바탕으로 하고 있음을 알
수 있다. 『의전기술』에 의하면 『瀛環志略』·『海國圖志』·『地理全誌』와 '서
양 각 국의 역사책'이 언급되어 있고, 일본의 사상가인 시오타니세흥[鹽谷世
弘]의 이름도 언급하고 있다. 그의 정보는 또한 1883년에 창간된 『한성순보』
와 갑신정변 이후에 간행된 『한성주보』 등을 통해 새로운 지식을 체험한 것
으로 보인다.

52 이우성 임형택 편역, 『李朝漢文短篇集』(일조각, 1984) 中, '設囊' 참조.

53 申光洙, 『石北集』, 「書馬騎士事」, "余遂叙其所聞如右, 庶幾未老而一遇之幸
爾, 又老而不遇, 卽吾而如見馬騎士云."

기적으로는 근대계몽기와 겹친다. ②의 내용을 독자가 제보하여 신문의
기사가 되더라도 전혀 이상하지 않다. 잡보란의 어느 한 대목을 연상할 수
도 있다.

『뎨국신문』의 한 기사도 같은 맥락을 보여준다. "그 후 몃히만에 황갑
호씨가 과거ᄒ야 ᄎᄎ 승ᄎᄒ야 병도판셔를 ᄒ지라 본릭 니야기를 됴화
ᄒ야 ᄆᆡ양 문ᄀᆡᆨ들의게 니야기 ᄒ기를 쳥ᄒ기도 ᄒ고 자긔도 니야기를
ᄒ더니 일일은 길에 버린 물건이라도 집어 가지지 안ᄂᆞᆫ 니야기가 나셔
셔로 슈작ᄒᆞᄂᆞᆫ 즁에 황씨가 이젼 초립동이 시졀애 ᄑᆡ물젼ᄃᆡ 엇어셔 주
던 ᄉᆞ실을 일장 셜화ᄒᆞ더니"[54]와 같은 내용은 표기만 한글로 되어 있을
뿐, 서사로 되는 과정은 야담의 방식 그대로다. 야담에서 흔히 있는 방식
으로 돌아가면서 이야기를 하다가 하나의 이야기를 서사로 구성하는 경
우에 해당되겠는데, 이어지는 서사의 내용과 구조도 야담의 그것과 거의
일치한다. 이 점에서 조선조 후기 한문서사의 성립과정과 근대적 매체인
신문의 기사화는 지식과 정보의 생성・유통, 전파의 메커니즘과도 연결
되는 바 있다.

그러면 '서사주체와 독자'가 만나는 경우, 신문과 한문 서사를 비교하
면 어찌될까? 이 역시 동일한 원리로 충분히 설명할 수 있다. 앞서 한문
서사의 경우 구연과 기록과정을 거치거나, 문헌전승을 통한 서사화 과정
의 두 가지 길을 제시한 바 있다. 양자 모두 "쓰기[서사주체] – 읽기[독
자]"의 전달 방식을 통해 서사주체와 독자가 만난다는 사실이다.[55] 한문

---

54 『뎨국신문』<正己及人>(1906.10.11~12 小說).

55 이러한 구두화에서 서면화 문제를 중국 근대전환기 소설서사학의 중요한 국
면으로 파악한 경우는 진평원의 연구에서 알 수 있다. 여기에 대해서는 진평
원 저, 이종민, 역, 『중국소설서사학』(살림, 1994) 참조. 또한 한국의 신문이
근대 소설에 미친 영향을 이러한 구도로 파악하여, '이야기하기[講談師]/ 듣
기[聽衆]에서 '쓰기[作家]/ 읽기[讀者]'의 방식[서면화]로 전환된 것을 밝
혀 소설의 창작과 감상의 근대적 전환을 거론한 것으로는 한기형, 『한국 근

서사의 경우, "이야기하기[제보자] – 듣기[서사주체] – 읽기[독자]"[56]와 같은 구연전승의 경우와, "쓰기[서사주체] – 읽기[독자]"와 같은 문헌전승의 두 양상을 들 수 있다. 두 경우 모두 신문기사와 같은 서사주체와 독자의 만남과 같은 원리다. 신문기사 역시 제보자를 통한 구연과정을 흔히 볼 수 있다. 이 경우, 신문의 서사는 "이야기하기[제보자] – 듣기[서사주체] – 읽기[독자]"의 과정을 통해 서사주체가 독자와 만난다. 반면에 서사주체가 직접 취재하거나 견문할 경우, "쓰기[서사주체] – 읽기[독자]"의 방식으로 독자를 만난다. 이 역시 지식·정보의 제보와 이를 기사로 가공하여 재배치하고 독자가 이를 통해 지식과 정보를 획득하는 메커니즘을 보여준다. 하지만 신문이 호를 거듭할수록, 서사주체가 직접 취재하거나 견문하여 기사화하는 경우가 늘어나면서 "쓰기[서사주체] – 읽기[독자]"의 방식을 통해 독자와 만나는 경우가 많아졌다. 독자 역시 이러한 방식으로 점차 신문기사를 읽어갔다.

여기서 주목할 점은 독서의 전환을 근대적 징표로 파악한 연구방법이다. 예컨대 '서사주체와 독자'와의 소통방식에서 "이야기하기 – 듣기"에서 "쓰기[서사주체] – 읽기[독자]"로의 전환 혹은 "음독 → 묵독"으로의 전환과정에서 근대의 독자가 탄생한 것으로 설명한 점은 경청할 만하다. 기왕의 연구에서 이러한 전환과정이 신문이 서사에 미친 영향이자, 근대적 독자의 성립에 연결된다고 언급한 사안은 근대계몽기 신문은 물론 한문서사와 연결하여 이해할 수도 있다. 서사주체와 독자의 만남, 이를 통한 근대 독자를 형성한 원리 자체는, 한문 서사와 신문에서도 그 상동성의 단초를 읽을 수도 있다는 사실이다. 하지만, 신문과 한문 서사는 질적인 면에서 확연히 갈린다. 신문의 독자는 여성을 포함하여 계층적 구분이 없는 다중 일뿐 아니라, 신문의 기사는 기본적으로 독자를 향해 열

___

대소설의 시각』(소명출판, 1999) 1부, 「신소설 형성의 양식적 기반」 참조.
56 이 경우는 구연과 기록의 두 단계를 거치는 경우에 해당된다.

려 있다.[57] 반면에 한문 서사의 독자는 여성과 다수를 배제한 소수의 지식인 집난으로 소수의 독자에게 닫혀 있다.[58] 뿐만 아니라 신문기사는 대량유통을 하고 언제든지 사고 팔 수 있지만, 한문 서사의 경우 베끼거나 빌려 본다는 점에서 제한성을 지닌다는 차이가 있다. 이러한 차이를 인정한다 하더라도 한문 서사 역시 신문이 보여준 서사주체와 독자의 만남과 같은 원리를 보여준다는 점은 부정할 수는 없을 것이다.

4. 한문서사의 영향과 근대계몽기 신문

여기서 우선 주목할 점은 한문 서사의 단편성과 신문기사의 단편성과의 관련성이다. 흔히 구연이 개입된 서사는 단일한 스토리 중심으로 구성되기가 쉽다. 단일한 스토리 중심의 전달은 효율성을 극대화 할 수 있다. 하지만, 이 경우 서사에 등장하는 인간의 내면이나 객관 현실에 대한 자세한 재현을 비롯하여 현실에 대한 심원한 분석을 기대하기는 쉽지 않다. 단일한 스토리 중심의 이야기는 가능하면 있는 사실을 단일한 서사로 전달하는데 치중함으로써, 독자의 심리적 내면속의 허구와 상상을 제한한다. 또한 구연자(제보자)나 청자 역시 사건이나 사건과 관련한 인물의 행위를 기억하는 데 한계가 있으므로 자연이 단순한 구조를 선호하게 된다. 그 결과 서사는 순차적 시간 구조, 단순한 플롯, 묘사의 사실성 보다는 있는 사실에 흥미를 덧붙여 전달하는 이야기 중심의 단편으로 구성될 가능성이 많아지게 된다.

---

57 국한문과 한문 표기를 한 경우도 사정은 다르지 않다. 신문 기사의 경우, 기본적으로 표기수단에 관계없이 다수를 향해 열려 있다.

58 차기체 필기를 비롯하여 야담, 전, 기사의 독자층은 매우 제한되어 있었다. 문헌을 빌려 읽거나 아니면 베껴서 이를 돌려볼 수 있지만, 이 경우라 하더라도 사제 간, 친구 간, 인척 간, 집안 간 등으로 매우 제한된다.

신문과 한문 서사 역시 서사주체가 구연에 기대어 기사로 만들거나 한문서사로 구성한 경우가 많다는 점에서, 단편적 성향을 보이기 쉽다. 특히 근대적 매체인 신문의 경우, 신문의 분량과 면수에 제한이 있었기 때문에 분량이 긴 사건이나 복잡한 것은 당초에 싣기가 어려운 것이 사실이다.[59] 하여 근대계몽기 신문은 단일 사건을 짧은 지면에 담아내기 위해 한문학의 서사 전통에서 '단편적 성격'을 재발견하여, 이를 신문의 기사로 활용한 것으로도 볼 수 있다. 이는 신문 기사의 취재원을 한문의 서사에서 찾음으로써 서사전통을 인식한 수많은 사례에서 확인이 가능하다. 한문학 전통에서 새롭게 지식과 정보를 발견한 것일 수도 있고, 한문학의 서사양식을 신문기사의 재배치의 원리로 활용한 측면일 수도 있다. 이는 신문의 제한적 지면에 가장 대응될 수 있는 것이 한문 서사임을 역설적으로 보여주는 대목이다. 대체로 한문 서사는 분량 면에서 짧은 '단편'적 지향을 보여준다. '전'이 그렇고 '야담'이 그렇고 '인물기사'가 역시 그러하다. 이러한 단편적 특성으로 인해 한문 서사는 신문의 기사와 단편적 요구에 충분히 부응할 수 있었다.

그런데 여기서 문제가 되는 것은 신문 매체가 지니는 공공적 기능이다. 신문과 같은 매체의 기능 중 하나가 있는 사실과 정보의 진실한 전달에 있다. 신문 양식은 기본적으로 있는 사건을 사실 그대로 전달해야 한다는 당위성을 지닌 매체다. 있는 사실을 진실하게 전달한다는 측면에서 보면, 한문서사와 신문이 다시 만날 가능성은 충분히 존재한다. 이미 언급하였듯이 한문서사는 양식적 특성상, 서사의 주체는 실사(實事)에 대한 기록을 강조할 수밖에 없다. 이 점에서 신문이 추구한 사실의 전달과

---

59 다소 긴 경우는 回章의 방식을 차용하여 연재하였는데, 이는 한문과 국문 소설에서의 장회체를 연상시키는 바 있다. 특히 신문의 호가 거듭되어 소설란이 생기면서 이러한 회장방식은 빈번하게 사용되었다. 이 역시 한문 서사와 관련하여 논의할 수 있는 부분이다.

그 맥락이 연결된다. 신문의 사건기사를 야담에, 인물기사를 '기사문(記事文)'이나 '인물전(人物傳)'에 대응시킬 수 있는 것은 이 때문이다.

근대계몽기에 신문의 서사나 서술은 한문 서사의 방식과 그 원리를 원용하였을 가능성이 크다. 당초 신문에 간여한 지식인들은 대개 한문에 대한 소양이 풍부한 인물들이 많았기 때문이다. 신문은 전통 한문 서사의 소재를 취재원으로 삼고 이를 서사화 하는 방식을 통해 지면을 메우는 한편, 독자와도 만난 것이다. 더욱이 신문은 잡지나 소설과 같은 고정란이 생성되기 전까지 이런 방식을 통해 그 기능을 충실하게 수행한 바 있다.[60] 근대계몽기 신문은 여기에 그치지 않고 한문의 서사 전통을 적절히 원용하여, 이를 신문의 지면을 통해 드러내고자 하는 계몽사상과 접맥시켜 나갔던 것이다.[61]

여기서 주목할 또 하나의 사실은 신문이 독자를 고려하고 판매를 한다는 점이다. 이는 신문에서 '소설'란이 생긴 사정과 무관하지 않다. 신문 매체의 상업적 성격을 고려하면, 독자에게 재미와 흥미를 주지 않을 수

---

60 『뎨국신문』은 1906년 9월 18일 이후, 여러 편의 '小說(소셜)'을 게재하였다. 그리고 이 신문은 1900년 초에 서사적 논설을 통해 현실을 강하게 비판하였으나, '小說(소셜)'란이 생긴 이후, 단 한편의 서사적 논설도 수록하지 않는다. '小說(소셜)'도 현실과 관련 있는 작품은 없고, 모두 고전 야담이나, 일화류의 작품이 주를 이룬다.『경향신문』도 고정적인 '쇼셜'란을 두고 지속적으로 작품을 게재한 바 있다. 예컨대 1906년 11월 30일에 연재 발표하기 시작하여, 「정쇼의 불긴」으로부터 1910년 12월 30일 「게와 원숭이」에 이르기까지 약 50여 편의 작품에 이른다. 특이하게도 이시기 '쇼셜' 란에 있는 서사들은 길이 여하를 막론하고 작가명이 표기되지 않는다. 이러한 서사에 대한 익명성은 당초에 신문 기자가 창작한 것이 아니라 제보자를 통해 전해 받은 것이거나, 다른 서사를 번역한 경우를 상정할 수 있고, 완전한 전업 작가로의 미분화를 의미하는 것으로 읽을 수도 있다.

61 한문의 서사 전통은 신소설과도 연관이 깊다. 예컨대 신소설과 야담의 관계는 桂巷稗史의『神斷公案』·『靑樓義女傳』·『車夫誤解』등에서 그 관련양상을 확인할 수 있다.

없다. 근대계몽기 신문이 계몽적 성격을 지향한다는 사정을 감안하더라도 신문이 독자에게 재미와 흥미를 고려해야 한다는 그 성격은 기본적으로 달라지지 않는다. 신문이 판매를 통해 자신의 존재를 확인하는 한, 독자의 요구에 적극 부응할 수밖에 없을 터이다.[62] 따라서 이 시기 신문에서 '소설란'을 따로 만든 것도 사실 독자의 요구와 흥미를 고려한 결과로 읽힌다.[63] '관보'와 근대계몽기에 발간된 민간신문과의 차이는 여기서 갈린다. 누차 강조하였듯이 서사에서 구연이 간여하는 순간 허구적 요소가 생길 수밖에 없다. 허구가 개입되면 자연히 사실과 길항하면서 흥미를 유발하는 경우가 많다. 한문 서사도 서사주체의 '실록정신'과 내용에서의 '신사(信史)'를 강조하지만, 사실 이를 누누이 강조하면 할수록 그

---

62 근대계몽기 신문이 서사문학 자료를 수록하면서 '소설'란을 따로 두어 다른 기사와 구별하기 시작한 것도 이러한 의식의 소산이 아닌가 한다. '소설란'은 1897년 1월 12일의 『한성신보(漢城新報)』에서 처음 시작하였다. 그 외에 단편소설란을 두었던 신문은 『만세보』와 『대한민보』와 『매일신보』 등이며, 단편소설을 처음 수록한 신문은 『만세보』이다. 그런데 국문판 『대한매일신보』에 실린 대다수의 서사는 논설란에 실려 있다. 나머지 작품은 잡보란이나 '긔서' '쇼셜' 혹은 '쇼설'이라고 명기된 소설란에 실려 있다. 다만 <보응> 한 편은 '신쇼셜'란에 실려 있다. 『뎨국신문』이 소설란을 둔 것은 1906년 9월 18일인데, 소설란에 실린 작품들은 그 성격이 '이어기담'에 수록된 것과 흡사하다 '이어기담'은 소설란이 등장하기 이전의 『뎨국신문』의 논설란에 실렸고, 잡보란에는 실리지 않았다. 이는 『한성신보』나 『대한매일신보』가 잡보란을 활용한 것과는 차이가 난다. 이러한 저간의 사정에 대해서는 김영민, 「1910년대 신문의 역할과 근대 소설의 정착 과정─『매일신보』를 중심으로」(『현대문학 연구』 25호) 참조.

63 정선태는 근대계몽기의 논설이 '문학적 의장'을 빌릴 수밖에 없는 글쓰기의 방식에 '소설'란이 설정되지 않은 상황과 연결시키고, 그것은 근대적 제도로서의 문학이 그 독립적 영역을 확보하지 못하고 미분화된 상태에서 논설란을 빌어 서사문학의 가능성을 실험한 것으로 보았다, 이는 당시 논설과 서사의 미분화의 특성을 주목한 것이다. 정선태의 논의도 의미가 있다. 이에 대해서는 정선태, 『개화기 신문 논설의 서사 수용 양상』 소명출판, 1999, 91면 참조.

내용을 들여다보면 '거사직필(據事直筆)'의 필법과 멀어지는 경우가 허다하다. 조선조 후기 한문 서사에서 허구와 사실의 혼용이 적절한 흥미와 재미를 추구하였듯이, 근대계몽기 신문 역시 독자의 기호와 계몽성의 수월한 전달을 위해 허구와 사실을 혼용하여 재미를 보여주고 있을 뿐만 아니라 이를 판매에 활용하기도 하였다. 더욱이 근대계몽기에 허구와 사실의 혼용은 공사(公私)의 구분이 명확해지고 사적 영역의 보호를 법제화하기 전까지 신문에 뒤섞이면서 기사로 된 바 있다.[64]

여기서 주목할 점은 신문은 계몽과 흥미를 위해 서사의 구조를 재인식하는데, 주로 고담조의 이야기 방식을 차용하는 경우가 많았다는 사실이다. 근대계몽기의 초기 신문은 당대 현실에서 소재를 구한 경우든, 외국의 사건이나 인물을 소개하는 것이든 모두 '옛날에 아무개가 있었는데~'와 같은 식으로 서사를 구성하여 신문기사로 재배치함으로써 흥미를 유발시켰다. 몇 가지 예를 들어 둔다.

① 근일에 늬포 소문을 들은즉 엇던 관인 ᄒ나이 근본 토호와 협잡으로 유명ᄒ디[65]
② 녯적 셔양 어느 나라 지샹 흔 분이 잇ᄂᆞᆫ디 ᄆᆞ음은 극히 어질고 작ᄒ디 큰 병통 ᄒ나이 잇스니[66]
③ 금일은 비 축쥭오니 이젼 우스운 이야기나 좀 합셰다[67]

①은 소문을 서사구조로 한 사례인데, 이야기 방식으로 서사화하고

---

64 권보드래, 『한국 근대소설의 기원』(소명, 2000) 제4장 221~225면.
65 『뎨국신문』 <근일에 늬포 소문을> 1901년 7. 27. 론설 464~466면.
66 『뎨국신문』 <녯적 셔양 어느 나라> 1901년 5. 23. 론설 455~457면.
67 『뎨국신문』 <금일은 비축쥭오니>(1906.7.12~7.16 俚語奇談)는 장회체 양식을 그대로 따르고 있는데, 이러한 장회 방식은 1906년 신문이 발간되고 난 뒤 역간의 시간을 두고 등장한다. 아마도 장회체 양식을 구체적으로 신문 기사로 활용하는데, 시간이 걸렸음을 보여준다.

있다. ②는 서양의 인물을 기사로 하면서 "녯젹……잇는듸"와 같은 읽기 쉽도록 고담조 방식으로 구성하였다. 이 역시 조선조 후기 서사에서 흔히 볼 수 있는 것이거니와, 이러한 서사의 전달 방식은 지식과 정보를 재미나게 기사로 배치한 것이거니와, 독자에게 흥미와 재미를 주기에 충분하다. ③은 우스운 이야기를 서사로 구성하고 있음을 보여주는데, 그 이야기는 서당의 글방선생과 과부의 개과를 서사로 꾸민 것이다. 학동이 주선하여 과부를 개가시켜 수절의 부당함을 비판한다는 내용이다. 이러한 '우스운 이야기'는 독자에게 충분한 재미와 흥미를 줄 수 있다. 사실 이야기의 서사구조를 활용한 방식은 웬만한 신문 기사의 서두를 뒤지면 쉽게 확인할 수 있다. 근대계몽기 신문에서 이러한 서사구조는 매우 다양하게 나타나는데, 모두 동일한 양상을 보인다. 이를테면 "이젼에 흔 로인이", "근일에 엇더흔 친구 ㅎ나이" "녯젹에 소년 남즈 두 사름이", "어늬 고을 원 ㅎ나이" 등과 같이 나타난다.

예컨대 이는 곧 신문 기자가 고담조의 이야기 방식으로 전체를 풀어가는 것이 독자의 흥미와 계몽을 결합시키는 데 유익한 서사구조로 인식한 결과, 이를 신문의 기사 방식으로 정착시킨 것으로 볼 수 있다.[68]

또한 근대계몽기의 신문은 애국계몽을 십분 고려하여 한문서사를 번역하여 신문의 기사로 한 경우가 많다. 한문서사 중, '전' 양식을 선호하여 과거 민족사에서 애국적 삶의 행동과 모습을 보여준 인물들을 기사화하거나 외국의 사례를 번역하여 기사로 실었다.[69] 이는 이 시기 역사적인 애국 인물의 전기를 계몽적 글쓰기의 적합한 사례로 인식한 결과다. 대상 인물로는 박제상, 김춘추, 을지문덕, 백결 선생과 같은 애국적 인물과,

---

68 이러한 서사 책략은 초기 신문의 논설란 잡보란 등에 두루 나타나는 현상이다.

69 이러한 사례는 "청국 어떤 션비가 말ㅎ엿기로 대강 번역ㅎ여 그 나라 형편을 알게 ㅎ노라"(『뎨국신문』 <아라스 젼 님군 피득황뎨의 ᄉ젹> 1899년 10. 12. 론설 305~307면)에서 알 수 있다.

고단한 현실에서도 고결한 인생을 살았던 인물들을 두루 포함한다.[70] 이를테면 "신라국 츙신 박제샹의 츙졀이 가히 후셰 사름의 츙분강개흔 므음을 격동ᄒᆞ야 니르킬만 ᄒᆞ기로 좌에 긔지"[71]하여 충절을 고취시키거나, 고국을 위해 삶을 아끼지 않았던 김춘추의 애국적 면모를 부각시킨 것이 그 사례에 해당된다.

을지문덕의 전기로 번역하여 전재하면서 그 서두에 "동국 명장젼에 골아듸 을지문덕은 평양 셕다산 사름이라[72]라 언급한 사실은 주목할 필요가 있다. 여기서 말하는 '동국명장젼'은 이계(耳溪) 홍양호(洪良浩, 1724~1802)의 『해동명장전(海東名將傳)』이다. 「을지문덕전(乙支文德傳)」은 여기에 실려 있다. 그 내용을 검토하면 신문기사는 「을지문덕전」을 한글로 언해한 것과 같은 방식으로 옮겨 놓았다. 내용 역시 「을지문덕전」을 거의 그대로 번역하여 전재해 놓았다. 신문이 애국 인물을 기사화 하면서 소재를 기댄 곳이, 대체로 역사서와 문집류 등의 한문 서사들이라는 점은 흥미롭다. 한문학 전통에서 계몽에 필요한 지식과 정보를 새롭게 발견한 셈이다.

그런데 그 번역 방식이 전통적인 언해본 방식이라는 사실은 주목할 만하거니와, 신문에 실린 번역 기사를 보면 언해의 구기가 십분 느껴진다. 사실 신문에 실린 인물들은 신문을 읽을 독자들이 익히 알고 있을 뿐만 아니라, 그들의 흥미를 끌기에 충분한 애국적 면모를 지닌 인물들이라

---

70 이를테면 삼국사기나 삼국유사를 그대로 번역하여 전재하는데, 『뎨국신문』의 <가긔의 ᄒᆞ다반ᄒᆞᄂᆞᆫ 토끼타령은>(1900년 3. 30 론설)에 보이는 김춘추 이야기와 <신라국 ᄌᆞ비왕 시졀에>(1901.2.16 론설)의 백결선생이야기가 그러하다.

71 『뎨국신문』 <신라국 츙신 박제샹의> 1900년 3. 23. 론설 362~364면(『근대계몽기 단형서사문학 자료전집』 상, 소명출판, 2003) 참조.

72 김영민, 구장률, 이유미, 『근대계몽기 단형 서사문학 자료전집』 상, 『그리스도산문』 2003, 소명출판. 81~83면 참조. '을지문덕'은 1901년 8월 2일에 실려 있다.

는 사실이다.[73] 계몽적 효용의 극대화를 위한 의도에 다름 아닐 터이다.

근대계몽기 신문에서 기자가 계몽사상을 직접 노출하기 위하여 기사에 대한 평을 한 경우가 있다. 기사의 의미를 부각시키기 위해 기사와 평을 결합시켜 계몽성을 강조하는 경우가 그것에 해당된다. 이 경우 한문 서사에서 흔히 볼 수 있는 서사주체의 '찬'과 '평'에 대응시킬 수 있다. 하지만 신문에서는, 서사주체의 찬과 평을 위치시키는 방법은 다양하게 나타난다. 서두에 혹은 중간에 혹은 말미에 두어 작품의 의도와 서술에 개입하기도 한다. 이러한 수법은 야담과 전, 기사 등에서도 두루 확인할 수 있는 사례들이다. 예를 들면, 평양 감영에 종사했던 한 우국인사의 일을 기사화 하면서 말미에 "우국ㅈ 평론ᄒ야 왈 사름에 흥셰흠이여 닉 일신의 고단흠을 싱각지 안이ᄒ고 죽기를 겁닉지 안이ᄒ고 일을 ᄒ야가면 비록 나라 일이라도 성공ᄒ지 못못홀 일이 업슬 줄을 알깃도다"[74]라고 평한 경우가 그러하다. 한문 서사의 경우와 동일한 방식이다. 여기서 평자를 우국자라 설정한 것도 흥미롭거니와, 평한 내용 역시 신문 기사를 본받아 목숨을 아끼지 말고 국사에 매진할 것을 권하는 대목에 이르면 애국 계몽적 논조가 더욱 선명하다.

끝으로 한글 표기와 발화 방식이 한문과 어떻게 관계하느냐의 문제를 짚어 보기로 한다. 한글표기는 일찍부터 언해본이나 한글소설, 시조, 가사 등에서 늘 보았던 바다. 하지만 근대계몽기 신문에서 구어의 재현 방식에 관한 것은 언문일치와 관련하여 적지 않은 의미를 지닌다. 언어를 통해 현실을 재현할 경우, 그 언어를 어떻게 표기하는가 하는 문제는 이 시기 표기체계를 위해 고심했던 계몽지식인들의 중요한 과제이기도 하

---

73 이 외에도 『그리스도 신문』의 김유신은 『海東名將傳』의 「김유신전」을 언해 방식으로 옮겼고, 고려에 충절을 지킨 원천석과 길재는 문집에서 뽑아 언해 방식으로 옮겼다.
74 『뎨국신문』 <평양 감영에> (1906.7.28~8.7 俚語奇談).

였다. 그런데 언어는 구어적 성격을 지닌다는 점에서, 구어를 표기로 재현했을 때 생기는 문제가 인물의 발화다. 이러한 한글 표기와 발화의 관계는 얼핏 보면 한문과 관련이 없을 것 같지만, 자세히 들여다보면 한문의 표기와 연관이 있음을 알 수 있다. 신문의 기사에서 몇 가지 사례를 들어 논의해 본다.

① 英國撤兵

　海軍提督부라는臺灣府居留地를수비ㅎ는英國水兵에下命ㅎ야卽時安平과臺灣府를退去ㅎ라ㅎ더니……海軍士官等은公使調電으로提督命令을違反치못흔다云ㅎ고……德國領事에請ㅎ야德國艦隊司令官에게保護를乞하더니司令官도亦謝絕ㅎ얏다홈[75]

② 경무ᄉ 김지룡 씨가 둘ᄒᆞ기를 이ᄂᆞ 죠션 ᄉᆞ름이라 우리나라 법ᄉᆞ에 다스리겠다 ᄒᆞ고[76]

③ 어졔 밤에 본샤 탐보원이 셔촌흔 친구의 집에 갓더니 맛춤 유지각흔 四五인이 안져서 공동회 일졀노 수쟉인 란만 흔 것을 듯고 그 죵요 흔 것을 쏩아서 좌에 긔지 ᄒᆞ노라

（문）공동회를 파흔 후에 시비가 분을 ᄒᆞ야 혹은 공동회에서 실슈를 만히 ᄒᆞ엿다 ᄒᆞ고 혹은 정부에서 잘못 ᄒᆞ엿다 ᄒᆞ니 누구의 말이 올흔지

（답）대한 사름들은 （……）엇지 몰으리요[77]

④ 강씨가 어이 업시 도라셔며 믹 맛즌 것을 원통ᄒᆞ다 흔즉 그곳 빅셩들의 말이 （에）그게 누군줄 아나 지평 원임일셰 믹만 맛고 돈 아니 쎅앗긴 것이 오늘 일수가 도로혀 됴흔 모양일셰[78]

⑤ 새 학문이 잇ᄂᆞ 신씨른 사름과 녯젹 학문믄 잇ᄂᆞ 구씨른 사름들이 셔로 문답흔 이약이가 믹우 지미가 잇기로 좌에 대강믄 긔지 ᄒᆞ노라/구씨가）무러 굴아딕 그딕가 새 학문이 잇다 ᄒᆞ니 내가 흔 말을 물으면 그딕가 룡

---

75 『官報』第八十號, 開國 504年(1895年) '六月四日 木曜」, 「外報」.

76 『독립신문』 1896.4.25, 「잡보」.

77 『독립신문』 1898.12.28, 「공동회에 딕흔 문답」.

78 『믹일신문』 1898.6.14, 「잡보」.

히 되답 ㅎ겠나뇨/신씨)
왈 무슴 말이던지 물으라
ㅎ되/구씨) 굴ㅇ되 처음
에 엇지 ㅎ야 하늘과 싸이
싱겟나뇨/신씨) 답왈[79]

⑥ 魚福孫이 聽得了推崇的響
子ㅎ고 遂不住地大哭起來
ㅎ니 淚滂滂如珠落地ㅎ며
故作哽咽的聲音ㅎ야 向了
那宰相前陳訴호되, 小人이
死罪로소이다 小人이 果然
死罪로소이다 死罪로로로
로로소소소소소소 語不分明
ㅎ고 但咽咽地哭來不住어
늘[80]

그림 3
〈대한매일신보 제1호〉

인물들이 발화한 구어를 어떻게 표기하고 있는가 하는 사례를 모아
보았다. ①은 전통적인 현토와 언해 방식으로 '못ㅎ다云ㅎ고'와 같은 방
식으로 처리하였다. ② 역시 '믈ㅎ기를', '다스리겠다 ㅎ고'와 같이 간접
화법으로 발화자를 처리하였다. ③은 비록 (문)과 (답)을 통해 구분해
놓았으나 발화자에 대한 명시는 없다. 여기서 질문하는 발화자와 답하는
발화자의 영역이 (문)과 (답)을 통해 뚜렷하게 구분된다는 점을 제외하
면, 한문을 언해한 것으로 보아도 무방하다. 또한 한글로 표기한 어휘 외
에 현토하는 방식은 한문의 현토방식과 매우 흡사하다. 특히 한글 표기
법과 (문)과 (답)으로 발화자를 나눈 것은 한문 문장의 언해와 한문의
'문왈(問曰)'과 '답왈(答曰)'에 대응될 수 있는 표현들이다. 여기서 ( )의

79 『독립신문』 1899.3.10, 「신구문답」.
80 『황성신문』, 36~37회, 1906.11.20~21, 「신단공안」.

부호를 사용하여 문과 답을 구분한 것은 발화자의 중요성을 고려한 점
이라는 사실이다.

④는 발화자가 다르다는 것을 표시하기 위하여 '(에)'로 표현하였다.
이는 '( )'나 '('와 같은 부호를 사용한 사례다. 이러한 사례들은 근대계
몽기 신문을 훑어보면 '어' '(오', '(아', '(무어', '(에', '(참', '(하', '(웬)',
'(허)', '(허허)', '(어)', '(아)', '(갑)', '(을)', '「 」'[81] 등과 같이 나온다. 곧
부호와 발어사를 함께 구사하는 수법과 동일한데, 모두 발화자의 구분을
모색한 흔적들이다. ⑤는 대화를 재현하는 방식인데, 직접적인 방식에서
다시 간접화법으로 바꾸어 놓은 사례다. 비록 '구씨)'와 '신씨)'와 같은
발화자를 부호와 함께 사용하여 구분하고 있지만, '굴아디', '답왈', '왈'
등과 같은 기왕의 간접방식을 섞어서 사용하고 있다. 한문방식이 아닌
한글의 통사구조를 십분 고려한 흔적들이다.

⑥은 현토본 한문 소설이니 당연히 근대계몽기 한문소설의 관점에서
논의할 수 있겠으나, "小人이 死罪로소이다 小人이 果然死罪로소이다
死罪로로로로로로소소소소소소"라고 현토한 점에 주목할 필요가 있다.[82] 물
론 내용은 "陳訴호디"라 하여 간접 화법을 제시한 뒤, 발화자의 말과 행동
을 표현하고 있다. 하지만 이러한 현토방식은 이미 전통 한문의 현토방식
을 벗어나고 있다. 곧 거짓으로 자신의 죄를 실토하며 울먹이는 과장된
행동을 위해 현토를 변형한 것이거니와, 인물들의 행동과 실재상황을 재
현하려다 보니, 일반적인 현토와 다른 방식을 추구한 것으로 보인다. 비록
변형된 현토 방식을 하고 있으나 역시 한문의 전통에 기대고 있는 것은 사
실이다.[83]

---

81 『대한믹일신보』 한글판 1910.3.9의 「시스평론」을 보면 '「 」'를 사용하여 발
　화자를 구분하고 있다.

82 애국계몽기 한문현토소설에 대해서는 정환국, 「애국계몽기 한문현토소설의
　존재방식」, 『고전문학연구』 제24집, 2003, 183~208면 참조.

83 이러한 표현은 사마천의 『史記』 「周昌傳」에서 "臣, 期期知其不可"라 하여 말

위에서 거론 한 것 외에 문장 중간 중간에 쓰인 "에, 이, 갓더니, 안져서, 듯고, 셔, ᄒ노라, ᄒ야, ᄒ엿다 ᄒ고, 에셔, ᄒ엿다 ᄒ니, 리요," 등과 같은 사례들은 한문 현토에 흔히 쓰이는 용례일 뿐만 아니라, 한문 언해본이나 한글 소설 등에서도 익숙하게 볼 수 있는 표현들이다. 이처럼 근대계몽기 신문에서 보여주는 발화의 문제와 문체 문제는 비록 한글의 표기법을 취했지만, 한글 표기법 내부에 이미 한문적 표기법과 발화방식이 여전히 자리 잡고 있음을 알 수 있다. 사실 신문에서 다양한 발화방식을 모색하고, 한글 표기를 통해 적당한 발화방식이 무엇인지를 찾아가는 과정은 새로운 실험이자, 문체와 글쓰기 방식을 새롭게 창안하고 한글의 통사구조로 전변하기 위한 일련의 모색을 의미한다.

그러나 이러한 실험의 공과(功過)는 쉽게 따질 수 없다. 다만 이 실험이 과실이 많다고 하더라도 다음을 위한 모색단계의 밑거름이 된다는 사실이다. 이를 인정한다면, 한문의 자장 안에서 실험한 다양한 발화 방식과 다양한 표기방식이 언문일치로 나아가는 노정에 자양분으로 작용하였을 가능성이 크다. 그리고 이 실험들은 한문 언해본과 현토의 표기방식을 활용하여 근대적 표기체계는 물론 구어의 재현 방식과 통사구조의 전환을 추구한 것과 맥을 같이 한다는 사실이다. 여기서 우리는 신문 기사의 표기방식과 발화에서도 한문의 흔적을 적지 않게 엿볼 수 있다는 점에서 한문이 근대 신문에 준 영향이 다양했음을 확인할 수 있다.[84]

을 더듬는 것을 '期期'라 한 것이나 한문 문장에서 흔히 볼 수 있는 '唯唯'라 하여 대답을 '예, 예'라 반복하는 것을 표현한 것에서 볼 수 있다. 이러한 표현은 비록 현토를 반복하여 울먹이면서 말을 더듬는 모습을 반복적으로 표현하였거니와, 이 역시 한문적 소양과 연관이 깊은 것으로 보인다.

84 물론 이러한 발화 방식과 표기에 대한 고려는 국문소설이나 가사 시조 등의 관습에서 원용한 것으로도 볼 수 있다. 그러나 시조나 가사, 한글 소설의 어휘나 표기방식 역시 한문 언해나 현토를 고려하여 발생 발전해 온 점에서 발화방식이 한문과 관련이 없다고 할 수는 없을 것이다.

5. 맺음말 – 20세기 초 단편문학과 관련하여

한문의 서사전통은 근대 매체인 신문과 직·간접으로 연결된다. 신문
의 기사는 그 기원과 주체화하는 과정에서부터 한문의 서사 전통과 다
양한 면에서 관련을 맺고, 자기발전을 통해 근대적 서사의 길을 모색해
왔다. 이는 근대 소설의 정체성과도 무관하지 않다. 이는 근대 소설의 성
격을 파악할 때, '이식의 절대성'으로 바라보아서는 안 된다는 것을 의미
한다. 기실 근대 소설은 서사의 전통을 새롭게 실험하면서 다양한 길을
통해 형성되어 갔던 것이다. 그 실험의 공간은 근대계몽기 신문이다. 특
히 근대계몽기 지식인들은 대개 '한문 소양'을 지녔거니와, 이들은 '한문'
의 소양과 이의 체득, 나아가 전통적 사유의 방식을 자신의 의지와 관계
없이 알게 모르게 의식하고 이를 신문 기사에 반영하였다. 뿐만 아니라
이들은 다양한 서사적 글쓰기를 통해 새로운 모색을 하였고, 현실과 자
신의 지성을 끊임없이 상호 소통하고, 신문을 통해 서사행위를 시험하였
다. 이러한 서사행위가 근대적 서사와 엇나가기도 하고 새로움을 모색하
는 계기를 생성하였을 법하다.

그 결과 신문의 글쓰기는 전통적인 문장관의 편입으로부터 점차 결별
하면서 새로운 서사행위로 자기갱신을 모색하기도 한다. 그런 점에서 신
문기사는 근대계몽지식인들의 새로운 서사의 실험이었고, 신문은 서사
실험의 장이었다. 이 실험의 공간에서 근대계몽기 지식인들은 신문매체
를 통해 한문과 다른 표기체계를 모색하고 제도로서의 글쓰기로 계몽사
상을 끊임없이 추구하였던 것이다. 그런데 이들이 추구한 신문의 서사는
한문 서사와 지속적으로 상호 소통하면서 새로움을 모색하였다. 그 결과
근대적 서사는 한문 서사의 자양분 속에서 발아하고, 종국에 이 근대적
서사는 근대소설의 기원으로 근대소설 형성의 매신저로 역할을 한바
있다.

그럼에도 불구하고 근대계몽기 서사의 다양한 실험들은 '전에 없던

서사'의 출현을 다양하게 보여주기보다, '있었던 서사'의 재배치를 통한 계승의 양상을 더 많이 보여 준다. 이 시기 신문에서 우리는 한문 서사를 활용하여 '있었던 서사'를 재배치하는 사례를 드물지 않게 볼 수 있다. 더욱이 한문 서사를 활용한 신문의 기사는 근대계몽기의 이후의 신소설과 단편소설양식의 형성에 일정한 숙주 역할을 함으로써 새로운 서사의 잉태에도 기여한 것으로 보인다는 점이다. 이것이 한문서사가 근대계몽기의 서사에 기여한 공일 터이다.

그간 우리는 근대계몽기에서, 근대적 의미의 문학 장르나 혹은 양식의 시원과 기원만을 찾는 데에 너무 익숙하였고, 이를 밝히기 위한 노력을 적잖게 기울여 왔던 것이 사실이다. 지금 이 시점에서 이러한 연구시각과 방법을 되돌아 볼 필요가 있다. 이를테면 "다양한 글쓰기를 통해 현실과 상호 소통하고 그것을 텍스트화하면서 끊임없이 그 의미망을 확장시켜 왔던 전통적 글쓰기에 대한 지적인 탐색을 간과하는 우를 범하지는 않았던가? 또한 단일의 문학 장르와 단선적인 양식사의 시각으로 전통적 서사작품을 편향적으로 이해하지는 않았던가? 그간 우리는 근대계몽기 서구 문학에서의 소설과 같은 단편적 요소만을 추출하고 그것이 어떤 단계를 거쳐 서구의 근대 소설과 같은 것으로 이행해 갔던 가를 설명하는데 역량을 소진하진 않았던가? 그 결과, 이 시기 전반적인 문화의 특성과 관련된 서사의 진면모를 해명하는데 소홀하지는 않았던가?"라는 몇 가지 사실을 다시 따져 물어야 한다.

어쩌면 기왕의 연구 태도는 서구의 분과학문 체계가 근대 우리 학문에 이식된 결과의 산물일 수 있다. 하여 이 시점에서 우리는 기왕의 연구 시각에서 벗어나 신문이 보여준 그 자체의 다양한 서사양상과 그 실험의 양상을 재확인하고, 이를 통해 근대계몽기 서사를 재인식할 필요가 있다. 이 지점에서 마지막으로 이태준이 "작가의 '예술'을 보려거든 단편을 보라"고 했던 말을 상기하고자 한다. 한문서사가 그 단편적 면모를 통해 빼어난 예술성을 추구한 것과 그리 비껴나지 않았다는 생각도 든다.

혹 근대 소설사의 길에서 제기된 단편의 주류성 문제[85]에서 간과되어 온 것이 한문 서사전통과의 연관성은 아닐까? 이 역시 노파심 기댄 문제 제기다. 왜냐하면 한문 서사전통의 문학적 관습과 그것이 지닌 미학적 특성에서 근대 소설 작가들(한문 소양을 지닌)은 알게 모르게 영향을 받았을 가능성이 많기 때문이다.

---

85 박헌호, 「한국 근대소설사에서 단편양식의 주류성 문제」(『식민지 근대성과 소설의 양식』 소명출판, 2004), 67~101면 참조.

근대어의 형성과 매체의 언어전략

− 언어, 매체, 식민체제, 근대문학의 상관성 −

한 기 형

1. 미디어와 근대권력

근대 미디어가 수행한 역사적 역할은 정보와 지식의 대중적 해방에 있었다. 근대 미디어는 신분과 특권에 귀속되어 있던 지식과 정보의 흐름을 변화시켜 대중성에 근거한 근대 주체의 탄생을 촉진했다. 이러한 미디어의 성격은 근대사회의 계급평등적 정치철학의 확산과 그것에 기반한 '국민'의 형성에 기여했다.[1] 한국의 경우, 미디어의 역할은 더욱 중요했는데, 그 이유는 미디어와 함께 근대 지식정보의 생산과 유통을 담당했던 국가 교육체계, 출판자본 활동이 상대적으로 충실하지 못했던 탓이다. 따라서 근대 초기 한국사회에서 미디어는 거의 독보적인 대중적 영향력을 지니고 있었다. 이것은 미디어가 근대권력의 한 양식으로 부상

---

1 한기형, 「근대잡지와 근대문학 형성의 제도적 연관−1910년대 최남선과 竹內錄之助의 활동을 중심으로」, 『근대어·근대매체·근대문학』(성균관대출판부, 2006) 273~278면.

했다는 것을 뜻했다.[2] 하지만 미디어의 권력중심화 현상은 곧바로 제국 일본의 대한정책과 필연적인 갈등 요인을 만드는 계기가 되었다.

1907년 7월 24일 부칙 3개조를 포함해 모두 38개조로 구성된 신문지 법이 반포되었다. 신문지법의 제정은 통감부의 한국 내 언론 통제를 위한 것이었다. 특히 발행인이 외국인인 탓에 치외법권 상황에 있었던 『대한매일신보』에 대한 압박이 주요한 정책 목표 가운데 하나였다. 1차 법률제정이 충분한 효과를 거두지 못하자 1908년 4월 개정안이 새롭게 만들어졌다. 개정안의 핵심 내용은 "외국인이 국내에서 발행한 국문 혹 국한문 우(又)는 한문의 신문지로 치안을 방해하며 우(又)는 풍속을 괴란(壞亂)함으로 인(認)하는 시(時)는 내부대신은 해(該) 신문지를 내국에서 발매반포함을 금지하고 해 신문지를 압수함을 득(得)함"이라는 문구 속에 들어 있었다. 최기영의 연구에 의하면 1908~1909년 2년간 『대한매일신보』가 발매반포 금지를 당한 회수는 총 202회, 압수 부수는 총 45,653부였다.[3] 이러한 집요한 조치로 인해 『대한매일신보』는 심각한 타격을 받았고 통감부의 언론 통제 정책은 상당한 성과를 얻을 수 있었다.

통감부의 『대한매일신보』 견제는 확실히 이 신문이 가지고 있는 영향력에 대한 우려의 결과였다. 독자들이 검열을 받지 않는 『대한매일신보』만을 신뢰한다는 『만세보』 주필 이인직의 발언(1907)은, 당시 『대한매일신보』가 가졌던 여론 장악력과 그로부터 창출된 사회적 헤게모니를 실증하는 사례 중 하나였다.[4] 총독부는 한국 강점과 동시에 『대한매일신보』를 비롯한 한국인 신문들을 강제 폐간하여 여론에 기초한 잠재적인 대항권력의 존재가능성을 소멸시켰다. 이로써 총독부는 식민지 사회에

---

2 위르겐 하버마스, 한승완 역, 『공론장의 구조변동』(나남출판, 2001) 제2장, 3장 참조; 제임스 큐란·진 시튼, 서경주 역, 『미디어와 권력』(한울 1997) 제1부 참조.

3 최기영, 「광무신문지법연구」, 『대한제국시기 신문연구』(일조각, 1991) 287면.

4 최기영, 같은 글, 277면.

서 유일한 절대 권력으로서의 위치를 획득했다. 제국 일본이 한국인 신문을 순치시켜 식민체제의 동반자로 만들지 못한 이유를 정확히 파악하지는 못했다. 하지만 일본의 극단적 선택이 상황 통제의 불확실성에 대한 조치였다는 점은 어렵지 않게 추정할 수 있다.

1910년대 총독부의 미디어 전략은 미디어가 현실 문제를 다루는 대중의 공론장이 되는 것을 부정하는 것이었다. 이에 따라 '시사 정치'를 다룰 수 있는 '신문지법'에 의한 미디어의 발행 허가는 이루어지지 않았다. 『매일신보』가 있었지만 미디어적 자기 정체성을 지니지 못한 '의사언론'에 불과했다. 다만 출판법에 의해 몇 개의 잡지 발간이 허용되었을 뿐이다. 최남선이 간행한 『청춘』은 그 대표적 사례 가운데 하나였다.

근대성의 핵심 영역인 미디어와의 공존을 거부하고, 언론을 통해 이루어져야 할 근대성의 복원과 재현을 부정했다는 점에서, 1910년대 총독부는 매우 편협하고 소극적인 근대화 정책을 추진한 셈이다. 그러나 이러한 권력 단일화의 의지는 제국 일본이 한국에 부식하려고 했던 식민지 근대를 운영하는 정책수단이 될 수 없었다. 왜냐하면 지배방식의 단일화는 식민지 근대로의 재편과정에서 나타나는 사회의 다원화를 수용할 수 없었기 때문이다. 1910년대 전체를 통해 이러한 모순은 해결되지 않았다. 이는 결과적으로 3·1운동 발발의 한 원인이 되었다.

3·1운동 이후 제시된 제국 일본의 신전략인 '문화정치'는 식민지 언론의 존재를 인정하여 미디어의 영향력 확대를 제도적으로 보장하였다. 물론 그것은 중심 권력인 총독부 위상의 확고함을 전제한 것이었고 총독부는 이를 유지하기 위해 검열체제의 대폭적인 확충을 추진해야 했다. 총독부는 미디어와의 권력 분점을 인정하되 하위 계열화하는 방식으로 정책을 전환시킨 것이다.[5] 그러한 총독부 언론정책의 결과로 나타난 신

---

5 한기형, 「문화정치기 검열체제와 식민지 미디어」, 『근대를 다시 읽는다』(역시비평사, 2006).

문의 새로운 위상을 한 논자는 '신문정부'라 명명하고 그 문제점을 다음과 같이 지적했다.

신문이 점차로 상품화됨을 따라서 그 자체의 성가(聲價)를 더 올리기 위하야, 그의 독자를 만히 엇기 위하야, 병적 사회현상을 그대로 늣기여 그대로 발표하며 병적 류행 그대로 영합하고 추장(推奬)하야 반사회적 요구를 그대로 수응(需應)케 된다. 이에 이르러 그 신문은 간판으로는 비록 불편불당의 사회의 목탁이라 하지마는, 기실은 금력과 지적 권력의 결합으로써 계급적 사회의 지지를 위한 선전과 교화기관으로서의 사회 목탁 노릇을 하는 것이다.[6]

다소 일방적인 비판이라 그 견해를 전적으로 수용하기는 어렵지만, 이 글은 신문이 식민체제와 권력을 분점해가는 상황을 예리하게 포착하고 있다. 신문의 체제 내적인 성격은 신문 또한 자본 활동의 결과라는 점에서 필연적인 현상이었지만, 다른 한편에서는 미디어를 허용하고 그것을 식민체제의 내부로 포섭하려는 총독부 정책이 성공했다는 것을 의미하기도 했다. 따라서 '문화정치' 이후 1930년대 중반 파시즘 총동원체제가 시작되기까지 식민체제의 상대적인 안정화는 이러한 체제 내부의 권력 분할과 계서화에 의해 이루어졌다고 할 수 있다.[7] '공유하지 않고서는 지배할 수 없다.'는 권력의 메카니즘을 총독부는 조선인 신문에 대한 정책을 통해 실천한 것이다. 그 결과로 <조선일보>와 <동아일보>는 1930년대에 이르러 상당한 규모의 성장을 이루게 되었다.[8]

1900년대 후반부터 1910년대에 걸쳐 발행된 『소년』과 『청춘』이 보여

---

6 XY생, 「현하 신문 잡지에 대한 비판」, 『개벽』 63, 1925. 11, 50면.
7 식민체제와 신문의 권력 분점 현상에 대해서는 박헌호의 「문화정치기 검열과 그 대응의 논리」(『대동문화연구』 50, 2005)를 참조할 것.
8 박용규, 『일제하 민간지 기자 집단의 사회적 특성의 변화 과정에 대한 연구』, 서울대 신문학과 박사학위논문, 1994, 105~113면.

준 언어전략은 이와 같은 식민체제와 근대 미디어, 그리고 미디어 독자인 식민지 대중 사이에 구성된 미묘한 세력 관계 속에서 구체화되었다. 따라서 이들 잡지의 언어 전략 속에는 매우 복잡한 역사적 맥락과 정치적 고려가 함유되지 않을 수 없었다.

2. 국민어의 창출과 언어내셔날리즘

근대 초기 최남선의 잡지 발간 사업은 『소년』(1908. 11~1911. 5, 통권 23호), 『붉은 저고리』(1912. 8~1913. 6, 통권 12호), 『아이들 보이』(1913. 9~1914. 8, 통권 12호), 『새별』(1913. 9~1915. 1, 통권 16호), 『청춘』(1914. 10~1918. 9, 통권 15호)으로[9] 이어지는데, 이들 잡지는 식민지배 초기의 경화된 미디어 정책이 최고조에 달했던 시기에 간행되었다. 무단통치 상황에서도 최남선의 잡지 발간이 지속될 수 있었던 원인은 잡지의 매체 성격에 식민정책과 이해관계를 공유할 수 있는 지점이 있었기 때문이다.

잡지는 특정 주제에 대한 폭넓고 심화된 지식을 제공할 수 있었던 반면 신문과 같은 정보의 신속한 파급력과 대중 동원력은 지니지 못했다. 이러한 잡지의 장단점이 모두 식민체제의 정책 방향에 부합되었다. 사전 검열에 의해 내용의 적절한 통제가 용이했다는 점도 식민체제에 유리한 조건이었다.

한국을 일본 국가체제의 내부로 흡수하려고 했던 일본의 입장에서는 지식체계의 근대적 개편은 식민정책의 중요한 목표 가운데 하나였다. 제국의 지식 판도 속으로 한국을 편제하는 것이야말로 가장 빠른 국가 통

---

9 최남선의 1910년대 잡지 간행 상황은 김근수의 『한국 잡지 개관 및 호별 목차집』, 한국학연구소, 1973, 113~114면에 의한 것이다.

합의 길이 될 수 있기 때문이었다. 식민지 지식체계의 본질적 재구도화는 교육기구를 중심으로 추진되었다. 그러나 초기 식민지 사회에서 그러한 국가기구의 제도 장악력은 충분하지 못했다. 따라서 민간 미디어들의 역할이 현실적으로 필요했던 것이다. 1910년대 총독부는 극단적인 언론 통제의 상황 속에서도 일부 잡지의 간행 허가를 통해 그러한 체제상의 목적을 달성할 수 있었다. 한편, 1910년대 최남선의 잡지 발간 사업이 허용된 것은 비합법 미디어의 사회적 영향력에 대한 견제의 기능도 일부 있었다. 한국인들의 정서를 반영하는 잡지의 존재는 언론 공간의 폐쇄가 가져올 다양한 비합법 미디어의 유통을 어느 정도 차단하는 효과가 있었다고 판단된다.

이른바 최남선 그룹과 다케우치 그룹의 잡지 발간이 1910년대의 국내 지식계의 중심적 위치에 놓이게 된 것은 이러한 사정에 의한 것이었다.[10] 이는 식민체제가 메이지 시기 박문관(博文館)이란 미디어 제국이 근대 일본의 국가체제 강화에 기여한 것과 같은 역할을 최남선과 다케우치가 조선에서 수행해 주기를 기대했다는 것을 뜻했다.[11] 즉 총독부는 신문이 만들어내는 사회·정치와 관련된 정보를 억압하고 배제하는 대신 잡지의 '지식을 통한 대중 소통'을 제한적으로 용인하였던 것인데, 이는 총독부의 식민정책과 그것이 모순되지 않는다고 판단했기 때문이다. 물론 그 지식은 철저히 탈정치, 탈현실의 내용에 한정되어 있었다. 『소년』이 1910년 8월 이후 4개월간의 발행정지를 당하고도 복간될 수 있었던 것은 그러한 배경이 있었기 때문이었다.

복간 이후 첫 호인 1910년 12월호를 최남선은 '톨스토이 선생 하세 기

---

10 한기형, 「근대잡지와 근대문학 형성의 제도적 연관」 참조.

11 박문관을 중심으로 한 일본 근대 출판자본과 국가의 관계에 대해서는 鈴木 貞美의 「明治期 『太陽』의 沿革 および 位置」, 『雜誌 『太陽』と 國民文化의 形成』, 思文閣出版, 2001을 참조할 것.

념'으로 꾸몄다. 이것은『소년』이 창간 당시부터 추진해온 편집 방침을 문학과 사상의 영역에서 심화, 확장시키겠다는 결정의 표명이었고, 그러한 선택은 이후『청춘』에 계승되었다. 최남선은 잡지를 통한 식민지 근대성의 확산이라는 총독부 정책에 순응했지만, 그것에 동의하지는 않았다. 그리고『소년』과『청춘』의 언어 전략에는 그러한 우회적 현실 거부가 반영되어 있었다. 이 점이 1910년도 한국사회에서 식민지 근대화의 노선을 선도한 다케우치 로쿠노스케(竹內錄之助)의『신문계(新文界)』와 구별되는 지점이라 하겠다.

『소년』과『청춘』의 언어 전략을 상대화하여 분석하기 위해서는 당대 미디어가 지녔던 언어관 혹은 언어정책에 대한 이해가 필요하다. 먼저 국문 전용을 선택한 경우로『독립신문』과『제국신문』,『가정잡지』,『교육월보』등의 사례가 있다.『독립신문』은 창간호 논설(1986. 4. 7)에서 "우리 신문은 빈부귀천을 다름업시 이 신문을 보고 외국 물정과 내지 사정을 알게 하랴는 뜻이니 남녀노소 상하귀천 간에 우리 신문을 하로 걸러 몇 달간만 보면 새 지각과 새 학문을 생길 것"이라고 말했다. 이는 국문 전용의 취지가 국민적 사회 통합에 있음을 천명한 것이었다.『교육월보』도 창간호(1908. 6) 취지서에서 한문으로 이루어지는 교육의 폐단을 비판한 후 "순연한 우리나라 글자로도 각종 학문을 못 가르칠 바 없고 못 배울 바 없다."는 취지하에 국가의 독립성을 유지하기 위해서는 국문을 통한 광범한 국민교육이 시급하다고 주장했다.[12]

그러나 국문 전용이 실제로 국민국가를 향한 근대적 사회통합을 견인할 수 있는가는 불확실한 문제였다. 국문 전용 정책과 그것의 수용 사이에는 상당한 거리가 있을 수 있기 때문이다. 미디어는 언어관습과 언어규범을 달리하는 다양한 언중(言衆)들을 포괄하기 마련이었다. 따라서

---

12 『교육월보』의 성격에 대해서는 최기영의 「『교육월보』와 대중교육」,『한국 근대계몽운동연구』, (일조각, 1997)을 참조할 것.

다중의 참여를 전제하고 있는 미디어가 표기언어로 국문을 전용한다는 것은 결국 다음과 같은 다양한 문제를 만들어낼 가능성이 있었다. 그것은 ㉠ 실질적인 국민 통합을 제약할 수 있다는 점 ㉡ 독자군의 축소로 미디어의 상품 가치를 감소시킨다는 점 ㉢ 관습화된 언어구조 안에서만 표현이 이루어질 수 있다는 점 ㉣ 미디어의 위상과 영향력을 약화시키며 새로운 지식과 문화의 흡수에 장애가 된다는 것 등이었다.

미디어 공간은 그것에 참여하는 다양한 계층의 자유로운 의사소통과 문화적 지향을 용인할 수 있어야 했다. 그런데 국문 전용 정책은 '하층민과 부녀자'를 독자로 상정하여 국문만 해독할 수 있는 계층을 '하위 언어' 범주에 원천적으로 가두어버리고 한자문화에 익숙한 지식분자들을 특권화하는 결과를 낳았다. 이는 미디어의 수용 대상을 임의로 분할하는 일종의 '계몽적 폭력'으로 귀결될 소지가 있었다. 이 점에서 국문 전용 정책은 미디어 독자의 계층 분할과 구분을 오히려 촉진시켰다고 할 수 있다.

국문을 전용했던 『제국신문』을 암신문, 한자와 한문의 비중이 압도적인 『황성신문』을 숫신문이라 했다는 당시의 상황은 표기언어의 성적, 신분적 관습의 완강함을 그대로 드러낸다. 따라서 국민통합이라는 국문 전용의 근본정신을 유지하기 위해서라도 신분과 교양이 서로 다른 계층 간의 상호소통을 위한 체계와 방식의 보완이 필요했던 것이다.

근대 초기 미디어 가운데 국문을 전용한 매체는 사실 소수였다. 대다수의 미디어는 국한문의 방식을 취하고 있었다. 그런데 언어 표기 방식으로 인해 미디어 공간 안에서의 소통 장애가 나타나기는 국한문을 선택한 미디어도 마찬가지였다. 따라서 아래의 자료가 보여주는 것처럼, 미디어가 국민 전체에 보급되기 위해서는 국문과 국한문 표기를 동시에 동원할 수밖에 없었던 것이 당시의 실정이었다.

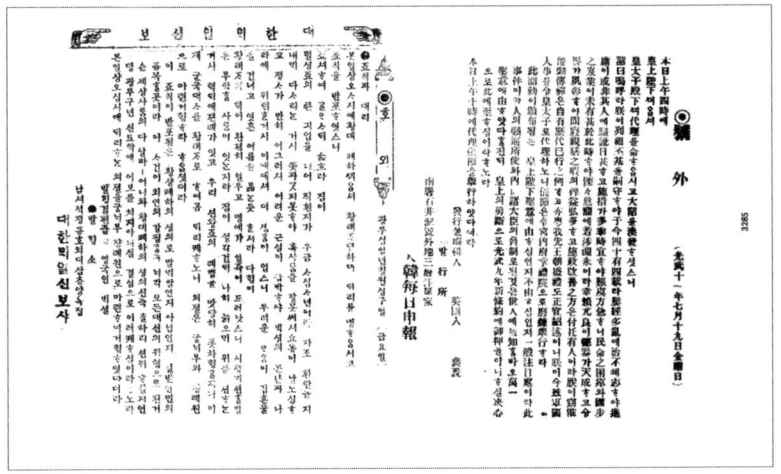

그림 1 |
〈호외〉『대한매일신보』 1907년 7월 19일자

　이 자료는 1907년 7월 19일자 국한문판 『대한매일신보』에 게재된 호외이다. 『대한매일신보』는 고종의 강제 퇴위라는 초미의 정치사건을 가능한 한 빠르고 광범하게 전파하기 위해 한 면에 두 개의 다른 문체로 기재된 호외를 발간했다. 조선인 전체를 대상으로 정보를 확산하기 위해서는 이렇게 할 수밖에 없었던 것이다. 그만큼 당시 사회의 언어 분열은 심각했다. 어떠한 상황 속에 국민을 불러내기 위한 신호가 단일하지 않다는 것, 즉 국민을 표상하는 언어가 하나가 아니라는 것은 미디어 주체들의 중대한 고민거리였다. 『대한매일신보』가 전 사회계층에 대한 영향력을 확보하기 위해 이중으로 신문을 발간한 이유가 여기에 있었다. 『대한매일신보』는 처음 국문판으로 발행되다가 이후 국문판과 국한문판을 동시에 간행했다. 국문판만으로 '국민 전체'의 이해와 지지를 얻기가 어렵다고 판단한 탓이다.

　그런데 국한문 표기 신문의 문제점은 한자를 사용한다는 그 자체보다 한문 문장구조로부터 완전히 벗어나지 못하는 문장 형식의 폐쇄성과 그로부터 연유된 이질적 통사 구조의 착종에 있었다. 위의 조칙은 원래 의

전의 성격이 강한 문장이기 때문에 예외라 하더라도 일반 신문의 언어 또한 그것과 크게 다르지 않았다. 하나의 사례를 들어보겠다.

> 蓋此萬國平和會議에 日本人의 殘虐을 舉訴할 者가 誰也오. 何許列強中에서 特히 東方의 一韓國을 爲하야 舉訴하기는 必無之事라. 推想컨대 必是 韓國忠憤之士가 轉在歐洲地方타가 對此列國會議之舉하야 自國의 寃痛한 情實과 日人의 强迫한 行動을 哀呼陳訴할 者가 有할 것이오, 列國會席에서 此 提議를 排斥함도 依例之事라.(「萬國平和會議에 韓國 提議」, 『대한매일신보』 1907. 7. 4)

이 글은 대체로 국문 문장에 가깝기는 하지만 여러 군데 한문 문장의 흔적들이 남아 있다. 이러한 문장의 문제점은 한문 문장의 구심력이 국문 문장의 활용 가능성을 제약한다는 점에 있었다. 이것은 언문일치로 나아가고자 했던 시대 조류에 역행하는 것이었다. 『황성신문』이나 대다수의 학회지들이 사용했던 경직된 한문투 문체의 사정은 이보다 더욱 심각했다. 사정이 이렇게 된 원인은 언어 사용의 주체들에게 국문과 한문·한자를 하나의 문장 안에서 어떻게 통합할 것인가에 대한 명확한 판단이 없었기 때문이었다. 근대 초기 사회에서 국문과 한문·한자의 관계 정립을 위한 논쟁은 적지 않았지만, 그것이 논의의 수준을 넘어 새로운 문장 형식으로 전화되기는 쉽지 않았던 것이다.[13]

국한문을 채택한 신문들도 소설은 대개 순국문으로 인쇄하여 매체 내부의 문체 구분을 분명히 했다. 그런데 소설의 국문 전용은 언어의 평등을 목표로 한 것이 아니라 관습의 산물이자 문체에 의해 신분, 성, 교양 수준을 구분하려는 의도의 결과였다.

이상에서 살펴본 것처럼, 미디어 언어로서 순국문과 국한문은 모두

---

13 이 점에 대해서는 강명관의 「한문폐지론과 근대계몽기의 국한문논쟁」, 『한국한문학연구』 8, 1985를 참조할 것.

언어를 통한 국민통합이라는 시대의 과제를 스스로 감당할 수 없다는 한계를 지니고 있었다. 최남선은 『소년』을 창간하면서 기존의 미디어 언어와는 구별되는 새로운 방식을 채택하여 이 문제에 대한 해결을 시도했다. 최남선이 고안한 문장 형식은 국문의 통사구조를 전면화하면서 특정 단어에 한자를 사용하는 방식이었다.

> 그럼으로 어느 나라 歷史든디 榮光스럽고 榮光스럽디 못한 것은 전혀 그 國民의 뜻이 굿고 못 굳은데 잇고 國民의 뜻이 굿고 못 굿은 것은 슨혀 곳으로 말하면 봉오리 갓흔 우리 少年의 뜻이 서고 못선데 잇나니 大抵 우리의 뜻이 서고 못 선 것은 홀노 내 한 몸 내 한 딥에만 相關되난 것이 아니라 번디여 한나라 한 天下에 그 影響이 波及하고 한 때 한 시절에만 그 關繫가 잇슬 뿐 아니라 永遠한 後日까디 그 關繫가 密接하난디라.(「少年時言」, 『소년』 창간호, 1908. 11, 8~9면)

『소년』의 문체는 동시대 여타 미디어 언어와 명확히 구별되는 것이었다. 국문 통사구조의 틀과 구어에 가까운 문장 형식을 기본으로 하되 특정 단어를 한자로 표기하는 최남선의 잡지 문장은[14] 여러 가지 목적을 지닌 것이었다. 그 하나는 국문 문장 구조에 익숙한 여성, 하층민, 유소년을 잡지의 독자로 끌어들이는 것이었고, 다른 하나는 한문 문체에 익숙한 지식인층의 거부감을 가급적 덜 받으려는 의도였다.

근대 초기 최남선의 일관된 문제의식은 '국민의 형성'에 있었던 바, 절충적인 방식의 매체 언어를 고안하여 미디어에 의한 국민통합의 가능성

---

14 이러한 『소년』의 언어 특질은 정선태에 의해 이미 지적된 바 있다. 그는 「번역과 근대소설 문체의 발견」, 『대동문화연구』 48, 2004에서 『소년』의 문체가 서구소설의 번역 과정에서 창안되었다고 주장했다. 그의 논지는 그 자체로 타당하다고 생각한다. 하지만 『소년』의 근대어를 창출한 요인은 번역만은 아니었다. 그것은 '근대의 주체화'를 둘러싼 매우 다양한 계기와 요소가 중첩되어 이루어진 일이었다.

을 모색한 것이다. 이는 반식민지 상황에서, 비정치적 수단으로 정치적 행위를 대신한 것이었다. 그의 문체 실험은 당시로서는 새로운 것이었고, 이후 미디어 문체의 기본 모형이 되었다. 이처럼 최남선은『독립신문』과 같은 과격한 언어 통일을 지양하고 사회의 다양한 언어 질서를 포괄하는 방식으로 근대어의 형성을 추진했다. 최남선의 시도는 말하자면 조선의 현실에 근거한 '국민언어'의 창출이었다고 할 수 있다.

하지만 절충과 통합만이 최남선의 최종 목적은 아니었다. '시문체(時文體)'라고 명명된 최남선의 미디어 언어는 국민 내부의 새로운 편제를 의도한 것이기도 했다. 그는 '시문체'의 주도세력으로 근대 초기 사회의 신지식층을 상정했다. 이것은 '국민'의 이상형으로서 신지식층을 부조하려는 의도의 소산이었다. 이 점에서 '시문체' 고안은 언중의 분열을 통합하려는 것과 근대적 교양과 이념에 기반한 새로운 언어주체를 확보하려는 이중의 목표를 위한 것이었다.

『청춘』과 병존했던『신문계』의 실패 원인 가운데 하나가 여기에 있었다.『신문계』의 독자는『청춘』과 마찬가지로 조선의 신지식층이었다. 그러나『신문계』의 주도층은 신지식층이 강력한 내셔널리즘의 자장 안에 있었다는 사실을 깨닫지 못했거나 무시했다. 그 결과『신문계』는 자신들의 미디어 언어가 신지식층 독자들에게 어떻게 받아들여질지 진지하게 고민하지 못했다. 백화체 한문 문장, 경직된 국한문체 등이 어지럽게 산포되어 있는『신문계』언어의 혼란은 그러한 무관심의 결과였다.『신문계』는 신지식층을 '식민지 근대화'라는 계몽의 객체로 삼았을 뿐 그들의 이념 지향과 내적 고민에 동참하지 않았다. 따라서 신지식층이 자기 주체의 성격화를 요구하기 시작했던 1910년대 중반 이후, 이러한 미디어 전략은 실패할 수밖에 없는 운명에 처하게 되었다.

최남선의 미디어 문체가 가져온 새로운 가능성은 특히 언어의 비공식 영역, 즉 개인의 내면과 그 내면 정서에 근거한 현실 묘사의 실감을 높이는 데 기여했다. 일상생활에서 사용되는 문장 형식과 한자에 기반한 개념적 낱말의 결합은 근대인의 지적인 측면과 자유로운 표현 욕구를 동시에 만족시킴으로써, 언어가 시대의 추향을 전면적으로 반영할 수 있는 가능성을 열어놓았다. 이는 문장 운용의 유연성을 강화하여 하나의 문장이 다양한 의미를 함유할 수 있도록 하는 데 기여했다. 그 결과 문학어 같은 근대어의 비기능적 활용 가능성이 확보되기 시작했다. 이것은 정치적 억압에 대한 언어적 우회라는 식민지인의 정신 공간이 구성되었다는 것을 뜻했다.

그런데 『소년』에 나타나는 낱말의 한자 표기는 단순히 지식인들의 교양적 관습만을 고려한 것은 아니었다. 당시 동아시아 사회에서는 서구문명의 흡수를 위해 수많은 번역들이 이루어졌다. 그 번역 과정에서 막대한 번역어들이 생산되었는데 이 신조어들은 모두 한자로 기록되었다. 이것은 자연스럽게 동아시아 근대문명의 언어 호환성을 구축하는 토대가 되었다. 따라서 신문명을 호흡하기 위해서라도 한자의 일상화는 필연적인 일이 된 것이다.

최남선은 한자를 "제이의 국어"이자 "귀화한 문자"이며 "아국의 신문화 또한 차(此)에 가수(假手)할 자(者) 다(多)"[15]하다고 규정했다. 그는 한자가 외국어이지만 이미 한국의 언어생활 속에 착근하였으므로 국문 안에 포섭될 수 있다고 본 것이다. '귀화한 문자'라는 표현을 씀으로서, 최남선은 한자를 국문의 하위 범주로 재배치했다. 이를 통해 '국민언어'의 중심이 국문에 있다는 점이 다시 확인되었고 국문 안에서 한자의 위상도 뚜렷해졌다. 새롭게 부여된 한자의 역할은 신문화의 보급, 즉 근대지식의 운반체라는 것이었다. 최남선이 『청춘』의 「백학명해(百學名解)」란을 통해 번역어 개념의 소개를 시도한 것은 이 점과 관련되어 있었다. 메이지 초기 니시 아마네(西周)의 서구어 번역작업의 결과인 『백학연환(百學連環)』 등을 참조한 것으로 보이는 이 글에서 최남선은 '학(學)', '과학(科

---

15 「소년한문교실」, 『소년』 창간호, 39면.

學)', '궁리학(窮理學)' 세 단어의 번역어 개념을 소개했다.[16]

번역에 의해 한자의 시위가 '문녕어'로 전환된 것은 동아시아 삼국의 공통적인 현상이었다. 동아시아 사회는 지배층의 보편 문어인 한문 문장을 버리는 대신 한자의 개념 축약 기능을 재활용하여 '언어를 통한 근대 개념의 공유'라는 새로운 동질성을 창출했다. 이렇게 해서 한자는 '지식어'라는 새로운 생명을 부여받았고, 문명과 지식을 거부할 수 없었던 이유로 한자는 결국 한국어의 영역 안으로 수용되었다. 이처럼 최남선의 미디어 언어 전략에는 근대성의 성과를 섭취하는 문제가 중요한 고려의 대상으로 상정되어 있었다.

근대 지식의 수용이라는 관점에서 한자 사용을 고려했던 최남선의 판단은 문학의 인식에도 적용되었다. 최남선은 소설을 근대지식의 차원에서 이해했다. 그는 언문소설 계보를 잇고 있는 신소설을 자신이 추구하는 문학의 범주에 포함시키지 않았다. 그는 '이야기책'이 아닌 '리터래처'로서 자기 문학의 성격을 파악하여 한국 전통 서사의 계보에서 스스로를 단절시켰다. 최남선은『소년』과『청춘』에 번역 및 창작 소설을 여러 편 게재했는데 이들 소설도 역시 국문 문장을 기본으로 하되 한자를 활용하는 문체 형식을 채택했다. 이는 언문소설의 문체에서 '의식적'으로 이탈한 것이었다.[17]

여기서 주변어였던 '언문'과 중심어였던 '한자 · 한문'이 미디어라는 근대제도를 통과하면서 그 사회적 역할이 어떻게 재조정되었는지가 확

---

16 『청춘』 창간호, 1914. 10, 76~78면; 西周의 번역 문제에 대해서는 鈴木修次의 『文明のことば』, 文化評論株式會社, 1982; 柳父章, 서혜영 역, 『번역어 성립사정』(일빛, 2003) 등을 참조할 것.

17 문학에 대한 근대적 개념 규정의 문제에 대해서는 황종연의 「문학이라는 역어」, 『한국문학과 계몽담론』, 새미, 1999와 한기형의 「최남선의 잡지발간과 초기 근대문학의 재편」, 『근대어 · 근대매체 · 근대문학』(성균관대출판부, 2006)를 참조할 것.

인된다. 최남선의 잡지언어는 언문일치라는 입장에서 한자와 한문을 배타적으로 밀어낸 주시경의 입장을 기본으로 하되, 지식어로서 한자의 역할을 인정하는 장지연의 실용적 태도를 교묘하게 결합시킨 것이었다.[18] 주시경의 언어관에 대한 최남선의 동의와 지지는『청춘』창간호의「주시경 선생 역사」에 잘 나타나 있다. 그는 이 글에서 주시경의 국어 연구를 "실로 조선에 국어가 있은 뒤 초유한 거(擧)오, 조선인 스스로 과학적으로 국어를 해명한 효시라. 차인(此人) 차시(此時)의 자각과 결심이 실로 조선어 부흥의 신기운이로다."(164면)라고 평가했다.

최남선은 '시문체'가 근대어의 모범이자 기준이 되기를 희망했다. 그러한 노력의 일환으로 그는 1918년 신문관에서『시문독본(時文讀本)』을 간행했다. 이 책은 최남선이 생각한 '근대어 문체'의 교과서라고 할 수 있다.『시문독본』을 통해 최남선은 다양한 방식의 근대 문체 형식을 제시했다. 그 가운데 상당수는 자신의 잡지를 통해 발표된 것이었다. 이 책에서 최남선은 근대의 복잡성과 다양성을 한국어가 그 자체의 형식을 통해 반영할 수 있다는 사실을 입증했다. 이것은 국문이 스스로 '문명어'의 역할을 할 수 있다는 것을 의미했다. 국문이 근대의 '문명어'가 될 수 있다는 것은 그 언어의 사용자들이 곧 문명의 창조자가 될 수 있다는 것을 뜻했다. 이것은 한국인의 능동적 내셔널리즘의 고양에 실제로 기여했다.

결론적으로, 다양한 신분 배경을 지닌 사회 구성원들을 독자로 포괄하고, 미디어 공간 속에서 이루어지는 소통과 접속을 통해 국민적 이념과 공유의 경험을 확인하며, 동시에 서구로부터 발원한 근대 국민국가의 새로운 지식체계를 흡수하는 데 필요한 언어형식을 고안하고 실용화하는 것이『소년』과『청춘』이 보여준 언어 전략의 방향이었다. 한국어의

---

18 근대 계몽기 언어문제에 대한 포괄적 정리로는 임형택의「근대계몽기 국한문체의 발전과 한문의 위상」,『한국문학사의 논리와 체계』(창작과 비평사, 2002)를 참조할 것.

통사구조를 중심으로 하는 글쓰기가 전면화되었다는 것만으로도 최남선의 언어 진략은 충분한 성공을 거두었다. 동시에 이것은 근대 계몽기 국문운동이 이룬 결실이기도 했다. 식민체제에 의한 혹독한 통제와 검열 상황 속에서 최남선은 내용보다는 언어의 변용을 통해 근대 국민화의 가능성을 모색했다. 이것이 민족 대립의 상황에 대한 최남선 나름의 현실적인 개입 방식이었다.

3. 근대어의 세포 분열과 문학어의 제도화

황종연은 그의 논문 「문학이라는 역어(譯語)」에서 "문학을 리터래처의 역어로 전제함으로써 이광수가 문학에 대한 관념과 지식에 초래한 변화는 지금까지 알려진 것보다 훨씬 심오한 것이다. 그가 행한 바와 같은 통언어적 실천은 하나의 새롭고 유력한 문학의 정의를 제공하는 것이지만 결과적으로는 문학에 대하여 사고하고 언술하는 방안을 창안하는 것이다."라고 말했다.[19] 번역 관념의 개입에 의해 전통문학에 대한 관습적 추수의 단절이 일어나고 전혀 새로운 질의 문학이 시작되었다는 황 교수의 판단은 올바른 것이다. 하지만 이 문제를 보다 깊이 있게 이해하기 위해서는 다른 차원의 고민이 조금 더 필요하다.

근대초기 사회에서 『소년』 이외에도 '리터래처'의 소개는 있었다. 예컨대 이보상(李輔相)에 의해 번역된 『이태리 소년』(중앙서관, 1908)이라는 작품이 있다. 우리에게는 '엄마 찾아 삼만리'로 잘 알려진 이 작품은, 이태리 작가 에드먼드 데 아미치스(Edmondo De Amicis, 1846~1908)가 쓴 『쿠오레(Cuore)』(1984) 가운데 액자소설로 삽입된 '압뺀니니 산

---

19 황종연, 「문학이라는 역어」, 14면. 황 교수의 이러한 관점은 최근 「노블, 청년, 제국」, 『상허학보』 14, 2005에서 보다 확장된 형태로 재차 강조되었다.

맥에서 안데스 산맥까지'를 번역한 것이다.

번역자 이보상은 작품의 서문에서 "지금 서양이 잘 다스려지고 평안을 누린 지 모두 3, 4백 년이 되었으니 효제(孝悌)가 없었다면 이 같을 수 있겠는가? 그러므로 비록 효제가 없다고 말들을 하지만 나는 효제가 있다고 생각한다(今西人之治安 皆三四百年 無孝悌 能如是乎 故雖曰無孝悌 余以爲有孝悌)."[20]고 말했다. 그는『이태리 소년』의 주제를 '효제'라는 동양 이념의 차원에서 이해했고, 이 소설은 동양적 가치의 보편성을 확인시켜주는 텍스트로 활용되었다. '리터래처'가 성인의 가르침이 인류 전체에 실재하는 것을 증명하는 사례로 그 내용의 '문명적 전환'을 겪은 것이다.

그 다음 이보상은 "저들은 성인의 도를 듣지도 못했는데 오히려 천부의 효제를 가지고 있거늘 하물며 우리가 사천 년 동안 날마다 일컬어온 것임이랴?(彼不聞聖人之道 尙有天然之孝悌 況我四千年 日日所云云者乎)"는 말을 덧붙였다. 여기서 우리는 '리터래처'의 번역이 시대적 위기의 돌파구로서 전통사상의 가치를 재인식하는 데 활용되는 사례를 확인하게 된다. 이러한 의도 속에서 번역된 '리터래처'가 온전히 근대지식으로서의 기능을 수행할 것을 기대하기는 어려웠다.

이 번역문의 문체는 국한문으로 되어 있었다. 이보상이 이 작품을 민간에서 유전하는 소설의 범주로 인식했다면 순국문으로 번역했을 것이다. 그러나 번역자는 순한문에 가까운 국한문의 표기를 선택하여 이 작품의 독자 성격을 스스로 한정했다. 작가가 이 작품의 번역을 근대지식의 소개라는 차원에서 이해했던 것은 분명한 일이었다. 그러나 표기언어로 경직된 국한문체를 선택하여 표현과 내용에 제한을 가함으로써, 역자의 번역 의도에 원작의 고유한 주제가 재규정되었다. 이는『이태리 소년』

---

20 이 글의 번역은 민족문학사연구소가 편역한『근대계몽기의 학술문예사상』(소명출판, 2000) 129면에 의한 것이다.

의 의미망이 전통적인 지배계층 언어의 적층 속으로 귀속되는 것을 의미했다.

⑴ 可愛하고 可憐한 馬克이여. 渠도 또한 行路의 難함을 知할 것이요, 旅況의 苦함도 知할지나 游釣嬉戲하던 瑞邢鄕이 地平線 下에 漸次 沒見하는도다. 蓋此船의 搭客은 太半이나 勞動作苦하던 人으로 彼都에 移住하는 者라. 箕距肆坐하야 奮肸酣呼함에 一人도 馬克을 理會하는 者 無하고 馬克도 또한 此種의 醜惡한 態를 耐치 못하야 悲氣는 來襲하고 神魂이 阻喪하야 兩日內에 粒食도 進치 아니하고 오직 船尾에 蹲坐하야 潛然히 流涕할 뿐이오.(『이태리 소년』, 7∼8면)

㉡ 가엾은 마르코! 그는 강한 마음을 가졌고 이 여행 동안 겪게 될 그 어떤 힘겨운 고난도 맞이할 준비가 되어 있었습니다. 하지만 고향인 아름다운 제노바가 수평선 너머로 사라질 때, 높은 바다 한가운데에 있을 때, 그리고 이민 가는 농부들로 만원을 이룬 큰 증기선 위에 자신이 가진 것을 모두 넣은 가방 하나를 든 채 아는 사람 하나 없이 혼자 서 있을 때 갑자기 자신감을 잃게 되었습니다. 나오려는 울음을 애써 참으면서 거의 아무것도 먹지 않은 채 이틀 동안 강아지처럼 뱃머리에 웅크리고 앉아 있었습니다.(이현경 역, 『사랑의 학교』 3권, 창작과비평사, 1997, 31∼32면)

인용문은 마르코의 항해가 시작되는 장면의 묘사인데 ㉠의 경우 표기 언어에 의해 생생한 표현이 거세됨으로 '리터래처'의 필수 요소인 언어와 감성의 등가화가 부정되었다. 반면 ㉡에는 미지의 먼 길을 떠나는 마르코의 불안한 내면이 사실적으로 묘사되었다. 역시 근대의 '리터래처'는 일상의 발화와 내면의 정서가 일체화 되어야 했다. 근대문학의 제일 조건으로 언문일치가 요구된 것은 이러한 언어와 정서의 유기적 결합이 필요했기 때문이다. 내면이 구성한 어떤 이미지가 있는 그대로 언어화된다는 의식이야말로 '리터래처'가 추구한 리얼리즘의 본질적 속성이었다.

이것은 '리터래처'를 '리터래처'로 번역하기 위해서, 언어와 문화의 차이에 의한 원본과 번역본 사이의 의미론적 이질성을 일치시키는 것이 중요한 문제라는 것을 보여준다. 하지만 국한문체로 이러한 요구를 충족시키는 것은 불가능했다. 오히려 앞에서 본 것처럼 '리터래처'의 번역마저 성인(聖人)의 교화 도구로 삼아야 한다는 논리가 생길 수 있었던 것이 근대 초기의 상황이었다. 여기서 언어가 이념의 운반체라는 것이 명확히 드러난다.

한 가지 또 지적할 것은, 국한문 번역본이 서사의 필수요소인 묘사를 극도로 약화시킨다는 점이다. 따라서 국한문으로 번역된 작품은 주인공의 행위 중심으로 수척해질 수밖에 없었다. 이는 번역어의 언어 전통 속에 내재한 이념이 번역 대상을 자기 구심력 안으로 끌어들여 작품의 본래 성격을 바꾸어버렸기 때문이다. 내용이 비슷하다고 해서 원작의 의도나 느낌이 충분히 살아날 수는 없었다. 언어 상황의 상동성을 극대화할 수 있는 적절한 번역어가 필요했던 것인데, 그래야만 근대지식으로서 '리터래처'의 의미와 기능이 독자에게 제대로 전달될 수 있었다.

국문 중심의 문장 사용을 전면화했던 『소년』과 『청춘』은 그 점에서 근대문학이 탄생할 수 있는 '언어 상황'의 조성에 기여했다. 실제의 사례를 살펴보자. 『소년』 3년 6권(1910. 6)의 내용은 수필 「꺾인 소나무」, 바이런의 시를 번역한 「대양」, 「대양」 영어 원문, 『소년』 발행의 계기와 과정의 기록, 창가, 「금일 아한(我韓) 청년의 경우」라는 이광수의 논설, 「소천소지(笑天笑地)」라는 우화모음, 논설문 「해상대한사」, 위인들의 금언, 이광수가 쓴 「곰」이라는 제목의 자유시, 나폴레옹 전기, 북극탐험기 등으로 구성되어 있다. 다음 호인 3년 7권(1910. 7)은 분량의 태반을 빅토르 유고의 『레 미제라블』을 발췌 번역한 「ABC계(契)」에 할애했다.

『소년』은 이처럼 국문 통사구조에 근거한 다양한 문체가 하나의 미디어 공간 안에 공존할 수 있었다는 것을 보여주었다. 이들 문체의 다양성은 근대 초기의 언어 혼란에서 비롯된 것 같지만 실상은 그렇지 않았다.

문학과 논설, 개인기록, 전기, 교육을 위한 실용문 등 『소년』의 언어 형식은 문장의 기능과 목적에 따라 서로 다른 문체가 채택되는 근대어의 세포 분열을 반영하는 현상이었다. 이것은 언어가 근대의 입체화된 사회 영역의 표상 체계로 자기의 육체를 분할하고 동시에 강화하는 과정이었다고 할 수 있다. 그리고 그 가운데 중심적인 언어 형식은 역시 '문학어'였다.

『소년』의 다양한 언어 활용은 근대문학의 본질적 성격인 고도의 '언어적 잡종성'이 구현될 수 있는 토양을 제공했다. '언어의 잡종성'이란 분화와 위계화라는 근대 세계의 복잡성이 언어로 재구성되는 것을 뜻했다. 근대문학이 계층, 지역, 성, 시간, 공간, 기능 등으로 구획된 이질의 언어가 뒤섞이면서 형성되었다는 것은 익히 알려진 사실이다. 이 점에서 근대문학은 근대 세계체제가 자체의 본질로 현현한 대착종과 대통합의 언어적 현존이라고 할 수 있다. 특히 근대의 장편소설은 세계에 대한 총체적 재현을 시도하면서 다양한 양식의 언어를 교직해 '문학어'라는 포괄적 틀로 드러내는 데 기여했다.

그러한 결과로 이루어진 『레 미제라블』 번역의 한 대목을 살펴보자.

> ㉠ 그가 마침내 絕頂에 達하다. 여러 千百의 銃ㅅ부리가 다만 集注한, 참 '죽음'의 正面에 그가 泰然하게 섯도다. 그가 하늘까지 다라는드시 허리를 길게 펴고 그 左腕에 걸은 赤旗를 느릿느릿 압흐로 내여 左右로 二三次 흔든 뒤에 큰 닙을 버릴 수 잇난대로 버리고 갈라진 목소리로 불으지진다. "自由! 平等! 그러치 아니하면 죽음(死)!"(「ABC계」, 『소년』 1910. 7, 4면)

> ㉡ 그가 마지막 계단에 올라섰을 때, 이 비틀거리는 무시무시한 유령이 보이지 않는 천이백 개의 총을 앞에 두고 온갖 잡동산이를 쌓아 올린 산더미 위에 올라가서 초연한 모습으로 죽음 앞에 늠름하게 섰을 때, 바리케이트 전체는 어떤 초자연적인 거대한 형상을 나타냈다. 다만

그것에는 기적의 주위에서만 생겨난 침묵이 있었다. 그 침묵 한복판에서 노인은 붉은 기를 흔들면서 외쳤다. "대혁명 만세! 공화국 만세! 사랑! 평등! 그리고 죽음!"(김영선 역, 『레 미제라블』Ⅲ, 하서, 1992, 182면)

자신의 생명을 담보로 장구한 시간 동안 진행된 사회적 억압의 파열을 만들어내는 프랑스 근대혁명의 결정적 장면 하나를 포착한 『레 미제라블』의 긴장된 순간이 '일한병합' 직전 한국의 잡지를 통해 재현 되었다는 것은 놀랄 만한 일이다. 여기서 중요한 것은 번역문이 보여준 실감, 곧 언어 상황의 상동성이다. 『소년』의 『레 미제라블』 번역은 이 작품 가운데서 묘사된 가장 첨예한 역사적 충돌의 대목을 한국인의 일상어 방식으로 묘사함으로써 원본과 번역본 사이에 의미상의 일치를 보장하려고 노력했다. ㉠과 ㉡의 시간 거리는 80년이 넘지만 내용의 차이가 그리 많지 않다는 것은 1910년대 당시 '문학어'가 달성한 수준의 높이를 말해 준다.

이러한 노력은 독자에게 프랑스 혁명이라는 역사 상황의 한국적 등가화를 요구했고 또 그것은 그들의 의도대로 독자에게 수용되었을 것이다. '自由! 平等! 그러치 아니하면 죽음(死)!'이라는 도발적인 문구는 그 내용뿐만 아니라 근대계몽기 시조의 그것처럼 종결어미가 과감히 생략된 문장의 단절감으로 더욱 생생한 절실함을 야기했다. 서구발 근대혁명의 동아시아적 천이(遷移)는 그렇게 이루어진 것이다. 언문일치에 근거한 '문학어'는 이렇게 해서 정치성과 대중의 실감을 결합하는 매개가 될 수 있었다.[21]

『청춘』이 발간되면서 '문학어'의 비중은 더욱 높아졌다. 다양한 서구

---

21 물론 이 번역이 일본어역의 재번역일 가능성이 높기 때문에 한국어 번역에 미친 일본어 번역의 영향은 반드시 연구되어야 할 사항이다. 하지만 이 문제는 역량을 넘어서는 일이므로 관심 있는 전문가의 손길을 기다릴 수밖에 없다.

소설이 축약 번역되어 소개되고 기행문과 일인칭 시점으로 쓰여진 산문들이 많아졌다. 동시에 창작소설과 현상문예 작품들도 다수 실리기 시작했다. 참고로 『소년』과 『청춘』에 발표된 소설 작품의 목록을 제시했다. 현상문예 당선작들은 별도의 논문을 참고하기 바란다.[22]

		제 목
소년	번역 (10편)	거인국표류기(스위프트), 로빈슨무인절도표류기(데포), ABC계(유고), 사랑의 전승/조손 삼대/어른과 아이/한사람 얼마나 땅이 있어야 하나/다관/너의 이웃(틀스토이), 어린 희생(이광수)
	창작 (1편)	헌신자(이광수)
청춘	번역 (6편)	너 참 불상타(유고), 갱생(톨스토이), 실낙원(밀턴), 돈기호전기(세르반테스), 캔터베리기(초서), 더러운 면포(모파상)
	창작 (11편)	한의 일생(현상윤), 박명(현상윤), 재봉춘(현상윤), 김경(이광수), 광야(현상윤), 핍박(현상윤), 소년의 비애(이광수), 어린 벗에게(이광수), 방황(이광수), 윤광호(이광수), 백운(이상춘)

소설, 수필, 기행문 등 '문학어' 형식은 발화주체가 자신의 의도를 표면화하지 않고 은닉할 수 있다는 것, 그리고 그 모호성으로 인해 오히려 현실에 대한 가장 유효적절한 표현 형식이 될 수 있다는 점에서 작가와 독자 사이의 은밀한 교통로를 만들었다. 그로 인해 1910년대는 문학에 내장된 '비정치적 정치성'이 근대문학 전반에서 가장 고조된 시기가 되었다. 식민체제의 강력한 억압과 문명어로서 문학의 새로운 지위가 결합

---

22 한기형, 「최남선의 잡지 발간과 초기 근대문학의 재편」, 『근대어·근대매체·근대문학』(성균관대출판부, 2006).

되면서 문학의 이미지는 더욱 선명해졌기 때문이다. 문학어는 커뮤니케이션의 유력한 코드였고, 그것은 불온한 언어 형식이기보다 첨단의 언어 형식으로 이해되었다. 근대적이되 불온하지 않은 언어의 확산은 총독부 권력의 예민한 신경에서도 한 발 비켜나 있었다.

소설과 함께 '문학어'의 내부를 풍부하게 한 것은 다양한 형태의 산문이었다. 『청춘』에 게재된 산문들의 중요한 공통점은 주로 개인의 '내향적(內向的) 언어'였다는 점에 있다. 독백과 일기체같이 그 형식 자체가 개인성에 근거한 것도 있었지만, 기행문처럼 세계의 객관성을 묘사하는 문장에도 작가의 심리와 내면이 중요한 역할을 했다.

이광수는 「해삼위(海三威) 로서」(6호, 1915. 3)에서 상해에서의 경험을 되살리며 "그러나 노상에서 진자(眞字) 양인을 만나매 나는 지금껏 가지엇던 '푸라이드'가 어느덧 슬어지고 등골에 찬땀이 흐르어 부지불각에 푹 고개를 숙이엇나이다. … 과연 나는 아모 목적도 업고 사업도 업는 유객(遊客)이오, 그네는 사사(私事) 공사(公事)에 눈 뜰 사이가 업시 분주한 사람이니 이만하야도 내가 수치의 정(情)이 생김은 맛당할가 하노이다."(79면)라고 말했다. 이러한 이광수의 문명적 열등감은 '내향적 언어' 그 자체일 수밖에 없었고, 자연스럽게 근대 문학어의 한 형식이 되었다.

『소년』과 『청춘』이 보여준 다양한 언어 실험이 진행되는 과정을 살펴보면 그 방향이 문학으로 수렴되고 있음을 느낄 수 있다. 그러한 지향의 결정판은 『청춘』이 시행한 현상문예에 있었다. 『청춘』의 현상문예는 7호(1917. 5)의 광고로부터 시작되었다. 이 광고에 의하면 현상문예는 '매호 현상문예'와 '특별 대현상'으로 구분되어 있었다. 전자는 시조, 한시, 잡가, 신체시가, 보통문, 단편소설 등 6종, 후자는 수필에 해당하는 보통 문장과 단편소설 등 2종으로 분야가 나뉘어져 있었다. '매호 현상문예'는 일반 독자대중, '특별 대현상'은 전문작가 지망생을 대상으로 한 것인데 후자에서 시조, 한시, 잡가, 신체시가가 사라지는 것은, 그것이 근대 문학어의 진행방향과 일치하지 않는 언어 형식이기 때문이었다.

『청춘』은 현상문예를 시행하면서 언어문제에 매우 예민한 태도를 취했다. 예를 들어 '매호 현상문예'의 '보통문'에는 '순한문 불취(不取)', '단편소설'에는 '한자 약간 석근 시문체(時文體)'라는 형식을 요구했다. 특히 단편소설의 언어형식으로 규정된 '한자 약간 석근 시문체'라는 것은 앞서 살펴보았듯이 최남선이 근대 미디어의 언어로 고안한 바로 그것이었다.

'특별 대현상'의 첫 당선자 발표는 『청춘』 11호(1917. 11)에서 이루어졌다. 보통문 부분의 심사자였던 최남선은 심사후기인 「양문고선(兩文考選)의 감(感)」에서 "문이 상을 따르지 못하야 모처럼 훌늉한 사상이 붓대에서 억결이 되며 또 혹 일부분에는 상당한 휘쇄(揮灑 – 서화를 쓰거나 그림)를 하고도 전체를 그대로 엉구지 못한 것이 만흐니, 총(總)히 문장연습이 엇더케 현대청년에게 부족함을 볼 것이며, 시문(時文)에 대한 용의(用意)가 태무(殆無)한 시하(時下) 교육의 결함이 엇더케 심함을 깨다를지라."(40면)고 말했다. 여기서도 현상문예의 주요한 목적 가운데 하나가 '시문체'의 전면화에 있었다는 것이 드러난다.

최남선과 이광수가 주축이 된 '청춘 그룹'은 현상문예를 통해 근대어의 다양한 모범을 제시했다. 동시에 단편소설을 현상문예의 핵심에 배치하여 문학어의 구심력을 강화해 나갔다. 자신들이 추구하는 근대 문체에 현상문예라는 제도의 권위를 결합시킨 결과, 그들의 언어는 근대어의 주도적 위치에 오를 수 있게 되었다.[23]

'시문체'라는 근대어를 창출하고 문학어를 그 꼭지점에 위치시킴으로써 '청춘 그룹'이 추구한 언어내셔날리즘 기획은 어느 정도 완성되었다

---

23 현상문예에 대해서는 김춘희의 『한국근대문단의 형성과 등단제도』, 동국대 석사학위논문, 2000, 한기형의 「최남선의 잡지발간과 초기근대문학의 재편」, 일본에서의 연구로는 紅野謙介의 『投機として文學』, 新曜社, 2003 가운데 「懸賞小說の時代」를 참조할 것.

고 할 수 있다. 김윤경, 배재황, 주병건 등 주시경의 한글운동에 연결된 인물들과 방정환, 박달성 등 『개벽』의 중심인물들이 『청춘』 현상문예의 주요 투고자였다는 점은 그러한 의도가 상당한 수준에서 현실화되었다는 것을 의미했다. 여기서 우리는 근대어, 근대 매체, 근대문학, 그리고 내셔널리즘이 하나의 체계 속에서 결합되어가는 과정을 확인할 수 있다. 한국의 근대문학이 지닌 '생래적 정치성'은 이러한 과정을 통해서 획득된 것이다.

4. 결론

앞서 말한 것처럼 『소년』과 『청춘』이 간행된 것은 식민체제와의 타협에 의해 이루어진 일이다. 하지만 이 타협을 통해 양측은 각자가 필요한 목적을 달성했다. 총독부의 입장에서는 한국인 미디어의 존재로 인해 식민지 근대화의 문화 상징을 확보할 수 있었다. 최남선은 자신의 미디어 사업을 통해 국가 부재의 상태에서 국민국가의 심리적 통합을 위한 사회 제도를 유지할 수 있었다.

그런데 이 과정에서 최남선이 처했던 곤란은, 그가 잡지를 통해 발표할 수 있는 내용이 매우 제한되어 있었다는 점이었다. 여기서 그가 선택한 방향은 근대의 표피를 묘사하는 것이 아니라 언어 내부의 육체를 탐사하는 작업이었다. 언어는 누구에게나 비정치적이며 현실적이지도 않은 대상으로 인식되었다. 최남선은 이 점을 날카롭게 활용했다.

언어 내부의 육체를 탐사한다는 것은 무엇을 의미했는가? 그것은 언어가 내장하고 있는 표현과 묘사의 가능성을 발견해나가는 작업이었다고 할 수 있다. 『소년』에서 이루어진 한국어 통사 구조의 다양한 활용, 그것과 동시에 추구된 서구 근대지식의 수용 경험은 언어 내부로의 확장을 통해 얻어야 할 것에 대한 기반과 준비가 되었다. 최남선은 『소년』

발행 당시부터 일인칭 표현을 자주 사용했다. 그러한 발화방식은 자연스
럽게 인간의 내면과 심리의 문제에 대한 언어 표현의 사회적 용인을 강
화시켰다. 『청춘』이 다양한 문체 실험을 하는 과정 속에서도 문학적 수
사에 가까운 '개인어'의 비중을 높인 것은 그러한 의도 속에서 이루어진
일이다.

이것은 '문학어'를 '근대어'의 중심에 위치시키려는 전략의 현실화에
기여했다. 그 전략의 목표는 문학의 상징 속에 정치 현실을 담아내려는
의도와 연관된 것이기도 했다. 문학이 지니는 다양한 의미 발화가 언표된
것 이상의 무엇을 지시하도록 한 것은 현실의 언어적 제한을 넘어서려는
노력의 결과라고 말할 수 있다. 전적으로 그렇다고 할 수는 없지만, 『청춘』
의 문학화는 따라서 '은폐된 정치성'의 표현 수단으로 선택된 측면이 농
후했다. 문학이 한국 근대의 '특별한 언어'가 된 요인이 여기에 있었다.

1910년대 중반 한국과 일본에서 발간된 『청춘』과 『학지광』을 비교해
보면 『청춘』의 문학 비중이 월등히 높다는 것이 드러난다. 이러한 현상
의 원인은 여러 가지로 생각해 볼 수 있겠으나 핵심은 정론의 통제 여부
에 있었다. 『청춘』의 문학 과잉은 미디어가 담을 수 있는 여타의 근대언
어 형식이 억압된 상황의 반영으로 해석될 수 있는 것이다.

따라서 1910년대 『청춘』의 문학은 서구로부터 발원한 근대지식의 수
용을 반영하는 현상이면서 동시에 한국이 처했던 특수한 역사 환경이
스스로 선택한 결과였다. 식민지 근대의 사회에서 문학 형식은 그 자체
가 이데올로기적인 성격을 지니고 있었다. 그렇게 말할 수 있는 첫 번째
이유는 문학이 대중을 '구속'하는 장치였기 때문이다. 또 다른 이유는
『청춘』의 문학 집중이 결과적으로 식민지 근대화의 실용성을 거부했기
때문이다. 이 점이 1910년대 사회에서 『청춘』과 『신문계』가 구별되는
지점이었다. 그리고 1910년대 독서 대중은 『청춘』의 방식에 더 많은 지
지를 보냈다. 한국의 근대문학은 이렇듯 복잡한 장애물과의 대결 속에서
자신의 모습을 드러내기 시작했다.

문학의 근대성, 매체 그리고 비평정신

차 태 근

1. 문학의 '호출'과 그 '근대성' 위기

가라타니 고진은 최근 한 대담에서 근대문학의 종언을 제기하였는데, 이는 그간 널리 회자되어 온 문학 위기론의 결정판과 같은 선언이었다. 특히 최근 한국문학의 위기상황을 통해 근대문학의 종언에 대해 더 더욱 확신하게 되었다[1]는 그의 언술은 단순히 근대문학의 종언이 서구나 일본 등 국지적인 현상이 아니라 프레드릭 제임슨이 말한 정치적인 제3세계 문학을 포함한, 세계문학의 보편적인 문제임을 말함과 동시에 "종언"의 실질적 의미가 무엇인지에 대해 암시해 주고 있다. 역사의 종말과 혁명의 고별 등 연속적인 종언론의 릴레이 선언을 이어가는 근대문학의 종언은 이들이 서로 모종의 공통된 토대위에 기초해 있었음을 말해준다. 특히 그가 '문학'의 종언을 말하는 것이 아니라 '근대'문학의 종언을 말하고 있다는 점에서, 이 "종언"의 성격과 본질은 기존의 종언 시리즈와 크

---

1 가라타니 고진 저, 조영일 옮김, 『근대문학의 종언』(도서출판b, 2006), 48~50면.

게 달라져 보이지 않는다. 그러나 문학자체가 아닌 '근대' 문학의 위기라 하지만, 여기서 밀하는 문학의 기의가 실은 근대성에 기초하여 구성되고 부여된 것이라면 이는 곧 문학의 '근대성'을 넘어 문학 그 자체에 대한 문제제기와 직접 결부되지 않을 수 없다. 기실 문학의 위기에 대한 목소리는 역사적으로 늘 상존하는 문제였고, 이는 문학자체의 위기라기보다는 문학과 사회의 관계 변화나 문학을 중심으로 한 담론의 위기에 대한 징후적 언설이었다. 가라타니의 주장은 이런 의미에서 문학과 사회의 근대적 관계에 대한 재조정이자 근대적 문학담론의 위기에 대한 징후로 읽는 것도 가능하다.

여기서 우리가 주목할 것은 문학의 '근대성' 내지 근대적 의미의 '문학성'이라는 개념이다. 수 없는 논의를 진행해온 이 두 개념은 각 기 다른 차원에 속해 있으면서도 상호 연관되어 있다. 문제는 이 두 개념을 문학작품 그 자체로부터 귀납적으로 도출해 낼 수 있는 것인가라는 점이다. 만약 이것을 작품자체로부터 본질론적으로 추상 가능한 것으로 본다면, 현재 말하는 문학의 위기는 문학의 '근대성'의 위기를 말하는 것이 아니라, 문학자체의 위기가 된다. 그러나 문학의 본질성이나 내재적 특성을 구성하려는 시도나 또는 그렇게 해서 구성된 개념도 역사적인 것인 만큼, 현재 문학의 위기가 문학성에 잇닿아 있다는 주장 역시 역사적 문학형태에 대한 발언이자 역사적인 발언방식인 것이다.

따라서 문학의 근대성과 그 문제에 접근해가기 위해서는 근대문학 작품내용이 아니라 문학의 근대성을 구성하는 방식 그 자체, 즉 문학을 무엇이 어떻게 담론화하는가 하는 일종의 담론구성 과정과 방식에 주목할 필요가 있다. 다시 말해 문학이 근대문화, 근대국가의 형성에 있어 중요한 역할을 할 수 있었던 것은, 문학 내부로부터의 요구에 의해서가 아니라 근대를 기획하던 문화-지식 구성체 내부로부터의 '호출'에 의해서 비롯된 것이었다. 따라서 문학의 근대성을 이해하기 위해서는 새로운 문학 관념의 재구성 과정도 고려해야겠지만², 문학이 호출되는 기제와 그

것을 지속적으로 확대・유지해 가는 방식에 더더욱 주목을 요한다.

중국에서 현재와 같은 문학의 지적・사회적 배치가 이루어지기 시작한 것은 19세기 말 20세기 초이다. 널리 알려진 바와 같이 1902년 량치차오(梁啓超)는 『신소설(新小說)』이라는 잡지를 창간하고 「소설과 군치의 관계를 논함(論小說與群治之關係)」이라는 논문을 발표하였다. 이 논문은 20세기 초기의 대표적인 근대소설론이며, 근대와 소설의 관계를 잘 설명해주고 있다. 즉 이는 근대와 문학, 그리고 문학과 소설, 소설과 근대의 관계에 대한 일종의 상징적 언술이며, 그 속에서 논해지는 소설의 사회적 기능 및 문학 가운데서의 지위는 바로 새로운 문학에 대한 선언이라 할 수 있다. 그러나 량치차오의 선언은 동시대 문학의 사회적・문화적 권위와 지위에 대한 옹호가 아니라, 오히려 동시대 문학의 부재에 대한 비판이었다. 이 부재성에 대한 선언은 다름 아닌 문학에 대한 '호출'이었고, 근대문학은 바로 이러한 반복적이고 지속적인 '호출'에 대한 응답의 형식으로서 출현하였다. 즉 량치차오의 위의 논문이 지니는 의미는 그 내용에 있어서 소설을 사회, 정치, 국민계몽과 직접 연계시킴으로써 소설의 기능을 높이 평가했다는 점도 있지만, 더 중요한 것은 그것이 소설에 대해 호명하는 방식을 열었다는 것이다.

이 부재하는 것에 대한 "호출"이 바로 중국의 근대성이고 이 호출에 대한 다양한 응답이 바로 근대 그 자체였다. 정치, 경제, 사회, 문화, 종교 등 모든 분야의 각 각의 존재를 향해 일일이 호출하는 것은 이른바 "근대적 주체"를 구성하는 과정이었다. 량치차오에게 있어서 문학과 그 한 장르로서의 소설은 근대 주체로서 호명될 필요가 있었고, 주체라는 점에서 그것은 그 어느 것 만큼이나 평등하고 절대적인 것이었다. 소설이 문학

2 20세기 초 중국의 소설이론을 중심으로 한 문학 관념의 재구성 과정에 대해서는 이보경, 『문文과 노벨novel의 결혼 : 근대 중국의 소설이론 재편』(문학과 지성사, 2002), 참고.

의 "최상승(最上乘)"이라는 것은 결국 근대이후 소설장르의 부각과 연관
되기는 하지만, 량치차오의 이 언술은 일종의 수사적 표현의 차원에서
이해할 필요가 있다.[3] 즉 문학 장르에서 상대적으로 폄하되고 있던 소설
이었던 만큼 문학상의 평등한 지위를 위해서는 '극단'적인 수사학적 전
략이 요구되었던 것이다. 즉 최상승이란 희곡이나 시가, 산문 등과 함께
소설이 누려야 할 평등한 '절대적' 지위를 지칭한 것에 다름 아니다. 절대
성은 근대 주체성의 기초이며, 근대 문학의 한 장르가 되어야 할 소설은
그 것이 지닌 역할과 가치를 '주체적'으로 수행해야 한다는 것이 량치차
오의 진정한 함의이다. 이러한 소설에 대한 '호출'은 상업, 입헌, 학교, 매
체, 학회, 종교, 여성등 사회전반에 걸쳐 모든 근대적 기제에 대해서도 동
일하게 이루어진다. 근대에서 상업의 부재, 입헌의 부재, 학교의 부재는
상상할 수 없다는 점에서 그 것들은 하나하나 근대 주체의 "기제"들인 것
이다. 문학은 20세기 초에 량치차오에 의해서 근대주체의 하나로서 이렇
게 호출되었다.

　이러한 호출에 대해 문학, 혹은 소설이 어떻게 응답했는가에 대해서
는 이미 많은 연구들이 진행되어 왔다. 정치 소설을 비롯하여 문학의 계
몽성이 강조되고, 견책소설과 같은 사회소설들이 일시 붐을 형성한 이후
로, 부침과 과도기를 거쳐 5·4 신문화 운동과 사회주의 문학으로 이어
지는, 근대주체로서 거듭 요청된 문학의 역할을 수행해 왔다고 볼 수 있
다. 지금까지 서술되어 온 근현대문학사란 바로 이러한 호출과 문학적
응답에 대한 서사의 일종인 것이다. 그 가운데 보여주는 다양한 사조와
유파는 량치차오 이후 문학과 소설에 대한 끊임없는 다양한 호출방식에
대한 각기 다른 응답에 다름 아니다. 기존의 문학연구들은 바로 이렇게
호출된 문학과 소설을 전제로 해서 그 다양한 변주를 서술해 왔고, 또 각
기 그 내부의 편차를 통해 문학의 근대성과 그 자체의 문학성을 규정하

3　이종민, 『근대중국의 문학적 사유읽기』(소명, 2004), 151면.

고자 하였다.

　이와 같이 문학이라는 양상이 존재해 온 이후로, 문학이 근대성이라는 것을 획득하는 것은 문학의 내재적 성격을 새롭게 불러내는 것에 따르는 것이 아니라, 바로 문학이라는 양상이 호출되는 방식과 "호출"이라는 그 자체의 성격에 의해서인 것이다. 이에 이 글에서는 문학의 근대성을 작품의 내재적 속성이 아니라, 문학이 전체 문화상황 및 그 바깥세계와 맺는 관계성으로서 파악하고, 구체적으로 문학을 새롭게 호출하는 정신과 그것을 가능케하는 주요 지적시스템 즉 매체를 중심으로 문학의 근대성을 살펴보고자 한다. 그리고 이와 함께 현재의 문학 '위기'가 문학의 근대성 그 자체와 불가결하게 관계되어 있는 한, 문학이 근대성을 갖추어 나가는 그 방식 속에 동시적으로 배태되었을 그 위기적 요소도 아울러 살펴보고자 한다.

2. 매체와 비평 정신 : 비평 공간의 확장

　호출되었다는 점에 바로 문학의 근대성이 존재한다면, 문제는 20세기 전반에 걸쳐 지속되어 온 호출 그 자체의 궁극적 주체는 무엇인가 하는 것이다. 이에 대해 지금까지의 일반적 견해에 따르면 역사의식이나 계몽의식으로 부를 수도 있겠지만 단순히 의식의 문제만이 아니라 일정한 물질적 기초를 바탕으로 한 세계에 대한 태도라는 보다 폭넓은 의미에서 비평정신[4]이라 할 수 있을 것이다. 이 비평정신은 역사의식과 계몽의

---

4 여기서 말하는 비평정신은 미셸 푸코가 말한 "critical attitude", 즉 비판적 태도의 의미에 가깝다. 푸코는 이것을 서구의 근대, 즉 15세기부터 16세기에 출현한 사고하고, 말하고, 행동하는 특수한 방식이자, 사회, 문화 및 기타와의 관계뿐만 아니라 이미 존재하는 것, 사람이 아는 바와 행하는 바에 대한 모종의 관계를 지칭하였다. 이는 칸트가 말한 "계몽(Aufklärung)"의 함의에 가깝다. 칸

식을 모두 아우르는 것이며 새로운 언어와 지식매체에 근거한 에크리튀르의 변화를 함축하고 있다. 이를 보다 구체적으로 파악하기 위해서 무엇이 량치차오로 하여금 「소설과 군치의 관계를 논함」을 발표하게 하였으며, 그 에크리튀르는 무엇인가를 살펴보는 것이 도움이 될 수 있다.

량치차오의 이 글은 당시 보편화되기 시작한, 그러나 매우 새로운 형태를 보여주고 있다. 크게는 논설(論說)이라는 범주5에 속하면서도 소설론(小說論)과 시론(時論), 정론(政論)을 함께 겸하고 있을 뿐만 아니라 이론의 보편성과 서술자의 개별적 호칭(주관성)이 함께 논리를 구성해 가고 있다. 또 불교와 심리학 등을 이론적 준거로 하여 문학의 기능을 논의하면서 동시대 문학, 특히 소설에 대해 강한 비판을 제기하고 있다. 이와 같이 보편성과 현실사이의 괴리를 타자와 자아에 대한 비판적 반성 – 실천을 통해 극복하려 한다는 점에서 량치차오의 글은 전형적인 비평에 속한다. 지식의 경계를 자유로이 넘나들며, 이론과 작품, 현실세계를 함께 비판적 대상으로 삼아 서술전략을 구사하는 것은 다름 아닌 비

트는 특히 감히 알려고 하는 용기를 매우 중시하였는데, 이러한 용기는 그가 말한 비판, 즉 자신의 지식 및 그 한계에 대한 인식과 대립되는 바가 없지 않다. 여기서는 칸트식의 비판이 아니라 계몽의 의미, 즉 푸코가 말한 "비판적 태도"를 지닌 주관성이라는 의미로서 "비평정신"을 사용하고자 한다. 푸코의 개념에 대해서는 Michel Foucault, "What is Critique"(1978), *What is Enlightenment? : eighteenth-century answers and twentieth-century questions*, edited by James Schmidt, Berkeley : University of California Press, 1996, 382~398면 참고.

5　유협(劉勰)은 론(論)이란 경서의 내용을 밝히고 그 이치를 설명하는 것을 가리켰으나, 이후에 그 의미가 확대되어 옳고 그름을 판별하고 현상에 대한 깊은 탐색에서 추상적 이치까지 파고드는 것을 의미하며, 언어 논리의 합리성을 중시한다고 하였다. 그리고 이러한 론(論)에 해당하는 것으로, 의(議), 설(說), 전(傳), 주(注), 찬(讚), 평(評), 서(序(敍)), 인(引) 여덟 가지 유형을 들었다. 그리고 설(說)에 대해서는 말로써 사람을 기쁘게 한다는 뜻으로, 상황에 맞게 대응하되 당시에 유용하고 의미가 정확해야 한다고 하였다. 『문심조롱(文心雕龍)』 제18장 「논설(論說)」편.

평정신이다. 이 비평정신은 문학에 국한되는 것이 아니라, 세계에 대한 인간의 태도를 의미하는 만큼 무경계적·포괄적이며, 이념 지향적이면서도 경험적 사실에 근거해 있다. 특히 이 정신은 매우 논쟁적이고 실천 지향적이어서 서술전략에서 종종 보이는 보편성에 비해 주관성의 과도한 노출은 구체적 실천을 통한 화해라는 목적과 기대를 바탕으로 하고 있다.

중국에서의 근대성이란 바로 이러한 정신적 태도를 그 심급으로 하고 있다. 이러한 정신은 19세기 중반 이후부터 이미 두드러지기 시작했지만, 언어로서 표현되는 주관성의 범위와 이론적 창신성(創新性) 등에 있어서는 여전히 절제되고 있었다. 이 시기 비평정신은 주로 상소문이나 각 종 "위언(危言)"류의 개인 저서의 형태로 이루어졌다. 물론 왕타오(王韜)와 같이 새로운 매체인 잡지와 신문을 통해 현실에 개입하는 시평(時評)으로써, 후에 량치차오가 말한 "각세(覺世)"의 글쓰기를 시도하는 경우도 없지 않았다. 하지만 그의 비평은 홍콩과 상하이 조계지라는 보다 자유로운 공간에서 세계의 변화를 표현할 수 있는 사유체계를 모색하면서도, 현실을 해석하고 설명하는 이론적 틀에 있어서는 전통적 자원에 상당히 의존하고 있었다. 그러나 무엇보다도 사유를 전개하는 논리의 폭과 심도에 있어서 독자의 익숙한 사유논리와 기대에서 크게 벗어나지 않았다. 또 변화를 담아낼 수 있는 새로운 언어를 사용하고는 있지만 여전히 전통적 에크리튀르에 의해 압도되었다. 따라서 중국에서 새로운 정신적 태도로서의 비평정신은 서학의 보급에 힘쓰던 왕타오나 정관잉(鄭觀應)과 같은 논자들에 의해서 아니라, 오히려 경학(經學)이라는 전통적 학문을 중심으로 정통적 학문코스를 따르던 사람들로부터 본격적으로 시작되었다고 할 수 있다. 캉유웨이(康有爲), 량치차오, 탄쓰퉁(譚嗣同), 탕차이창(唐才常), 쉬친(徐勤), 마이멍화(麥孟華) 등은 유교와 도교, 불교 등 전통학문에 기반 하면서도, 서구과학과 제도 및 문물 등과 관련된 새로운 관념과 언어를 자유로이 구사하며 현실에의 개입을 시도하였다. 뿐만 아니라 그들은 전통적 사상을 활용하면서도 이에 압도되지 않고, 금문경학과 불학의 형식을 빌려 자신의 주관성 속에서 세계를 재구성하고자 하였다. 나아가 이들은 단지 세계를 설명하는데 그치지 않고, 세계를 변화시킬 수 있는 이념을 창출하고자 하였으며, 19세기 말 중국의 비평정신은 바로 이렇게 사상운동과 긴밀히 연계되어 있었다.

여기서 주의할 것은 초기 캉유웨이를 중심으로 한 일군의 비평정신은 개별적 활동이 아닌 조직적 훈련과 실천과정을 통해서 형성되었다는 것이다. 먼저 이들의 활동은 학당과 같은 교육 공간을 통해서 이루어졌다. 캉유웨이가 이끈 광뚱(廣東) 만목초당(萬木草堂)과 량치차오, 탄쓰퉁, 황쭌센(黃遵憲) 등이 주도한 후난(湖南)의 시무학당(時務學堂)은 당시 사상운동과 비평정신의 요람이었다. 이 두 학당은 교학내용이 당시 여타 서원이나 학당과 달랐을 뿐만 아니라 무엇보다도 자유로운 비판정신과 비평적 글쓰기의 훈련장이었다. 동서고금, 과학과 정치학, 종교의 경계를 넘나드는 자유로운 사유, 비판적 감성과 격정, 그것을 바탕으로 역사와 학술, 시사, 국제문제에 대한 비평과 논술활동은 당시 캉유웨이의 공교(孔敎)사상 및 민권, 자유 등의 언설과 직접적으로 연계되어 있었다. 특히 15일 간격으로 행해지는 학생들의 필기와 문제제기 그리고 이에 대한 선생의 평가와 답변(批答)은 이미 그 자체로 현대비평의 추형이었다. 당시 이 두 학당의 학술과 사상적 경향에 대해서 1895년 전후 샤청여우(夏曾佑), 탄쓰퉁 등과 교유하던 상황을 회상한 량치차오와 후에 시무학당의 비판에 앞장서서 『익교총편(翼敎叢編)』을 편찬했던 쑤위(蘇輿)의 각 각 다음과 같이 서술을 통해 일단을 엿볼 수 있다.

"당시 우리의 사상은 놀라울 정도로 '낭만'적이었다. 어디서 그렇게도 많은 문제가 나오는지, 하나가 생겨나는가 싶으면 또 다른 문제가 발생했다. 우리는 우주간의 모든 문제를 해결하려고 하였다."6

"(시무학당의 량치차오의 주장은) 캉유웨이의 「신학위경고(新學僞經考)」, 「공자개제고(孔子改制考)」를 중심으로, 평등・민권, 공자기년 등의 그릇된 말을 보조로 하여, 육경 위조설을 통해 성스러운 경전을 파멸시키고, 탁고개제를 들어 헌장을 문란 시켰다. 평등을 제창하여 윤리강상을 타락시키고, 민권을 제창하여 군상(君上)을 무시하였으며, 공자 연호를 사용하여 사람들의 기억에서 청 왕조의 존재를 없애려 하였다."[7]

캉유웨이의 교육방식은 주체적인 사고능력을 지닌 유용한 인재를 배양하는데 두었다. 즉 "독서를 함에 있어 반드시 매 구절을 따져 그 근거 탐구하여 스스로 의론을 세우는 것을 위주로 하며", "조리를 형성하는 것"[8]을 학생들에게 요구하였다. 한편 이 시기 중국에는 서구의 정치철학이 체계적으로 소개되기 전이었다. 그 결과 평등과 민권설은 공자사상에 대한 재해석 및 서구의 전기, 에테르 등의 과학지식과 결합하여 독특한 사상을 형성하였으며, 이러한 사상적 모험은 바로 풍부한 정치적 상상력에 근거하고 있었다. 이러한 상상력과 비평정신의 직접적인 관계는 바로 사유의 자유, 즉 기성관념으로부터의 자유에 있었다. 독서필기에서 특히 중요시 된 "심득(心得)"과 "신의(新義)"는 후에 량치차오가 말한 "烟士披里純(inspiration)"에 바탕하고 있었는데, 이는 극히 주관적이기는 했지만, 또 매우 현실 참여적이었다. 량치차오의 위 인용문에서도 보여주듯이, 그들은 완전히 새로운 시대로 접어들고 있다는 감각과 함께, 이러

---

6 梁啓超,「亡友夏穗卿先生」,『飮氷室文集』, 第44卷(上), 20면, "那時候我們的思想眞'浪漫'得可驚! 不知從那裏會有怎么多問題, 一會發生一個, 一會又發生一個, 我們要把宇宙間所有的問題都解決."

7 蘇輿 編,『翼敎叢編・序』(1898)(上海書店出版社, 2002), 1면, "其言以康之「新學僞經考」,「孔子改制考」爲主, 而平等民權, 孔子紀年諸謬說輔之, 僞六籍, 滅聖經也; 托改制, 亂成憲也; 倡平等, 墮綱常也; 伸民權, 無君上也; 孔子紀年, 欲人不知有本朝也."

8 梁啓超,「讀書分月課程」,『飮氷室合集』(文集之69), 中華書局, 4면.

한 새로운 세계를 이해할 수 있는 새로운 이념과 이론을 갈구 했고, 세계가 요구하는 새로운 과제를 기꺼이 짊어지려는 종교적 심성을 지니고 있었다.[9]

이와 동시에 초기 비평정신을 훈련·조직하고 새로운 비평의 시대를 여는데 중요한 역할을 한 것이 바로 학회와 잡지이다. 중일전쟁 직후 강학회(強學會)와 『시무보(時務報)』를 이어 수 많은 학회와 잡지가 우후죽순처럼 출현하였는데, 그 중에서 대표적 학회인 후난의 남학회(南學會)는 탄쓰퉁, 탕차이창, 황쭌셴, 피시루이(皮錫瑞), 시웅시링(熊希齡), 천바오전(陳寶箴) 등 지방 관원과 지식인(紳士)들이 함께 조직한 것으로, 자치적인 지방정부 운동을 추진하면서 동시에 매주 강좌를 진행하였다. 즉 연설형식의 강연을 통해 당시 후난의 지식인과 관료, 그리고 시무학당의 학생[10]들까지 참여하는 학술과 시국토론장이 열렸다. 이에 앞서 만목초당에서도 캉유웨이가 강연을 진행하였으며, 청중의 수가 많을 때는 100~200명에 이르기도 하였다. 그러나 이렇게 학당과 학회를 통한 강연과 필기형식의 글쓰기는 아직 지역과 집단 내부에서 이루어지는 만큼 내용은 보다 자유롭고 급진적인 것도 수용되는 장점도 있었지만 그 영향 범위는 일정한 한계가 있었다. 이러한 한계를 극복하고 비평 활동을 지역과 그룹차원에서 전국적이고 대중적 차원으로 공간을 확장시킨 것이 바로 신문과 잡지였다.

신문과 잡지를 통한 새로운 에크리튀르의 가능성을 이미 『신보(申報)』, 『만국공보(萬國公報)』 등을 통해서 발견한 후 이를 크게 확장시킨 것은 『시무보』였다. 량치차오는 여기에 「변법통의(變法通議)」를 비롯한 60편 이상의 글을 발표하여 변법운동과 새로운 비평적 글쓰기를 결합시켰

---

9 梁啓超, 「亡友夏穗卿先生」, 『飮氷室文集』, 第44卷(上), 22면.

10 1897년 8월부터 1898년 4월까지 세 차례에 걸쳐 대략 200명 정도의 학생을 모집하였다. 『湘報』, 第66號.

다.[11] 변법의 불가피성과 학교개혁, 상업 등에 관한 변법주장은 문체와 사상의 자유로움을 특징으로 하는 신문체[12]라는 비평적 글쓰기를 통해 국내외의 많은 독자들의 폭발적인 반응을 얻었으며, 새로운 시대의 에크리튀르를 상징하는 부호가 되었다. 그러나 비평적 글쓰기를 통해 무술변법 직전, 가장 급진적인 변혁을 이끌어 나갔던 신문과 잡지는 후난의 『상학보(湘學報)』(순간(旬刊), 초기 명칭은 『상학신보(湘學新報)』)와 『상보(湘報)』(일간(日刊))였다. 이들 신문·잡지는 시무학당과 남학회가 중심이 되어 활발한 학술활동과 비평 활동을 전개하던 공간이었다. 남학회는 "강론회우(講論會友)"라는 강연을 전문적으로 담당하는 회원을 두고 7일 간격으로 강연집회를 개최하는 한편, 그 내용을 위의 신문과 잡지에 게재하였다. 뿐만 아니라 이 신문·잡지는 독자와의 문답과 100여 편에 이르는 각 종 논설을 통해 당시 비평정신을 신장시키는 한편, 다양한 분야의 학회와 잡지발간을 추동하여, 비평공간을 크게 확장시켰다.

그러나 여기서 주목할 것은 비평의 공간이 확장되고 보편화되면서 내부적으로 다양한 목소리들이 경쟁하기 시작했다는 점이다. 즉 위의 잡지에는 무술변법을 적극 지지했던 유신파와 관료들을 중심으로 한 양무파, 그리고 지방 향신(鄕紳) 계층이 향신의 권한 강화와 관민(실제로는 신사계층)의 유기적 협조를 바탕으로 국가의 위기극복이라는 목표 하에 함께 참여하고 있었다. 이는 당시 비평의 이데올로기적 특징을 잘 보여주는 대목으로, 사회의 개혁이 단지 이념적 차원이 아닌 실제 권력구조의 재조정이라는 차원과 긴밀히 결부되어 있다는 것을 말해준다. 즉 비평이라는 것은 단순 이념집단의 독점물이 아니라 그 자체가 하나의 권력이자 동시에 수단이라는 점에서 시대의 보편성을 획득해 가고 있었다.[13]

---

11 徐松榮, 『維新派與近代報刊』(山西古籍出版社, 1998), 83～89면.
12 譚嗣同, 「報章文體說」, 『時務報』, 第29～30冊(1897年 6月 10日, 20日).
13 남학회를 중심으로 한 후난의 유신변법운동에 대해서는 尹飞舟 著, 『湖南維

지방의 권력을 어느 정도 장악하고 있던 양무파와 향신계층은 지방정부와 지방 향신의 권력 강화라는 점에서 서학의 필요성과 개혁에 적극적인 지지를 표명하였다. 그러나 그 권력이 향신을 거쳐 다시 "민간"으로 계속적인 하향운동을 해 나갈 때, 그들은 민권과 평등을 주장하는 유신파와 결별을 선언하고 적극적인 담론경쟁과 투쟁에 나섰다. 그런데 여기서 유의할 것은 그들이 "과격한" 유신파에 맞서면서도 유신파의 무기인 비평 활동 자체를 억압하거나 취소하지 않고 오히려 비평의 매체를 자신의 것으로 만들려고 하였다는 점이다. 유신파가 주축이 된 무술변법이 본격적인 궤도에 오르기 직전에 보여준 『시무보』 분쟁과 『상학보』를 중심으로 한 소위 "신구(新舊)" 논쟁은[14] 이에 대한 대표적인 사례로서, 논쟁의 결과 유신파는 거의 배제되고 두 매체는 모두 양무파에게 귀속되었다. 그리고 이 두 분쟁의 중심에는 쟝즈뚱(張之洞)이 자리하고 있었는데, 그는 자신의 권력을 통해 유신파의 '급진적' 주장을 견제하는가 하면, 개혁을 지지하면서도 유신파를 주요 비판대상으로 하고 있는 그의 「권학편(勸學篇)」을 『상학보』 제 37호부터 발표하기 시작했다. 즉 중체서용설로 양무파의 입장을 체계화했다고 평가되는 쟝즈뚱의 「권학편」은 바로 당시 일종의 정론 혹은 시론(時論)으로서, 비평정신의 보편화와 비평이 새로운 시대의 에크리튀르로서 자리 잡았음을 상징적으로 보여준다. 그리고 더 중요한 것은 후난의 남학회 활동에서 보여주듯이 민간 및 지방차원의 새로운 정치권력의 형성과 후에 국민국가라고 불리는 새로운 정치조직 원리를 지향하면서 정치·사회운동과 이념이 밀접하게 연계되기 시작했다는 것이다. 즉 정치운동은 단순히 권력쟁탈이 아닌 이념성이 강한 일종의 사상운동의 성격을 지니고 있었다.

新运动硏究』(长沙 : 湖南敎育出版社 1999). 참고.

14 후난의 신구논쟁에 대해서는 羅志田, 『權勢轉移 : 近代中國的思想,社會與學術』(湖北人民出版社,1999), 82~161면 참고.

그러나 이러한 외적인 확장에도 불구하고 이 시기 비평은 쉽게 극복할 수 없는 곤경에 처해 있었다. 즉 학회의 조직과 신문, 잡지의 발간은 비평정신이 보다 자유롭게 표출될 수 있는 공간과 조건을 제공하였고, 또 이를 통해 사상운동이 전개되어 나갔지만 문제는 이 사상운동의 이념적 기초가 사회로부터 합법성을 어떻게 획득하느냐 하는 것이었다. 자유로운 주관성은 비평정신의 기본적 조건이기는 하지만, 그것이 사회적인 담론으로 확장되기 위해서는 그 비평과 이념의 이론적 타당성이 인정되어야 한다. 이 점에 있어서 초기의 비평정신은 이중적인 과제에 직면해 있었다. 하나는 보편적 이념과 현실의 갭 사이에 개입하여 이를 메워나가는 것이고, 다른 하나는 개인적 신념차원의 이념을 사회적 차원에서 체계적인 보편적 이념으로 재구축하는 것이었다. 즉 이 시기 비평정신은 바로 보편적 이념을 전제로 하면서도 그 전제를 체계적으로 재구성해야 하는 이중적 역할을 수행해야 했던 것이다.

캉유웨이의 「신학위경고」, 「공자개제고」는 바로 비평정신의 이론적 근거를 마련하려는 시도였고, 탄쓰퉁의 『인학(仁學)』역시 전통학술과 당시 중국에 소개된 과학, 수학 및 정치학설 등 서구 최신 학술을 종합하여 비평정신의 이론적 근거를 확립하려는 시도였다. 이들은 모두 저술이라는 형식을 통해 전통적 사상에 대한 재해석과 재구성을 시도하였는데, 그런 만큼 이에 대한 반발과 비판도 적지 않았다. 즉 이들의 주장은 표면적으로는 전통학술과 새로운 제도, 문물이 표상하는 이념과의 조화를 이루려 하였지만, 실제로는 전통학술의 근저를 전복시킬 수 있는 위언(危言)이었다. 특히 통치이념의 상징인 경전을 대상으로 했다는 점에서 위의 『익교총편』과 같은 공개적 비판과 정치적 공격을 불러일으켰다. 하지만 그 비난이 정치적 논쟁으로 이어지자 광서제(光緒帝)는 오히려 캉유웨이 등을 지지하고 자유로운 언론을 강조하여 비평정신을 고취시키는 결과를 낳았다.

이러한 저술을 통한 비평이념의 확립과는 달리 앤푸(嚴腹)는 이론서의 번역을 통해 새로운 시대이념을 형성하려 하였다. 앤푸는『국문보(國聞報)』에 시평(時評)을 발표하는 한편『천연론(天演論)』을 비롯한 서구이론저서를 번역게재 하였다.『천연론』은 막 발흥하기 시작한 비평정신에 일대 충격적인 역할을 하였는데, 이는 그 이론자체의 논리적 합리성에 의해서라기보다는 오히려 눈앞에서 벌어지고 있는 중국을 둘러싼 내외 변화의 성격을 '명쾌'하게 설명해주는 현실적용성과 경험적 합리성에 의한 것이었다. 즉 이는 서구이론의 유용성과 가치를 증명해 줌과 동시에 비평정신의 서구이론에 대한 관심을 유발하였다. 특히 중일전쟁을 전후하여 일본의 개혁에 관심을 가지고 있던 캉유웨이는 이미 서구이론의 번역 사업을 기획하고「일본서목지(日本書目誌)」를 발간하며 일본을 통한 서학이론의 수용에 적극적이었다. 그러나 본격적인 번역시대는 무술변법의 실패 후 량치차오 등이 일본으로 망명하고, 동시에 일본으로의 유학 붐이 일면서 비로소 시작되었다.

앤푸를 비롯하여『청의보(淸議報)』,『역학회편(譯學匯編)』등 일본유학생 중심의 번역활동은 비평의 이론적 토대에 대한 관심에 근거한 것이었다. 특히 그들이 추구한 비평이념은 국가와 사회영역의 새로운 질서체계에 관한 것이었으며, 서구의 정론(政論)과 법학(法學)에 대한 우선적인 관심은 바로 이러한 보편적 이념의 절박성에서 비롯되었다. 정치학과 법학은 단순히 분과학문이나 기능성 학문이 아니라 국가와 사회에 관한 이념을 창출하는 것이고, 이는 바로 당시 요구하던 보편적 이념의 핵심내용이기도 했다. 정치학은 바로 새로운 질서의 창출을 위한 이념이었고, 법학은 그 이념의 제도화에 다름 아니었다. 물론 청정부의 관리들은 정치학을 이념이 아닌 기능적 제도에 묶어 두려했지만,[15] 그들의 이러

---

15 20세기 초 중국에서의 政法사상의 소개와 교육활동에 대해서는 山室信一,『思想課題としてのアジア－基軸・連鎖・投企－』(岩波書店, 2001), 제2부 6장 참고.

한 시도는 역으로 정치학과 법학(당시 이른바 정법학)이 지닌 이념적 혁명성을 거세하려는 의도를 부각시킬 뿐이었다. 뿐만 아니라 정치학은 바로 새로운 이념의 자유로운 발양을 가능케 하는 공간의 창조와 직결되어 있었다. 특히 '치국(治國)'을 목표로 한 정치학과 사회학인 만큼, 그 학문을 단순히 이론의 차원을 넘어 사회변혁담론으로 구체화시키는 비평정신에게 있어서 격물치지는 물론이고 수신과 관계된 교육학과 심리학 등 전반적인 학문과 지식을 요구하게 된 것은 자연스러운 결과였다. 다시 말해 처음 정치학과 사회학에 근거하여 이론과 실천을 매개하던 비평은 이제 새로운 지적 패러다임에 근거한 국가이념을 구현할 주체의 호출이라는 과제를 떠맡게 되었다.

3. 에크리튀르로서의 비평과 근대 문학

근대의 비평정신의 발흥 자체는 역사적으로 새로운 것이 아니다. 량치차오가 무술변법 실패 후 일본에서 발간한 잡지인 『청의보』의 제목이 말해주듯이, 중국의 역사에서 권력과 사회문제에 대한 비판운동인 청의(淸議) 활동은 드물지 않게 출현하였다. 청조와 시기적으로 멀지 않았던 명 말시기는 중국의 역사에서 비평정신이 강하게 표출되었던 시기로 손꼽힌다. 명 말의 시대분위기와 한족 왕조의 몰락은 주체의식이 강한 비평정신의 형성과 함께, 새로운 사회질서에 대한 과감한 이론적 모색을 자극하였고, 이들의 사유와 사상적 자산은 바로 우리가 비평의 발흥시기라고 부르는 청 말시기에 역사의 전면에 등장하였다. 왕부지와 황종희는 가장 급진적 변혁을 주도하던 탄쓰퉁과 량치차오 등에게 강렬한 사상적 자극을 부여했고, 그들은 바로 명 말시기의 사상과 지식인들의 활동에 대한 반성을 통해 자기시대의 의미를 파악하고자 하였다.

비평정신이 하나의 시대적 특징을 형성하는 과정에서 중요한 전제조

건 가운데 하나는 바로 자유로운 정신교류를 가능케 하는 공공영역의
존재여부이다. 19세기 말 이선 중국에는 공공영역이라고 명명할 수 있는
가는 논란의 여지가 있지만, 문인 집단내의 각 종 문사(文社)나 지방 상
인그룹들이 함께 형성한 차관(茶館)과 같은 도시중심의 오락－연희공
간이 존재하여, 사상과 지식의 교류와 함께 정치 및 세태에 대한 비판여
론을 조성하기도 하였다. 하지만 19세기 말 이후 공공영역은 비평의 시
대라고 부를 수 있을 정도로 이전과 비교할 수 없게 확장되었다. 특히 이
시기의 비평에 시대적 의미를 부여할 수 있게 한 것은 바로 담론을 구성
하는 사상과 학술내용의 차이와 그것을 표현해내는 매체의 차이였다.[16]
이시기 잡지와 신문을 중심으로 한 매체의 변화는 단순히 비평공간의
확대라는 외면적인 차원을 넘어 비평 그 자체를 변화시켰다. 신문과 잡
지라는 매체는 일반 저서와 달리 변화하는 현실문제에 관심을 집중시킨
다. 그 만큼 매체는 시간성에 민감하고, 의미 또한 시간성에 의해 지배받
는다. 량치차오가 말한 전세(傳世)가 아닌 각세(覺世)의 문장은 바로 이
러한 시간성에 강하게 지배받는 문장이며, 이는 내용에 관계없이 넓은
의미에서 일종의 시사비평과 같은 글들이다. 이러한 시간성에 구애되는
문장이 가능하기 위해서는 그 의의를 시간내에 실현시킬 수 있는 매체
방식이 요구된다. 만약 이러한 매체가 전제되지 않는다면 이러한 글쓰기
는 현실적으로 힘을 얻기가 어렵다.

이 시기 비평정신과 관련하여 매체가 지니는 의미는 인쇄술의 발달로
인한 대중적 공공 공간과 더불어 새로운 지식과 담론의 생산방식 및 독
특한 에크리튀르의 창출이다. 대량 발행이 가능해진 신문과 잡지는 다양

---

16 19세기 말 20세기 초 중국의 매체와 공공영역에 대해서는 劉增合, 「媒介形態
與滿淸公共領域硏究的拓展」, 『近代史硏究』, 2000年, 第2期, 237～265면. 참
고. 사회조직을 중심으로 한 공공영역과 활동에 대해서는 小浜正子 著, 葛濤
譯, 『近代上海的公共性與國家』(上海古籍出版社, 2003). 참고.

한 지역적 여론공간을 서로 연계시키고, 세계를 하나로 연계시켜 세계와 국가의 업무에 관심을 표명하거나 참여할 수 있는 공간을 제공했다. 또 단행본의 저서류에서 단독으로 묶여지기 어려운 글들은 그 저자의 사후나 후반에 문집의 형식을 통해 묶일 수 있을 뿐, 단독으로 다중을 향해 공표되기 어려웠지만, 신문과 잡지가 등장하면서 다양한 형태의 문장들이 그 때 그 때 독자를 만날 수 있는 공간이 열리게 되었다. 특히 비평과 같이 자유로운 문체는 이러한 매체가 없이는 발표될 공간이 없었다. 따라서 신문과 잡지라는 새로운 매체의 보급은 이 시기 비평정신이 자신을 현실화할 수 있는 자유로운 공간이 확보되었음을 의미한다. 비평 정신의 핵심은 자유로움에 있는데, 바로 사람들의 취향과 재능에 따라서 다양한 방식으로 자신의 자유로운 비평정신을 구사할 수 있게 된 것이다. 혹자는 이론의 형식으로, 혹자는 화보의 형식으로, 또 혹자는 정론이나 소설, 희곡의 형식을 통해 자유로운 정신을 만족시킬 수 있다. 즉 당시 비평은 현재의 하나의 양식화되어 버린, 즉 일종의 스타일로서의 비평과는 구분되었다. 중요한 것은 비평정신에 특정한 스타일이 아니라 다양한 스타일로 표현되는 에크리튀르이다.[17] 기사의 형식과 이론의 형식, 번역의 형식과 창작의 형식은 문체이기 이전에 동일한 비평정신의 발현 형식이었고, 당시에는 비평이라는 범주 속에 모두 아우러질 수 있는 것들이었다. 문장들이 사설(社說), 논설(論說), 학술(學術), 번역(飜譯), 잡조(雜組), 총담(叢談) 등 다양하게 분류·배치되고 있지만 이들 간의 경계는 그리 명확하지 않았다. 당시의 많은 "이론"의 비평적 성격내지 기

---

17 근대 신문, 잡지 매체와 관련된 새로운 글쓰기 방식과 스타일의 변화에 대해서는 김월회, 「중국 근대의 어문개혁운동과 신체 산문에 관한 고찰」과 「신체 산문과 근대적 매체의 상관성」(이상 『근대어·근대매체·근대문학 — 근대 매체와 근대 언어질서의 상관성』(성균관대학교, 대동문화연구원, 2006). ; 홍준형, 「章士釗와 논리 산문 — 민국 초기의 공론장과 논리 산문의 형성」, 韓國中國現代文學學會, 『中國現代文學』, 第41號, 2007. 참고.

능을 확인하기 위해서는 당시 다양한 문체의 혼종성을 찾아볼 필요도
없이, 그 다양한 글들을 담아내고 있던 텍스트의 배치를 한번 살펴보는
것만으로도 족하다. 이론이 이론으로서 독립되지 않고, 그 문장의 전후
로 시사와 문학과 비평이 함께 사회에 대해 함께 발언하고 상호 지시하
고 있는 것 자체는 이미 그것이 작자나 독자 할 것 없이 모두 평론이라는
주관성속에서 벗어날 수 없음을 말해준다.

　물론 이러한 비평정신에 가장 적합한 독특한 에크리튀르에 대한 추구
가 없었던 것은 아니다. 그 대표적인 예가『신민총보(新民叢報)』가 25호
(1903年2月11日)부터 편집양식을 바꾸어 새롭게 등장한 "비평문(批評
門)"을 들 수 있다.[18]『신민총보』는 전체 내용을 "논저문(論著門)", "비평
문(批評門)", "총록문(叢錄門)"으로 나누어, 논저와 기타 잡문과 소설 등
으로부터 비평을 구분하고, 그 안에 다시 "정계시평(政界時評)", "교육시
평(教育時評)", "학계시평(學界時評)", "군속시평(群俗時評)", "잡평(雜
評)", "평론지평론(評論之評論)", "소개신서(紹介新書)"로 세분하고 있다.
하지만 여기서도 알 수 있듯이 비평은 거의 모든 영역을 포괄하고 있으
며, 잡지의 대부분의 내용을 차지하고 있다. 이중 메타비평이라 할 수 있

18　비평이란 용어는 1903년 신문과 잡지에서 널리 사용하기 시작하면서 점차
　　보편화 되었다. 잡지로는『신민총보』가 대표적이고, 신문으로는 1903년 12
　　월 15일 상하이(上海)에서 창간된『아사경문(俄事警聞)』과 1904년 3월 5일
　　Hong Kong에서 창간된『중국일보(中國日報)』를 들 수 있다.『아사경문』
　　(1904년 2월 26일부터『경종일보(警鐘日報)』로 개칭)은 전체 8면으로 사설
　　(社說), 요문(要聞), 비평(批評), 외론(外論), 추기(追記), 징문(徵文) 등
　　으로 구성되었고,『중국일보』는 전체 6면에 논설(論說), 시평(時評), 경성
　　(京省), 월성(粵省), 각국(各國), 전기(傳奇), 잡조(雜組), 담총(談叢), 해
　　문(諧文), 백화(白話), 소림(笑林), 본항(本港), 전보(電報), 전건(專件) 등
　　으로 구성되었다. 여기서 알 수 있듯이 논설, 사설은 물론, 시평, 비평 등이 전
　　문적인 주요 란 가운데 하나로서 배치되어 새로운 글쓰기 방식으로 자리 잡
　　아가고 있음을 알 수 있다. 특히『아사경문』은 논설과 비평문이 주요 내용을
　　장식했다.

는 "평론지평론"은 국내·외 신문과 잡지의 평론을 번역게재하고 있고, "소개신서"는 국·내외(주로 중국과 일본)에서 출판된 신서에 대한 간단한 서평이다. 이러한 비평의 글들은 앞서 말한 바와 같이 신문과 잡지라는 새로운 매체의 보편화 없이는 불가능한 것이었다.

이와 같이 비평공간과 비평정신의 확장이 의미하는 것은 모든 지식과 언어를 자신의 대상범주로 망라하여 이들을 새롭게 재배치한다는 것이다. 비평의 시대적 보편성은 바로 이에 대한 사회적 합의를 의미한다. 이제 비평은 현실과 지식이 맺는 모든 방식을 일일이 점검·감시하고 이둘 사이의 갭에 개입하여 조정자 역할을 수행한다. 다시 말해 비평은 알튀세르가 말한 이데올로기 국가기구와 유사한 역할을 하며 제반 지식영역을 호명하고 그들에게 사회·세계와 맺는 적절한 방식을 제기한다. 바로 비평의 이러한 역할의 일환으로서 문학이 근대지식과 문화의 하나로서 호명되는 것이다. 그리고 이시기 비평의 중요한 특징은 바로 제반 지식과 문화를 하나의 절대적 주체(이를 달리 표현하면 전문적인 독자영역과 가치)로서 호명하면서 이들 사이에 형식적인 평등성을 부각시킨다는 것이다. 19세기 말 20세기 초 문학의 주체화는 바로 이러한 비평정신의 산물이다. 이는 국민국가의 이론적 토대인 근대 정치사상이 개인적 주체의 확립을 지향해 갔던 것과 같은 사유의 흐름이며, 근대문학의 특징이라고 계속 강조되는 문학의 내재적 본질에 대한 자기인식이라는 것도 이러한 사유운동의 결과이다. 문제는 이러한 절대적 주체로서 등장한 문학과 소설이라는 장르의 자기인식 또한 호출에 의하여 비로소 이루어진다는 점이다. 그리고 문학성과 그 역할을 강조함에도 불구하고 이 호출의 동기는 오히려 '비문학적'인 것에 의해 결정된다. 즉 문학의 자기인식은 바로 문학을 공론화하는 장을 통해서 이루어지고, 이 공론화의 장은 정치적 담론이 주도하는 것이었다. 물론 여기서 말하는 정치란 바로 새로운 지적담론 그 자체를 의미한다. 왜냐하면 강한 현실적 개입을 표방하며 진행되는 담론의 패러다임적 전환은 그 자체로 정치적이고 혁명적이기 때문이다.

19세기 밀 20세기 초 문학남론의 중요한 특징은 바로 문학의 정치성과 사회성에 대한 강조이다. 이는 전통적인 유교적 문학관, 즉 "흥(興), 관(觀), 군(群), 원(怨)"과 "문이재도(文以載道)", "경세지문(經世之文)" 등에서 보여주는 관념과 비교하여 새로울 것이 없다. 따라서 20세기 중국의 리얼리즘 문학 전통을 전통적인 유교문학관의 연속이자 변형태로 이해하는 것도 무리는 아니다. 그러나 19세기 문학담론의 중요한 특징은 문학의 체제와 양식의 변화도 중요하지만, 무엇보다 더 중요한 것은 바로 문학비평이다. 특히 소설을 중심으로 한 문학비평은 단순히 문학작품에 대한 비평이라는 외형적 방식이 아니라 그것과 문학의 관계 자체가 문학의 새로운 시대성을 의미한다. 즉 20세기 초 문학, 특히 소설은 번역과 창작을 통해 양적인 확대가 이루어졌다. 잡지라는 공간을 통해서 문인들은 소설 창작을 여가의 소일거리가 아니라 생계를 위한 직업으로 삼는 것이 가능해졌다. 소설가의 경제적 지위도 향상되었을 뿐만 아니라 신문과 잡지에 작품 연재를 통해 일정한 수입이 보장되었는데, 특히 원고료 제도의 정착, 저작권 등 관념의 확립이 상대적으로 안정적인 직업 작가군을 형성하였다.

하지만 더 중요한 것은 작가들을 사회에로 불러낸 것은 다름 아닌 비평이었다는 것이다. 비평은 소설가를 정치적, 사상적 위인의 대열로 끌어 올리면서 소설가를 신지식인으로서 지칭하였다. 문명사회에서 소설가는 위대한 정치가와 사상가들이 떠맡아야 할 사회적 역할이었다. 량치차오에 앞서 소설가를 문명개화의 사상적 전도자로 불러낸 것은 『국문보(國聞報)』의 실질적 편집자 앤푸와 샤청여우였다.[19] 소설가는 새로운 지식과 가치관을 대중 속에 불어넣어야 할 교사이자, 개혁이념의 전달자

---

19 「本館附印說部緣起」, 陳平原, 夏曉虹 編 『二十世紀中國小說理論資料』(第
　一卷)(北京大學出版社, 1997), 26~27면.

이어야만 했다. 물론 이는 모든 소설가가 그렇다는 것이 아니라, 소설가가 할 수 있고, 또 해야 할 역할을 의미하였다.

이러한 소설가의 위상변화는 소설가를 문인의 중심위치로 끌어올리기는 할 수 있지만, 다른 한편 소설가를 독자 대중으로부터 분리시킬 수 있는 문제점 또한 지니고 있다. 즉 량치차오의 정치소설「신중국 미래기(新中國未來記)」는 당시 대중적이라기보다는 문인계층을 독자로 설정한 작품이었다. 언어자체의 장벽에서부터 그 신개념, 정치담론은 일반 대중들의 독서수준과 취향을 넘어서는 것이었다. 따라서 소설과 소설가에 대한 호출은 동시에 새로운 소설 독자층을 양성하지 않으면 안 되었다. 즉 소설은 무엇이어야 하고, 소설가는 무엇을 해야 하는가와 함께 중요한 것은 소설 작품을 어떻게 읽어야 하는가하는 것이었다. 이는 작품에 대한 단순한 감상이 아닌 작품에 대한 분석적 독법이 요구되는 것을 의미한다.

비평의 역할가운데 하나는 바로 이러한 문학적 소양이 있는 독자를 교육·양성하는 것이었다. 모든 독자대중이 고등교육을 받을 수 있는 것이 아니어서 이는 단지 몇 권의 문학이론서로서 해결될 수 있는 것이 아니었다. 또 문학적 소양을 갖춘 독자란 문학에 대한 훌륭한 안목을 지닌 독자를 의미하는 것도 아니었다. 20세기 초 독자는 문학작품에서 독서의 희열을 스스로 만들 수 있는 심미적 감수성과 더불어 과학에서 철학에 이르는 새로운 지식, 그리고 작품으로부터 현실에 대한 표상내지 비판을 읽어낼 수 있는 정치적 안목이 요구되었다. 이러한 교양 있는 독자를 위해서는 비평가라는 집단이 문학의 생산과 수용 전 과정에서 없어서는 안 될 중요한 존재였다. 물론 잡다한 지식과 교양을 한데 모아 독자대중에게 제공한다는 신문·잡지의 매체는 그 자체로 문학대중을 위한 훌륭한 교과서였다. 더 나아가 이러한 신문·잡지의 매체가 없이는 20세기의 문학과 작가와 문학대중은 불가능하였다. 논설, 기사, 기문(奇聞), 과학지식, 신문물, 문학 등을 망라하는 신문·잡지가 표상하는 세계가 곧 현실이고, 문학이 표상하고자 하는 세계이며, 문학의 소스였다. 즉 소설이 란 바로 이러한 세계를 압축적으로 표상해내는 서사양식이자 하나의 독 특한 매체 그 자체였다. 소설은 오락성과 지식의 전파, 그리고 현실 지시 와 현실 비판의 역할을 동시에 수행하는 매체였다. 뿐만 아니라 소설은 현실의 현재 시점을 구조화하고 반복적으로 재현함으로써, 분산적이고 무상적인 현실 자체와는 다른 비교적 고정적인 대상을 비평정신에 제공 하였다.

그러나 신문・잡지가 만들어내는 세계와 그 속에서 제공되는 지식・ 정보는 날로 방대해져 일반 독자대중이 모두 접할 수 있는 것이 아니었 다. 특히 날로 심해지는 현실의 복잡성과 상호 대립적인 정치적 입장간 의 논쟁은 그 신문・잡지가 표상하는 세계가 투명한 현실자체가 아니라 독자가 분별하여 파악해야하는, '고통'을 수반하는 독서대상으로 만들었 다. 게다가 이제 세계가 전문지식과 언어를 통해 재구축됨에 따라 세계 는 일반 대중독자로부터 소외되고 이해하기 어려운 텍스트로 변모하였 다. 따라서 자신의 정치적 대중을 획득하기 위해서 뿐만 아니라, 자신이 원하는 교양 있는 독자를 위해서 비평이라는 것은 필수불가결한 것이 되었다. 정치, 경제, 군사, 문화, 사회와 자연과학을 망라하여 각 분야별, 또는 모두를 아우르는 종합적인 평론이 행해졌고, 문학비평도 그 가운데 하나였다. 즉 작품의 배경, 작가에 대한 기본 지식, 작품의 정치적, 사회 적, 윤리적, 심미적 의미, 나아가 중국현실에서 지니는 의미 등 다양한 내 용으로 구성된 문학비평은 때로는 작자가 직접 설명하는 경우도 있지만, 대개는 비평가들에 의해 수행되었다.

20세기 초 소설론에 대해 지금까지 많은 연구는 바로 소설의 사회적, 문화적 지위의 상승이라는 측면에 관심을 가져왔다. 그러나 이와 함께 볼 것은 당시 서문(序文)・발문(跋文)과 미비(尾批), 소설론, 작품비평 을 통해서 이루어지는 소설담론이 단지 소설의 중요성을 강조하는 차원 에 그치는 것이 아니라 소설 작품에 대한 비평을 통해 사회에 개입하는 방식이다. 특히 명·청 소설에 대한 비평은 작품을 새롭게 읽는 방식에 대해서 뿐만 아니라 비평이라는 방식을 통해 현실의 정치와 사회에 대한 개입을 시도하고 있다. 협인(俠人)은 잡지『신소설(新小說)』의 "소설총화(小說叢話)"에서,『홍루몽(紅樓夢)』을 음서(淫書)라고 비난하는 것에 대해 황실의 전제주의에 대한 비판, 가족제도의 폐해, 인성으로서의 욕망과 인간 삶의 관계 등, 정치, 윤리, 철학적 의미를 읽어내고 있다. 또 만수(曼殊)는 대표적인 음서로 간주되던『금병매(金甁梅)』에 대해서도 이 소설은 음서라기보다는 사회의 하층 부녀자의 삶을 리얼하게 그려낸 사회소설로 보아야 한다고 주장하고 있다. 즉 사회의 제반 현상을 묘사하고 폭로하는 것이 문학의 한 역할이라고 볼 때,『금병매』는 문학의 이러한 요구에 충실히 따르고 있을 뿐이라는 것이다.[20] 그리고 몇 년 후인 1907년『신세계소설사보(新世界小說社報)』(8기)에 발표된「중국 소설대가 시내암전(中國小說大家施耐庵傳)」에서는 시내암(施耐庵)의 창작동기를 이민족의 학정과 이학(理學)의 질곡에 있다고 보고,『수호전(水滸傳)』에는 그의 민권사상. 여권사상, 그리고 상무(尙武)·의협정신이 드러나 있다고 보고 있다.[21] 이와 같이 전통소설에 대한 비평이라는 방식을 통해 반청(反淸)사상과 근대적 정치사상을 주창하고, 또 당시 중국사회 제도와 관념 등을 비판하고 있다.

이러한 비평은 이미 단순히 문학작품에 대한 감상이 아니라 비평이라는 것이 사회에 실천적으로 개입하는 하나의 중요한 통로임을 보여주고 있다. 특히 중국의 전통소설에 대한 새로운 이해와 비평은 중국사회와 문화의 타락 원인이 전통 소설에 있다고 비판했던 량치차오의 주장과는 일정한 거리가 있다. 즉 협인(俠人)이나 만수(曼殊)에게 있어 문제는 전통소설 자체가 아니라 오히려 소설을 이해하고 분석하는 기존의 방식과

---

20 陳平原, 夏曉虹 編, 같은 책, 85~86면, 89~92면.
21 陳平原, 夏曉虹 編, 같은 책, 301~305면.

안목이었다. 사상과 심미적 취향이 '저열'한 사람에게 있어 『금병매』는 노골적인 음서에 지나지 않고, 『수호전』은 도둑질을 가르치는(誨盜) 저급한 소설일 뿐이다. 따라서 한 사회에서 문학이 제대로 역할하기 위해서는 모든 독자가 정치적, 사상적, 윤리적으로 일정한 수준의 교양을 갖추지 못하는 한, 비평을 통한 독서의 안내·지도가 요구된다. 특히 그 가치와 의미를 파악하기가 더 어려운 당대소설의 경우는 더 더욱 그러하다. 그리하여 1907년 『신세계소설사보』(6기·7기)에서는 「신소설 읽는 법(讀新小說法)」을 소개하고 있다. 이에 따르면 신소설을 제대로 읽기 위해서는 과학(格致學), 경찰학, 생리학, 음율학, 정치학, 윤리학 등에 관한 일정한 소양을 갖추고 있어야 한다. 왜냐하면 신소설에는 문학과 과학, 상식과 철리가 함께 담겨있기 때문이다.[22] 문제는 이러한 과학과 철리가 언어의 표면에 그대로 드러나 있지 않은 경우가 종종 있다는 것이며, 여기에는 근대적 지식과 함께 왕궈웨이(王國維)가 말한 심미적 교육을 통한 훈련이 요구된다. 그러나 이 훈련은 체계적인 교육을 통해서 이루어져 하겠지만, 대중적으로 광범위하게 이루어질 수 있는 방식은 바로 비평이다. 즉 비평은 작품을 통한 사회비판과 사상교육이라는 실천적 측면 외에도, 근대적 독자라면 작품을 어떻게 읽어야 하는가하는 독서법 교육이라는 역할도 아울러 수행할 것을 요구받고 있었다.

이러한 비평기능의 다양화는 동일한 문학작품에서 서로 다른 가치와 의미의 유추가능성에 기초해 있다. 즉 비평가는 다양한 목적과 관점에서 작품을 해석하고 독해할 수 있어야 한다. 즉 때로는 정치적으로, 심미적으로 혹은 윤리적으로 작품을 읽어낼 수 있어야 하는데, 이는 비평가에게 세계와 작품을 전체적으로 통찰할 수 있는 안목과 이를 다양한 언어로 풀어낼 수 있는 수준 높은 교양을 요구하는 것이자, 비평이라는 것이 독립된 하나의 영역으로서의 가능성을 보여주는 것이기도 하다. 그 대표

---

22 陳平原, 夏曉虹 編, 같은 책, 294~300면.

적인 것이 왕궈웨이가 1904년 『교육세계(敎育世界)』(76~78호, 80~81
호) 잡지에 연재했던 「홍루몽평론(紅樓夢評論)」이다. 왕궈웨이의 이 평
론은 작품에 대한 단순한 비평의 차원을 넘어서고 있다. 전체 5장 중 제1
장은 인생과 예술의 관계를 논하는 일종의 예술론이다. 그리고 이어지는
"홍루몽의 정신", "홍루몽의 미학적 가치", "홍루몽의 윤리적 가치"는 작
품에 대한 본격비평이라고 할 수 있는데, 그 비평은 이미 일반인의 감
식·비평능력을 훨씬 초월하여 철학적이고 전문적인 담론으로 구성되
어 있다. 뿐만 아니라 문학비평은 여기서 이미 독자는 물론이고 작가로
부터 독립하여 때로는 그 위에 군림하기조차 한다. 즉 비평가는 단순한
독자가 아니라 철학자이다.[23] 앞서 말한 「신소설 읽는 법」에서는 김성탄
(金聖嘆)을 소설 철학자라 부르고 있는데, 이는 비평이 하나의 전문적
영역이자 비평가의 특수한 지위를 가리키는 것이었다. 여기서 말하는 철
학자란 왕궈웨이에 따르면 "진리의 발명자"이고, 예술 특히 문학은 진리
의 "기호"이다.[24] 따라서 문학 비평가란 문학 속에 기호화된 진리를 밝히
는 것으로 철학자와 동일한 목표를 지니고 있다.

　이와 같이 20세기 초 중국의 문학담론에서 진정 발생한 것은 소설과
문학지위의 상승이라기보다는 비평지위의 상승이라고 할 수 있다. 이는
비평정신이 주도하는 시대에서 당연한 결과라 할 수 있으며, 문학, 특히
소설은 이러한 비평정신에 가장 적합한 대상으로서 주목 받았던 것이다.

---

23 왕궈웨이가 철학에 관심을 가지고 중국인으로서 처음으로 비교적 체계적인
　　철학연구를 시작했다는 것은 잘 알려져 있지만, 이와 관련하여 그가 편집을
　　맡고 있던 『교육세계(敎育世界)』잡지 129호(1906년 7월) 서두(書頭)에 "철
　　학전공자 사원 왕궈웨이군(哲學專攻者社員王國維君)"이라는 소개와 함께
　　그의 초상(肖像)이 실린 것은 흥미로운 일이다.
24 王國維, 「論哲學家與美術家之天職」, 『靜庵文集』(1905)(遼寧敎育出版社, 1997),
　　119면.

4. 비평의 위기와 비판정신의 복원

이상에서 본 바와 같이 20세기 초 문학담론의 대두, 특히 소설과 시대의 새로운 관계는 바로 비평정신에 의해 근대주체의 한 기제로서 호명되면서 이루어졌다. 이 비평정신은 "선지각후지(先知覺後知)", "선각각후각(先覺覺後覺)"[25]에 따른, 당시 지식인과 대중에 대한 계몽이라는 목적 하에서 진행되었다. 중국에서 계몽의 궁극적 목적은 바로 "치국평천하(治國平天下)"에 있으며, 이는 19세기 말에 등장한 일군의 비판적 지식인들에게 있어서도 마찬가지였다. 물론 20세기 초에 들어서면서 치국(治國)과 평천하(平天下)는 연속적인 논리의 확장이 아니라 상호 대립되는 양상을 보여주면서 평천하에 앞서 치국이 비평담론의 중심을 차지하게 되고, 서구와 일본으로부터의 신지식도 이와 관련된 정치학과 법학, 사회학이 주조를 이루었다.

그러나 치국이 단순히 국가라는 정치 제도적 차원의 것이 아니라 그것을 정점으로 하는 전체 통치체제인 만큼, 지식에 있어서도 유기적인 체계를 형성하는 모든 지식을 요구하였다. 따라서 근대적 주체는 모든 지식분야와 영역에서 호출되었고, 문학, 특히 소설도 그 가운데 하나였다. 국민국가란 바로 이러한 주체들의 형성과 관계에 대한 정치적 표현에 지나지 않았다. 그러나 소설이 처음 호명된 것은 소설 그 자체로서가 아니라 부재로부터의 재생('新')이었다. 이는 소설이란 어떠해야 하고, 소설가는 무엇을 어떻게 써야하는가라는 문제와 직결되어 있었다. 이 문제를 처음 간결하게 표현한 것이 바로 "정치소설"이다. 정치소설은 내용만 정치적인 것에 그치는 것이 아니라, 양계초가 주장했듯이 사회의 명망가나 정치가처럼 소설가 자신이 정치적인 안목을 지니지 않으면 안된다.

25 『孟子·萬章篇』.

그러나 정치가적 소설가와 정치소설론은 소설의 기능과 의미를 협소화시킨다는 비판을 제기하면서 소설을 보다 광범한 사회라는 영역 속에 위치 지우려는 시도가 나타났다. 소설과 사회, 소설과 풍속, 소설과 도덕, 소설과 과학, 소설과 정치 등은 소설을 종합적인 계몽수단으로 간주하게 되었고, 그럼으로써 소설가의 창작 폭과 주제, 스타일상에서도 다양한 시도가 인정되었다. 그러나 보다 자유로워진 소설가의 창작공간은 비평이라는 감독기제에 대한 승인을 전제로 해서 이루어진 것이었다. 즉 작품에 대한 해석권은 바로 비평가의 몫이었고, 작가는 비평가로부터 작품성을 인정 받기위해 노력하지 않으면 안 되었는데, 그 결과 작가는 서 · 발문(序 · 跋文)과 동료작가나 비평가의 미비(尾批) 등의 형식을 통해 자신의 작품을 적극적으로 변호하려는 현상이 나타났다. 예를 들어『여와석(女媧石)』의 저자 해천독소자(海天獨嘯子)는 직접 "범례(凡例)"를 통해 당시 의론성(議論性)이 강한 소설 창작 경향을 비판하고 자신의 작품 사상과 주요 취지를 자신이 부탁한 와호랑사(臥虎浪士)의 서문을 통해 밝히고 있다.[26] 이는 번역소설에서도 마찬가지였다. Uncle Tom's Cabin을「흑노우천록(黑奴吁天錄)」이라는 제목으로 번역한 린수(林紓)는 흑인 노예를 주인공으로 한 이 소설을 외국에서의 중국인의 비참한 처우와 황인종의 미래 운명이라는 민족적, 인종적 알레고리로 읽어줄 것을 당부하고 있다.[27]

그럼에도 불구하고 작품에 대한 정치적, 철학적, 미학적 분석 등 다양한 비평은 작가의 의도를 벗어나, 작품에 대한 비평가의 독립적인 해석을 낳았고, 이는 독자에게는 작품 해설이라는 의미를 지님과 동시에 작가에는 창작지도라는 기능도 하였다. 즉 비평가는 "거리 청소부(清道夫)"로서[28] 사상과 심미영역 전체에 대한 사회적 필터 역할을 하였다. 그

---

26 「女媧石敘」,「女媧石凡例」, 陳平原, 夏曉虹 編, 앞의 책, 146~148면.
27 「黑奴吁天錄 · 例言」,「黑奴吁天錄跋」, 陳平原, 夏曉虹 編 같은 책, 43~44면.

리하여 비평가들은 더더욱 자신의 전문성을 위해 문학과 소설에 대한 이론에 천착하였고, 이러한 방식을 통해 20세기 문학과 소설에 대해 끊임없는 호출을 해 올 수 있었다.[29] 게다가 비평은 모든 교육의 기초로서의 문학교육이라는 제도를 통해 문학과 사회(정치)에 대한 지위를 강화시켰다. 물론 여기서 소설가와 비평가를 완전히 다른 그룹으로 구분할 수는 없다. 많은 비평가들은 직접 소설 창작에 종사하기도 하였다. 하지만 비평가를 개인이 아니라 사회의 소설담론을 형성하는 비평의 전체 차원에서 본다면, 소설(문학)과 비평의 관계는 여전히 후자가 전자에 대한 우위를 점하고 있었다. 뿐만 아니라 소설(문학) 비평가는 문학이라는 독특한 매개를 통해 문학이라는 고유 영역에 머무는 것이 아니라 정치·사회·문화 전반에 걸친 비평을 진행하면서 다양한 근대주체와 기제들을 호명하는데 중심적인 역할을 할 수 있었다. 따라서 근대의 시대는 문학의 시대이고 비평의 시대라고 해도 과언이 아니다. 그리고 이와 같이 새로운 매체를 기반으로 한 문자와 활자의 대중화 및 그 기능의 강화, 문학교육이라는 학제와 전체 교육에서의 독보적인 위치, 그리고 이를 통한 모든 비판적 담론의 중심에 문학비평의 개입, 바로 이것이 문학의 근대성을 규정하는 지점이다. 즉 모든 문자 교육을 지배하는 문학과 그에 대한 감독·지도 역할을 하는 비평, 그리고 이를 뒷받침하는 문자 중심의 매체가 형성하는 지적시스템에 대해, 정치중심의 사상담론은 문학의 사회적 지위와 역할에 특수성을 부여하는 조건이었던 것이다.

그러나 여기서 주목할 것은 사상적 해방공간과 그 특유의 에크리튀르로서 제기된 비평이 근대라는 시공간 속에서 힘을 발휘할 수 있었던 것

---

28 周作人, 「批評的問題」(1921), 鍾叔河 編 『本色－文學·文章·文化』(湖南文藝出版社,1998), 581면.

29 청말 시기 중요한 소설론내지 문학론으로는 別士(夏曾佑)의 「小說原理」(『繡像小說』 第三期(1903))와 獨應(周作人)의 「論文章之意義曁其使命因及中國近時論文之失」(『河南』 第四～五期(1908,5～6월)) 둘 수 있다.

은 바로 그 정신 그 자체에 의해서라기보다는 그러한 정신과 모순되게도 특정한 이데올로기를 자기근거로 삼고 있었기 때문이라는 점이다. 그리하여 비평은 이념간의 갈등이 폭발하는 공간으로 되거나 또 다른 억압공간으로 변질되기도 하였다. 칸트가 말한 계몽이 자기 계몽이 아닌 타자에 대한 계몽으로, 즉 비판철학에서 제기한 자기 지식의 한계를 인식하는 것에 소홀히 하고 타자에 자신의 인식을 강요하는 권위적 계몽으로 근대 비평정신이 전개되는 경향이 존재했는데, 바로 이 점이 현재 제기되는 비평의 위기의 중요한 한 근원이다. 이는 결국 비평정신의 약화, 즉 근대문학을 호출하고, 의미를 부여해주던 토대의 약화를 의미하는 것이자, 동시에 근대문학의 역설이기도 하다. 따라서 중요한 것은 비평 그 자체가 아니라 자신의 "미숙성을 인식"할 수 비판적 태도를 문학과 비평이 어떻게 회복하느냐 하는 점일 것이다.

장스자오와 논리 산문

– 중화민국 초기의 공론장과 논리 산문의 형성 –

홍 준 형

1. 논리 산문이란 무엇인가

　문학사에서 장스자오(章士釗, 1881~1973)는 주로 5 · 4이후 베이징여
자사범대학 사건, 백화문 논쟁 등에서 루쉰(魯迅) 등과 대립했던 보수파
의 대표로 우리에게 알려져 있다.[1] 그러나 근대 산문의 계보에서 보자면
장스자오는 정론문(政論文)에 대한 엄격한 논리성의 구축을 통해 이른
바 '논리 산문'이라고 하는 새로운 정론 문체를 창안한 인물로 더욱 유명

1　장스자오(1881~1973)는 근대 중국의 언론인이자 정치가, 문학가로 자는 嚴
　行이고 필명은 靑桐, 秋桐이다. 1900년대 초 황싱(黃興) 등과 함께 반청 혁명
　활동에 참여하다 실패하고 1907년 영국으로 유학을 떠나 정치학, 법학, 논리
　학 등을 공부하였다. 귀국 후 『제국일보』, 『민립보』, 『갑인』 잡지 등의 주필을
　역임하며 영국을 모델로 한 근대적 공론장과 정치제도의 확립에 노력하였으
　나, 5 · 4 이후 두안치루이(段祺瑞) 정권의 사법총장 겸 교육총장을 맡게 되면
　서 루쉰 등의 진보인사들과 대립하였다. 평생 문언만을 고집하였고, 수많은
　신문 정론과 함께 『初等國文法』, 『中等國文法』와 같은 문법서와 『邏輯指要』,
　『柳文指要』 등의 저서를 남겼다.

하다. '논리문'이란 용어를 처음으로 사용한 것은 뤄지아룬(羅家倫)으로, 그는 1920년 『신조新潮』에 발표한 「근대중국문학사상의변천(近代中國文學思想的變遷)」이란 글에서 장스자오의 정론이 옌푸(嚴復)와 장타이옌(章太炎)을 이어 '논리문학'을 집대성함으로써 기존 정론의 이른바 '화이문학(華夷文學)'의 자기 과장과 '책사문학(策士文學)'의 부박함을 극복하며 정론의 새로운 시대를 열었다고 평가했다.[2] 그 후 후스(胡適)도 뤄지아룬을 이어 「오십년간의중국문학(五十年來中國之文學)」에서 장스자오를 1905년 이후 10년간 중국 정론문의 대표적 인물로 지목하며, 비록 고문(古文) 내부에서의 변혁에 그친 한계를 지니고 있긴 하지만 장타이옌과 량치차오(梁啓超)을 넘어 논리산문의 새로운 경지를 개척했다고 평가했다.[3]

장스자오가 국내 신문에 정론을 발표하기 시작한 것은 1910년을 전후한 무렵이었다. 당시 장스자오는 영국 스코틀랜드의 명문 에버딘 대학(Aberdeen University)에서 정치학과 법률, 논리학 등을 공부하며 동시에 『제국일보(帝國日報)』의 영국 주재 통신원으로 활약하고 있었다. 1912년 무창혁명(武昌革命)을 계기로 청조가 무너지고 공화정이 성립하자 장스자오는 귀국하여 『제국일보』와 『민립보(民立報)』, 『독립주보(獨立週報)』 등을 주관하며 본격적인 시국 관련 정론을 발표하기 시작했다. 그 후 국민당(國民黨)을 중심으로 한 반위안스카이(袁世凱) 연합세력이 일으킨 이른바 '2차 혁명'의 실패와 이에 따른 위안스카이의 대대적인 언론 탄압으로 인해 다시 일본 도쿄로 도피하였고, 1914년 그 곳에서 지식인 대상의 정론 잡지인 『갑인(甲寅)』을 창간하였다.[4]

---

2 羅家倫, 「近代中國文學思想的變遷」, 『新潮』 第2卷 第5號, 1920年, 871～873면.

3 胡適, 「五十年來中國之文學」(1923), 『胡適文集』(北京 : 北京大學出版社, 1998年), 234～238면.

4 장스자오의 유학시절과 甲寅시기 행적에 대해서는 다음의 서목들을 참고할 것. 白吉庵, 『章士釗傳』(北京 : 作家出版社, 2004年); 鄒小站, 『章士釗傳』(鄭

'논리 산문'이라고 하는 것은 바로 이 시기, 곧 영국으로부터의 귀국 직전인 1910년부터 '갑인' 시기까지 장스자오가 언론을 통해 발표했던 중국의 정치와 법률에 관한 일련의 정론문 문체를 가리킨다.[5] 특별히 이 시기 장스자오의 논설을 논리 산문이라고 부르는 이유는 장스자오가 의식적으로 정론 글쓰기에 있어 논리의 중요성을 부단히 강조하며 자신의 글쓰기 속에서 이를 직접 실천했던 것과 깊은 관련이 있지만, 무엇보다 '논리성'을 기반으로 한 그의 이러한 정론 문체가 당대 중국 지식인들의 글쓰기에 중요한 영향을 미치며 글쓰기 의식의 일대 전환을 가져왔기 때문이다.[6]

문체적인 면에서 장스자오 논리산문의 가장 두드러진 특징은 우선 엄격한 논리성의 추구이다. 장스자오의 산문에서 논리성은 주로 개념어에 대해 명확한 '규정'과 이를 토대로 한 치밀한 논증의 과정으로부터 드러나는데, 논술 대상에 대해 외연과 내포를 확정하고 연역이나 귀납과 같은 논증법의 철저한 활용을 통해 조목조목 자기주장을 전개하거나 혹은 다른 사람의 주장을 반박하는 방식이 가장 일반적이다. 장스자오가 자신의 글에 대해 "모든 것을 한데 모아 골라내며 마치 파초 껍질을 벗기듯 마지막 층까지 벗겨내다 보면 무언가가 보인다"고 한 것은 이러한 논

州：河南文藝出版社, 1999年); 郭華淸,「從廢學救國到苦學救國－靑年章士釗在日本和英國的留學經歷及其思想轉變」(『安徽史學』, 2001年4期).

5　장스자오의 정치사상에 비해 논리 산문에 대한 전문적인 연구는 많지 않다. 기존 연구로 참조할 만한 것은 다음의 문헌이 있다. 徐鵬緒 周蓬琴,「論章士釗的羅輯文」(『東方論壇』, 2002年 第5期); 徐鵬緒 周蓬琴,「論章士釗的文學觀及其"羅輯文"」(『山東社會科學』, 2003年2期); 連燕堂,『從古文到白話近代文界革命與文體流變』(北京：中央民族大學出版社, 2000年4月).

6　당시 장스자오의 영향을 받아 일종의 '서구화된 고문'을 썼던 사람으로는 黃遠庸, 李大釗, 高一涵, 陳獨秀, 張東蓀, 李劍農, 楊端六, 周覽 등을 들 수 있다. 陳子展,『中國近代文學之變遷・最近三十年中國文學史』(上海：上海古籍出版社, 2000년), 211～212면 참조.

장스자오와 논리 산문

증의 과정을 형상적으로 비유한 것으로,7 마치 잘 짜여진 틀이나 톱니 바퀴를 보는 것 같은 장스자오 산문의 논리적 엄밀성은 이로부터 나온 것이다.

논리산문의 또 다른 특성은 수사적, 문법적 엄밀성의 추구이다. 이러한 수사적, 문법적 엄밀성은 전통 의론문에서 자주 볼 수 있는 대우나 대비, 비유와 같은 형식적 기법을 통한 수사의 남발이나 주관적 감성의 고양을 지양하고 엄격한 수사적 요구를 바탕으로 무엇보다 언어가 담지하는 내포적 본연 그 자체를 질박하게 드러내고자 하는 문체 의식 속에서 나타난 것으로, 앞서 뤄지아룬이 논리문에 대해 화이문학의 자기 과장과 책사문학의 부박함을 극복했다고 한 것은 바로 이 대목을 지적한 것이다.

그렇다면 논리 산문은 도대체 어떠한 배경과 사회적 조건으로부터 생겨난 것일까? 글을 쓰고 읽는 행위가 단순히 개인적 취향이나 의도만이 아닌 하나의 공동체 안에서 작용하는 다양한 관계와 조건들과의 밀접한 관련을 통해 구성된다는 면을 고려할 때, 논리 산문의 형성 또한 단지 장스자오 개인의 성향이나 노력에 의한 것만은 아닌 산문의 논리화를 요구하는 보다 거대한 차원의 사회적 문화적 요구가 그 속에 깊게 내재되어 있을 것이란 생각을 하게 된다. 더군다나 논리 산문이라는 것이 기본적으로 신문이나 잡지와 같은 대중매체를 통해 생산되고 유통된 일종의 사회적 글쓰기였다는 사실을 고려해 본다면 더욱 그러하다.

이 글은 바로 이러한 문제의식으로부터 1910년대 특징적인 산문 문체였던 장스자오의 논리 산문을 중심으로 이 시기 논리 산문 생성의 배경과 그 사회적, 문화적 조건을 탐색해 보고자 한다. 특히 필자가 관심 갖는 것은 공화정의 성립 이후 새로운 정치 사회적 조건 속에서 나타난

---

7 「爬羅而剔抉之, 如剝蕉然, 剝至終層, 將有見也」, 「政本」, 『章士釗全集』(이하 『全集』)第3卷(上海 : 文匯出版社, 2000年), 1면.

1910년대 중국 '공론장'의 질적 변동과 논리 산문의 상호 관련성으로, 구체적으로는 장스자오의 글쓰기 의식과 실천에 대한 논의를 통해 '논리 산문'이라고 하는 특정한 산문 양식의 창출과 그러한 양식을 배태하게 했던 역사적 특정 시점에서의 정치적, 사회적 조건의 변화 사이에 존재하는 상호 관련성을 묻고자 한다.

　이를 위해 이 글은 크게 다음의 세 단계로 진행될 것이다. 우선 논의를 전개하기 위한 바탕으로 근대적 공론장의 개념과 공론장과 정론문과의 상관성을 살펴볼 것이다. 그리고 이를 토대로 1910년대 중국 공론장의 성격과 이로부터 생겨난 새로운 글쓰기에 대한 사회적 요구의 내용과 의미에 대해 분석해 볼 것이다. 다음으로는 주로 장스자오의 글쓰기 실천을 중심으로 글쓰기에 대한 그러한 사회적 요구가 구체적으로 어떻게 적용되고 실행되는가 하는 문제를 고찰할 것이다. 특히 공론장의 질적 변동으로부터 파생된 새로운 담화 방식의 확산에 주목하고 그것이 산문의 논리화라는 방향으로 수렴되는 과정과 내용에 대해 살펴 볼 것이다. 마지막으로는 논리 산문의 구체적 방법론이라 할 수 있는 논리학 지식의 도입 배경과 그 적용 방식에 대해서 논의할 것이다. 20세기 이후 어떠한 사회적 흐름 속에서 논리학 지식이 도입되고, 그러한 지식이 또 구체적으로 어떠한 과정을 거쳐 논리 산문이라고 하는 새로운 글쓰기 문체를 추동하는 힘으로 작용했는가를 고찰해 보는 것이 주된 내용이다.

2. 공론장의 질적 변동과 정론 문체

　'공론장'이란 역사적으로 볼 때 17,8세기 이후 유럽에서 자유주의 시장경제의 확산과 근대적 인쇄 매체의 발달을 배경으로 교회와 절대 왕권의 권위에 대항해 생겨난 시민 중심의 자율적인 정치 공간을 이르는 말이다. 공론장의 가장 큰 특징은 한마디로 사회적 문제의 해결이 전통적인 폐쇄적 권위에 의해서가 아니라 출판, 결사, 집회와 같이 이성이 공적으로 사용되는 공개적 토론과정(곧 여론의 수렴)을 통해 논의되고 이루어지는 진다는 점이다.[8] 물론 19세기 말 이후 중국 사회의 변동 국면을 서구의 역사적 개념인 '공론장'이란 용어로 설명할 수 있을지에 대해서는 별도의 세심한 논의가 필요한 부분이다. 그러나 왕권의 약화와 새로운 지식 계급의 등장, 그리고 신문, 잡지와 같은 근대적 인쇄 매체의 발달로 인한 비평 공간의 비약적 확대가 서구의 공론장과 유사한 새로운 정치 공간의 가능성을 보여 주었음은 대체로 인정할 수 있는 바이다. 특히 1912년 청조의 멸망과 뒤 이은 공화정 체제로의 전환은 국가와 개인 사이의 공적 관계에 대한 객관적 조건의 일대 변혁을 가져옴으로써 정치와 법률 제도의 차원에서 이전과 구분되는 새로운 정치 공간 형성을 본격화하는 계기가 되어 주었다.

근대적 공론장은 다양한 제도와 방식을 통해 구성된다. 커피하우스나 살롱, 다관과 같은 공공 모임의 장을 통해 구성되기도 하고, 신문과 잡지와 같은 매체를 통해 소통되는 논설이나 기사, 통신, 에세이와 같은 다양한 글쓰기들을 통해 이루어지기도 한다. 그 중에서도 논설, 특히 정론은 근대적 공론장의 발생과 가장 밀접한 관련을 갖는 글쓰기 양식이다.[9] 근대적 공론장의 중요한 특성을 사적인 개인들의 자유로운 의견 교환과 이를 통한 공적 문제의 해결, 곧 '여론'이라고 이름 할 수 있는 새로운 의사소통 방식의 실현이라고 한다면, 정론은 근대적 지식인들로부터 그러한 '여론'을 형성하기 위해 활용된 가장 대표적인 의사소통 양식 중의 하나였다.

---

8 위르겐 하버마스 저, 한승완 역,『공론장의 구조적 변동 – 부르조아 사회의 한 범주에 관한 연구』(서울 : 나남출판, 2001년), 95~133면 참조.

9 논설(政論) 글쓰기와 공론장과의 관련 양상에 대해서는 金東植,『한국의 근대적 문학 개념 형성과정 연구』(서울대학교 국어국문학과 박사학위논문, 1999년), 8~37면 참조.

중국에서도 19세기 말 이후 신문, 잡지와 같은 근대적 공공매체의 본격적 등장과 함께 전통적 사회질서를 개혁하려는 신지식인들이 가장 애용한 글쓰기 양식이 정론이었다. 사실 중국 근대 정론문의 대표적인 논자들이라 할 수 있는 왕타오(王韜), 캉요우웨이(康有爲), 탄스퉁(譚嗣同), 량치차오 등은 동시에 중국에서 가장 먼저 신문이나 잡지와 같은 공공매체의 탄생을 추동했던 선구적 언론인들이기도 했다. 그들은 신문 정론이란 방식을 통해 다양한 정치적, 사회적 계몽과 개혁 프로그램들을 제시했고, 또한 자신의 이념과 주장에 대한 사회적 동의와 연대를 기획해 내려 했다.[10]

매체적 글쓰기를 기반으로 한 이러한 계몽과 연대의 기획은 이전의 글쓰기 방식과는 확연히 다른 새로운 문체를 탄생하게 했다. 가장 대표적인 것이 이른바 '신문체(新文體)'라 불린 글쓰기 형식으로, 신문체란 좁게는 『청의보(淸義報)』, 『신민총보(新民叢報)』 등을 중심으로 발표된 량치차오의 정론 글쓰기 스타일을, 넓게는 웨이위안(魏源), 꽁쯔전(龔自珍), 왕타오, 펑꾸이펀(馮桂芬), 정꽌잉(鄭觀應)으로부터 시작해 캉유웨이를 거쳐 량치차오에 이르러 광범위한 사회적 파급력을 가진 글쓰기로 정착한 19세기 후반 이후 매체 기반 정론문의 문체 전반을 이른다.[11]

청대의 문장은 동성파(桐城派)와 팔고문의 영향을 받아 법도를 중시하고 의미(意義)를 하찮게 여겼었다. 웨이위안과 량치차오 등과 같은 사람들

---

10 근대 중국의 공공매체와 정론문과의 관계에 대한 개괄적인 고찰은 다음의 논문을 참조. 김월회, 「新體散文이 매체와 만나는 두 양상」(『대동문화연구』 제45집, 서울 : 성균관대학교 대동문화연구원편, 2004년); 沈永寶, 「政論文學一百年—試論政論文學爲新文學之起源」(『復旦學報』2001年 第6期).

11 근대 신문체 산문의 형성 과정에 대해선 다음의 논문을 참조. 김월회, 「중국 근대의 語文改革運動과 新體 散文에 대한 고찰」, 『중국문학』제38집(서울 : 한국중국어문학회, 2002년), 220~232면; 朱文華, 「簡論晚淸"新文體"散文」(『復旦學報』, 1995年 第3期).

이 나와 새로운 지식을 소개하면서 점차 형식에 구애받지 않고 자유롭게 의견을 개진하는 분위기가 형성되었고, 일본유학생들이 만든 신문이나 잡지가 특히 평이함을 추구하고 신명사를 사용하기 좋아하면서, 이로 인해 문체의 일대 전변이 일어났다.[12]

위의 글은 중국의 저명한 언론학자 거꿍전(戈公振)이 19세기 후반 이후 중국 산문 문체 변혁의 동인에 대해 설명한 글로, 량치차오로 대표되는 신문체의 등장 배경과 그 문체적 특성을 압축적으로 잘 요약해 주고 있다.

신문체의 문체적 특성은 한 마디로 격식에 구애받지 않는 자유로움과 대중과의 원활한 소통을 위한 평이함이었다. 량치차오는 자신의 신문체에 대해 "평이하고 원활한 소통을 추구하며 자주 속어나 운어(韻語), 그리고 외국 문법을 섞기도 하여 붓 가는대로 종횡무진 구속을 받지 않았"고, 그래서 "소위 원로라는 사람들이 개탄하며 저속하다고 비난했지만 글에 조리가 분명하고 붓 끝에 언제나 감정이 담겨있어 독자들을 끌어들이는 특별한 일종의 마력이 있었다"고 자술한 적이 있다.[13] 이는 곧 신문체가 기존 권위에 대한 도전 의식과 함께 계몽이란 시대적 사명과 매체적 요구로부터 대중과의 원활한 소통의 제고를 가장 큰 목적으로 하고 있음을 알려 주는 대목으로, 이 시기 신문체 정론들이 대체로 대중과의 소통을 고려해 쉬운 언어를 사용하고 '격정'과 같이 주로 감정에 기대는 호소의 방식에 많이 의존하였던 점도 바로 이와 관련이 있다 하겠다.[14]

---

12 戈公振, 『中國報學史』(北京 : 中國新聞出版社, 1985年), 109∼110면.

13 「啓超夙不喜桐城派古文, 幼年爲文, 學晩漢魏晉, 頗尙矜煉, 至是自解放, 務爲 平易暢達, 時雜以俚語、 韻語及外國語法, 縱筆所至不檢束, 學者競效之, 號新 文體. 老輩則痛恨, 詆爲野狐. 其文條理明晰, 筆鋒常帶情感, 對於讀者, 別有 一種魔力焉.」梁啓超, 『淸代學術槪論』(上海 : 東方出版社, 1996년), 77면.

1912년 청조의 멸망과 함께 도래한 공화정의 성립은 이러한 중국의 근대적 공론장의 성격을 또 한 번 질적으로 변모시킨 중대한 사건이었다. 1912년 1월, 난징(南京) 임시정부는 중화민국의 성립을 공식적으로 선포했다. 이로부터 수천 년에 걸친 군주정치는 막을 내리고 민주 공화정으로의 본격적인 역사적 이행을 시작하게 되었다. 새로운 정치 체제의 등장은 정치 구조의 변동과 함께 일련의 사회적 관계를 변모시킴으로써 중국 정치 공론장의 기반을 이루는 사회 담화 방식 자체에도 큰 변화를 가져오게 하였다.

무엇보다 가장 중요한 변화는 제도적 차원에서 국가와 개인 사이의 새로운 공적 관계의 형성과 이로부터 파생된 '토론'이라는 담화 방식의 확산이었다. 군주가 권력의 중심이 되는 전제정치에서 공적 관계는 기본적으로 왕과 개인 사이의 관계였다. 따라서 공적 담론은 주로 왕과의 관련성 속에서 진행되었으며 사적 개인이 그 과정에 참여할 여지가 크지 않았다. 그런데 이제 공식적으로 민주 공화정이 선포되고 탈인격화된 국가를 기반으로 한 새로운 공적 영역이 생겨남으로써 권력의 민주화와 더불어 여론 정치의 가능성이 제도적으로 마련되게 되었고, 이는 곧 당시의 공론장에서 여론을 구성하는 기반으로서의 '토론'이란 담화 방식을 급속히 확대시키는 결과를 가져왔다.[15]

이러한 변화 속에서 이제 정론의 목적도 대중에 대한 일방적인 '계몽'을 넘어 구체적인 정책에 대한 의견 제시를 통해 자신의 정견을 여론으로 구축하는 것으로 확대되게 되었다. 이 시기를 전후하여 각 신문과 잡지의 정론란을 중심으로 임시약법, 정당 내각제, 공화와 입헌, 지방 자치

---

14 량치차오 신문체의 문체적 특성에 대해서는 최형욱, 「梁啓超의 文體改革과 그 散文의 特徵」(『中國語文學論集』제17호, 서울 : 중국어문학연구회 편, 2001년) 참조.
15 전통 시기 공론의 성격과 근대적 공론장에서 여론의 형성에 관해서는 金東植, 앞의 책, 8~17면 참조.

그림 1 |
유학시절의 장스자오

등 근대 국가 건설과 관련한 논의와 토론이 봇물을 이루었던 것도 바로 이 때문이다.[16] 정론의 목적이 타자와의 토론을 통한 구체적인 정견의 정책적 실현으로 옮겨 가면서 정론의 문체 또한 감정에 기댄 격정적 호소나 다양한 언어적 기교를 동반한 문학적 수사보다 대상에 대한 정확하고 구체적인 지식을 바탕으로 차분한 태도로 조리 있게 대상을 분석하고 설득하는 방향으로 전문화되기를 요구받기 시작했다.

논설 특히 정론을 쓰는 사람들은 이제 일반 대중에게 공공 영역에 관한 일과 그에 대한 자신의 견해를 알려야 할 뿐만 아니라 자신과 견해를 달리 하는 전문가 그룹의 사람들과 토론하고 그것을 설득할 수 지식과 소양을 갖추어야 했다. 공론장의 변동과 함께 공론장의 가장 대표적인 글쓰기 방식이라 할 수 있는 정론에 한층 전문적이고 새로운 문체 의식과 방향이 요구되었던 것이다.

3. '토론'의 담화 방식과 문체의 혁신

앞서 소개한 바와 같이 장스자오가 본격적으로 정론을 발표하기 시작한 것은 바로 이 무렵이었다. 여기서 우리가 주목해야 할 대목은 언론인으로서의 장스자오의 신분과 글쓰기의 상호 관련성이다. 1907년 유학생

---

16 일명 '정론의 시대'라고 불리는 이 시기 정론과 그 배경에 대해서는 羅家倫, 앞의 글, 870~873면 참조.

신분으로『제국일보』의 영국 통신원을 겸직하기 시작한 이래『제국일보』,『민립보』,『독립주보』,『갑인』의 주편에 이르기까지 장스자오는 줄곧 중국 언론계의 가장 중심부에서 왕성하게 활동했던 인물이다. 따라서 그는 동시기의 다른 어느 누구보다도 앞서 설명한 그러한 공론장의 질적 변동과 이에 따른 글쓰기에 대한 사회적 문화적 조건의 변화에 대해 민감하게 느끼고 대응할 수 있는 위치에 있었다.

우선 장스자오가 가장 절실하게 느꼈던 것은 공적문제를 논의하고 해결하는 과정에서의 이성적이고 학리적(學理的)인 '토론' 문화의 부재였다.

> 필자는 지방 행정 장관이 마땅히 민선을 통해 선출되어야 한다고 생각한다. 그러나 이 주장은 상대적인 것이지 절대적인 것은 아니다. 임명을 주장하는 사람도 역시 나름의 근거와 이유가 있겠지만 그저 그 이유를 내가 믿지 않는 것일 뿐이다. 무릇 한 나라의 중요한 문제를 결정함에 경험과 학식에 기댈 수 없어 오직 수십 일 혹은 수일간의 토론에 의지해 일이 추진해야 한다면 토론에 참여하는 자는 마땅히 자신이 믿는 바를 최대한 이야기해야 하고, 특히 자신이 믿는 바에 근거하여 있는 그대로 얘기함으로써 국민들로 하여금 그 득실을 가늠하여 선택을 할 수 있도록 해야 하는 것이다. 따라서 극단적인 논리로 자기와 의견이 다른 사람을 배척하는 것은 잘못된 것이고, 특히 사적인 의도가 깔린 이야기로 진리를 흐트러뜨리는 것은 더욱 잘못된 것이다. 만약 이를 제대로 살피지 못한다면 국민의 선택 능력이 원래 미약한데다가 오늘날에 이르러 근거 없고 어지러운 여론에 미혹되어 판단을 잃게 하니 그 해악이 국가의 근본에까지 미치는 바가 어찌 끝이 있겠는가.[17]

이 글은 1912년 장스자오가 지방 행정정관의 선임 방식을 둘러싸고 논쟁을 벌이던 가운데 밝힌 글로, 여기서 장스자오는 본격적인 논의에

---

17 「民選論中之誤點」,『全集』2卷, 486면.

앞서 공적 문제를 해결하는데 토론의 중요성과 그 태도에 관해 문제 삼고 있다. 장스자오가 지적하고 있는 것은 바로 공론장에서 토론이라고 하는 것이 공적 문제에 관한 어떠한 정책의 결정에 합리적인 선택을 하기 위한 과정인데, 토론에 대한 기본적 자세와 소양이 제대로 갖추어 지지 못함으로 인해 토론의 과정에서 극단적인 논리와 악의적 비방이 난무하고, 결국 제대로 된 생산적 논의를 진행하지 못하는 경우가 많다는 것이다.

문제는 이전까지의 정론의 경우 그러한 타자와의 평등한 지위에서의 토론을 전제로 하는 의식 자체가 상당히 미약했다는 점이다. 대개의 경우 주로 군주를 가상 독자로 한 아래로부터 위로의 일종의 '책론(策論)' 성격의 글이었던지, 아니면 계몽의 대상인 대중을 대상으로 하여 위로부터 아래로의 일방적인 자기주장을 전개한 것이었지 상호간의 대등한 지위와 평등을 바탕으로 진정한 '토론'이란 담화방식이 글쓰기의 전면에 대두된 경우는 드물었다. 물론 사안의 옳고 그름을 놓고 서로 다른 견해를 가진 이와 쟁론하는 '논쟁'이란 방식도 있었지만, 그럴 경우조차도 그 담화 방식을 면밀히 따져보면 일반적인 정론에서처럼 일방적으로 타인에게 자신의 진리를 주입하는 방식에서 크게 벗어나 있지 않은 경우가 많았다.[18]

그러다보니 이성과 지식에 근거한 차분한 학리적 논의보다 다양한 수

---

18 이러한 '논쟁'의 글쓰기 방식에 변화가 일기 시작한 것은 1903년부터 시작된 『民報』와 『新民叢報』간의 논쟁으로부터였다. 당시 혁명과 입헌을 놓고 4년여 간의 긴 시간 동안 진행된 이 논쟁은 처음으로 근대 국가 체제의 문제를 중심으로 전개된 이론 논쟁의 성격을 가짐으로서 전통적 논쟁 방식으로부터 뚜렷한 변화를 보였다. 그러나 논쟁 과정에서 여전히 감정적 충돌이나 상호 비방, 격렬한 언사들이 완전히 사라지지 않는 일종의 과도기적인 모습을 보였다. 『民報』와 『新民叢報』 논쟁의 주요 쟁점과 성격에 관해서는 민두기 『辛亥革命史-중국의 共和革命(1903-1913)』(서울 : 민음사, 1994년), 55~66면 참조.

사적 방법을 통해 설득의 대상인 개인의 감성과 의지를 고양시키는 방식이 자주 활용되었고, 이는 당시의 격변하는 시대적 분위기와 결합하면서 실제로 상당히 유용한 설득의 효과를 거두기도 하였다. 훗날 많은 이들이 량치차오 신문체의 단점으로 지적하고 있는 감정과 수사의 남발과 이에 비한 상대적인 내용의 공허함은 바로 당시 이러한 글쓰기들의 특성을 지적한 것으로서, 논의하는 대상은 공적인 것이었지만, 공적 문제를 논의하는 방식 자체는 여전히 개인의 감성을 자극하는 '격정'이나 '호소'에 크게 의지하고 있었던 것이다.[19]

이러한 상황 속에서 장스자오가 추구한 것은 정론 글쓰기에 있어 이성적 태도와 논리적 의식의 확립이었다. 공적 문제를 해결하는 주체로서의 군주의 권위가 사라진 상태에서 이제 근대적 공론장을 구성하는 새로운 권위의 원천은 여론이었고, 그러한 여론의 형성은 다름 아닌 이성과 논리를 공통의 기본적 가치 규범으로 삼는 토론을 통해서 이루어진다고 생각했기 때문이다. 이러한 면에서 볼 때 장스자오가 토론의 기본 조건으로 내세운 다음의 내용은 상당히 주목할 만하다.

첫째, 마음을 편안하게 가라앉히고, 아무런 선입견도 갖지 않을 것. 둘째, 냉정하게 사고하며 논리적 방법론에 대해 어느 정도 이해하고 있을 것. 셋째, 일반적인 상식의 소유자로 논제에 대해 평소 연구해 왔거나 혹은 현재 연구를 하고 있어서 완전히 문외한의 말을 하지 않을 것.

"마음을 편안하게 가져 아무런 선입견이 없을 것"은 당시 이성적 판단

---

19 량치차오 신문체의 수사적 전략과 효용, 그리고 당시 당시 독자들의 반응에 대해선 김월회, 「新體散文이 매체와 만나는 두 양상」, 『대동문화연구』 제45 집(서울 : 성균관대학교 대동문화연구원 편, 2004년), 196~203면; 陳平原, 「現代中國散文之轉型」, 『文學史』(第3輯)(北京 : 北京大學出版社, 1996년), 138면 참조.

없이 당파적 논리에 빠져 편협한 견해를 주장하는 것을 경계한 것이고, "냉정하게 사고하며 논리적 방법론에 대해 어느 정도 이해할 것"이라는 조건은 토론의 가장 기본적인 방법으로서의 이성적 사고와 논리적 추론의 필요성에 대해 설명한 것이다. "일반적인 상식의 소유자로 논제에 대해 평소 연구해 왔거나 혹은 현재 연구를 하고 있어서 완전히 문외한의 말을 하지 않을 것"이란 조건은 토론이 감정이 휩싸여 무의미한 감정의 충돌로 흐르지 않고, 논제에 대한 구체적 지식에 기반한 학리적 토론으로 진행되어야 함을 강조한 것이다.

장스자오는 혁명이 성공하고 바야흐로 '여론정치의 아름다운 풍속(輿論政治之美風)'이 본격적으로 성숙해져야 할 당시에도 여전히 '감정에 치우쳐 이성에 기반하지 않은 글(感情用事之文章)'들이 공론장에 횡횡하고 있음을 비판하면서, 이성과 논리에 바탕을 둔 글쓰기의 혁신, 특히 대표적인 공론장의 글쓰기라 할 수 있는 정론 문체의 혁신을 통해 성숙한 공론장의 기반을 마련해야 한다고 주장했다.[20] 한 마디로 장스자오는 정론에 이성과 논리로 대표되는 공공성에 대한 새로운 가치체계와 글쓰기의 규범을 주입하고자 했던 것이다.

글쓰기에 대한 장스자오의 이러한 인식은 그가 이상적인 글쓰기의 모범으로 삼았던 것이 바로 영국의 저명한 도덕 잡지인 『스펙테이터 Spectator』의 에세이였다는 점에서도 잘 알 수 있다. 장스자오는 여러 차례 자신이 『스펙테이터』의 충실한 애독자임을 밝힌 바 있으며 장차 『스펙테이터』와 같은 간행물을 만드는 것이 꿈이라는 이야기도 하였다.

영국에 『스펙테이터』이라고 하는 주간지가 있는데, 제가 가장 즐겨 읽는 잡지입니다. 이 잡지의 이름은 3백여 년의 역사를 갖고 있는 것으로 지금까지도 이어져 오고 있습니다. 초판이 발행된 것은 1711년 3월 1일이었

---

20 「記者之宣言」, 『全集』2卷, 96면.

고 '논단'을 주재한 사람은 당시 문필가였던 애디슨이었습니다. '스펙테이터'란 초연한 관조자(역자주 : 혹은 냉정한 관찰자)를 가리키는 말로, 실은 애디슨이 자신을 빗대어 한 말입니다. (…)애디슨은 당시 문명(文名)을 날렸던 사람으로 하늘을 치를 듯한 필치로 정치와 사회의 다양한 상황을 묘사했는데, 다른 사람들이 말하고 싶어했지만 말하지 못했던 것들을 표현해 냄으로써 사람들의 가슴을 파고들어 많은 사람들이 애독하였습니다. (…)제가 비록 애디슨이 했던 일을 흠모하고 또 이를 동방의 '스펙테이터'로 만들고 싶은 욕심이 있지만, 스스로 서문을 써 잡지의 주지를 밝히는 것은 따라 하고 싶지 않습니다.[21]

『스펙테이터』는 영국의 유명한 사회평론가이자 언론인인 조지프 애디슨(Addison. J)이 주관한 잡지로, 『테틀러(Tatler)』 등과 함께 18세기 이후 영국 부르조아 공론장의 형성에 중요한 역할을 했던 간행물이다. 1711년 창간한 이래 의회 의원이나 교수, 상공인들과 같은 부르조아 계급 지식인을 주 독자로 하여 정치, 예술, 도덕, 관습, 교육 등 사회 전반의 문제들에 대한 지적, 도덕적 비판과 비평적 논의를 통해 당시 영국 지식 사회에 대단히 깊고도 광범위한 영향을 미쳤다.

영국 근대적 공론장의 형성에 있어 『스펙테이터』가 남긴 가장 큰 의의는 한 마디로 비평 공간의 확대와 논의하는 공중의 창출이었다. 『스펙테이터』라는 지식인 공간을 통해 당대의 삶의 포괄적으로 재현하는 다양한 비평의 방식이 비로소 자리를 잡게 되었고, 그동안 커피 하우스나 만찬회, 살롱 등 같은 공간을 통해 산발적으로 모였던 비판적 지식인들이 보다 포괄적인 공동의 관심사에 대해 논의하고 토론할 수 있는 매체를 갖게 됨으로써, 근대 시민 사회의 중요한 특징이라 할 수 있는 논의하는 공중의 창출이 가속화되는 결과를 낳게 되었다.[22]특히 애디슨이 말

---

21 「發端」, 『全集』 2卷, 518면.
22 근대 영국 공론장에서의 『스펙테이터』의 역할과 그 신문 에세이 문체적 특

그림 2 |
왕성한 활동을 벌이던 시기의 장스자오

한 바 있는 사회적 관찰자로서의 냉정한 입장과 태도는 사회적 삶의 포괄적인 모습을 이성의 눈으로 관조하고 비평하는 새로운 비평 글쓰기 양식을 창출해 냄으로써 공공의 문제를 논의하는 비평공간의 확대에 크게 기여하였다. 장스자오가 『스펙테이터』의 비평 문체에 주목한 것은 바로 이러한 측면으로서, 사회 전반의 공적인 문제를 논의함에 있어 여전히 개인의 감성에 의지했던 기존 문체의 혁신을 통해 이성에 바탕을 둔 공중의 참여와 이를 기반으로 구성되는 진정한 근대적 정치 공론장의 창출에 중요한 전범으로 삼고자 했던 것이다.

4. 산문의 논리화와 글쓰기 품격의 제고

근대적 공론장의 형성이 장스자오 논리산문에 주로 사회적, 문화적 토대를 제공해 주었다면 논리 산문이란 양식 자체의 형성에 가장 중요한 방법론적 지식의 토대를 제공한 것은 두말할 것도 없이 서구의 형식 논리학이었다. 앞서 언급한 바와 같이 장스자오가 본격적으로 논리학 지식을 접한 것은 영국 유학 시절이었다. 당시 그는 에버딘 대학에서 정치학과 법률을 전공하며 동시에 데이비슨(Davison) 교수로부터 서구의 형

성에 관해서는 여건종, 「공공영역의 수사학 – 근대시민사회의형성과 소설의 발견」, 『안과밖』2권(서울 : 영미문학연구회, 1997), 8~40면; 위르겐 하버마스 저, 한승완 역, 앞의 책, 116~117면 참조.

식 논리학을 사사 받았는데,[23] 장스자오가 자신의 전공 외에 특별히 논리학에 관심을 갖고 공부한 것은 당시 국내의 학술과 사상의 흐름에 영향 받은 바 크다.

20세기 들어 중국 지식계의 가장 큰 변화는 한 마디로 서구에 대한 군사력과 과학기술 일변도의 관심에서 벗어나 서구의 학문과 사상, 제도에 본격적인 관심을 갖기 시작했다는 것이다. 양무운동(洋務運動)을 비롯하여 서구의 군사력과 과학기술의 도입을 강조한 그동안의 부국강병책이 실패로 돌아가면서 보다 근원적인 서구사회의 학문과 사상, 제도에 대한 검토와 학습이 필요하다는 인식을 갖게 된 것이다. 이때부터 서구의 정치, 사회, 법률, 제도에 관한 다양한 사회과학 서적이 번역 소개되기 시작했고, 신문이나 잡지에도 서구의 학문이나 학설을 소개하는 글들이 다량으로 게재되었다. 논리학 지식도 이러한 시대적 흐름 속에서 국내에 들어온 것으로, 1905년 옌푸가 존 스튜어드 밀(John Stuart Mill)의 논리학의 저서인『논리학 체계(A System of Logic)』(번역명 : 穆勒名學)를 처음으로 번역, 소개한 이래 국내 지식계에 논리학에 대한 관심이 급속도로 확산되었다. 량치차오와 왕궈웨이, 장타이옌을 비롯한 당대의 여러 저명 지식인들이 모두 논리학의 중요성에 대해 언급하고 논리학 지식의 보급을 주장했던 것은 이러한 사실을 잘 반증해 주는 예다.

중국의 근대 지식인들이 이렇게 보편적으로 논리학에 관심을 가졌던 이유는 무엇보다 논리학이 근대 서구학문의 방법론적 근저를 이루고 있음을 인식했기 때문이다. 그들은 서구의 근대사상을 소개하고 사회과학 서적들을 번역하는 과정에서 서구 근대 사상과 학문이 논리학적 사유 기반과 방법론을 토대로 구축되어 있음을 발견하게 되었다. 옌푸가 논리학을 한마디로 "모든 학문의 학문이자 모든 법의 법(是學爲一切之學, 一切法之法)"이라고 정의한 것은 바로 이러한 인식을 보여주는 대표적인

---

23 郭華淸, 앞의 글, 39면; 章士釗, 「邏輯指要・自序」,『全集』第7卷, 293면.

예로서, 논리학으로 대표되는 과학적 방법론의 도입을 통해 학문의 근대
적 변혁을 이루는 토대로 삼고자 했던 것이다. [24]

그런데 여기서 눈여겨 볼 대목은 이러한 과정 속에서 중국인의 사유
체계에 대한 새로운 인식이 생겨나게 되었다는 점이다. 곧 서양인에 비
해 중국인의 언어와 사유가 엄밀하고 체계적이지 못하다는 지적이 바로
그것으로, 우리는 왕궈웨이의 다음 언술로부터 중국인의 언어와 사유 체
계에 대한 그러한 인식의 일단을 살펴 볼 수 있다.

> 우리나라 사람(역자주 : 중국인)의 특징은 실제적이고 통속적인데 반
> 해, 서양인의 특질은 사변적이고 과학적이어서 추상화하고 분류하는 힘이
> 강해 세상의 유형, 무형의 모든 사물에 대해 일반화(Cenerafization)하고 분
> 석(Specification)하지 않는 것이 없다. 우리나라 사람의 장점은 차라리 실
> 천의 측면에 있지 이론적 측면에서는 구체적인 지식에만 만족하고 분류하
> 는데 대해서도 실제적으로 꼭 필요한 일 외에는 별로 천착하지 않는다.
> (…)따라서 중국에는 수사학은 있지만 논리학은 없으며 문학은 있지만 문
> 법은 없어 그것으로 추상화와 분류가 우리나라 사람에게 취약한 부분임을
> 알 수 있으니, 우리나라의 학문이 아직 자각(Selfconsciousness)의 지위에
> 오르지 못한 것이다. [25]

사실 중국인의 언어와 사유 체계에 관한 이러한 인식은 당시의 개혁
적 지식인들에게 있어서는 상당히 보편적인 것이었다. 옌푸는 중국 전통
의 언어와 사유방식이 갖는 개념의 모호성과 분류 의식의 결여가 중국

---

24 근대 중국에서 논리학의 도입 배경과 과정에 대해서는 曾昭式, 「西方羅輯東
　漸與中國近代思惟方式的轉變」(『中國哲學史』2003年第2期, 79～81면); 王克
　喜, 「留學生與羅輯學的東漸」(『徐州師範大學學報』26卷3期, 2000년9月, 1～5
　면) 참조.

25 王國維, 「論新學語之輸入」, 『王國維文學美學論文集』(山西 : 北岳文藝出版
　社, 1987年), 111～112면.

이 서구에 뒤지게 된 중요한 원인이라고 생각하였고, 중국 논리학 연구의 선구자라 할 수 있는 진위에린(金岳霖)도 중국의 언어와 사유체계에 대한 문제의식으로부터 논리학을 본격적으로 공부하기 시작하게 되었다고 밝힌 바 있다. 26

　구체적인 주안점에 차이는 있지만 장스자오가 논리학에 관심을 가지된 동기도 이와 크게 다르지 않았다. 장스자오가 가장 먼저 중국인의 언어와 사유에 있어 체계성의 부족함을 느끼게 된 것은 일본으로의 도피 시절 영어를 처음 배우면서부터였다. 영어를 배운 후 장스자오는 중국어에 영어와 같은 체계적인 문법이 없음을 안타깝게 생각했다. 그 후 이러한 상황을 개선하기 위해 유학생들을 대상으로 중국어를 가르치면서 1907년에 영어 문법 이론을 중국어에 그대로 적용시켜 설명을 붙인 문법서인 『초등국문법(初等國文法)』를 출간하였다. 27

　이후 영국 유학에서 정치학과 법학을 전문직으로 공부하면서 중국의 언어와 사유 체계에 대한 장스자오의 이러한 문제의식은 더욱 심화되었다. 유학 생활 4년 동안 장스자오는 딕시(A.V.Diecy), 벤담(Jeremy Bentham), 베저트(Walter Bagehot), 브라이스(James Bryce) 등 당대 최고의 영국 자유주의 정치학자와 법학자들의 사상과 이론들을 가까이서 직접 접할 수 있게 되었고, 28 그 과정에서 그들의 이론 저변에 깔려 있는 사고 체계와 논리의 치밀함에 많은 영향을 받게 되었다. 그의 정론 글쓰기가 격정적인 스타일에서 차분하고 치밀한 논리적 글쓰기의 스타일로 바뀌기 시작한 것도 바로 이때부터였다.29

26 曾昭式, 앞의 글, 79~81면; 關興麗, 「嚴復對西方邏輯的輸入及其影響」(『福建论坛』1999年2期, 15~16면) 참조.

27 郭雙林, 「章士釗與中國近代文法體系」, 『中州學刊』, 2000年 第2期, 132~133면.

28 장스자오 유학시절의 학문 수행과정과 영국 자유주의 정치 사상가들의 그에 대한 영향에 대해선 郭華淸의 앞의 글, 39~41면 참조.

29 글쓰기에 대한 장스자오의 이러한 자각과 변모는 그동안 자신의 정론 글쓰

그림 3 |
노년기의 장스자오

유학시절 영국 사회의 경험과 근대 서구 정치학·법학 담론과의 직접적인 교섭은 장스자오에게 하나의 분명한 의식과 목표를 갖게 해 주었다. 그것은 바로 중국에서도 지식인을 대상으로 한 고아하고 수준 높은 새로운 글쓰기 양식을 만들어 내자는 것이었다. 개념어의 정확한 사용과 서구 문법의 채용을 통한 산문(정론)의 논리화는 바로 이러한 목표로부터 출발한 것으로, 훗날 장스자오는 자신의 논리 산문에 대한 이러한 요구를 유종원(柳宗元)의 문론 개념인 '결(潔)'이라는 말을 빌려 다음과 같이 표현했다.

> 의미를 충분히 담아내지 못하는 法式은 사용하지 마라. 그 쓰임이 불분명한 글자도 사용하지 마라. 가능하면 모호한 표현을 피하고 정확하고 치밀하게 文境과 意境이 그대로 드러나게 하여 하나면 하나, 둘이면 둘 마치 물속을 노니는 물고기를 보는 것처럼 간결하고 투명하고 마치 지붕의 거미줄을 보는 것처럼 줄의 길이 분명하다면 대체로 된 것이다.[30]

이를 알기 쉽게 다시 정리해 보면, 첫째는 개념어를 정확하게 사용하고, 둘째는 뜻에 부합하는 정확한 표현을 해야 하며, 셋째는 사유가 명확하고 글이 분명해야 한다는 것으로 논리산문에 대한 장스자오의 문체적

기에 대해 다음과 같은 반성 속에서 잘 나타나고 있다 : 「10년 전에도 필자가 언론에 종사하긴 했었는데 사실은 언론이라고 부르기도 부끄러운 것이었다. 잘못된 정치에 대한 불만으로 감정을 마구 발산하며 급하게 휘둘러댄 글일 따름이었다.」(「記者之宣言」, 『全集』2卷, 96면).

30 「文論」, 『全集』6卷, 383면.

이상과 요구가 바로 여기에 집약되어 있다.

　장스자오의 논리산문은 기본적으로 고급 지식인을 대상으로 한 글쓰기였다. 따라서 통속성과 보급의 효율보다는 사상 표현 능력의 제고와 정련된 언어의 사용을 중시하였다. 장스자오가 매체적 글쓰기를 수행하면서도 백화문을 외면하고 철저하게 문언의 개조를 통해 글쓰기의 근대적 변혁을 추구했던 것은 바로 이 때문이다. 당시 상황에서 사상 담지 기능이 미약한 구어 기반의 백화문으로 문언을 급진적으로 대체하는 것보다 문언이 갖는 사상 담지 기능을 유지하면서 언어의 서구화와 논리화를 통해 체제의 질적 변동을 유도하는 것이 지식 체계의 전승과 발전이라는 측면에서 훨씬 더 효과적이라는 판단이었을 것이다.

　장스자오의 이러한 선택은 중국 산문의 근대화 과정에 있어 후스의 길과는 다른 또 하나의 방식을 보여 준다. 후스가 추구한 것이 주로 문언의 전복을 통한 전통 사회 질서의 해체와 백화문의 전면화를 통한 대중화의 길이었다면, 장스자오는 상대적으로 문언의 문화적 전승 기능을 인정하는 한에서 소수 엘리트를 대상으로 지식 체계의 변혁을 통해 공론장의 글쓰기로서의 기능을 담당할 수 있는 수준 높은 글쓰기 공간을 마련하는 것이 목표였다. 이러한 측면에서 볼 때 줄곧 '일반 대중과의 교섭을 중시했던' 후스가 장스자오의 논리 산문이 갖는 가치를 인정하면서도 그 의미에 대해 '고문 내에서의 변혁'이라며 명확한 한계를 그은 것은 어찌 보면 당연한 일이었다.[31]

　현재의 상황에서 이 두 가지 길의 득실과 공과를 단편적으로 평가하기는 쉽지 않다. 다만 후스가 말하는 것처럼 '극소수의 독자만을 대상으로 했던' 장스자오의 논리 산문에 대해 '일반 대중과 교섭하지 못했다'는 하나의 이유만으로 실패로 규정하는 것은 좀 섣부른 판단이 아닌가 한다. '일반 대중과의 교섭'은 하나의 방법은 될 수 있을지언정, 절대적인

31　胡適, 앞의 글, 234~238면.

가치 판단의 기준이 될 수 있는 것은 아니다. 중국 사회의 질적 변동과 지식의 분화, 그리고 산문 문체의 근대적 변혁이라는 보다 거시적인 시각으로부터 양자에 대한 냉정하고 면밀한 고찰이 요망되는 대목이다.

5. 글쓰기 공간의 개척

우리는 지금까지 공론장의 질적 변동이란 관점을 통해 민국 초기 장스자오 논리 산문의 생성 배경과 그 사회적, 문화적, 지적 조건에 관해 고찰해 보았다. 민국 초기에 논리 산문이 생성된 배경은 크게 두 가지로 요약해 볼 수 있다.

하나는 공론장의 질적 변동이다. 1912년 공화정의 성립으로 인해 공적 문제의 결정이 군주로부터 민의로 옮겨오는 여론 정치의 가능성이 제도적으로 열리게 되었다. 이로부터 진정한 의미에서의 '토론'이란 담화방식이 공론장의 전면으로 대두되게 되었고, 이는 세부적으로 정론 글쓰기 속에서 '신문체'의 감성적이고 자유분방한 글쓰기를 지양하고 이성과 논리에 바탕을 둔 엄격하고 체계적인 글쓰기를 추구하는 방향으로 나타났다. 다른 하나는 논리학 지식의 도입으로, 원래 근대 서구 학문의 방법론으로 들어온 논리학 지식이 중국인의 언어와 사유의 체계성과 엄밀함의 부족을 극복할 수 있는 이상적이고 효과적인 방법으로 여겨지면서, 장스자오가 엘리트 지식인을 대상으로 하는 수준 높은 정론 글쓰기를 기획하는 과정에서 그 방법으로 적극적으로 활용했던 것이다.

우리는 여기서 논리산문이라고 하는 특정 문체의 생성이 단순히 장스자오 한 개인의 의지와 노력만이 아닌 당시 공론장과 지식장과의 복합적인 상호 관련 속에서 이루어진 것임을 발견하게 된다. 정론의 이성화는 공론장의 질적 변동을 배경으로 하는 새로운 사회적 담화 방식의 변화에 대한 요구였으며 논리화는 바로 그 요구에 대한 구체적이고 적극적인 대응 방식이었다.

20세기 이후 근대적 지식분화의 배경 속에서 산문의 논리화, 이성화는 정론이 '문(文)'이라는 거대한 글쓰기 공간으로부터 벗어나 공공 매체를 자기 존재 방식으로 하는 공론장의 글쓰기로서의 자기 주체성을 확보해가는 구체적인 방식이었다. 정론은 이성에 바탕에 둔 논리적 방법론을 도입함으로써 여타 다른 글쓰기와 구분되는 자신만의 독자적 영역을 확보할 수 있었으며, 이를 통해 사회에 개입하고 발언하는 구체적인 방식을 마련했다. 중국 산문의 근대화 과정 속에서 장스자오 논리 산문의 의의는 바로 이러한 근대적 지식 분화의 배경 속에서 산문의 논리화를 통해 이성과 논리를 기반으로 하는 새로운 글쓰기 공간의 가능성을 개척했다는 점으로, 문학과 다른 독자적인 글쓰기로서의 정론의 내재적인 자기 주체성 확립을 위한 노력이 이로부터 더욱 본격화되기 시작했던 것이다.

태평양전쟁기 일본의
포토저널리즘과 대외 선전

김 영 숙

1. 전쟁과 대외 선전

1937년에 일어난 중일전쟁은 처음에는 일본과 중국의 국지전 형태로 시작되었으나 전쟁이 점차 확대되면서 1945년까지 일본의 전쟁 대상 국가와 지역은 계속 확대되어갔다. 이 시기를 일반적으로 태평양전쟁기라고 부르는데 일본은 전쟁을 수행하는 가운데 세계를 대상으로 일본이 일으킨 무력행동의 정당성을 설득해야 할 필요성을 느끼게 되었다. 뿐만 아니라 점령지와 격전지에 대한 선전과 동화정책도 필요하게 되었다. 이러한 목적을 달성하기 위하여 일본은 다수의 대외 선전 잡지를 발간하였는데 전황의 확대와 더불어 배포 대상지역도 확대되었다.

1943년에 이른바 '대동아공영권'을 대상으로 일본에서 출판된 대외 선전 잡지의 현황은 다음과 같다[1].

---

1 土門拳, 「対外宣伝雑誌論」(『日本評論』1943년 9월)을 토대로 작성. 잡지의 이

잡지 이름	발행사	발간 형태	언어
닛폰	국제보도주식회사	계간	영어
선라이즈	국제관광협회	계간	영어
태양	아사히신문사	월간	각국어
동광(東光)	국제관광협회	계간	중국어
사쿠라	마이니치신문사	월간	영어, 프랑스어, 중국어
부인 아시아	마이니치신문사	월간	각국어
히카리	대동아출판주식회사	월간	각국어
닛폰·필리핀	일본사진공예사	월간	영어
카바프	국제보도주식회사	월간	타이어
프론트	동방사	계간	각국어

　　이러한 대외 선전 잡지들은 월간이나 계간으로 발행되었으며 이 시기 일본의 대외 침략과 외교관계에 따라 각 지역의 다양한 언어로 편집되었음을 알 수 있다. 그 밖에 무역 선전 잡지인『COMMERCE JAPAN』이나 만철2이 발행하는『KITA』도 넓게는 이 범주에 속한다고 할 수 있다. 대외 선전 잡지의 특징은 발행 부수가 최저 5천 부에서 최고 5만 부에 이르며 정보국에서 크고 작은 보조금을 받는다는 것, 그리고 당시로서는 민간에서는 구경하기도 어려웠던 고급 아트지 등 질 좋은 종이와 잉크를 배급받았다는 점이다.3 즉, 정부의 전적인 지원을 전제로 제작되었던 것이 이 시기의 대외 선전 잡지였다. 또한 1920년대 이후 점차 일반에 확산된 예술 장르인 사진이 이 대외 선전 잡지에 널리 쓰여 시각적 효과를

름은 원어가 확인되지 않은 것도 있으므로 원저자가 작성한 발음으로만 적기로 한다.
2　러일전쟁의 결과 차지하게 된 중국 동북부지역 이권을 관할하기 위하여 1906년 설립한 남만주철도주식회사의 약칭.
3　土門拳, 앞의 글.

동반한 프로파간다가 강조되었다.

그러면 일본 정부나 군부의 대외 정책에 호응하는 대외 선전 잡지들은 어떻게 해서 탄생되었으며 어떻게 운영되었는가, 그리고 일본 정부나 국가기관은 이들 대외 선전 잡지들을 어떻게 관리하고 규제했을까? 아쉽게도 당시의 자료들은 많이 파괴되었고 정부와의 유착관계를 나타내 줄 연결고리들은 남아 있지 않다.

1930년대와 40년대의 대외 선전 잡지에 대한 기존의 연구들은 주로 사진사와 예술적 측면에서만 이루어졌다.[4] 그 이유는 당시에 찍은 사진이 일부밖에 남아 있지 않아 전체상을 파악하기 어렵다는 점, 사료의 부족으로 보도사진 규제에 대한 정부의 정책이 명확하게 드러나지 않는다는 점을 지적할 수 있다. 그러나 당시의 사진이나 잡지들을 예술로서만 감상하기에는 그 잡지들의 발행 목적이 너무나 비예술적이고 정치적이 있다. 일본의 문화나 정치적 정당성을 세계에 선전하는 잡지들을 정확히 이해하기 위해서는 이 잡지가 만들어진 시대상황과 잡지를 만드는 주체를 정확히 밝혀야 하며 나아가 당시의 정보 시스템을 관리하고 규제하는 기관에 대해서도 분석해야 한다. 당시 이러한 잡지를 만들었던 배후의 보이지 않는 손을 밝힐 수 있는 자료는 남아있지 않지만, 관련 자료들을 이어 붙여가면 미흡하게나마 태평양전쟁기 일본의 정보시스템과 대외 선전 잡지의 제작 상황을 추적할 수 있을 것이다. 그러나 1940년 전후에 최대로 증가하였던 대외 선전 잡지는 1943년 당시 일본 정부의 통합과 규제에 의하여 앞의 표와 같이 정리되었으며 패전과 더불어 폐간되어 오늘날 그 흔적을 찾을 수 없는 경우가 많다. 따라서 이 글에서는 최근에 복간이 이루어져 그 원형을 파악할 수 있는 『NIPPON』과

---

4 이러한 연구로는 白山眞理「木村伊兵衛展によせて外国のグラブ雑誌に見る 木村伊兵衛の報道写真」,『現代の眼』548, 2004, 加納正庫,「名取洋之助と日本 工房」,『日本大学芸術学部紀要』17, 1987 등이 있다.

『FRONT』를 중심으로 태평양전쟁기 일본 포토저널리즘의 성격과 그 발행 시스템을 살펴보고자 한다.

2. 일본공방의 창립과 포토저널리즘의 탄생

일본의 포토저널리즘을 이야기하기 위해서는 나토리 요노스케(名取洋之助)라는 인물을 빼놓을 수 없다. 그는 독일에서 사진가로 활동하다가 귀국하여 일본에 포토저널리즘이라는 새로운 영역을 개척한 인물이기 때문이다.

나토리의 어머니는 대기업 미츠이(三井)의 원로인 아사부키 에이지(朝吹英二)의 딸이었다. 아버지 쪽의 가계도 할아버지가 양조업을 하던 실업가였으며 아버지 나토리 와사쿠(名取和作)는 1896년 게이오기주쿠대학(慶應義塾大学)을 졸업하고 후루카와(古河)광업에 근무하다가 미국 콜롬비아대학에 유학한 후 1902년부터 1908년까지 게이오기주쿠대학에서 경제학을 가르치다 도쿄전등주식회사, 일본견포주식회사 등 경제계로 옮긴 인물이었다. 양쪽 집안 모두 실업가의 맥을 잇는 가계라고 할 수 있다.

나토리는 아버지 덕분에 게이오 유치사(幼稚舍)[5]에서 보통부로 진학

그림 1 ┃
나토리 요노스케(사진 가운데)

하지만 학업에는 별로 열성을 보이지 않아 예과 진학을 미루다가 1928
년 6월 18일 어머니와 함께 해로로 유럽으로 떠났다. 9월부터 체제하게
된 베를린에는 제1차 세계대전 이후의 엔화 가치가 높아진 까닭에 많은
일본 청년들이 모여들었다고 한다.[6] 1929년부터 1931년까지 나토리는
바우하우스계열의 직인공예학교인 미술공예학교에 입학하여 상업미술
과 그래픽 디자인을 공부하였다. 1930년 영국에서 유학중이던 형이 당시
로서는 희귀품이던 라이카 카메라를 가지고 독일에 있는 어머니를 방문
한 것이 나토리를 카메라맨의 길로 인도했다고 한다. 직업 사진가로서
입문하게 된 것은 우연히 독일인 아내와 함께 화재현장의 잔해를 촬영
한 사진이 독일 주간지에 팔린 것이 계기가 되었다.

이후 뮌헨과 베를린에서 사진가로 활동하던 나토리는 1932년 독일 최
대 신문 잡지 통신사 윌쉬타인사에서 계약 사진가로 일본에 파견되었다.
이 시기에 나토리가 촬영한 사진은 르포르타주 포토라 불리는 새로운
장르의 뉴스 사진으로서, 종래의 신문 사진이 단지 '이러한 일이 일어났
다' 는 것을 표면적으로 알리는데 비해 '왜 이러한 일이 일어났고 앞으로
어떤 영향을 미칠 것인가'를 분석하는 다각적인 시각이 필요한 사진이었
다. 게다가 촬영 테마의 선정에서 촬영, 취재까지 사진가 자신이 독자적
으로 진행하는 것이 윌스타인사의 방식이었으며 촬영한 사진이 채용되
지 못하면 사진의 대가는 지불되지 않았다.[7]

1932년 나토리가 귀국했을 당시 일본에는 직업 사진가가 활동할 미디
어가 존재하지 않았으며 소수의 예술 사진가와 상업 사진가가 있었을
뿐이었다. 이 첫 번째 귀국에서 나토리는 당시 일본사진사상 획기적인

---

5 오늘날의 유치원을 말한다. 일본의 교육제도에서는 명문대 부속 유치원에 입
　학하면 그 산하의 소학교, 중고등학교를 거쳐 대학까지 진학할 수 있는 길이
　열려 있는데, 나토리도 명문 게이오를 유치원에서부터 계속 진학한 경우이다.
6 山口昌男,『「挫折」の昭和史』下, 岩波書店, 2005, 62면.
7 石川保昌,『報道写真の青春時代 : 名取洋之助と仲間たち』, 講談社, 1991, 29면.

사진잡지 『광화(光画)』 창간에 참가한 기무라 이헤(木村伊兵衛), 노지마 야스조(野島康三) 등과 만나게 된다.

독일로 돌아간 나토리는 1936년 창간된 『LIFE』의 편집장이 되는 샤프란스키의 지도를 받으며 그의 요청으로 1933년 시베리아철도로 중국 봉천(奉天)으로 가서 일본군측의 종군 카메라맨으로서 사진을 찍어 송고하게 되었다. 이처럼 나토리야말로 국제 무대에서 활약한 일본 최초의 보도사진가라 할 수 있다. 그러나 독일의 상황은 외국인인 나토리가 계속 활동하도록 용납하지 않았다. 샤프란스키는 일본으로 귀국한 나토리에게 편지를 보내 나치의 외국인 배척정책 때문에 독일에 돌아와도 일을 찾기 어려우니 일본에 체재하면서 특파원으로 일할 것을 권고하였다.[8]

일본에 머무르게 된 나토리는 그 전에 알게 된 『광화』의 인맥을 중심으로 기무라, 이나 노부오(伊奈信男) 등의 사진가와 편집을 담당할 하라 히로무(原弘), 오카다 소조(岡田桑三) 등을 동인으로 1933년 8월 일본공방을 설립하였다. 나토리가 전체를 총괄하고 기무라가 사진, 하라가 그래픽 디자인, 오카다가 기획, 이나가 이론을 담당하는 분업체제를 이루었다.[9] 설립 직후 일본공방은 12월에 긴자(銀座)에서 기무라가 촬영한 작가와 평론가의 사진을 담은 「라이카로 찍은 문예가 사진전」을 개최[10]하여 인기를 끌었다. 이어서 두 번째로 이듬해 3월 「보도사진전」이 개최되었다. '보도사진'이라는 용어는 이미 1920년대부터 사용되었다고 하나 이 전시회를 위하여 이나가 쓴 「보도사진에 관하여」라는 팸플릿을 통해 일반화되었다고 한다.

그러나 나토리의 독일인 부인 엘레나 메크렌부르크가 일본으로 건너오게 되면서 1934년 3월 동인제의 일본공방은 해산하게 되고 기무라, 이

---

8 山口昌男, 앞의 책, 64면.

9 山口昌男, 같은 책, 67면.

10 加納正庫, 앞의 글.

나, 하라, 오카다 등은 탈퇴하여 따로 중앙공방을 꾸리게 되었다. 한편, 나토리는 오늘날까지 유명한 가오(花王)비누의 선전부장 오오타 히데시게(太田英茂)를 영입하여 일본공방을 재건하여 1939년 국제보도공예 주식회사로 개칭하였다. 후에『NIPPON』을 창간한 것은 바로 이 재건된 일본공방이었다.

나토리는 독일에 체재하던 시절 일본을 소개하는 인쇄물이 너무나 빈약한 것을 보고 언젠가는 외국에 일본문화를 소개하는 잡지를 만들고 싶다고 생각하게 되었다. 이러한 염원에서 출발한 것이『NIPPON』의 창간이었다. 따라서 잡지의 편집 방침은 근대국가 일본, 전통문화를 가진 아름다운 일본을 소개하는데 중점을 두고, 체제와 지면이 아름다울 것, 인쇄상태가 좋을 것, 사진의 미관, 삽화, 레이아웃 구성 등 외관상의 제작 테크닉은 정기간행물로서의 세련성을 가질 것 등이 강조되었다.[11]

그러나 문제는 편집과 인쇄가 고급스러운 만큼 발간 비용이 많이 필요하다는 점이었다. 잡지의 창간 비용을 충당하기 위하여 나토리가 생각한 것은 자본가의 협력이었다. 그는 자신의 아버지 나토리 와사쿠가 1922년부터 중역으로 근무하고 있던 종연(鐘淵)방적주식회사 사장 츠다 신고(津田信吾)를 찾아가 도움을 요청하였다. 츠다는 '일본에 게이샤나 후지산만 있는 것이 아니라 일본이 근대국가임을 소개하는 잡지가 있다면 의의가 있을 것이다.'라고 하면서 흔쾌히 창간호 5백 부 비용에 해당하는 6, 7천 엔을 출자하였다. 또한 1934년 4월에 설립된 외무성의 외곽단체 국제문화진흥회가 일본공방에 대한 기획 발주라는 형태로 지원하면서 일정 부수를 구입하여[12]『NIPPON』은 1년에 4권을 간행하는 계간지로서 패전에 이르기까지 36권 간행되었다. 즉,『NIPPON』은 나토리 개인의 기획으로 출발하였지만 창간에는 기업가와 외무성 외곽단

---

11 石川保昌, 앞의 책, 64면.
12 石川保昌, 앞의 책, 64면.

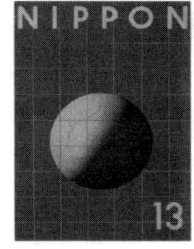

그림 2 ▮ 『NIPPON』의 표지들

체의 도움을 받게 되었다.

마침내 1934년 10월 20일 일본문화를 해외에 소개하는 계간 외국어잡지 『NIPPON』이 창간되었다. 이 잡지는 일본의 문화, 산업, 예술, 풍습, 풍경 등을 소개하는 대외 선전 잡지로서 A3 사이즈, 양면 아트지에 활판으로 인쇄되었으며 영어, 독일어, 프랑스어, 스페인어 등 4개 국어로 편집되었다[13]. 사진이 하나의 예술 장르로 독립된 지 얼마 안 되는 일본에서 『NIPPON』의 탄생은 일본 포토저널리즘의 역사에 한 획을 그었다.

『NIPPON』이 일본 포토저널리즘에 남긴 의의를 살펴보기로 하자. 우선 『NIPPON』이라는 영어 제호를 사용하여 국제화를 지향했다는 점을 들 수 있다. 세계를 상대로 일본을 알린다는 취지에서였으며 이후 대외 선전 잡지들은 이를 따랐다. 내용에서는 '47인의 사무라이의 묘를 참배하고', '현대 일본과 문화', '일본의 무용' 등 일본의 전통을 홍보하는 한편, '도쿄(東京) 시와 시장', '일본 경제 비약의 개괄적 원인', '일본의 국립공원', '일본의 자동차도로' 등 일본의 정치, 경제, 사회를 소개하는 내용도 담았다.

고급 아트지에 일본을 홍보하는 내용을 외국어로 편집한 『NIPPON』 창간호는 보는 사람을 감탄시켰지만 상업적인 이익은 내지 못하였다. 수익을 내지 못하는 『NIPPON』을 계속 발간하기 위하여 각 방면으로 모

---

13 加納正庫, 앞의 글.

색하던 나토리는 민간자금이 어려워지자 정부기관에 지원을 요청하였다. 외무성 정보부, 육군성 신문반 등과 교섭하였는데 외무성이 별 흥미를 보이지 않는 데 비해 의외로 육군성이 열의를 보였다.[14] 외국에 일본 문화의 우수성을 알리는 일인 만큼 외무성의 지원을 기대했는데 외무성보다 육군성이 적극적으로 나선 것은 이 시기가 만주사변 이후 국제연맹 탈퇴 등 국제적으로 고립되어 가는 시기라는 것과 무관하지 않다. 대외 선전을 별로 달가워하지 않았던 외무성과 적극적으로 활용하려는 육군의 입장 차이가 극명하게 드러난 것이다. 나토리 자신은 '좋은 잡지를 만들고 싶다는 순수한 열망 아래 모르는 사이에 표현과 언론의 자유를 잃었다[15]'고 술회하고 있으나 대외 선전 잡지가 정부의 지원, 특히 육군과 결탁하게 되는 것은 『NIPPON』의 발간 과정을 통해 시작되어 이후 점차 관례화되어 간 것이 아닌가 생각된다. 『NIPPON』은 1934년에서 1944년에 이르기까지 계속 간행되었으나 중일전쟁 이후 나토리가 중국에서 종군 사진가로 활동하면서 전혀 관여하지 않는 가운데 사이즈도 작아지고 지질도 나빠졌다.

1936년 나토리는 월스타인사의 베를린 올림픽 취재진의 일원으로서 3년 만에 다시 독일 땅을 밟았다. 그러나 이때는 적극적으로 취재에 가담하지는 못하다가 1937년 미국으로 건너가 『LIFE』의 계약 카메라맨으로서 다시 본업에 복귀하게 된다.[16] 나토리를 카메라맨으로 키웠던 샤프란스키가 1936년 11월에 창간된 『LIFE』의 편집장으로서 나토리를 다시 불렀던 것이다. 미국 여행중에 중일전쟁 취재의 의뢰를 받은 나토리가 일본을 거쳐 상해(上海)에 도착한 1937년 10월은 아직 일본군과 중국 국

14 新藤健一, 「名取洋之助と日本工房 対外宣伝雑誌 『FRONT』の創刊」, 『写真工業』62, 2004. 1

15 같은 글.

16 山口昌男, 앞의 책, 72면.

민정부군과의 사이에 전투가 끝나지 않은 시기였다.[17] 이후 나토리는 상해에 거점을 마련하고 상해 육군 보도부의 요청으로 대외 선전의 중요한 일익을 담당하게 되었으며 일본공방의 카메라맨들이 중국에 투입되는 것은 일본군의 남경 점령 이후인 1938년부터였다. 따라서 중일전쟁 개전 이후 일본공방의 활동은 중국에서의 종군 카메라맨 활동과 일본에서의 대외잡지 편집으로 나뉘게 된다. 나토리는 상해에서 군자금을 조달받아 외국에 사진을 제공하는 프레스 유니온 포토 서비스를 설립하였고, 일본공방은 1939년 국제보도공예주식회사로 명칭을 변경하면서 개조되었다.

당시 일본공방에서 담당했던 주요 업무는 『NIPPON』의 발행 이외에도, 무역조합중앙회의 의뢰에 의해 1938년 봄부터 『COMMERCE JAPAN』의 편집을 맡았는데 이것이 일본공방의 중요한 수입원이 되었다.[18] 이 계간 잡지는 수출산업과 그 상품을 소개하는 것으로서 사진이나 일러스트를 사용하여 영어, 프랑스어, 스페인어 등 3개 국어로 펴내었다. 이 무렵 일본에서 만드는 수출품은 세계적으로는 고급품이라고 보기 어려워 이미지 업을 위해 사진 촬영에 주의했으며 게재한 광고도 한 페이지 크기의 사진을 원 쇼트 카메라로 찍어 컬러 인쇄로 고급스러운 느낌을 냈다[19]고 한다.

같은 해에 중지나방면군의 대외 선전 잡지 『SHANGHAI』도 일본공방에서 만들었다. 이 잡지는 군이 자금을 대어 영문으로 발행하였으나 2호만에 폐간되었다. 이 외에도 1939년에는 남지나방면군의 선전지 『CANON』, 1940년 만주국의 선전잡지 『MANCHUKO』, 1941년에는 타이를 대상으로 한 선전 잡지 『카바프 타완오크』도 발행하였다.

---

17 石川保昌, 잎의 책, 90면.
18 加納正庫, 앞의 글.
19 加納正庫, 앞의 글.

여기서 주의할 것은 육군이 점령지역을 대상으로 한 대외 선전 잡지를 만들었다는 점이며 식민지나 점령지는 아니지만 타이와의 협력 외교가 중시되는 시점에서 타이를 대상으로 한 선전 잡지도 만들었다는 것이다. 현지군의 목적을 위해 이들 대외 선전 잡지가 필요했던 것을 알 수 있다.

일본공방은 일본의 대외 선전 잡지 발행의 대부분을 맡았으며 『NIPPON』의 발행 방법을 선례로 하여 대외 선전을 필요로 하는 정부기관, 특히 군이 자금을 제공했다는 점이 주목된다. 또 하나의 특징은 이 시기의 대외 선전 잡지가 주로 영어를 잡지이름으로 사용한 점이다. 중국어도 일본어도 아닌 이름을 내걸어 국제성과 국제 협조를 표방하고 있는 것으로 보인다.

한편, 중국에서 나토리와 종군 카메라맨들이 찍어보내는 사진이나 일본에서 일본공방 소속 사진가들이 찍은 사진들은 나토리의 인맥을 통해 외국 통신사에 'PHOTO NATORI'라는 도장을 찍어서 송신되었으며 이 이름으로 외국 잡지에도 게재되었다.[20]

일본 포토저널리즘의 역사와 대외 선전 잡지 발행에서 나토리라는 인물이 갖는 의의는 외국의 교육기관에서 공부하고 서양의 통신사에서 활동하던 그가 자신의 인맥과 시스템을 일본에 이식시켰다는 점이며 외국에 일본을 소개하는 잡지를 발간하고자 하는 의도 속에서 재벌이나 정부의 자금을 끌어들이는 시스템을 처음으로 만들어냈다는 점에 있다. 이후의 대외 선전 잡지들은 이를 계승하였고 정부는 자금을 지원하면서 이를 대외 선전에 적극 이용하게 된다.

---

20 加納正庫, 앞의 글.

3. 동방사(東方社)와 『FRONT』의 창간

동방사의 연원은 제1차 일본공방으로 거슬러 올라간다. 나토리 요노스케와 더불어 일본 보도사진의 한 장을 열었던 기무라, 이나, 하라 등이 제1차 일본공방의 내부분열로 중앙공방을 설립하였는데 이것이 모체가 되어 동방사가 설립되었다. 따라서 동방사는 인적 구성에서는 일본공방을 계승하고 있다고 할 수 있다. 그러나 『NIPPON』이 나토리 개인의 일본 홍보 잡지 발간 기획으로 자발적으로 발행된 데 비해 동방사의 『FRONT』 창간은 그 근본적 성격을 달리하였다. 우선 『NIPPON』이 창간된 1934년과 『FRONT』가 창간되는 1941년의 시대적 차이에 주목할 필요가 있다. 1934년은 만주사변이 그 전 해의 정전협정으로 명목상 휴전에 들어간 시기인 반면, 1941년은 중일전쟁 이후 전황이 더욱 확대되어간 시기였다. 중일전쟁이 발발하자 일본 정부는 국내외 선전의 필요성이 절실하다고 생각하여 중일전쟁 직후 일본 국내용 선전지 『사진주보(寫眞週報)』를 발간하였는데 사진을 통해 국책을 계발함과 동시에 국내 정보 선전을 통하여 대외 선전에 이용할 수 있는 사진을 수집하고자 하는 의도도 포함되어 있었다. 이러한 의도 아래 1938년 7월 21일 대내외 사진 선전의 관청 대행기관으로서 사진협회가 설립되었다. 사진협회는 이듬해 4월에 육, 해, 외, 상, 공, 철도성의 기부에 의해 기본금 5만 엔 규모의 사단법인 사진협회로 확대되었으며 8월에는 국고 보조금으로 베를린에 지국을 개설하였다.[21]

이러한 중일전쟁 후의 대외 선전 강화를 거쳐 새로운 대외 선전 잡지의 발행 계획이 세워졌으며 이에 따라 『FRONT』가 창간되었다. 1941년 5월 동방사 업무 계획에는 지명은 『동아 건설』, 테마는 산업전사, 고등전문교육, 대동아공영권을 잇는 교통, 일본해사, 소시민의 생활, 일본 육

---

21 朴順愛, 「戰前日本の対米宣伝政策と写真報道」, 『日本学報』60, 2004.

군, 농업 등이 거론되어 있었으나 태평양전쟁이 눈앞에 다가오자 방침이 변경되어 지명도 『FRONT』로 바뀌었다.[22]

그러면, 동방사는 왜 결성되었는가? 동방사 설립과 대외 선전 잡지 발간의 필요성은 당시의 상황과 무관하지 않았다. 중일전쟁 직후 상해 잔해 속에 남겨져 울고 있는 아이의 사진과 그 아이를 안아 올리는 중국 청년의 사진이 『LIFE』와 『LOOK』 등에 연달아 게재되면서 일본군의 침략성과 잔학한 이미지는 미국인의 대일 감정을 급속히 악화시켰다. 이를 통하여 군과 정보부는 대외 선전의 중요성을 절감하게 되었다[23]. 또한 소련이 대외 선전용으로 발행하고 있던 『소련 건설(USSR IN CONSTRUCTION)』이 1930년경부터 일본에 유입되어 참모본부는 이와 같은 방식을 본뜬 대외 선전을 계획하였고 이에 따라 동방사가 설립되었다. 처음 동방사가 계획하고 있던 잡지의 지명이 『동아 건설』이었던 것은 소련의 대외 선전 잡지 『소련 건설』을 모델로 하여 일본의 대동아 건설에 대한 대외 선전과 설득을 해나가겠다는 목적이 확연히 드러난다는 점에서 시사하는 바가 크다.

그렇다면, 동방사는 누가 주체가 되어 어떻게 설립했는가? 하라 히로무의 조수로서 편집을 담당하면서 동방사의 일원으로 참여했던 다가와 세이이치(多川精一)는 이 문제에 대하여 '처음에는 독자적인 기획으로 대외 선전을 구상하여 군부의 선전을 받아들이는 형태가 아니었다[24].'고 술회하였다. 그러나 하야시 다츠오 등 설립 당시의 상황을 잘 알고 있는 인물들이 사망하여 직접 이야기를 들을 수 있는 기회를 놓쳐버린 것을 다가와 자신도 애석해 하였지만 설립 배경에 대해서는 다가와 자신도 잘 알지 못하는 부분이 많다고 할 수 있다.

---

22 加納正庫, 앞의 글.

23 加納正庫, 앞의 글.

24 多川精一, 『戦争のグラフィズム : 『FRONT』を創った人々』, 平凡社, 2007, 178면.

설립 주체와 직결되는 동방사의 설립 자금에 대해서는 다가와도 '미츠이 등이 개입되었다고 들었다.'고 서술하였다. 즉, 육군 자체에는 예산이 없었기 때문에 자금은 재벌의 협력을 통해 충당했는데 군부를 통해 사업을 확장하고 있었던 재벌은 이를 거절하기 어려웠으므로 미츠이를 비롯하여 미츠비시(三菱), 스미토모(住友) 등이 참가하여 45만 엔의 자금을 모아 동방사를 설립하였다는 것이다.[25] 동방사가 독자적인 기획으로 출발하였는지, 참모본부의 필요에 의하여 설립되었는지는 별개로 하더라도 설립 목적과 자금에 군부가 깊이 개입되었음은 부정할 수 없다.

순수한 포토저널리즘 활동을 위해 탄생한 일본공방과 달리 동방사는 이처럼 국책 선전을 위해 조직된 프로덕션이었다. 그러나 동방사가 참모본부와 연결된 조직이라는 것을 염두에 두었을 때 그 구성원으로 의외의 인물들이 모여들었다는 점이 눈길을 끈다. 발족 당시 이사장은 오카다 소조였으며, 이사는 하야시 다츠오(林達夫), 오카 마사오(岡正雄), 이와무라 시노부(岩村忍) 등 사회학, 인류학 전공의 학자들이 맡았다. 사진부 주임은 기무라 이헤이, 미술부 주임은 하라 히로무가 담당했다.[26]

창간의 산파역을 맡으며 저널리즘과 학문, 정치를 결합시켰다고 일컬어지는 동방사의 브레인 하야시 다츠오는 외교관인 아버지와 육군 대좌인 동생을 두어 인맥으로 군과의 연결점을 가진다. 1922년 교토(京都) 대학 철학과 미학 및 미술사를 수료하고 1924년부터 1935년 도요(東洋) 대학 문화과 교수, 호세이(法政) 대, 릿쿄(立教) 대 등에서 강사를 역임하였다. 1943년 3월부터 1945년까지 동방사의 제3대 이사장을 지낸 그는 1945년 11월부터 중앙공론(中央公論) 출판국장을 맡았으며 1951년 4월에 평범사(平凡社)에 입사하여 그 유명한 세계대백과 시리즈의 편집장

25 多川精一, 앞의 책, 179면.
26 山口昌男, 앞의 책, 31～32면.

을 맡았다.[27] 동방사의 인적 구성원이 전후에 평범사로 연결될 수 있었던 것은 하야시의 영향력이라고 할 수 있다. 그는 1956년부터 1963년까지 메이지(明治)대학 문학부 교수를 역임하기도 하였다. 동방사의 구성원을 모은 것도 하야시였다. 나카지마 겐조(中島健蔵)에게 전화를 걸어 '참모본부와 연결되어 대외선전을 위한 호화 잡지를 발간하고 있다.'고 말하면서 '신들린 것 같이 우스꽝스러운 국내 선전과는 달리 진정한 의미의 문화를 개척할 수 있다[28].'고 권유하였다. 하야시 자신이 참모본부와의 결탁을 숨기지 않으면서도 창작 환경의 여유를 강조하고 있는 것이 주목된다. 일본 국내의 경제사정 악화와 사상의 철제한 통제 속에서 자유롭게 고급스러운 문화를 창조할 수 있다는 생각은, 발간의 배후가 누구인가와는 상관없이 이 시기 동방사에 참여한 인물들에게는 매우 매혹적이었던 듯하다.

다음으로 제1대 이사장을 역임하는 오카다 소조를 살펴보자. 오카다는 독일계 혼혈로서 청년기에 프랑스와 독일에서 공부하였으며 혁명 후의 소련을 방문하기도 하였다. 그는 한때 일본 영화계에서 야마우치 히카루(山內光)라는 이름으로 활동한 배우였다[29].

나카지마 겐조는 1928년 도쿄제국대학 프랑스문학과 졸업하고 도쿄제국대학 강사로 가르치다가 1942년 3월부터 12월까지 육군에 징용되었다가 돌아와 하야시의 권유로 참여하게 되었다.

야마카와 유키요(山川幸世)라는 인물은 1928년 도시샤(同志社)대학을 졸업하고 좌익극장에 속하여 정치활동을 하다가 1933년 2월과 1940

---

27 중앙공론사는 일본의 대표적 시사잡지 『중앙공론』을 발행하였는데 『중앙공론』은 1899년에 창간된 이래 일본의 비판적, 진보적 여론을 형성하였다. 평범사는 일본의 대표적 출판사로서 세계대백과사전, 동양문고 등으로 널리 알려져 있으며 일본의 대중문화에 크게 기여하였다.

28 山口昌男, 앞의 책, 34면.

29 山口昌男, 앞의 책, 40면.

년에 두 차례나 검거되었던 인물로서 1941년 12월 26일 출소한 이후 1943년부터 동방사에서 근무하게 되었다. 그를 동방사에 소개한 것은 다름 아닌 다테가와 요시츠구(建川美次)였다. 육군 장교 출신으로서 1940년 10월부터 1942년 3월까지 소련 대사를 역임하고 재임시 일소중립조약 체결을 담당한 다테가와는 귀국 직후 동방사의 총재를 맡게 되었다. 다테가와의 총재 취임은 동방사와 소련 관련 첩보장교의 연결이라고 할 수 있으나 그러한 그가 좌익운동을 하다 출소한 지 얼마 되지 않은 야마카와를 받아들인 것은 필요한 인재라면 급진적이거나 좌익적인 인물이라도 받아들였다는 점에서 주목된다. 동방사에 참여한 사람들이 참모본부와의 결탁이라는 정치적 배경에도 불구하고 자유로운 창작 환경에 끌렸듯이 참모본부측도 출신 성분이나 사상에 관계없이 필요한 인재라면 누구든지 받아들인 것이라고도 할 수 있겠다.

　　『FRONT』는 1942년 해군호를 시작으로 1945년 전시하의 도쿄까지

그림 3 │ 『FRONT』의 표지들

16호가 발행되었는데 A3 사이즈에 36~68면에 달하는 초호화 편집이었다. 창간호는 영어, 독일어, 프랑스어, 이탈리아어, 스페인어, 러시아어 외에도 미얀마어, 발리어, 몽고어 등 동남아시아어를 포함하여 13개 언어로 편집되었는데 나중에 내각정보국이 일본어판을 발행했다. 인쇄 부수는 7만 부로서 참모본부가 전부 사들였다.[30] 주요 내용은 해군, 육군, 화북건설, 필리

30 加納正庫, 앞의 글.

그림 4 ┃ 『FRONT』 표지의 육군(좌)과 해군(우)

핀, 인도, 철, 낙하산부대, 공군, 만주국건설 등으로서 군부의 방향성과 일치하는 경향을 보인다. 이 시기는 일본의 태평양전쟁과 점령정책이 이루어지는 시기로서 다양한 외국어로 일본을 선전하는 것은 점령지에 대한 프로파간다를 염두에 둔 것이라 할 수 있다.

1942년 1～2월호를 달고 창간호인 해군편이 나온 것은 일본이 진주만을 기습하기 직전이었지만 사실 창간호로서 일찍부터 준비된 것은 육군편이었다. 결국 오랜 준비기간을 거친 육군편이 아니라 해군편이 창간호가 된 것은 일본의 컬러 필름 개발 시기와 관련이 있었다. 1941년 2월 일본 최초의 컬러 필름이 생산되었으나 성능이 뒤떨어졌기 때문에 해군호를 먼저 펴내고 심혈을 기울인 육군편은 뒤로 미루게 되었다. 해군호도 컬러인쇄임에는 틀림이 없었으나 인공 착색한 사진을 하라가 디자인으로 커버하였다.[31]

사실상 최초로 일본이 생산하는 컬러필름을 사용한 육군호의 촬영에

31　新藤健一, 앞의 글.

는 후지(富士) 필름 연구소의 컬러필름 연구 개발자들이 동방사의 비밀
의뢰를 받아 참여하였다. 하마마츠(浜松)의 항공기지에 불려가 중폭격
기를 이동시키며 고생한 연구원들은 촬영된 사진이 어디 쓰이는지는 몰
랐다는 것이다. 이처럼 참모본부의 지원 아래 동방사의 촬영과 편집을
위해 최신 기술이 동원되었다.

그러나 『FRONT』는 적극적인 기술 지원을 받으며 최신 기술을 사용
하면서도 내용은 거짓투성이였다. 일본 상공에서 촬영한 항공사진에 폭
탄 투하의 모양을 그림으로 그려 넣어 적국을 폭격하거나 싱가포르의
식물원에서 정글전의 사진을 촬영하는 등이 그 예였으며 인도특집호에
서는 당시 일본에 인도 여성이 없었기 때문에 당시의 유명한 여배우 하
라 세츠코(原節子)가 사리를 쓰고 인도 여성을 연기했다.[32]

그렇다면 대외 선전 잡지 『FRONT』가 남긴 의의는 무엇일까? 편집에
참여했던 다가와는 '프론트가 전후 일본에 남긴 발자취는 『FRONT』 발
간에 참여한 사람들의 그간의 연구 성과를 실험하는 장이었다'고 평가
하였다. 전전의 선각자들이 쌓아온 선진기술을 전후로 전승하는 것이
『FRONT』의 역할로서, 사진이나 그래픽 디자인이라는 좁은 범위에 그
치지 않고 출판편집, 선전 광고, 인쇄라는 시각 미디어 전반에서 영향을
미쳤다는 것이었다.[33] 사실상 『FRONT』 발간에는 당대의 거장들이 참
여하였으며 이러한 기술은 『FRONT』라는 실험무대를 통해 전후에까지
계승되었음에 틀림없다. 그러나 『FRONT』는 과연 독자적인 편집 디자
인의 세계를 열었는가? 이 질문에 대한 답은 『USSR IN CONSTRUCTION』
과의 관계에서 찾을 수 있다. 두 잡지를 비교해보면 확연히 드러날 만큼 『
FRONT』는 『USSR IN CONSTRUCTION』에 가까웠다. 따라서 독창적
인 레이아웃과 편집을 시도했던 『NIPPON』과 달리 『FRONT』의 편집

---

32 新藤健一, 앞의 글.
33 多川精一, 「FRONT」は何のために作られたか」, 『すばる』12, 1990. 10.

디자인은 독창성을 평가하기 어렵다. 결국 '『FRONT』 자체를 평가하기보다는 이러한 것을 일본이 했다는 것을 평가해야 한다.'[34]는 점이 지적된다.

『FRONT』 발간에는 참모본부가 깊이 관여하였으나 어떤 식으로 배포하였는지에 대해서는 구체적으로 알려지지 않았다. 다만 발행된 『FRONT』 전부를 참모본부가 사들여서 책임지고 배포한 것으로 보인다. 그렇다면 점령지와 협력국가에 배포된 『FRONT』는 어느 정도의 선전 효과를 얻었을까? 『FRONT』를 디자인사라는 측면에서 평가하는 다가와도 '선전 효과라는 측면에서는 0에 가까운 매체였다'[35]고 지적하였다. 그러나 참모본부가 『FRONT』의 선전 효과를 기대하지 않았다면 거액을 들여서 패전에 이르기까지 발간하지는 않았을 것이다.

동방사는 1944년 5월에 현재의 야스쿠니(靖国) 신사 부근으로 옮겼으나 45년 3월 10일 대공습으로 건물이 불에 타고 전황이 악화되어 『FRONT』의 수송이 어려워지자 패전 이전에 해산하였다. 전쟁 수행이라는 목적 아래 발간되었지만 전황의 악화 속에 쓸쓸히 퇴장한 것이다.

이처럼 『FRONT』는 나토리의 개인적 기획과 의욕으로 탄생한 『NIPPON』과는 그 출발부터 달랐으며 중일전쟁 이후의 대외 선전의 필요 속에서 정부, 특히 군과의 유착 아래 보다 적극적인 프로파간다를 행하였다. 다만, 일본공방의 구성원들을 기본 뿌리로 한 자유로운 인재의 기용과 편집의 자율권이라는 점에서 『NIPPON』이 축적한 편집 기술이나 인적 활용방법을 계승했다고 할 수 있다.

---

34 座談会 「FRONT」のグラフィックと原弘」, 『すばる』 12, 1990. 10.
35 多川精一, 앞의 글.

4. 태평양전쟁기의 정보 관리와 통제 시스템

앞에서 살펴본 바와 같이 대외 선전 잡지가 일본의 국가적 목표에 부응하면서 정부의 지원을 받은 이상 정부의 정보 관리와 통제 정책에서 자유로울 수는 없었다. 『NIPPON』이나 『FRONT』의 발간 과정을 통하여 대외 선전 잡지를 지원하거나 발간하는 단체로서 국제문화진흥회와 참모본부에 관해 언급하였지만 태평양전쟁기에 일본의 언론이나 출판이 어떻게 관리되고 통제되었는지에 관해 좀더 살펴보기로 하자.

근대 일본의 언론 대책을 맡았던 주요 관할 기구는 내무성 경보국으로서 검열은 경보국 도서과가 담당하였다. 이 밖에 외무성 정보부가 1921년 8월, 육군성 신문반이 1920년, 해군성 군사보급위원회가 1924년 각각 탄생하였으며 방송이 탄생한 이래 체신성 전무국 무선과가 방송 내용의 단속 사항, 사단법인 일본방송협회와 사단법인 동맹 통신사의 법인 감독 사무의 일부를 담당하였다.[36]

일본의 정보시스템을 전체적으로 관할하기 위하여 만주사변 이후 설치한 기관이 정보위원회였다. '시국 선전을 통일, 강화하기 위하여[37]' 1933년 9월에 설립되었으며 처음에는 관제에 의하지 않고 외무성 안에 설치되었다. 이 위원회에서는 '선전의 방침, 방법, 수단 등을 심의, 연구' 하며 위원장은 외교차관이 담당하고 외무, 육군, 해군에서 각 2명씩을 파견하며 문부, 내무, 체신성에서 각 1명씩을 파견하였다.

정보위원회는 1936년 6월 30일 관제에 의하여 내각 총리대신의 관리를 받게 되었다가[38] 1937년 9월 24일 내각정보부로 개편[39]된다. 중일전

---

36 春原昭彦, 「戦前の言論規制 情報局の指導をめぐって」, 『コミュニケーション研究』26, 1996.

37 福島鑄郎, 「戦時言論統制機関の再検証 『情報局』への道程 1 ―内閣情報委員会設立とその背景」, 『総合ジャーナリズム研究』23, 1986. 1.

38 일본 国立公文書館 内閣資料 「内閣情報委員会設置に関する件」A03022032000.

쟁 이후 대외 선전 강화의 필요성에서 기구가 승격된 것으로서 종래의
위원회와의 차이는 다음과 같다. 우선, 종래 각 관청과의 연락 조정을 중
심으로 한 업무에 각 청에 속하지 않는 정보수집, 보도 및 계발 선전을 직
접 실시하는 분야가 추가되었으며, 다음으로 직원의 대폭 증원이 이루어
졌다. 정보위원회는 사무원을 포함하여 28명이었으나 약 3배가 늘어난
88명으로 확장되었다. 또한 전임 정보관을 둘 수 있게 되었는데 여기에는
민간 경험자가 참가할 수 있게 되어 신문, 경제계 인물이 채용되었다.

제2차 세계대전을 눈앞에 두고 복잡한 국내외 상황 속에서 새로 발족
한 고노에 후미마로(近衛文麿) 내각은 신체제운동과 병행하여 강력한
정부 정보기관에 의한 정보활동과 계몽 선전 활동을 구상하면서 1940년
「내각 정보기구 개혁에 관한 건」을 각의 결정하였다. 이 개혁의 목적은
'내각 정보부의 기구를 새롭게 하여 외무성 정보부, 육군 정보부, 해군성
해군 군사 보급부, 내무성 경보국 도서과의 사무 등을 통합하여 정보 및
계발과 선전을 통일하여 원활히 하는 것40'이었다. 1940년 12월 이러한
각의 결정이 실현되어 정보부가 정보국으로 새롭게 탄생하였다.41

내각 정보국 설치에 발맞추어 육군성 정보부도 같은 날인 1940년 12
월 6일 개편되었다.42 개편의 내용은, 육군성 정보부를 내각 정보국으로
옮기고 대본영 정보부는 그대로 둔다는 것이다. 그리고 육군성 군무국
안의 일부를 내지 각지와 사단의 보도기관 통할, 내각 정보국과의 연락,
순수한 군사관계 사항의 보도 자료를 작성, 모집, 발표 및 검열하며 육군

39 일본 国立公文書館 内閣資料 「内閣情報部設置に関する件」A03022131100.

40 福島鑄郎, 「戦時言論統制機関の再検証 『情報局』への道程 3—君臨する情
報局とその崩壊」, 『総合ジャーナリズム研究』23, 1986. 7.

41 태평양전쟁기의 정보관리 기구인 내각정보국은 패전 이후 1950년대에 재편
되며 1997년 동아시아 국제관계의 필요 아래 다시 부활하였다.(朴順愛, 「日
本の内閣情報局新設方案に対する考察」, 『日本学報』47, 2001)

42 일본 防衛庁防衛研究所 陸軍省大日記類 「情報部廃止の件」C01003566600.

부내 간행물, 그 밖의 인쇄물, 각종 사항에 관한 사항과 군인, 군속의 저작과 규칙의 검열 사항을 맡게 한다는 것이다. 내각 정부국의 설치와 더불어 육군이 수행해왔던 정보, 보도기능의 일부를 정보국으로 옮기고 군은 순수한 군 관계 보도 업무에 국한하여 담당하게 된 점이 이 개혁의 가장 큰 의의라고 할 수 있다.

또한 정보국 관제 공포 직후인 12월 12일, 사단법인 일본출판문화협회가 설립되었다. 영리를 목적으로 우후죽순 격으로 성장해온 출판계를 바로잡는 것이 이 협회의 목적으로서 이후 출판계의 흡수 통폐합이 대대적으로 이루어졌다. 이처럼 일본 정부의 정보기구 통합의 취지 아래 정보국이 설치되어 1941년 미국과의 개전 이후 내외 언론에 대한 통제와 감독은 정보국과 그 산하 단체인 일본출판문화협회를 중심으로 이루어졌다.

한편, 외무성의 외곽단체로서 대외 선전의 한 축을 담당한 것은 사단법인 국제문화진흥회였다. 1934년 4월 18일의 발회식에서 당시의 수상 사이토 마코토(齋藤実)는 축사를 통해 '각국이 서로 진실로 이해하는 길은 문화관계에서 찾아야 한다. 국제문화진흥회를 설립하여 특색 있는 일본문화를 세계에 선양함과 동시에 널리 내외 문화 교환에 의한 참된 국제친선의 열매를 거둘 수 있기를 바란다.[43]' 라고 말하였다. 이것이야말로 국제문화진흥회의 설립 의의라고 할 수 있다.

이 단체의 사업요강은 1) 저술, 편찬, 번역 및 출판 2) 강좌의 설치, 강사의 파견 및 교환 3) 강연회, 전람회 및 연주회의 개최 4) 문화 자료의 기증 및 교환 5) 유명 외국인의 초청 6) 외국인의 동방문화 연구에 관한 편의 제공 7) 학생의 파견 및 교환 8) 문화 활동과 관계있는 단체 혹은 개인과의 연락 9) 영화 제작 및 지도에 대한 원조 10) 회관, 도서실, 연구실의 설치 경영 등[44]이다. 따라서 국제문화진흥회는 '특색 있는 일본문

---

43 일본 外務省外交史料館「H-7 国際文化振興会発会式挨拶」B05016221300.

화를 세계에 선양한다'는 목적 아래 『NIPPON』의 일부를 사들이거나 일본공방에 기획 발주를 의뢰하는 것으로 지원하였던 것이다.

다음으로는 육군성과 현지 파견군의 정보 관리와 통제에 관해 살펴보자. 중국 각지에 파견되었던 육군의 상황에 대해 회고록이나 선행연구에서는 중지나(中支那)파견군, 남지나(南支那)파견군 등의 용어를 쓰고 있으나 이것은 옳지 않으며 중지나방면군, 남지나방면군이라고 불러야 한다. 1939년부터 중국에는 지나(支那)파견군이 주둔하게 되었는데 이는 1905년부터 만주지역에 주둔했던 관동군과 더불어 총군(總軍)에 속하였고 이와는 다른 조직으로 방면군(方面軍)이 중일전쟁 이후 파견되었다. 총군에는 관동군, 지나파견군, 남방군, 방위총사령부, 제1총군, 제2총군, 항공총군이 있었으며, 방면군으로는 북지나방면군, 중지나방면군, 남지나방면군, 미얀마방면군 등이 있었다.[45] 정보 관계로는 지나파견군 안에 정보참모, 정책참모, 보도부장을 따로 두었으며 보도부장에는 대좌, 중좌급이 임명되었다.[46] 한편, 북지나방면군에는 정보부장이 있었으나 중지나방면군과 남지나방면군에는 없었다. 중국에 파견된 종군 카메라맨들은 지나파견군 보도부장의 감독을 받은 것으로 보이며 지나파견군 보도부가 군의 활동에 대한 보도와 선전활동을 담당하고 있었다고 생각된다.

종군 카메라맨들은 군 촉탁으로서 군의 전황을 보도하는 사진을 찍었다. 전선의 투쟁, 내무반생활, 중국 각지의 사진을 찍었으며 사진이 어떻게 사용될지에 대해 촬영자가 예측할 수 없었기 때문에 어쨌든 많은 사진을 찍을 것이 요구되었다. 그들이 찍는 사진은 군기를 다루는 것이었

44 일본 外務省外交史料館「I-1 本邦に於ける協会及文化団体関係雑件·国際文化振興会関係 第1巻」B05016221500.
45 秦郁彦 編 『日本陸海軍総合事典』, 東京大学出版会, 1991, 323~333면 참조.
46 같은 책, 324면.

기 때문에 외부에 사진을 배포할 때는 엄격한 검열을 거쳤다. 사진의 공개 여부는 각 보도부의 보도 담당 장교가 결정했다.[47]

1943년 4월에 북지나방면군 참모장은 육군성 신문반장에게 보낸 서류에서, '현재 담당 장교는 7명이지만 1명이 입원한 상태이므로 충원이 필요하다. 종군기자 지도 특무부에도 1명을 보내 보도자료 수집 및 발표, 선무반 업무를 담당하게 해야 하며 보도부에서 발표, 검열, 선전에 2명이 필요하고 선전업무에도 인원이 필요하므로 4, 5명을 충원해주기 바란다.'라고 요청하였다. 이러한 요청에 따라 육군성은 신문반원 장교 5명을 파견[48]하였다. 이처럼 현지군의 보도 사무는 육군성에서 파견되는 신문반원 장교가 감독, 지휘하는 가운데 이루어지며 이 아래에서 보도 자료 수집과 선전 활동이 이루어졌다. 즉, 육군성 신문반이 군 보도를 총감독하고 그 아래 현지군과 종군 기자와 카메라맨의 감독 구조가 보인다. 1938년부터 중지나방면군에 파견된 일본공방의 카메라맨들 역시 육군성 신문반의 지도를 받으며 한편으로는 군의 협조 아래 사진 촬영을 담당했을 것이다.

한편, 전선에서 직접 찍은 사진들은 일본 각지와 동맹국에서 전시되기도 하였다. 일본보도사진협회가 주최하는 「전선에서 활약하는 보도반 보고전람회」가 1942년 8월 1일부터 9일까지 도쿄 우에노(上野)에서 개최되고 이어서 지방에서도 전시되었는데 이 전시회를 후원한 것은 육군성, 해군성, 정보국이었다. 보도 사진의 촬영에서 전시까지 이러한 단체가 일관적으로 주관하고 감독한 것을 볼 수 있다. '태평양전쟁이 발발한 이래 일본군의 진군을 보도하는 카메라맨의 활약은 라디오, 신문, 사진을 통해 발표되었으나 그 중에서 사진으로 보고할 수 있는 것을 한꺼번에 전시함으로써 보도반원의 활약상을 알림과 동시에 대륙과 남방 건설

---

47 石川保昌, 앞의 책, 244~245면.
48 防衛庁防衛研究所「宣伝報道業務のため臨時将校派遣の件」C04120352100.

의 실황을 국민에게 알려 이후 총후 국민의 장기 건설전을 위한 사기 앙양의 효과를 얻을 수 있을 것이라고 생각한다. 이에 군의 지시와 정보국의 지도로 전람회를 기획, 개최한다.[49]'는 것이 이러한 전시회를 여는 취지이자 목적이었다.

한편, 1942년 12월 15일부터 12월 20일까지 로마에서 「대동아전쟁 및 일본 소개 사진 전람회」가 개최되었는데 이처럼 독일, 이탈리아 등 동맹국을 중심으로 외국에서도 개최되는 사진 전시회는 외무성이 후원하였다. 특히 이 전시회에는 비공식적으로 황제가 참석하였으며 외무, 육해공군 등 이외에도 선전, 식민, 문부 각 성 대표자와 맹방의 각국 대사가 열석하여 현지 각 신문에도 크게 보도되었다[50]고 한다. 일본 국내에서 사진전을 개최하여 일본 국민의 정신적 통합과 사기 앙양을 목표로 하는 것과 마찬가지로 동맹국에 일본 문화와 전쟁의 정당성을 알리는 작업은 외무성으로서는 매우 중요하였다. 사진의 취재와 국민 홍보에 대해서는 육군성, 해군성, 정보국이 후원하고 해외 홍보에 대해서는 외무성이 후원하여 이원적으로 관리하고 있음을 볼 수 있다.

군부와 마찬가지로 중국 현지에 나가 있는 대사관도 중국 각지 파견군의 정보 시스템에 대하여 정보기구를 강화할 필요성을 느끼고 있었다. 일례로 1942년 남경의 시게미츠 마모루(重光葵) 대사는 타니 마사유키(谷正之) 외무대신에게 보낸 전보에서 '군은 남경 및 상해에 보도부를 두고 방대한 예산과 인사를 동원하여 군사에 관한 선전을 행하고 있으나 군사 이외의 선전 계발은 모두 남경대사관과 상해정보부에서 담당하고 그 밖에 각 선전부에 대한 내면지도는 남경대사관이 담당하므로 정보부 기구는 적어도 군 보도부에 뒤지지 않도록 할 필요가 있다[51].'고 주

---

49 防衛庁防衛研究所「戦線に活躍する報道班報告写真展覧会後援の件」C04120 352100.

50 外務省外交史料館「I-1 各国展覧会関係雑件第2卷」B0412305900.

장하였다. 즉, 군부에 뒤지지 않는 조직의 강화를 주장하였는데 당시 타니 외무대신이 정보국 총재를 겸하고 있었다는 점에도 주목할 필요가 있다.

중국에서 촬영되는 보도사진이 육군성 신문반과 현지군의 감독을 받는다면 일본에서 촬영되는 보도사진은 어떤 절차를 거쳐 촬영되는가를 살펴보자. 대외 선전용 일본 문화나 산업 소개 사진은 우선 편집회의에서 테마가 결정되어 편집자나 디자이너의 검토를 거쳐 촬영에 이르기 때문에 다큐멘터리성보다는 연출이나 논리성이 강조되었다. 군사나 정치적인 사진이 아닌 이상 검열에서 문제가 발생할 가능성도 적었다. 이렇게 찍힌 사진은 발행 부수가 적고 국외로 배포되는 경우가 많았기 때문에 검열 대상에서 제외되었다.[52]

그러나 일본 국내에서 촬영하는 사진도 군이나 정치 등 민감한 사안을 촬영할 때는 종군 카메라맨과 마찬가지로 엄격한 감독과 검열을 거쳤다. 이 과정을 알 수 있는 자료로서, 기무라 이헤가 1935년 일본 해군 소년 항공병의 교육과 생활모습을 촬영하고 싶다는 신청서를 육군성에 제출한 서류가 남아 있다. 신청서에는 사진의 촬영자, 소속 단체를 명기한 후에 어떤 목적으로 어떤 사진을 촬영할 것인지를 밝혔다.[53] 이 신청서에는 소속 단체의 설립 취지서와 사업보고서가 첨부되었는데, 사업 보고서에서는 이전에 촬영한 사진들이 외국의 어떤 저널에 실렸는지를 자세히 소개한 후 해당 저널이 어떤 성격의 잡지인지를 설명했다. 이 신청에 대해 육군성은 약 3주 후에 허가하는 답신을 보냈는데 해군 군사보급부와 요코스카(橫須賀) 해군 항공대의 지도, 감독을 받아 촬영하도록 하며 촬영한 사진은 발표 전에 해군성의 검열을 받도록 하였다. 사진의 촬

51 外務省外交史料館「A-7-0 大東亜戦争関係一件/宣伝関係」B02032466200.

52 石川保昌, 앞의 책, 244~245면.

53 防衛庁防衛研究所「写真撮影許可の件」C05034202000.

영에서 발표에 이르기까지 군 당국
이 철저하게 감독하고 있음을 알
수 있다.

5. 보도사진의 시각

보도사진이 어떤 식으로 촬영되
고 편집되었는가를 살펴보는 것은
보도사진을 통해 무엇을 달성하려
고 했는가를 알 수 있는 중요한 척
도이다. 중일전쟁 이후 일본은 많

그림 5 | 『NIPPON』의 사진 편집

은 대외 선전 잡지를 발행했으나 다른 여러 잡지들을 구하기로 어려우
므로 『NIPPON』과 『FRONT』를 중심으로 살펴보기로 하자.

『NIPPON』과 『FRONT』의 사진 촬영과 편집은 일반적으로 대조적
인 평가를 받는다. 『NIPPON』은 우선 정치, 군사적인 테마를 택하지 않
으며[54] 전시색이 느껴지는 기사를 싣지 않았다[55]는 것이다. 편집에서도
연속 사진을 하얀 종이 위에 늘어놓아 추상적인 의미를 표현하여 편집
자의 의도를 독자에게 읽히고자 하였다. 즉, 적극적인 프로파간다보다는
순수한 사진예술로서의 가치가 평가되었다.

그러나 촬영자나 편집자의 의도가 개입되지 않는 사진이 존재할 수 있
을까? 특히 태평양전쟁기에 대외 선전을 염두에 두고 촬영되거나 편집되
는 사진의 경우에는 더 말할 나위가 없을 것이다. 이를테면 1938년 2월에
발행된 『NIPPON』 14호의 표지사진을 살펴보기로 하자. 이 사진은 수확

---

54 石川保昌, 앞의 책, 244면.
55 加納正庫, 앞의 글.

사진 6 ┃ 『NIPPON』의 14호 표지사진(좌)과 하단부에 편집 · 배치된 상해 교외의 농민과 일본
병사의 사진(우)

한 목화를 품에 가득 안고 웃고 있는 중국 농부의 사진을 크게 싣고 그 하
단에 타작하는 여인들을 조그맣게 배치하였다. 하단의 사진은 본문에 사
용된 사진의 일부로서, 타작하는 중국 여인들 옆에 서서 어색하게 웃고
있는 일본 병사의 사진[56]은 중국 농민과 일본 병사의 친선과 화합을 강
조하는 의도가 한눈에 읽힌다. 이러한 친선과 화합은 나아가 중국과 일
본의 협조와 화합을 이야기한다고 할 수 있다. 따라서 전쟁이라는 상황
속에서 사진을 찍는 사람의 렌즈는 이미 우호적인 중일관계라는 설정
아래 연출되고 있다고 할 수 있다.

『NIPPON』과 비교하여 『FRONT』의 사진 촬영과 편집 의도는 프
로파간다를 보다 전면에 드러낸다고 할 수 있다. 특히 편집과정에서
『FRONT』는 반드시 사진을 합성하여 사용했다. 물론 실제의 무기나 군
사시설을 은폐하기 위하여 어느 정도의 합성은 필요하다고 할 수 있으
나 『FRONT』의 경우에는 선전적 효과를 극대화하기 위하여 합성이 사
용되었다. 즉, 여러 사진을 합성하여 원근감을 강조하면서 시각적으로는
매우 다채로운 효과를 냈다. 이를테면 창간호인 해군호의 해군연합함대

---

56 石川保昌, 앞의 책, 92~93면.

의 대연습 장면은 수신호를 하고 있는 해군의 모습을 근경으로 잡으면서 원경으로 연합함대를 조그맣게 담고 있다.[57] 그러나 사진에서 멀리 보이는 원경의 연합함대는 다른 사진의 합성이었다. 군사 기밀을 다루는 사진인 만큼 합성하여 사용해야 할 필요성이 있기는 하지만 합성 자체가 적극적으로 이용된 예이다. 군함이나 전차는 반드시 에어브러시로 부분적으로 변화시켜 이들을 합성함으로써 가상의 대전차부대를 출현시키거나 광대한 전투기 공장을 만들어 내었다. 가공의 공중전에서는 잡지 등에서 복사해온 미군기를 합성하여 붙이면서 미군기를 격추시키는 장면을 연출하였다.[58] 이 경우 사실을 보도한다는 보도사진 본연의 목적은 이미 훼손되었다고 할 수 있다.

　사진 뿐 아니라 그래픽 디자인도 적극적으로 활용되었다. 만주 건설호에서는 신천지 만주의 컬러 자원지도를 싣고 있는데 만주 전역에 표시한 곡물자원, 동물자원, 광물자원, 삼림자원 등을 들여다보고 있노라

사진 7 ▮ 합성 사진을 이용한 해군연합함대의 대연습 장면

57　森武鷹, 『アジア・太平洋戦争』, 集英社, 1993, 13면.
58　加納正庫, 앞의 글.

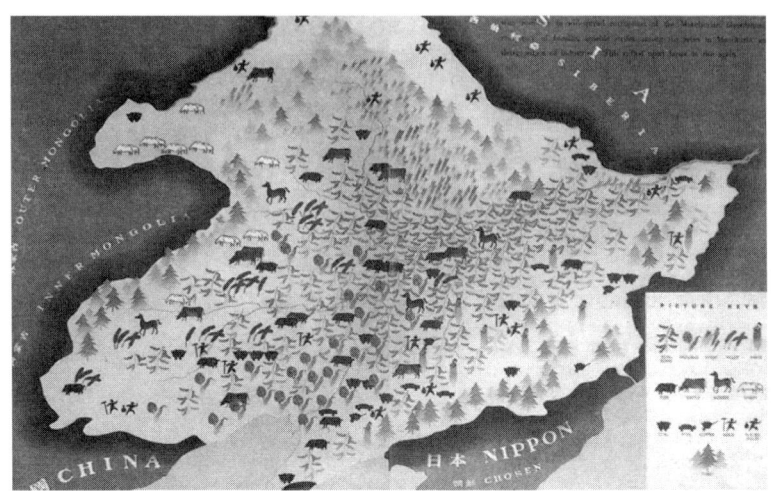

사진 8 | 만주 자원지도

면 만주의 신천지가 무궁무진한 자원을 가진 땅이라는 것을 깨닫는 동
시에 이곳에 대한 동경을 느끼게 된다. 이밖에도 만주나 조선의 철도나
관광을 선전하는 그래픽 자료를 작성하여 이 지역에 대한 일본인의 관
광과 이주를 설득하거나 선전하였다.

　『NIPPON』은 본래 군부의 대외 선전 의도를 반영하기보다는 우수한
일본의 문화를 외국에 소개한다는 목적으로 출발했기 때문에 전황의 악
화 속에서도 전쟁을 전면에 드러내지 않으려고 노력하였다. 그러나 점차
이러한 온건한 문화의 소개도 전쟁 말기에는 무너지게 되었으며 편집도
진부해지게 된다. 일찍이 일본공방의 사진가였던 도문 켄(土門拳)은 초
기의 『NIPPON』이 대외 선전 잡지의 백미였다고 평가하면서도 1943년
현재로서는 '그라비아 잡지'라고도 평론잡지라고도 할 수 없는 내용으로
헛되이 고급 아트지를 소비하고 있다. (중략) 중일전쟁 속에서 대중적인
그라비아 잡지나 정치적 평론잡지로 전환해야 할 것을 소부르주아적 취
미에서 빠져 나오지 못하여 시대의 격류 속에서 완전히 방향을 잃고 말
았다.[59]고 비판하였다. 이처럼 단지 적극적인 프로파간다를 회피한다는

것만으로는 이 시기의 예술성이나 순수성을 지켜나가기 어려웠다.

6. 패전과 대외 선전 잡지의 종말

일본의 패전과 더불어 대외 선전 잡지의 편집도 막을 내리게 되었다. 태평양전쟁기에 제작된 대외 선전 잡지가 일본의 대외 침략과 점령지 또는 협력국에 대한 선전과 설득을 목적으로 하는 이상 당연한 귀결이라고 할 수 있다.

『FRONT』는 일본이 전쟁에서 밀리게 되자 수송에 어려움을 겪게 되었는데 이러한 사정은 다른 대외 선전 잡지도 다르지 않았을 것이다. 정식으로 패전을 맞이하기 이전에 편집이 중단된 경우가 많지 않았을까 추측된다. 일본공방의 후신인 국제보도공예사도 1946년 봄 나토리가 귀국하기 이전에 해산하였다.

그러면 이러한 잡지에 실렸거나 싣기 위해 찍은 전쟁의 현장과 일본 각지의 생활상을 담은 많은 보도사진들은 결국 어떻게 처리되었을까? 군 당국과 외무성은 중요하고 민감한 사안들을 다룬 자료들을 대량 파기하였고 남겨진 자료들만이 현재 보관되어 있다. 사진 역시 중요성이나 문제가 될 가능성은 문서와 마찬가지라고 할 수 있다.

패전 당시 국제보도공예사의 도쿄 지배인을 맡고 있던 이지마 미노루(飯島實)에게 패전 며칠 후 육군성 보도부에서 '중일전쟁에서 태평양전쟁에 이르는 전쟁에 관한 사진의 원판은 만일을 위해 파기하라'[60]는 지시가 전달되었다. 10만 매 이상의 사진 필름과 건판은 대부분 종군 카메라맨들이 목숨을 걸고 촬영해온 소중한 자료였으나 만일 점령군사령부

59 土門拳, 앞의 글.
60 石川保昌, 앞의 책, 232면.

에 몰수된다면 전범 처분을 받을지도 모른다는 불안감에서 문화적 사진의 원판 이외에는 모두 파괴하기로 했다. 국제보도공예사가 커다란 나무상자에 넣어 강에 버린 자료 중에는 격전지의 기록을 담은 사진들이 들어 있었다고 한다. 정작 사진을 찍은 사진가들은 각 군의 보도부에 속해 있거나 아직 출정중이라서 이러한 필름의 처분에는 관여하지 않았다.

각 신문사나 동맹통신사에도 마찬가지로 군의 소각 처분 명령이 내려져 동맹통신사는 히비야(日比谷) 공원 구석에 구멍을 파고 필름을 던져넣은 후 불을 붙이고, 건판은 한 장 한 장 깨뜨려서 파괴했다.[61] 처분에만도 사나흘이 소요되었다고 하니 그 양은 엄청났다고 할 수 있다. 아사히(朝日) 신문사나 도쿄(東京) 신문은 본사 옆의 공터에 드럼통을 놓고 그 안에서 필름을 태웠으며 요미우리(読売) 신문은 도쿄공습으로 사옥이 불탔기 때문에 굳이 처분할 필요까지도 없었다. 전국지 중에서 마이니치(毎日) 신문만이 사진부 부장의 판단으로 중요사진의 필름이나 스크랩을 나라현(奈良縣)에 피난시켰다가 패전 직후에는 군의 명령을 무시하고 오사카마이니치(大阪毎日) 신문사 별관 지하금고에 보관했기 때문에 오늘날까지 남았다.

일본공방에서 찍은 사진은 약 4만 점 정도가 남았는데 1932년에서 1937년 사이에 나토리 자신이 촬영한 사진, 1935년에서 1945년 사이에 일본공방의 다른 사진가들이 찍은 사진, 전장에서 돌아온 나토리가 이듬해 창간한 『주간 선뉴스』의 사진들로 대별된다. 1939년 이후의 사진은 모두 촬영자와 촬영일이 메모되어 있으나 그 전의 사진은 피사체를 통하여 일일이 확인하지 않는 한 알 수 없게 되어 있다.[62]

이처럼 중일전쟁을 전후로 우후죽순처럼 등장하여 대외 선전을 담당했던 잡지들은 일본의 패전과 더불어 소멸되어갔다. 즉, 전시기의 대외

---

61 石川保昌, 앞의 책, 232면.
62 石川保昌, 앞의 책, 246~247면.

선전 기능이라는 필요에 의해 탄생하여 전쟁 종결과 더불어 그 의의를
상실했던 것이다.

제 2 부

문예공론장의 역사적 전개, 그 연속과 단절

1950~60년대 공론장의 상징구조와 '순수-참여 논쟁'의 형성

김미정

1. 문학사회학을 넘어 '사회'의 해석학으로

이 글은 1960년대에 벌어진 순수-참여 논쟁을, 그것이 놓여 있는 상징적·물질적 맥락의 재구성을 통해 해석·설명하려는 지식사회학적 연구이다. '순수-참여 논쟁'[1]은 모든 인간행위의 사회성을 확신하고 있

---

1 1960년대 이후 남한 문단에서는 50년대의 문학을 비현실의 문학으로 비판하고, 작가의 지식인으로서의 책무성을 강조하면서 작가의 사회적 현실에 대해 적극적 관심을 가지고 능동적으로 참여할 것을 권고하는 이른바 사회참여파들이 순수문학 옹호자 및 50년대 후반의 전후문학 작가들에게 도전하였다. 이 같은 도전과 응전이 순수-참여 논쟁을 이루는데, 본 논문은 일반적인 틀(예컨대 홍신선 편,『우리문학의 논쟁사』, 어문각, 1985)에 따라 순수-참여 논쟁을 다음의 네 논쟁으로 정리할 것이다. 첫번째는 1963년과 1964년에 걸쳐 홍사중·김우종·김병걸 등과 서정주·이형기 사이에서 벌어진 '사회참여 논쟁'으로서 문학의 본질적 국면이 순수문학에 있느냐, 참여문학에 있느냐를 둘러싼 논쟁이다. 두번째는 1967년 김붕구의 「작가와 사회」라는 글을 중심으로 선우휘·임중빈·이호철·김현·임헌영 등이 벌인 '창조적 자아와 앙가제 논

는 사람의 눈에는 다소 싱거운, 그리고 다소 어이없는 문학논쟁으로 비칠지도 모르겠다. 1960년대 내내 남한 문학계를 들끓게 했던 이 논쟁은 장기간에 걸친 그 열기에도 불구하고, 문학의 사회성과 현실적 효용가치라는 쟁점을 두고, 없다/있다, 아니다/그렇다 식의 이분법적 단순반응을 반복한 듯 보이기 때문이다. '순수'의 입장이 문학 본래의 심미적 가치를 강조하면서 문학이 사회현실로부터 어느 정도 절연될 수밖에 없음을 주장한 반면, '참여'의 입장은 문학의 불가피한 사회성을 역설하며, 사회발전에 기여해야 하는 그 책무를 강조하였다. 사회적 '실재'의 구속력을 확신하는 사회학자라면 실천적·도덕적 결론을 제거한 '참여'의 입장에 동정적일 것이 분명하다. 문학이 사회적 구성물이라는 것은 사회학적 상식에 속하는 것이다.

그러나 이 논쟁을 평가절하하고 문학사회학으로만 시선을 돌린다면, 논쟁으로부터 그리고 이 논쟁을 둘러싼 '의미화의 장'으로부터 이탈하게 될 뿐이다. 더욱이 '사회'는 "사회학 용어사전에서 가장 일반적이고 모호하며 가장 믿을 수 없는 단어들" 가운데 하나라는 월러스틴의 말[2]을 상기해본다면, '사회'는 모든 의미를 고정시키는 자연주의적 토대이기는커녕 오히려 다양한 의미들을 범람시키는 고도의 상징어일 따름이며, 이같은 상징어의 의미는 그것이 쓰이는 특수한 문맥과 관련해서만 이해될 수 있을 터이다. 극단적으로 말해 '사회'란 민족국가의 경계 내에 있는 자율적인 관계망이라는 분과학문적인 통념을 고집한다 해도, 그런 통념은

쟁'이다. 그리고 세번째는 이어령의 「에비가 지배하는 문화」라는 칼럼에 대한 김수영의 「지식인의 사회참여」라는 비판을 통해 이루어진 1968년의 '시의 불온성 논쟁'이 그것이다. 네번째는 『사상계』 70년 4월호에 게재된 「4·19와 한국문학」이란 좌담에서 벌어진 논쟁을 발단으로 하여 구중서·김현 사이에서 벌어진 '상상력, 리얼리즘 논쟁'이다.

2 Wallerstein, I. 「사회의 발전인가, 세계체제의 발전인가?」, 『사회과학으로부터의 탈피』, 창작과비평사, 1994.

의사소통을 통해 상징적으로 구조화된 언어적 지평 속에 확고히 자리잡지 않는다면 그 객관성이 감퇴되는 것이다. 그래서 다음과 같은 질문을 던질 수 있다. 당대의 포괄적인 의미연관들 속에서 '사회'가 어떤 위치였기에 그토록 끈질기게 순수-참여 논쟁이 벌어진 것인가?

　한국에서 '사회'가 고도의 상징어인 사정은 '사회'의 의미층을 일상언어의 차원에서 찾아볼 때 쉬 짐작할 수 있다. '사회'에는 정치적으로 민감한 용어였던 흔적이 있다. 1990년대까지 '사회' 혹은 '사회적'이란 단어는 정권과 대결하던 학생·지식인들의 활동과 결부되어 있었으며, 그 특유의 담론 속에서 '비판성'이라든가 '역사성' '민중성' 같은 말들과 연어(連語)관계에 놓여 있었다고 할 수 있다. '사회과학 = 운동권 이론'이란 등식은 출판·서점계에서 근래까지도 통용되던 인식이어서, '사회운동'이나 '좌파' 사회이론과 관련된 다수의 서적들이 '사회과학'으로 분류되고 이들 서적들을 간행하는 출판사들은 설사 소설이나 에세이를 더 많이 출간했다 해도 '사회과학' 출판사로 자칭한 반면, 전통적으로 사회과학대학의 강의교재를 출판해온 출판사들은 '교재' 출판사로 통칭되었다. 그러한 변혁지향적 사회과학들은 문학적 선배들을(그리고 문학적 동료들을) 언제나 상정하고 있었다. 70년대 이래의 "민족문학은 … 역사현실의 요구에 치열하게 대응해왔"고, "민중적 내실을 착실히 쌓아"[3]왔다는 식의 언급은 낯익은 것이다. 70년대의 대학 초년생들은 '사회성'의 문제를 좀더 진지하게 생각해보기 위해 '비판적'인 『대화』나 『창작과비평』 등을 읽었고, 이들 잡지에 실린 논문뿐만 아니라 문학작품도 정치교과서이자 '의식화'의 텍스트로 간주되면서[4] '사회문제'에 눈뜨게 하는 계몽적 역할을 수행하였다. 사회적인 것의 문학적인 형상화가 변혁적 정치의 발

3 임홍배, 「창비 30년, 민족문학론의 어제와 오늘」, 『창작과비평』 1996년 봄호, 64면.
4 한정숙, 「한 저항적 세대의 동반자」, 『창작과비평』 1996년 봄호, 61면.

판이 된다는 서사가 여기서 재생되어 나오고 있다. 이러한 서사에 의존한 70년대 이래의 민족문학운동의 '출발점'에 순수-참여 논쟁이 서 있는 것이다.

이러한 역사적 의미층에서 또하나 포착하는 것은 사회적인 것과 문학적인 것, 정치적인 것이 합류하는 장면, 막스 베버의 고전적 표현대로라면 분화된 진·선·미의 가치영역이 새로이 융합하는 장면이다.[5] 무덤에서 기어 나온 신들의 투쟁이 아니라 신들간의 협력과 조율을 그려내야 할 상황이다. 진·선·미의 가치영역의 분화 못지않게 이들간의 융합이 우리의 근대성의 한 표정임을, 특히 분단 이래 우리 지성사의 중요한 특징이고 동력이었음을 간과할 수 없다. 그렇다면 가치영역의 융합을 가능하게 했던 지식인들의 공간이 이미 존재하고 있었던 것이 아닐까?

필자는 고도의 상징어로서의 사회의 의미층과 아울러 진·선·미의 융합을 잉태한 포괄적인 의사소통의 공간을 1950~60년대의 한국 속에서 발견하고자 한다. 이 글은 의미들을 사전적으로 협소화될 수 없이 풍부히 배양하고 진리와 정의, 아름다움의 문제를 함께 다루는 의사소통의 공간을 이론화하고자 하는데, 하버마스의 '공론장' 개념이 이에 대해 가장 적절한 틀을 마련해준다고 판단한다. 그러나 여기서 구사될 '공론장'은 하버마스의 이론에서 곧바로 연역되기보다는 순수-참여 논쟁을 해석하고자 하는 문제의식과의 조우 속에서 대화적으로 구축될 것이다. 텍

---

5 M. Weber, 「직업으로서의 학문」,『막스 베버의 사회과학 방법론 ①』전성우 역, 사회비평사, 1997. 이 글에서 막스 베버는 오랫동안 서구를 지배해온 절대 유일신에 바탕을 둔 통일적·총체적 세계관이 붕괴됨으로써 진·선·미의 가치영역이 분화·독립화된 사태로 근대를 바라보고 있다. 해체된 유일신에게서 태어난 진·선·미의 여러 신들은 비인격적 가치의 모습을 띠고 서로 투쟁하고 있다. 진리인 것은 더이상 올바르지 않을 수 있고, 도덕적이거나 아름다운 것은 진리가 아닐 수 있으며, 아름다운 것이 비도덕적일 수 있다. 인간은 이제 분화된 각 영역에서 가치합리적으로 혹은 목적합리적으로 선택된 가치와 목적, 수단을 일관성있게 조율할 수 있을 따름이다.

스트(text)가 그것이 놓여 있는 포괄적인 맥락(context)을 구성하지 않고는 해석될 수 없다면, 포괄적인 의사소통의 네트워크로서 그리고 언어적으로 구성된 공적 공간으로서 '공론장'은 50년대와 60년대를 특징짓는 정치적·사회적 변화와 그리고 여타 정치적·학문적 담론들과 관련시켜, 순수-참여 논쟁의 참여자들이 놓여 있는 비교적 균질적인 의미론적 맥락을 마련하기 위해 필요하다. 다시 말해 이 글은 1950~60년대의 '공론장'을 재구성하면서 순수-참여 논쟁에 접근한다.

2절에서는 방법론적 전략에 대한 이론적 배경을 간략히 제시한다. 다음, 3절에서 50~60년대 한국에서 공론장의 형성과 그 구성요소를 특유의 역사적 배치에 유의하면서 제시하고, 4절에서 이 시기의 정치적 담론과 문학작품, 인문학적 저술을 두루 분석하여, 근저의 상징적 상관관계들을 추출한다. 5절에서는 재구성된 공론장에 결부지어 논쟁의 주장들을 해석하고 대조한다.

2. 방법론적 탐구 : 해석학적 연구와 공론장의 재정의

번쇄한 이론적 논의는 피하고 간략히 이론적 배경을 서술해보겠다.

먼저 이 글은 상호주관적인 의미화 속에서의 사회적 행위를 전제하는 해석학적(hermemeutic) 연구를 지향한다. 순수한 눈을 가진 감정이입적 연구자가 시공간적으로 분리된 행위자의 주관적 의미를 그대로 재현할 수 있으리라는 이해사회학적 경향은 배척하고자 한다. 인간의 사회적 행위는 언어와 상징의 세계 안에서 언어와 상징을 주고받으며 이루어진다는 것, 그래서 사회적 행위는 역사적 의미지평 내부의 사건으로 존재한다는 언어학적 전회를 수용한다면, 우리는 논쟁 당사자의 의식 속으로 내려가기보다는 그런 행위가 배태된(embeded) 과거의 의미론적 맥락을 재구성해야 한다. 물론 지평융합이라는 가다머의 개념이 적시해주듯이[6], 이렇게 재구성된 의미론적 맥락은 과거 그들의 지평과 현재 우리의 지평 사이를 잇는 해석학적 교량이다.

더욱이 사회적 행위자가 언어와 상징의 세계 안에 매몰된 존재가 아니고, 일정한 언어 및 행위 능력을 지니는 성찰적인 주체임이 인정된다면, 이 글은 하버마스의 의사소통적 합리성[7]을 그러한 성찰적 주체의 능력으로 간주하고자 한다. 주지하듯, 의사소통 합리성은 언표와 사태 사이가 아니라 의사소통 행위자들간에 언표의 사용이라는 상호주관적 맥락 속에 자리잡는다. 행위자는 세계와의 연관을 지니는 타당성 주장을 펴면서, 그것을 수락/거부하는 청자를 예상하며, 또 청자의 비판에 대해서는 근거로써 방어하고자 한다는 점에서 합리성과 성찰성을 지닌다. 또한 이런 의사소통 합리성은 진리뿐만 아니라, 도덕과 아름다움의 문제에도 적용되며, 아울러 생활세계라는 의미론적 지평을 배경으로 해야만 발현되는 것이므로, 행위의 세계 속에서 특유의 의미론적 지평을 해명하고 도출하는 데 적절한 이론적 뒷받침을 해준다.

위와 같은 이론적 배경을 바탕으로 '의미론적 맥락' 대 그 속에서 성찰적으로 살아가는 의사소통 행위자의 사회학적 구도를 채택하고자 한다. 의미론적 맥락은 민주주의를 표방하는 근대국가의 물질적·상징적 뒷받침을 받는 공론장으로 재구성하며, 공론장의 상징적 자원들을 먹고사는 존재로서 의사소통 행위자를 설정한다.

하버마스에 따르면 "공론에 근접하는 무엇인가가 형성되는 사회생활의 영역"으로서 공론장[8]은 고정된 제도나 체계로서 정의될 수 없다. 일반

---

6 Gadamer, H-S. *Truth and Method*, trans. by J. Weinsheimer & D. G. Marshall, Continuum, second edition, 1989.

7 의사소통 합리성에 대해서는 Habermas, J. *The Theory of Communicative Action*, vol.1, trans. Thomas McCarthy, Beacon Press, 1984; Habermas, *The Theory of Communicative Action*, vol.2, trans. Thomas McCarthy, Beacon Press, 1987 참조.

8 하버마스에게 공론장(public sphere) 개념은 의사소통 합리성 이론 이전인

적인 수준에서 그것은 '의견들의 소통을 위한 네트워크'로 그리고 '언어적으로 구성된 공적 공간'으로 기술될 수 있을 뿐이며, 걸러지고 종합된 공적 의견의 더미들로 집약될 수 있을 따름이다. 가장 중요하게는, 공론장이란 생활사적인 경험이 의사소통적으로 정치체계에 흘러들어가게 하는 공간이며, 정치적 삶이 정치 바깥의 태도들에 영향을 미치게 하는 공간이다. 하버마스는 문학적 공론장과 정치적 공론장의 얽힘을 당연시했다.[9] '공론장'은 전문화되기보다는 생활사적 반향을 미치고 정치적 목소리로 전화되고자 하는 포괄적인 의사소통의 흐름인 것이다. 따라서 공론장을 서술하는 것은 의사소통 매체를 중심으로 정치체계를 지향하는

『공론장의 구조변동』(한국어번역본은 한승완 역, 나남, 2001)에서부터 나타났다. 이 책은 18~19세기 서유럽에서 부르주아 공론장의 출현과 변동을 묘파하는 역사사회학적 저술로서, 공론 및 합리적 논증이란 이념이 출현하게 된 역사적 배치를 기술하는 데 초점을 맞추고 있다. 여기서 공론장은 형성되고 있던 근대 국가와 시장경제 사이에서 출현한 다소 유동적인 의사소통의 영역인데, 부르주아 핵가족에서 탄생한 내면성을 갖춘 주체들은 새로운 법 개념에 의지하여 평등한 인간들이 이성적 논의로써 보편적 진리와 규범을 맞추어나가는 영역으로 공론장을 이해하였다. 이같은 서술은 공/사에 대한 서구의 초기 근대의 이해에 단단히 맞물려 있어, 그와 다른 현대의 상황에서는 공론장의 적절한 위치를 그려낼 수 없게 되는 약점이 있다. 그래서 필자는 '공론장'에 대한 '형식적이고 포괄적인 정의'를 화용론적 전회 이후에 씌어진 『사실성과 타당성』에서 발견하여 이 글에 전용하고자 했다. 『사실성과 타당성』에서의 설명은 역사사회학적 서술의 풍부성은 없으나 초기 근대의 서구와는 다른 상황에 대한 시사점이 더 크다고 할 수 있다. Habermas, 『사실성과 타당성』, 한상진·박영도 역, 나남, 2000. 의사소통 합리성 및 공론장에 대한 좀더 자세한 서술은 졸고, 「1950~60년대 공론장에 대한 지식사회학적 연구: 순수-참여 논쟁을 중심으로」, 서울대 사회학과 석사학위논문, 2003 참조.

9 "정치적 공론장에서 언어화되는 문제들은 먼저 개인적인 생활경험 속에 투영되면서 비로소 사회적으로 산출된 고통의 반영물로 가시화된다. 이것이 종교, 예술, 문학의 언어 속에서 함축성 있게 표현되는 한, 가치의 접합과 세계 해석을 전문적으로 다루는 넓은 의미의 문학적 공론장은 정치적 공론장과 얽혀 들어간다." Habermas, 앞의 책, 2000.

일련의 의사소통적 흐름을 간취하고, 종합된 공적 의견의 더미들을 자료로 삼아 "거듭 씌어지는 하나의 텍스트"로서 그 언어적 공간을 그려내고 상징적 상관관계를 드러내는 작업으로 변형될 수 있다.[10] 또한 공론장 내부의 의사소통적 실천은 공론장의 의미론적 맥락에 근거를 두지만 그것으로만 환원할 수 없는 행위자의 합리성의 차원에서 기술된다.

3. 분단국가적 공론장의 역사적 형성

1950~60년대 한국정치에 대한 연구들은 도시를 중심으로 특징적인 정치적 활력과 지적인 열기가 존재했음을 보이고 있다.[11] 1950년대조차 강력한 반공체계가 안정화된 시대인 동시에 반공주의의 제약 아래 입헌 민주주의의 여러 원칙과 사회문제들이 활발하게 논의된 시기였으며, 이런 모습은 예민한 이방인 관찰자였던 그레고리 헨더슨(Gregory Henderson)의

---

10 일상언어적으로 구성된 부분적 공론들은 서로에 대해 열려 있다. 모든 방향으로 뻗어나가면서 계속하여 거듭 씌어지는 공론장이라는 하나의 텍스트는 제도적 경계선을 따라 임의의 작은 텍스트들로 분할될 수 있지만 하나의 텍스트와 그 다음 텍스트를 이어주는 해석학적 교량을 항상 세울 수 있기에, 이 작은 텍스트들에게 나머지 모든 것들은 하나의 맥락(context)을 형성하게 된다(Habermas, 같은 책). 내부의 경계선은 원칙적으로 투과될 수 있는 경계선이기 때문이다.

11 박명림 「1950년대 한국의 민주주의와 권위주의」, 역사문제연구소 편, 『1950년대 남북한의 선택과 굴절』, 역사비평사, 1998; 김경일, 「1950년대 후반의 사회이념: 민주주의와 민족주의」, 한국정신문화연구원 편, 『1950년대 후반기의 한국사회와 이승만정부의 붕괴』, 오름, 1998; 오유석, 「한국 사회균열과 정치사회구조 형성 연구: 제1공화국 총선거를 중심으로」, 이화여대 사회학과 박사학위논문, 1997; 오유석, 「서울의 과잉도시화과정: 성격과 특징」, 역사문제연구소 편, 『1950년대 남북한의 선택과 굴절』, 역사비평, 1998; 박태균, 「1954년 3대 총선과 정치지형의 변화」, 『역사와현실』 17호, 1995; 박태순·김동춘, 『1960년대의 사회운동』, 까치, 1991.

눈에 "중앙정치를 향한 소용돌이(vortex) 속에 있는 원자론적 대중사회"[12]로 비쳐질 만큼 놀라운 유동성과 역동성을 나타냈다. 1967년에 평화봉사단원으로 서울에 머물렀던 브루스 커밍스의 다음과 같은 회고는 당시의 풍경을 생생히 증언한다.

> 여가시간에 나는 다방에 앉아서 많은 시간을 보내곤 했는데, 당시에는 길모퉁이마다 다방이 있었으며, 다방은 생생한 정치토론으로 활기에 차 있었다. 서울 사람들은 서로 누가 누구인지 다 아는 것처럼 보였고, 그들은 모두 자기 의견—종종 권력층의 정치인들을 심하게 비난하는—이 있었다. 나는 정치에 관한 소문에 그토록 깊은 관심을 보이는 데 놀랐고, 모든 사람들은 무슨 강박관념을 지닌 것처럼 열심히 신문을 읽는 것 같았다. 신문을 살 돈이 없는 사람조차 길가에 붙은 벽보들을 열심히 보는 것이었다. 학생들은 길에서 나를 불러 세우고 이런 질문을 하곤 했다. "아서 밀러의 『세일즈맨의 죽음』에서 지하실에 있는 호스는 무슨 의미죠?"[13]

다방에서의 정치토론과 신문 및 벽보로 매개되는 의사소통, 문예물에 대한 진지한 관심 등은 커밍스 자신도 암시하고 있다시피 『공론장의 구조변동』식의 공론장을 연상케 한다. 그러나 이 현상들은 1950~60년 한국의 사회적·정치적·문화적 맥락 속에 자리잡은 의사소통의 네트워크로 포착되어야 한다. 필자는 이것을 '분단국가적 공론장'으로 개념화하고자 한다. 분단국가적 공론장은 미국이 강제한 대의제 민주주의의 제도적 틀에 의한 야당의 전환, 전통적 공동체의 해체와 급격한 도시화, 교

---

12 Henderson, G. 『소용돌이의 한국정치』, 박행웅·이종삼 역, 한울, 2000[1968]. 이 책의 원서인 *Korea : The Politics of the Vortex*는 1968년에 Havard University Press에서 출판되었다. 앞으로 이처럼 주요 서적 및 문서의 원출판년을 명시할 필요가 있을 때는 "2000[1968]"처럼 [ ] 안에 표기하도록 하겠다.

13 Cumings, B. 「비교론적 시각에서 본 시민사회와 민주주의」, 『창작과비평』 1996년 여름호, 42~43면.

육인구의 증가와 서구 이론들을 운송하는 의사소통 매체의 발전 등의 요인에 의해 형성되었다고 정리될 수 있다.

국가수립 초기의 정권형성연합에서 밀려난 한민당과 그 이후의 야당들은 농지개혁으로 자신들의 계급적 기반을 잃어버리자, 의회정치의 틀 내에서 이승만과의 권력투쟁에서 목전의 이익을 찾았고 민주적 정통성의 회복이라는 기치 속에서 정당성의 원천을 발견하고자 하였다. 야당은 1950년대 중반이 되도록 원내에서도 선거에서도 대단한 영향력을 발휘하지 못하다가 1956년 정부통령선거에서부터 도시 주민의 지지를 받는 반독재세력으로 등장한다.[14] 1950년대 후반 들어 정부가 잘못하고 있다는 불만과 분노가 격증했고, 신문과 잡지들도 그런 불평과 비판 여론을 증폭시켰으며, 이런 도시의 불만 여론들로부터 야당의 결속과 성장의 에너지가 충원되었다.

야당의 이런 전환은 미국이 강제하고 후원한 대의제 민주주의의 제도적 틀에 힘입었다. 미국의 범위(American boundary) − 민주주의는 반공성을 한계로 갖고 반공성은 곧 민주주의 절차 속에서 실현되어야 한다− 라는 개념이 잘 보여주듯, 미국에 있어 남한은 반공투쟁의 전진기지이기도 했지만 동시에 자본주의와 민주주의의 성공적인 진열장이어야 했다.[15] 50∼60년대에 미국의 영향력은 배후에 드리워져 있는 비가시적 힘이 아니라, 한국전쟁의 기억과 막대한 원조, 주한 미군과 미대사관의 각종 정책적 조언과 감시를 통해, 그리고 지식인들의 유학과 해외연수를 통해 즉각적으로 가시화되는 현실적 힘이었으므로,[16] 여야 모두 미국의

---

14 이때 비로소 여촌야도의 특징적인 구도가 등장하여 야당의 지지세력이 교육받은 도시중산층과 자영업자, 노동자, 도시빈민 등의 근대적인 도시부문의 투표자들임이 분명해졌다. 최장집, 『한국민주주의의 조건과 전망』, 나남출판, 1996 참조.

15 박명림, 앞의 글, 1998 참조.

16 김동춘, 「한국전쟁과 지배이데올로기의 변화」, 『분단과 한국사회』, 역사비

범위를 무시할 수 없었다.

야당에 호응하는 도시세력은 한국전쟁과 농지개혁이 낳은 사회적 유동화의 파고 속에서 형성되었다. 먼저 이런 유동화의 파고 속에 도시 거주 인구가 증가했을뿐더러,[17] 한국전쟁과 피난, 농지개혁 등의 경험 자체가 신분적 · 지역적 공동체의 연대감을 심하게 훼손함으로써 새로운 유형의 주민들이 나타났다. 김동춘 등은[18] 이들 사건이 강요한 고통스런 이주의 경험이야말로 전국 14도의 상이한 출신과 신분 배경을 가진 사람들이 온통 한데 섞여 살아보게 함으로써 비로소 촌락공동체의 구속력에서 벗어난 근대국가의 국민을 탄생하게 했다고 정리한다. 또한 전통적 공동체의 유대 약화는 가족적 위안과 이익을 배타적으로 추구하는 현대판 가족주의를 등장시켰다. 이때 드러난 가족주의의 중요한 특징은 바로 과도한 교육열[19]이었다. 더욱이 전쟁 후 대폭 확대된 중등 및 고등 교육

평사, 1997; 정일준, 「미국의 대한정책 변화와 한국발전국가의 형성, 1953~1968」, 서울대 사회학과 박사학위 논문, 1999; 임대식, 「1950년대 미국의 교육원조와 친미엘리트 형성」, 역사문제연구소 편, 『1950년대 남북한의 선택과 굴절』, 역사비평, 1998 등 참조.

17 월남민과 피난민들의 상당수가 경제적 기회와 보다 안전한 거주지를 찾아 도시로 이주했고, 농지개혁으로 지주의 지위를 잃은 사람들, 한국전쟁과 농지개혁이 지운 농촌경제의 압박을 견디지 못한 농촌의 실업군들이 대거 도시로 이주함으로써 도시화율은 1960년이면 30%를 넘게 된다. 1970년에는 약 40%. 정성호, 「한국전쟁의 인구사회학적 변화」, 한국정신문화연구원 편 『한국전쟁과 사회구조의 변화』, 백산서당, 1999; 오유석, 앞의 글, 1998; 공제욱, 『1950년대 한국의 자본가 연구』, 백산서당, 1993 참조.

18 김동춘, 「20세기 한국의 '국민'」, 『근대의 그늘』, 당대, 2000; 박명림, 앞의 책, 1998 참조.

19 1965년 당시 1인당 국민소득 100달러 이하였던 한국의 대학진학률은 1인당 국민소득이 1,200달러였던 영국보다도 높았다. 1948년부터 1960년까지 대학 수준의 교육기관은 31개에서 두 배인 62개로, 대학교수의 수도 1,800명에서 3,633명으로 증가했다. Henderson, 앞의 책; 강인철, 「한국전쟁과 사회의식 및 문화의 변화」, 한국정신문화연구원 편, 『한국전쟁과 사회구조의 변화』,

기관이 도시에 집중됨으로써 학생들은 도시의 중요한 인구집단이 된다. 확대된 교육의 내용은 미국의 막대한 교육원조에 의해 마련되었다.

도시에는 부동하는 인구와 더불어 정치적·사회문화적 자원들이 집중되었다. 분단국가적 공론장은 각종 의견과 불평불만의 집결지가 된 서울과 각 도시에서, 각종 의사소통 매체에서 의미의 자원들을 공급받으면서 1950년대말부터 가시화된다. 이 공론장은 앞서 말한 야당말고도, 신문, 잡지 등의 인쇄매체들, '다방', 도시중산층, 학생층의 의사소통 네트워크로 존재했다. 그러나 노동자나 도시빈민, 압도적 다수의 농민들과는 거의 무관했다.[20]

신문들은 여당과 대립한 야당과의 연계 속에서 성장하였다. 일찍이 주도적인 야당지로 자리매김한 『동아일보』는 물론, 『경향신문』, 『조선일보』 등도 반정부성을 강화해나갔다.[21] 아직 소규모였던 50년대의 언론들은 이윤추구적인 기업적 성격보다는 공론장 내부의 정치토론과 연결되어 그것들을 촉발하는 정론지의 성격을 더 많이 띠었다. 물론 박정

백산서당, 1999 참조.

20 그런 의미에서 50~60년대의 공론장은 통상 '재야'라 일컬어지는 70년대 이래의 느슨한 의사소통의 공동체와는 구별되는 것이다. 재야는 문화·언론계 등의 '진보적인' 지식인층과 제도야당의 인사들이 주도하는 가운데 주변부로나마 노동자·농민층의 초보적인 계급조직을 끌어들이고 있었기 때문이다. 임영일, 「한국의 산업화와 계급정치」, 한국사회학회·한국정치학회 편, 『한국의 국가와 시민사회』, 한울, 1992 참조.

21 1955년도 주요 신문의 발행부수를 보면 반정부적이던 『동아일보』, 『경향신문』, 『조선일보』, 『국제신문』이 수위를 차지하고 있다.

1955년도 주요 신문의 발행부수 (단위 : 1,000부)

동아	경향	조선	국제	평화	한국	서울	자유*	대구	영남	중앙
176	100	80	78	68	65	63	56	48	45	40

* 자유=자유민보

출처 : 대한신문연감편찬위원회, 『대한신문연감』(1956), 479~481면에서 발췌; 김민환, 『한국언론사』, 사회비평사, 1996, 408면에서 재인용.

희정권 이후 각종 특혜 속에 언론기업과 정권의 밀착이 노골화되지만, 60년대 후반에도 공론장과 언론 간의 연계는 여전히 밀접했다.

1950~60년대에는 신문 못지않게 주목해야 할 것은 문학과 학술, 사회평론에 비중을 둔 종합잡지의 성장과 영향력이다. 월간지인 『사상계』와 『새벽』, 『신태양』, 『세계』, 『세대』, 『청맥』 등이 대표적인 종합지들인데, 『사상계』의 경우 50년대말에 발간부수가 8만부에 육박할 만큼 이들 종합지는 학생들과 식자층에서 대단한 인기를 누렸다. 매월 200~400면 가량의 두꺼운 책자로 발간되고 대학교수·강사, 언론인, 대학·언론과 밀접한 문인·평론가들을 필자로 거느린 이들 잡지들은 신문과 대학, 일상적 대화들을 매개·보충하고 있었고, 특히 수입 지식들을 일상언어적으로 번역하여 의회정치적 과정이나 사회적 문제들에 대한 지적 전망의 틀을 제공함으로써 독특한 문필적 공간을 형성했다. 종합잡지에는 학술 논문과 번역논문, 시기별 관심사에 대한 좌담이나 논쟁들, 평이한 사회 비평들이 한데 나란히 게재되었으며, 문학작품들도 빠질 수 없는 요소였다. 이들 종합잡지는 물론 현재의 『창작과비평』, 『문학과사회』에서도 정치적·경제적 문제와 문학이 같은 장 안에서 논의되었던 분단국가적 공론장의 독특한 구조를 확인할 수 있다. 이것은 식자층 내에서 문학작품의 창작 및 향유가 정치사회적 맥락에 대한 이해와 밀접히 연동되어 있었음을 나타낸다. 많은 문인들이 정치적 운동과 연루되고 정치엘리트들과 친밀히 교류한 1970년대까지는 적어도 한국의 문인들을 19세기 유럽식의 '예술를 위한 예술가'로 당연시하는 것은 문제가 있다.

하버마스의 『공론장의 구조변동』에는 부르주아 핵가족에서 탄생한 내면적 주체가 문학적 공론장에서 훈련한 것을 군주 및 법의 문제에 연장 적용함으로써 정치적 공론장이 출현한 것으로 서술되어 있다.[22] 그러나 공론장의 참여자들인 한국의 1950~60년대 도시 중산층은 사정이 달

---

22 주 8 참조.

랐다. 이들은 우선 중산층이란 말이 무색하게 가난했다. 가족을 부양하고 자녀를 교육시키는 것, 안정적인 직업생활을 영위하는 것조차 버거운 일이었고, 생활고를 비관한 화이트칼라들의 자살도 잇따랐다. 손창섭, 이범선으로 대표되는 전후문학에 드리워진 음울한 분위기와 주인공들의 병적이고 무기력한 모습은 그 자체로 도시 중산층의 자화상이다. 많은 경우 그들은 도시 핵가족의 일원이었으나 핵가족의 영역은―유럽에서 그렇듯이―생산 영역과 상상적으로 유리되어 자유와 교양의 이념 아래 주체성이 탄생하는 장소가 아니라, 전쟁으로 모든 것이 파탄나버린 상황에서 마지막으로 기대야 하는 처절한 생존의 장이었다. 이들이 자신을 주체로 비춰보게 한 것은 핵가족이 아니라, 서구적 이론들과 접하는 학교와 인쇄매체, 다방이었다. 분단국가적 공론장은 자기서사하는 주체의 정박지인 동시에 직접적으로 정치적 삶의 요람이 되는, 다시 말해 내면성을 가진 사적 개인과 정치적 의지로 충만한 공적 개인이 동시에 태어나는 장소였던 것이다. 학생들의 경우에도 현실적 무력감 및 고립감을 느끼는 자기자신은 이미 벗어난 가족이 아니라, 새로운 서적과 교우관계 속에서 서구적 언어와 이론을 통해 확인되었다. 중산층과 학생들의 이런 성격은 문학적 담론이 상대적으로 자율적인 공론장을 구축하기보다는 정치적 문제와 쉽게 연동되고 융합되는 패턴을 예고하고 있다.

4월혁명은 이렇게 성립된 분단국가적 공론장의 폭발 양상을 보여준다(빈발하는 시위, 인쇄매체와 다방을 휩쓴 통일 논의, 학생운동 세력의 등장). 1961년의 쿠데타는 이처럼 소란스러운 논의의 장을 폐쇄하고 정권과 국가기구들을 대의정치 위에 존재하는 강력한 가부장적 군림자의 자리에 올려놓으려 했다. 그러나 미국의 압력에 의해 정당활동이 합법화되고 언론에 대한 규제가 풀리면서 1960년대 중반이면 다시 50년대 스타일의 논쟁적인 공론장이 복원된다. 60년대는 50년대에 비해 성장과 번영의 기운을 느낄 수 있게 했음에도 공론장의 구성요소는 크게 달라지지 않았다.

4. 1950~60년대 공론장의 상징구조

아래에서는 분단국가적 공론장을 오고간 수많은 공론들간에 교량을 세움으로써 순수-참여 논쟁에 하나의 맥락을 제공했을 공론장의 상징적 구조를 재구성해보겠다. 앞서 말했듯 공론장은 작은 텍스트들로 분할할 수도 있지만, 분할된 작은 텍스트에게 나머지 텍스트들은 하나의 맥락을 형성하는 커다란 텍스트로 되씌어질 수 있는 것이다.[23]

1) 1950년대 공론장의 상징구조

분단 이후의 지성사는 한국전쟁이 낳은 죽음과 고통으로부터 시작된다. 지독한 가난과 이산을 동반한 아비규환의 대재앙의 경험은 죽음의 기억과 동시에 작동하는 반공주의적 집합감정을 낳았다. 전쟁이 환기하는 고통이 클수록 휴전선 이북에 대한 공포와 증오, 반공주민으로서의 유대감이 강화되었다. 그러나 50년대와 60년대에 있어 반공주의는 친북적인 것을 배제하는 강력한 금지규칙이고 공론장의 진입장벽이었지만[24]

---

23 공론장의 상징적 맥락을 재구성하기 위해 활용한 자료들은 다음과 같다. ① 신문 : 『동아일보』, 『조선일보』, 『국제신보』, 『민족일보』. ② 잡지 : 『사상계』, 『새벽』, 『세계』, 『세대』, 『창작과비평』, 『청맥』, 『한양』, 『현대문학』. ③ 자료집 및 단행본 : 김수영 『김수영전집』 1~2권, 민음사, 1981; 김수영 『사랑의 변주곡』, 창작과비평사, 1988; 김승옥, 『김승옥소설전집』 1~5권, 문학동네, 1995; 김윤식 외 감수, 『한국소설문학대계』, 동아출판사, 1995; 대학신문사 편, 『대학·자유·지성 : 대학신문에 비친 서울대 30년』, 서울대학교출판부, 1978; 박정희, 『국가와 혁명과 나』, 지구촌, 1997[1963]; 서정주, 『신라초』, 정음사, 1961; 서정주, 『미당 시전집』 1~3권, 민음사, 1994; 신동엽, 『금강』, 창작과비평사, 1989[1967]; 신동엽, 『누가 하늘을 보았다 하는가』, 창작과비평사, 1989; 임형택 외 편, 『한국현대대표소설선』 1~9권, 창작과비평사, 1996; 학민사 편집실 편, 『4·19의 민중사: 사월혁명 자료집』, 학민사, 1983.
24 이런 직간접적인 반공주의적 '검열'의 존재는 공론장에서 활자화될 수 없었

안정된 의미구조를 갖춘 체계적인 언어였다고 보기는 힘들다. 그것은 공론장의 의미론적 맥락을 규제하면서 동시에 그 속에서 지속적으로 재규정된 대단히 불분명한 규칙이었다. 1950년대의 경우, 반공주의는 민족의 머나먼 고대로부터 전해내려온다는 '국수(國粹)'를 발견하고 신성화하는 태도로도 전화될 수 있었고, 다른 한편으로는 미국식 자유민주주의와 자유경제에 대한 추구로도 해석될 수 있었다.

① 국수와 영원한 정체성의 추구

1950년대 초반에 반공은 계급투쟁적이고 유물론적인 것에 대한 반대로서 민족협동적인 불멸의 정신, 즉 국수를 발전시키는 시도로 이어졌다. 그것은 민족을 정화하는 것, 적색이든 백색이든 외래 사상을 씻어내어 대재앙의 현실을 초극하는 순수한 경지에 이르려는 시도였다. 사회주의도 자본주의도 아닌, '우리 민족'만의 정신적 원형을 찾아 잃어버린 전통적·고대적 세계로 귀일하는 것이야말로 오랜 타율에서 벗어난 주체

던 좌절된 담론들도 '존재'했음을 알려주지만, 중심부에 진입하기 어려운 불온성을 띠고 다량의 담론들이 유통되는 형태로 그 효과가 드러났다고 보는 편이 현실적일 것이다. 50년대의 진보당 주변 인사들이나 4월혁명기의 '혁신세력'(특히 남북협상파), 50년대말부터 제3세계 민족주의나 서구의 사회민주주의 관련 문헌들을 학습했던 대학의 서클들, 60년대 중반부터 지하당 건설을 추진하던 통혁당의 인사들이 바로 공론장의 주변인들이었다. 그러나 이런 인사들의 사회주의적 성향을 과대평가할 필요는 없을 것이다. 진보당의 강령은 반제국주의적 요소를 결여했으며, 4월혁명 공간의 혁신세력은 조윤제 같은 보수적 민족주의자나 해방 후 우익 노동조합운동을 폈던 전진한 같은 이들도 끼어 있을 만큼 각양각색이었다. 김종태가 포섭한 통혁당의 젊은 인사들 또한 명백히 친북적·좌익적이라기보다는 50년대 후반의 구미 이론의 세례 속에서 자라난 '대한민국의 자식'들이었다(박태순·김동춘, 앞의 책). 이들은 주류 공론장에서 불온시되는 다른 언어를 가졌다는 점에서는 '주변인'이었으나, 주류 공론장으로부터 의사소통의 자원들을 빌려올 수밖에 없고 공론장 내부와의 소통 속에서만 존재했다는 점에서 50~60년대 도시 공론장의 또다른 구성요소였다.

성의 회복이라 간주되었으며, 정신적인 면에서 사회주의 이북을 제압하는 것이었다.[25] 낯선 외래의 것에의 추종은 재앙에 이르는 길이며, 그런 점에서 사회주의 못지않게 자유주의에도 병폐가 있다고 생각되었다.[26] 그러나 이런 원형에의 추구는 자폐적이고 수구적인 몸짓이라서 실상 국제정치적 질서에 순응하고 있었고, 미국이 그은 '자유세계'가 자신들의 삶의 경계이기도 하다는 점을 잊지 않았다. 일제시대의 보수적 민족주의를 승계한 이런 담론들은 이승만의 일민주의와도 연결된다. 일민주의는 가족유기체론과 도의·윤리론을 주장해 개인주의와 자본주의에 반대했고, 자본주의와 공산주의에 공통된다는 물질주의를 배척했으며, 단군의 자손으로서의 같은 혈통이야말로 민족의 근간이라 보았으며, 홍익인

25 『사상계』의 전신인 『사상』의 창간사를 보면 이런 구도가 잘 나타난다. "… 이 중대한 단계에 처한 우리나라에 있어서 실로 가장 중요하고 핍절한 문제는 이 광고미증유의 대국난을 극복하고 새로운 민족역사를 개척할 결전국민의 사상과 정신을 올바르게 지도귀일시켜 이 세계사적 의의를 가지는 대결전쟁에 대한 필승의 신념을 공고히 하는 일일 것이며 … 일찍이 우리의 선민들은 외우내환의 국난이 닥칠 때마다 영원한 민족생명에 융합하는 조국애로써 의결단합하여 민족의 정기와 '얼'을 발휘선양했고 나아가 새로운 민족역사를 창조하는 한 전기를 이루곤 하였으며 그럴 때마다 그 근저와 배후에는 국민의 사상과 지기를 형화하고 작흥한 정신운동이 선구하였다는 것을 찾아볼 수 있다. … 이 육이오동난은 … 장구한 기간을 두고 자민족의 전통과 긍지를 잊고 사대와 의타와 당쟁을 일삼던 주체의 병폐에 기인한다 할 것이다."(이교승, 「창간사」, 『사상』 창간호, 1952)
26 예컨대 『사상』 2호에 실린 좌담 참조. 여기에는 백낙준, 이병도, 김기석, 배성룡, 박현숙, 이교승이 참여했는데, 백낙준을 제외한 모든 이가 비자본주의와 비공산주의의 제3의 길을 옹호하고 있다. 국수를 옹호하려는 태도가 미국식 자유주의에 대한 반감을 포함하였던 까닭에 자유 자본주의에 대한 비판과 사회민주주의에 대한 논의는 50년대 중반에도 열려 있었다는 점은 매우 흥미롭다. 진보당의 창당은 바로 이런 상황에서 가능했다. 이처럼 상충하는 함의들을 지녔던 까닭에 반공주의는 정권에 대한 맹종만을 요구하는 강력한 대중통제의 기제로도 그리고 의회정치적·사상적 투쟁의 문제 많은 무기로도 전용될 수 있었다는 점을 덧붙일 수 있겠다.

간·화랑도 등을 현대적 모든 이론체계를 지양한 최고의 정신적 가치로 끌어올렸다.[27]

이런 영향 아래서 50년대의 민족은 언제나 고대적이고 토속적인 반향을 갖고 있었다. 그것은 현저히 영적이고 정신적인 차원만을 갖고 있는 것으로서 '얼'과 '혼' 같은 개념으로 환원될 수 있는 것이며, 시간의 흐름에도 불구하고 사라지거나 중대한 변형을 겪지 않는다는 점에서 몰역사적인 것으로 상정되었다. '국수'의 추구에 있어 민족이 가리키는 불멸의 정신은 집합적 유대감의 근원이었으며, '한'과 같은 정서가 환기되는 장소였다. 김동리와 서정주의 작품에서 잘 드러나듯 심미화된 토속 세계를 그리면서 역사적 변화와 상관없이 관철되는 운명과 숙명의 절대성을 발견한 문협 정통파 순수문학의 노선은 민족의 이런 의미에 기대고 있다. 해방공간에서 좌익 문학가들을 겨냥해 문학의 본령으로 내세운, 김동리의 유명한 '구경적(究竟的) 생의 형식'이 바라보는 지점도 바로 이곳이다.[28] 또한 신라의 화백, 남당에서 민족고유의 지도이념과 원시민주제의

---

27 서중석, 「이승만정권 초기의 일민주의와 파시즘」, 역사문제연구소 편, 『1950년대 남북한의 선택과 굴절』, 역사비평사, 1998 참조.

28 해방공간에서 문단은 좌파의 임화 중심의 조선문학가동맹(1945년 12월 결성)과 우파의 정인보 중심의 전조선문필가협회(1946년 3월 결성)로 대립하였다. 전조선문필가협회의 전위대격 조직인 조선청년문학가협회(1946년 4월 결성)를 주도하던 김동리는 '순수문학론'의 기치를 내걸고 좌익 평론가들과 첨예하게 대립했으며, 남한의 정치정세가 우익측의 우세로 역전됨에 따라 그의 순수문학론은 우익 문인들의 이론적 중심으로 굳어지게 된다. 김동리에게 "순수문학이란 한마디로 말하면 문학정신의 본령정계의 문학"이고, "순수문학의 본질은 언제나 휴머니즘이 기조되는 것이다."(김동리, 「순수문학의 진의」, 『서울신문』 1946년 9월 15일) 김동리가 순수문학을 '문학정신의 본령정계의 문학'이라 한 것은, 순수문학을 탐미주의나 상아탑류의 문학으로 보는 좌익측의 비판을 의식하고 그러한 공격으로부터 벗어나기 위한 것이었다. 대립하던 좌익 문인들이 사라져가던 1948년 이후 김동리는 「문학하는 것에 대한 사고(私考)」(홍신선 편, 『우리문학의 논쟁사』, 어문각, 1985에 수록)에서 '문학하는 것'을 "구경적(究竟的)인 생의 형식"이라고 명시함으

요소를 찾아보려 한 이병도의 글들[29]이나, 풍류사상이 우리 민족성의 근원이라는 김정설의 주장, '은근과 끈기'가 한국문학과 한국인의 특질이라는 조윤제의『국문학개설』등도 이런 맥락에 연결된다는 점을 놓칠 수 없다.

②민주주의와 자유의 문제틀

한편 반공을 미국식 자유민주주의와 자유경제에 대한 추구로 비교적 체계적으로 해석한 것은 공교롭게도 이승만이 국가보안법을 통해서라도 견제하려던 민주당과 친미적 지식인들이었다. 민주당은 자유당과 달리 개인과 경쟁, 시장, 사유재산, 창의가 전제되고 사적 이익의 표현을 존중하는 노선을 분명히 했다. 민주당은 정강에서 독재에 대한 배격과 공정한 자유선거에 의한 대의정치와 내각책임제의 구현을 제시했으며, 자유당과 예전의 민국당이 공유하던 경제적 사회주의 혹은 경제적 대동주의 입장을 철회하고 '자유경제'의 원칙을 명시했다.

민주당 창당 이후 증가된 민주주의와 자유에 대한 담론들은 민족적 전통을 평가절하하는 동시에 서구식 자유와 민주주의를 학생과 지식인의 교육적 과제로 끌어올리는 구도를 지니고 있었다. 장준하가 1955년에 집필한『사상계』의 창간선언은 이런 구도를 잘 보여주고 있다.

자유와 평등을 근본이념으로 하는 근대적 과정을 거치지 못하고 봉건사

로써 문학을 동물적 생명현상이나 김동리 자신이 명명한바 '직업적 삶'을 초월한 최고의 지향으로 끌어올렸다.

29 50년대 들어 이병도는 '지배적 이념' '지도이념' '최고원리' 따위의 용어를 사용하여 원시 고대 이래 공동체적 생활을 지배해온 공동체 이념을 추출해내는 데 주력했다. 1952년『사상』창간호에 실린「신라의 협동정신과 통일의 지도이념」,『사상』2호에 실린「우리의 원시민주제와 그 변천」에서 그 일단을 살펴볼 수 있으며, 이 공동체 이념을 중심으로 한국사의 흐름을 요약해서 저술한 것이『국사와 지도이념』(일조각, 1955)이다.

회에서 직접 제국주의 식민사회로 이행한 우리 역사는 세계사의 조류와 유리된 채 삼십육년간 암흑 속에서 제자리걸음을 하였다. 그것은 자기말살의 역사요 자기모독의 역사요 노예적 굴종의 역사였다. … 그러나 모든 자유의 적을 쳐부수고 진정한 민주주의 사회를 이룩하기 위하여, 또다시 역사를 말살하고 조상의 모욕하는 어리석은 후예가 되지 않기 위하여, … 우리는 이 역사적 사명을 깊이 통찰하고 지성일관(至誠一貫)하여 그 완수에 용약매진(勇躍邁進)해야 할 줄로 안다. … 본지는 종으로는 오천년 역사를 밝혀 우리의 전통을 바로잡고 횡으로 만방의 지적 소산을 매개하는 공기(公器)로서 자유, 평등, 평화, 번영의 민주사회 건설에 미력을 바치고자 하는 것이다. …

이제 식민지와 전쟁의 암흑을 막 통과한 이 민족이 향해야 할 곳은 다시 어둠을 거슬러올라야 할 고대적인 빛이 아니라 '자유'세계에서 흘러들어오는 빛나는 지적 소산들이며 그것은 "자유, 평등, 평화, 번영의 민주사회 건설"로 결정화될 것이었다. 민주주의는 인류의 수천년에 걸친 경험과 사색과 피땀에서 우러나온 훌륭한 사색체계요, 고귀의 진리의 결정이며, 인류의 지혜가 도달한 최고의 철학으로 격상되며, 구미는 그것을 실천하고 있는 위대한 문명이 된다.

민주주의의 핵심은 개인적·인격적 자율로 이해되는 '자유'였고 그것은 서구사를 통해 전개되어온 낯선 이념인 만큼, 서구적 가치에 대한 학습을 통해 이해되어야 할 것이었다. 자유가 "동양인의 생리로 화하고 윤리 속에 살고 심리 속에 젖기까지 긴 세월이 필요"[30]할 것이었다. '자유'를 논하는 당시의 글들을 보면 그 소박한 내용과 함께 '자의'와의 구별을 강조하면서 자유를 실천할 수 있는 교육과 교양의 역할을 중시하는 모습을 살펴볼 수 있다. 그러므로 그것은 우선 지식인과 자라나는 학생들의 과제였으며, 한국에서는 각별한 노력이 요구되는 터였다. 60년대 김

---

30 안병욱, 「자유의 윤리」, 『사상계』 1955년 8월호.

현이 보여주는 바와 같은 '글쓰기'로서의 자유의 이해, 혹은 4·19혁명 선언문이 보여주는 바와 같은 대학정신으로서의 자유는 바로 이런 토양과 맞닿아 있다. 그것은 현세의 자유이기도 하지만, 저 먼 햇살과 같은 이상이며, '푸른 하늘'이자 마음속의 공간이었다. 그것은 백색전제든 적색전제든 혹은 유럽 문헌에서 어렴풋이 읽은 바 산업주의적 획일화든 모든 종류의 '전제'에 대한 반대였다.

자유와 민주주의가 일차적으로 지식인과 학생의 과제가 되는 만큼 민(民) 혹은 '양같이 순하고 착한 백성'은 여전히 변화와 움직임이 없는 존재로서 영과 혼의 세계의 머물러 있었다. 이들은 아직 교양되지 못한 자들이었고, 그럼으로써 오랜 생활형식에 묻혀 있을 뿐 분절된 '말'을 할 수 없는 자들이었다. 자유와 같은 서구적 가치들이 우위에 서면서 전통적인 혼과 얼은 평가절하를 감수해야 했다. '양같이 순한 백성'들의 세계는 정체된 세계일 따름이었다.

③실존주의와 전후세대의 주체성

통합야당 '민주당'이 창당되어 '자유'가 밝은 빛을 발하는 동안, 어둡고 피폐된 생활을 다룬 소설들과 함께 실존주의가 일대 유행이었다.[31] 전후세대의 실존주의는 자유가 학생과 지식인의 독점적 지향이 된 가운데 유럽과 유비된 전후의 폐허 속에서 유럽의 이론들을 통해 자신의 주체성을 구하려는 시도로 자리매김될 수 있다. 우선 부조리·불안·한계상황·자유 같은 실존주의적 개념의 의상을 걸치고 50년대 작가들이 연출했던 절망의 제스처는 외래사조에의 맹목적 추종이라기보다는 전쟁 이

---

31 작가의 분신일 수 있는 이들 소설의 주인공들은 '피해자' 혹은 '잉여인간'(손창섭)이며 '포말(泡沫)'(강신재) 혹은 '오발탄'(이범선) 같은 인생을 영위할 뿐이다. 대체로 교육받은 지식인이면서도 목전의 생계잇기에도 허덕이며 빈곤하고 무도덕적인 생활을 영위하고 있는 주인공들은 자기모멸과 자기냉소의 극단에 젖어 있다.

후 위축된 도시 중산층의 처절하고 위악적인 자기 묘사였다. 그러나 그렇게 묘사된 위악적인 '나'와의 만남은 서구적 이론과 사조를 경유해서 가능했고, 실존과 불안, 극한과 같은 실존주의적 어휘들에서는 유럽과 '전후'라는 동시성마저 느낄 수 있었다. 더욱이 실존주의가 전통적 주지주의 철학에 대한 비판으로서 간주되는 이상 데카르트부터 헤겔에 이르는 주지주의 철학에 대한 개괄적이나마 비판적인 정리 없이는 이해될 수 없는 것이었고, 오랜 철학적 여정을 통해 인류가 마침내 도달한 것은 부조리한 세계에서 내면성과 인격에 의지해 행동하는 주체로서의 인간 자체인 것으로 여겨졌다.[32] 전후세대는 불안 속에서 고뇌하고 절망하고 위기를 느끼며 고독해하는 비극적 존재인 동시에 자유의 빛을 갈구하며 자유로운 행동에 의해 부단히 자기를 계획하고 혁신해나가려는 존재로 자기이해된 것이며, 이는 자유의 밝은 빛과 생활의 어두운 그늘, 나아가 구미와 한국 사이의 거리를 벌리고/메우며 자신의 주체성 안에서 서구를 선취하려는 시도로 파악될 수 있을 것이다.

50년대의 전후 지식인들이 심취했던 실존주의나 자유, 혹은 정체된 민족혼의 세계는 모두 정신과 영혼의 영역에서 주체와 자아의 회복을 목적으로 했다는 점에서 공통적이었다. 이 두 지향은 전통 논쟁 등에서 충돌을 빚기도 했지만, 같은 지평 위에서의 대칭점이었다. 또한 유물론적인 것들에 대한 반대를 공유하고 있었고, 정체된 민족혼을 통해 민(民)을 언급할 수 있을 뿐 그들을 정치공동체를 구성하는 서양사 속의 민중이나 사회구성체를 진화시키는 경제적 요소로 고려하는 데 어려움을 겪었다.

---

32 실존주의를 소개하는 글들이 대체로 이러한 내용구조로 되어 있다. 대표적으로 『사상계』 1958년 8월호 특집 참조.

2) 1960년대 공론장에서의 '민족'의 혁신

① 혁명의 수사학 : 자유에서 '민족'으로

4·19의 봉기는 50년대의 전형적인 해석틀로 볼 때 '자유'의 발로였다. 이 점은 4·19 당시 학생들이 작성한 이른바 '4·19혁명 선언문'들을 보면 분명히 드러난다.

> 상아의 진리탑을 박차고 거리에 나선 우리는 질풍과 같은 역사의 조류에 자신을 참여함으로써 이성과 진리 그리고 자유의 대학정신을 현실의 참담한 박토에 뿌리박으려 하는 바이다. … 우리의 지성은 암담한 이 거리의 현상이 민주와 자유를 위장한 전체주의의 표독한 전횡에 기인한 것임을 단정한다. 무릇 모든 민주주의 정치사는 자유의 투쟁사다. … 한국의 일천한 대학사가 적색전제에의 과감한 투쟁의 구획을 당하고 있는 데 크나큰 자부를 느끼는 것과 꼭같은 논리의 연역에서 민주주의를 위장한 백색전제에의 항의를 가장 높은 영광으로 우리는 자부한다. … 우리에게 자유는 상실되어 있다는 것을 아니 송두리째 박탈되고 있다는 것을 우리는 이성의 혜안으로서 직시한다. 이제 막 자유의 전장엔 불이 붙기 시작했다. … 보라 우리는 기쁨에 넘쳐 자유의 횃불을 올린다. 보라! 우리는 캄캄한 밤의 침묵에 자유, 자유의 종을 난타하는 타수의 일원임을 자랑한다. …

서울대의 선언문에서 '자유'는 대학의 상아탑 속에 익히는 '대학정신'이다. 자유의 상실을 "우리"는 대학 안에서 이성과 지성의 혜안으로 직시하며, 캄캄한 밤에 자유의 종을 난타하는 의로운 타수가 된다. 그렇다면 정권이 붕괴되자 4·19는 멀리 있던 자유가 이 땅에 드디어 임재하는 순간이고 '자유' 진영의 당당한 일원이 된 것을 뜻할 것이다. 1960년 5월 『사상계』의 장준하는 분명 그렇게 판단했다.[33] 그러나 1년이 지난 61년

---

33 "'자유라는 나무는 피를 마시며 자란다'고 하는 말이 있습니다. 이 말은 서구 사회의 민권운동이나 미국시민들의 자유를 쟁취하기까지의 노정이 가장 잘

4월이 되면, 서울대생들이 작성한 「4월혁명 제2선언문」에 자유 대 전제의 구도 대신에 다른 어휘들이 끼여들기 시작함을 볼 수 있다.

> …우리는 그 싸움으로써 특권과 단독정부 사욕 위에 세워진 이승만체제가 무너지라고 육박(肉迫)했다. 그러나 안팎으로 뿌리깊게 박혀진 이승만적 반민족적 체제는 모습을 달리했을 뿐 본질에 있어서는 그대로 지속되고 또는 더욱더 나빠지기만 할 뿐이다. 보다 더 많아지는 절량민과 사회악은 이것을 말한다. … 뿐만 아니라 특권의식에 찬 그들에게 정권을 되돌려주는 실패를 가져왔다. 하나에도 열에도 통분이 아닐 수 없으며, 거기서 지내온 이 일년간의 정치시간은 치욕과 울분밖에 갖다준 것이 없다. … 지금 이 땅의 역사사실을 전진적으로 변혁시키기 위하여서는 반봉건 반외압세력 반매판자본 위에 세워지는 민족혁명을 이룩하는 길뿐이다. 이 민주민족혁명 수행의 앞길에는 깨어진 조국의 민족통일이라는 커다란 숙제가 놓여 있다. 이를 이룩하기 위해서 우리들 젊은 대열은 정비하고 전진한다. 이러한 이론적 및 조직체제를 가지고 있지 못했던 우리들은 … 이 모든 실패를 거울삼아 … 특권이 아니고 민주 민족 양단이 아니고 민족자립의 방향을 쟁취해야 한다. …

'민족'과 '조국'이란 단어가 많이 보이고 '혁명의 실패'가 논해지고 있으며, '민족혁명'을 역설하는 구절마저 눈에 띈다. 여기서 이승만정권은 자유를 부정한 그 전제적 성격보다는 특권과 사욕에 근거한 반민족성 때문에 타도 대상이 되며, 장면정권도 그 점에서는 마찬가지로 타도 대상이다 '역사사실의 변혁' 위에 혁명을 위치지으면서, 경제와 정치를 송

압축되어 표현된 말인 줄로 압니다. … 한국의 민권운동도 이제 피를 흘리기 시작하였으니 만방의 자유민들 앞에 머리를 들 수 있게 된 것입니다. 천인이 공노할 관권의 야만적인 횡포 아래서도 그저 울고만 있는 나약한 백성이란 낙인은 우리에게 다시는 찍혀지지 않을 것입니다. …지금 우리는 입으로 '자유'를 논할 자격을 얻었으며…" (장준하, 「민권전선의 용사들이어 편히 쉬시라」, 『사상계』 1960년 5월호)

두리째 바꾸는 것으로 그것을 재정의하고 있다. 또한 반외세의 입장을 분명히 하면서 '민족통일'과 '민족자립'이 혁명의 최종 종착지로 설정되어 있으며, '우리 민족'만의 국가와 경제를 수립하는 것이 '자유' 못지않게 중요한 목표로 설정되어 있다. 여기서도 민(民)은 수탈당하여 비지성적·반근대적이며 언어를 갖지 못한 자로 드러나지만, 60년에는 간과되어 있는 그 사회경제적 성격이 정치와 경제의 반민족성을 드러내는 지표로 구실한다. 61년 선언문의 이런 문투는 62년과 63년 선언문에서도 반복되고, 64년의 6·3시위에서 더욱 명시화된다.

50년대에도 국민경제에 관한 논의는 있었다. '경제자립론'은 미국의 원조정책이 변화를 보이기 시작하는 50년대말부터 드러나기 시작했으나, 50년대의 이러한 지향은 아시아의 민족주의가 "민족공동체의 혼"에 의지하고 있어 정치적이고 경제적인 면모를 갖지 못했다는 점 때문에 고통받았다.[34] 50년대의 이런 해석틀에서 우리 '민족'만의 국가와 경제를 이룩하는 '민족혁명'의 서사는 구사되기 힘들었다고 볼 수 있다. 더욱이 회고자들에 따르면[35] 경제와 정치의 주체로서의, 이런 의미의 '민족'은 이승만정권 때는 불온시되었다.

'자유'를 기틀로 삼아 정권을 유지하고 또 그에 대한 비판이 가능했던 4·19 이전과 달리 이후의 한국현대사가 정권측에서든 반정권측에서든 유달리 민족주의적·애국주의적 열기 속에서 진행되었음을 상기할 때,

---

34 김기수, 「아시아의 민족주의와 공산주의」, 『사상계』 1957년 12월호 참조. 적극적 경제개발론자였던 최문환도 50년대에는 무지한 농민들이 대다수를 차지하는 '동양사회'의 정체적(停滯的) 풍토를 언급하며, 인간정신의 재개조를 의도하는 '사회공학'이 절실하다고 역설한다. 최문환, 「지성인의 지향」, 『대학·자유·지성 : 대학신문에 비친 서울대 30년』, 서울대학교 출판부. 1978[1957].

35 송건호, 「민족지성의 회고와 전망」, 김병익·김주연 편, 『해방 40년 : 민족지성의 회고와 전망』, 문학과지성사, 1985; 박태순, 「4·19의 민중과 문학」, 강만길 외, 『4월혁명론』, 한길사, 1983.

위 선언문에서의 변화는 4월혁명기를 살아간 당시인들의 해석틀의 변모, 혹은 50년대와 구별되는 새로운 해석틀의 등장을 예증적으로 드러내는 사례라 할 수 있다. '민족'의 혁신으로 표현될 수 있는 이같은 변모는 4월혁명 공간을 범람한 '혁명'이란 상징, 중립화 통일론, 경제개발에 대한 관심 간의 상호작용으로 재구성될 수 있으며, '재구성될 정치공동체'와 '진화하는 사회구성체'라는 내용으로 분석될 수 있다.

① 재구성될 정치공동체로서의 민족

4·19를 자유의 실현으로서 이해하던 당시인들은 미처 조직되지 못한 '민중'이 '전제적' 정권을 무너뜨린 유럽혁명과의 유비 속에서 4·19를 '혁명'으로 부르기 시작했다. 많은 이들이 프랑스혁명을 떠올렸으며, 당시 언론에서도 시민혁명이라는 어휘를 사용했다. 근대 사회와 정치의 출발점인 유럽의 혁명에 비견되는 것으로서 4·19는 이제 무엇보다도 먼저 자유가 이 땅에 찾아온 것이고, 그리하여 한국이 이제껏 지향해온 문명세계—만방의 자유애호민들—의 당당한 일원이 될 자격이 주어졌다는 것으로 이해되었다. 이제 한국을 한정하던 '동양적'이니 '아시아적'이라는 관형어의 구속력이 헐거워지고 그 자리에는 '근대적'이라는 관형사가 밀고올라갈 것이었다.

또한 4·19가 혁명인 이상 그것은 표면적으로는 지식인과 학생에 의한 것이기는 했으나 결국은 '민중'의 뜻과 의지를 따르는 것이어야 했다. 혁명은 민중을 발견하게 했다고 할 수 있다.[36] 함석헌은 혁명을 다시 할

---

36 황산덕, 「민중의 발견」, 『세계』 1960년 8월호. 황산덕은 민중을 '사적 개인'이나 헌법적 허구로서의 '국민'과 구별하면서, 실질적 '정의'와 보편적 이해를 향해 움직는 무조직적·무정형적 다수 대중들로 정의한다. 이 조직되지 않은 다수 대중이 불의에 대한 항거란 형태로 행동하게 될 때 비로소 "우리는 그 민중을 우리의 눈으로 볼 수가 있게" 된다는 것이다. 황산덕은 바로 4·19에서 이 '민중'을 보게 된 것이다.

것을 주장하면서, 그러기 위해서는 빗방울같이 작고 겸손한 마음으로 바위 같은 민중의 혼을 때려 그들을 분노케 할 것을 주장했다.[37] 그러나 이러한 민중은 정의와 역사의 방향을 지시하는 무정형한 존재였고 아직 사회경제적 기층의 모습은 나타나지 않고 있다. 농민이나 판잣집을 짓고 사는 도시빈민들을 주권자 민중으로 보는 것은 지식인과 중산층의 자의식이 허락하질 않았다. 혁명이 새로운 공동체를 요청하는 한 장차 다가올 존재로서 민중은 새로운 정치공동체를 통해 상상되고 호명되어야 했다.

4·19 공간을 급속히 퍼져간 중립화 통일론은 50년대 동안 잊혀진 '정치공동체'로서의 민족을 재생시키려는 기획이었다. 1960년 6월 휴전 무렵부터 중립화 통일론을 개진했던 김삼규가 일본에서 일시 귀국하여 신문·잡지에 논설을 게재한 것을 계기로, 중립화 통일론에 대한 각종 논쟁이 일어나고 통일논의가 번져갔다. 중립화 통일론의 요지는 주변 열강이 한국의 영세중립화 협정을 맺는다는 것이지만, 중립을 보장받은 뒤의 남북협상과 선거 과정 및 남북한의 교류를 예상해야 했다. 분단을 오로지 국제적 냉전의 소산으로 본다는 점에서는 50년대적 인식틀의 연장선상에 있었다 해도, 민족이 자신의 의지로 정치공동체를 구성한다는 점에서는 분명 자유로 표현되는 혁명 자체의 상징적 능력 덕분이었다. 이것은 당대인들에게 잠자던 민족혼이 드디어 정치경제적 신체를 갖게 되는 것으로 상상되기도 했다.[38]

---

37 함석헌, 「국민정서와 혁명완수」, 『사상계』 1961년 1월호.
38 함석헌은 민족통일을 하나의 종교적인 과정으로 보면서, 통일을 위해서는 우선 "불쌍한 파리한 갈보 같은 이 민족을 벌거벗겨 두 다리를 맞잡아 당겨 가래를 찢어놓은 저 열강이라는 나라들을 책망부터 해야" 하고, 다음으로는 전국민적 회개를 통해 민족적 영혼을 회복하고 주체를 세운 뒤, 경제적·사상적 실력을 쌓아야 한다고 주장했다. 함석헌, 「민족통일의 종교」, 『사상계』 1961년 3월호.

4월혁명의 공간에서 발표된 최인훈의 기념비적 소설 『광장』또한 자유가 '분단'을 거쳐 '민족'으로 이어지는 선을 확인시킨다.[39] 오물로 뒤덮인 남한의 광장과 플래카드와 매스게임의 운동장인 북한의 광장을 비판하게 하는 "바스티유를 부수던 프랑스 인민들의 핏빛 공화국"이란 잣대는 4월혁명으로부터 온 것이다. 북으로 넘어간 이명준이 북한체제의 타성에 젖어 있는 '아버지'에게 광장이란 모름지기 개인적인 정열과 창의가 발휘되는 그런 곳이어야 한다고 역설할 때, 그것은 창의를 가진 인민의 의지로 재활성화되는 공화주의적 '사회'와 합치한다. "이남은 4월을 계기로 해서 다시 태어났고 그는 아직까지도 작열하고 있소. 맹렬히 치열하게 작열하고 있소. 이북은 이 작열을 느껴야 하오"라는 김수영의 편지[40]나 민족적 영혼이 민중적 역동을 통해 종교적 극한에 이르도록 활활 타오르는 것이야말로 민주주의이고 혁명이라는 함석헌의 견해[41] 통일 논의의 폭으로 '자유'의 정도를 잴 수 있다고 여겨졌다는 송건호의 회고[42] 역시 자유와 민중, 새로운 정치공동체로서의 민족 간의 의미연관을 생생히 보여준다. 무엇보다도 4월혁명기에 씌어진 김수영의 시들이야말로 자유와 혁명에서, 민중으로, 그리고 정치공동체로서의 민족으로의 의미론적 확대를 잘 보여준다. 5월이 되자 김수영은 마지막까지 완수되어

---

39 물론 이 점은 작가 최인훈의 작가소감에서도 분명히 나타난다. "제가 여기 전하는 것은 풍문에 만족치 못하고 현장에 있으려고 한 우리 친구의 얘깁니다. 아세아적 전제의 의자를 타고 앉아서 민중에겐 서구적 자유의 풍문만 들려줄 뿐 그 자유를 '사는 것'을 허락치 않았던 구정권하에서라면 이런 소재가 아무리 구미에 당기더라도 감히 다루지 못하리라는 걸 생각하면 저 빛나는 4월이 가져온 새 공화국에 사는 작가의 보람을 느낍니다." (『새벽』1960년 11월호 : 239)

40 최하림, 『김수영평전』, 실천문학사, 288면에서 재인용.

41 함석헌, 「민족통일의 종교」, 『사상계』 1961년 3월호.

42 송건호, 「민족지성의 회고와 전망」, 김병익·김주연 편, 『해방 40년: 민족지성의 회고와 전망』, 문학과지성사, 1985.

야 할 것으로서 혁명이란 "기성의 육법전서"를 기준으로 할 수 없는 것이라고 말한다(「육법전서와 혁명」). 6월에 쓴 「푸른 하늘을」에서는 '자유'를 맛보게 한 그의 혁명이 혈흔을 동반한 유럽식 대중혁명과의 유비관계에 있음을 볼 수 있다. 8월의 「가다오 나가다오」에서는 "너희들 미국인과 소련인은 하루바삐 나가다오"라고 외친다. 60년 10월 그는 "혁명은 안되고" "방만 바꾸어버렸"지만 그래서 "실망의 가벼움"만 되살아났지만, 그래도 마음만은 이유 없이 풍성하다고 말한다(「그 방을 생각하며」). 실망의 가벼움을 품고 그가 향한 것은 "영원히 앞서 있는" "산 너머 민중"이라는 존재였고, 이제 시인의 저항시는 그들에게 영원히 방해만 될 뿐이다(「눈」).

요컨대 애초 '자유'의 발의로서 출발했던 혁명은 유럽혁명과의 유비 속에서 '민중'이라 불리는 혁명적 공중을 발견하게 하여, 민중적 역동을 통해 철저히 재조직될 정치공동체로서의 민족을 상기할 수 있게 해주었으며, 북한을 대면하는 것을 예상해야 하는 통일 논의를 가능하게 해주었다. 민족이 민중적 역동을 통해 재조직되어야 할 궁극적 정치공동체로 간주되는 동안, 잠재하던 민족혼의 실현태로도 상상된 민중은 그런 민족 혁명의 서사 속의 주인공이 된다. 60년대 이래 민족이 내포하게 된 이상화된 민주주의에 대한 기대는 '민족' 관념의 이런 혁신 속에서 싹텄다.

② 진화하는 사회구성체로서의 민족
교과서적인 유럽혁명의 행로가 혁명의 현재를 진단하고 미래를 예견하는 데 중요한 잣대가 되면서 정치세력의 교체 혹은 경제적 변화가 예견되었는데, 그것은 은연중 남한을 자체의 정치와 경제 체제를 갖춘 독자적인 사회구성체로 상정하는 발상을 함축했다. 더욱이 4월혁명기에 본격화된 경제자립화의 요구는 새로운 정치공동체로서의 민족에 합목적적으로 발전할 사회구성체로서의 의미를 부가했다. 민주당정부는 경제제일주의를 내세우며 경제개발계획들을 수립하기 시작했고, 이는 공

론장의 큰 주목을 끌었다. 민주당의 경제정책[43]은 미국의존적임을 부정할 수 없지만 또한 자립경제의 지향을 갖는 것이었다. 4월혁명의 공간에는 통일과 사회구성체로서의 민족을 연계하려는 흐름이 존재했다. 혁신세력이 남북 통일 혹은 교류를 통한 자립경제건설을 주장하고 민주당정부는 선건설 후통일 논의로 이에 대응함으로써 통일과 경제는 내적으로 연결되었던 것이다. 특히 혁신세력의 '민주사회주의'는 통일 이후 미·소를 배제한 자립적 경제발전을 제시하려는 이념이었다.

5·16은 민족이 민중의 압력에 의해 재조직될 정치공동체의 이름이자 경제적 발전의 단위로 인정되는 가운데, 다시 경제제일주의를 표방하고 '혁명'을 참칭하고서 일어났다. 군정 초기에 5·16에 대한 반발은 거의 없었고, 당시 지식인들은 그것을 좀더 급격하고 강제적인 방식의 '민족혁명'으로 이해했다. 지난 1년간의 혁명의 실패에서 말미암은 더 험악하고 강제적인 방식의 혁명이라는 함석헌의 견해[44]나 경제적 자립을 통해 정신적·대외적 자유를 좀더 내실화하고 항구화하기 위한 조치라는 견해는 4월혁명의 언어적 지평에서 5·16이 '계획적이고 강제적인 방식의 혁명의 급진화'로 자리잡았음을 단적으로 보여준다. 혁명의 지속과 급진화 속에서 이해됨으로써 5·16은 '민족'에서 경제적 내용을 강화하였으며, '민중'도 경제적 구조 속에서 자리잡아야 했다.

5·16세력은 "농민, 어민, 노동자, 소시민"의 "민중"을 자신의 혁명의

---

43 민주당정부의 경제정책은, 가장 강력한 '민간주도형' 논자들인 김영선과 주요한 등 민주당 신파그룹과 『사상계』 그룹이 주도하였으며, 미국과의 협력을 일순위로 고려하여 미국이 강조했던 환율현실화 등을 우선적으로 추진하려고 노력했다. 그러나 이는 미국 원조에 덜 의존하려는 자립적인 경제토대를 구축하려 했다는 면에서 독자적 국가이익을 염두에 둔 것이기도 했다. 박태균, 「1956~64년 한국 경제발전계획의 성립과정」, 서울대 국사학과 박사학위논문, 1999 참조.

44 함석헌 「5·16을 어떻게 볼까?」, 『사상계』 1961년 8월호.

주역으로 삼을 것을 명시했는데, 민중의 민족성은 곧 근면성이 되었으며, 그리하여 "혁명이란 전국민이 일치단결하여 최대한의 노력을, 최대한의 인내와 최고도의 피와 땀을 그리고 정열을 경주하는 곳에서만 보장되는 민족의 결실인 것"이 되었다.[45] 혁명이 연상시키는 변화의 가속도가 이렇게 자립경제의 조속한 실현으로 대치됨으로써 혁명의 민중적 열광은 곧 인내와 희생을 동반한 경제적 열정으로 치환되었다. 그렇지만 5·16은 강력한 반공주의를 표명함으로써 휴전선 이북으로의 '민족' 외연의 확대에 제동을 걸었다. 하지만 유엔 내 제3세계 세력의 성장을 통일문제 해결의 호기류로 파악하고 통일의 임박성을 믿었으며,[46] "자라나는 세대"의 "불붙는 그(통일에의―인용자) 정열"을 긍정하였고 지속적으로 제고해야 한다고 역설했으며, 그것을 자립경제에의 동력으로 치환하려 했다. 이로써 사회구성체로서의 민족은 이북을 포함하면서도 현재적으로는 이남에 집중할 수밖에 없는 외연의 진폭을 지녀야 했다.

민족이 변화·발전을 지속하는 사회구성체로서 내용을 강화해가면서 '현실'이란 단어는 새롭고 강한 의미를 띠게 되었는데, 그것은 50년대의 고고하고 관념적인 기류를 뒤로 하고 몸소 사물의 세계로 내려올 때 발견하게 되는 다소 너저분하고 후진적인 삶의 방식들을 의미했다. 그럼에도 그것은 자신에게 결정력을 행사하는 '사회'이고 '역사적 상황'이었으며, 문학적·철학적 유토피아를 떠나야 하는 신지식인의 새로운 거처였다. '현실'로 내려올 때 당시인들은 언제나 '재건' '발전' 혹은 '변화'라는 어휘에 직면했고, 변화를 추구하는 인간상에서 규범적 모범과 심미적 이상을 발견하였다. 이것은 그들의 욕망구조를 변화시켜 조국의 '사회적' 발전에 헌신하는 것을 제일의 가치로 삼게 하였다. 그 발전의 종착지는 '근대'였다.

---

45 박정희, 『국가와 혁명과 나』, 지구촌, 1997[1963].
46 같은 책, 243~47면 참조.

혁신된 민족은 별다른 주목을 받지 못한 압도적 다수의 농민과 저변부 대중을 조명했다. 5·16세력은 사회경제적 기층 '민중'을 혁명의 주역으로 선언했고 농촌경제의 재건으로부터 자립경제의 기틀이 마련된다고 역설했다. 민족의 근간으로서의 농민에 대한 인식 속에서 신동엽은 농민혁명의 상상력을 극한으로 밀어붙였다. 등단작 「이야기하는 쟁기꾼의 대지」에서 보듯 그는 원래 운명에 순종하는 토착적 이상향에서 출발했으나, 1967년에 발표된 「금강」에서는 토착세계가 대지의 원시성에 기반한 혁명적 역동의 원천으로 형상화된다.

그럼에도 불구하고 공론장 내부에서 사회구성체로서의 민족의 중심은 도시 중산층과 지식인들이었다. 그들의 전형적인 인식은 산업화가 민주화의 주도세력으로서 도시 시민층의 육성을 가져와야 한다는 것이다. 1960년대 근대화와 관련하여 광범위한 지식인의 참여 속에 전개된 유일한 논쟁이자, '분배'의 문제를 처음으로 본격적으로 제기했다 할 수 있는 중산층 논쟁이 바로 이런 의미론에 기대고 있다. '시민'의 중심역을 인정한 가운데서만 민주적 정치공동체와 발전된 사회구성체의 내용을 조화할 수 있었던 것이다. 농민 중시의 군사정부에 대한 불만[47]과 중산층 몰락의 공감대,[48] '소시민'의 유행과 같은 60년대 중후반의 풍경들도 이런 의미론적 맥락을 잘 보여준다.

5. 순수－참여 논쟁의 발생과 그에 대한 해석

4월혁명이 탄생시킨 정치공동체이자 발전하는 사회구성체로서 민족

---

47 송건호, 「민족지성의 반성과 비판」, 『사상계』 1963년 11월호.

48 문형선, 「도시중산층의 파산」, 『사상계』 1963년 8월호; 김진만, 「지식인의 사회의식」, 『사상계』 1965년 5월호.

은 인식적 지평과 규범적 모범, 욕구 해석의 지평을 한꺼번에 바꿔놓았다. 그것은 새로운 의미지평을 여는 시적 언어의 혁신력에 버금가는 경험이었다. 그러나 이러한 해석틀의 재구조화는 당시 공론장의 구성원들에게 불균등하게 영향을 미쳤으며, 이 균열은 당시에 '세대'간 단절이란 형태로 언급되었다. 1960년대 초중반의 종합잡지들에서 '조국'에 대한 젊은이의 이상주의적 경향, 공산주의의 위험을 잘 모르는 경험적 미숙성에 대한 지적, 소극적이고 안일한 기성세대에 대한 질타(『청맥』 1966년 3월호 특집) 등을 자주 볼 수 있다. 이와 더불어 새로운 지식인과 젊은이의 요청이란 형태로 새로운 주체성을 지닌 인간형들이 출현하고 있었다. 이런 인간형들은 자립경제나 통일과 같은 거시적 가치에 대해 동의할 뿐만 아니라, 재구성될 정치공동체와 발전하는 사회구성체라는 해석틀 안에서 지식을 추구하고 자신의 내면을 구성하며 심미적 가치를 재발견하려는 자들이었다. 송건호는 이들을 '민족지성'이라 부르고 "현실의 본질을 구명"하려는 이들의 "지성적 현실참여"를 야당 주도의 데모나 참여하고 저널에의 기고에 만족하는 지식인의 "민중적 참여"와 대조하였다[49]

순수 – 참여 논쟁은 4월혁명이 탄생시킨 '민족'이 진·선·미의 가치영역의 지평을 변화시킨 가운데 문학적 진리와 규범을 재정립하려는 시도였다. 4월혁명의 영향을 깊숙이 받은 이들에게 문학은 더이상 이상화된 토속적 삶의 형상화도 아니었고, 상처입은 개인의식의 심리적 반향도 아니고, 비극적 상황에서의 인본성의 탐구도 아니어야 했다. 문학은 기본적으로 변화의 열정을 담은 채 사회문제를 향해 활짝 열려야 했던 것이다. 그에 따라 문학도 발전의 전망 아래 민족'현실'을 형상화하고 문제화해야 한다는 주장들이 제기되기 시작한 것이다. 한편 전래의 해석틀 속에 있는 문학인들에게 이것은 그들이 문필가로서 기대야 하는 정체성 및 가치로운 공동체에 대한 신념을 허물어뜨림으로써 깊은 존재론적 불

49 송건호, 「지성의 사회참여」, 『청맥』 1964년 11월호.

안을 안겨주는 것이었다. 순수 – 참여 논쟁의 열기와 소음은 바로 여기서 비롯되었다

논쟁의 와중에서는 반공주의적 비난과 응수가 오갔다. 앞서 언급한 대로 반공주의가 공론장 안에서 지속적으로 재규정되고 재해석된 금지 규칙이었기에, 공론장의 구성원들은 대부분 나름의 해석을 통해 반공주의적 규칙을 규정하고 있다. 또 그렇게 해석된 반공주의 규칙에 따라 자신의 담론을 구성하고 정당화한 동시에 이질적인 담론들에 대해서는 공산주의적이라는 비난을 퍼붓기도 하였다. 반공주의적 진입장벽을 가진 공론장은 죽음의 위협을 동반하는 반공주의적 비난과 그에 대한 반박을 일상화했던 것이다. 이런 논쟁 양상은 의견들이 상호 접근하는 데 어려움이 되고 있다.

아래에서는 앞에서 재구성된 의미론적 맥락을 토대로 순수 – 참여 논쟁을 해석한다. 논쟁의 글[50]들을 요약・정리하되 그것을 의미론적 맥락에 연루시켜야 할 것이며, 동시에 그런 맥락 속에서 관철되는 논쟁자의 의도를 부각시켜야 할 것이다.

1) 초기의 논쟁 : 서정주 – 홍사중 논쟁, 김우종 – 이형기 논쟁

서정주 – 홍사중, 김우종 – 이형기 간의 초기 논쟁은 4・19와 5・16의 들뜬 분위기 속에서 직접적으로 '불안'을 호소하거나 '참여'의 도덕적 정당성을 역설하며 벌어진, 초기의 논쟁에 속한다. 문학과 사회의 관련성에 대한 문학적 진리와 어떻게 관련을 맺어야 하는가에 대한 문학적 규범의 문제가 혼재되어 있으며 반공주의적 반박과 재반박의 양상이 뚜렷

---

50 이후 정리・비평할 논쟁의 글들은 대체로 홍신선 편, 『우리문학의 논쟁사』, 어문각, 1985에 실려 있고, 필자도 별도의 각주 표기가 없는 한 이 책에 실린 글을 자료로 삼고 있다.

하다.

서정주는 『세대』지 1963년 10월호에 실린 「사회참여와 순수 개념」에서 '순수'야말로 한국문학이 취할 유일하게 온당한 노선이라는 규범적 주장과 함께 사회참여 운운하는 최근의 기류가 "어쩐지 암심치 않다"는 자신의 정서를 드러내고 있다. 순수는 "사회주의 문학 10여년의 번잡과 무가치에 대한 반발"로서 시작된 것인데, 사회주의 경향파의 사회참여 문학이 "쓰레기 소각품" 이상의 가치를 갖지 못한 까닭은 "서양사조의 해일에 갈피를 못차리게 된 지식청년들의 구미사조에 대한 소화부족"과 "동양적 재래 전통정신을 무시하여 단절해버린 그 설바람난 전통과의 단절" 때문이다. 서정주에게는 서양사조와는 대별되는 동양적 전통정신의 세계야말로 자기정체성이 근본적으로 의존하는 진정 가치로운 세계이고, 그의 미의식이 연원하는 심미적 공간인 것이다. 그의 순수 주장이 당연시하는 근거가 한국전쟁이 드리운 죽음과 고통의 기억과 무의식적으로 연결된 반공주의이므로, 문학의 사회참여를 호소하는 흐름이 "민중이란 절대적 세력" 속에 뛰어들 것을 권고하는 함석헌 류의 민중주의를 거쳐 '사회주의'로 귀결할지도 모른다는 불안감을 내비치게 되는 것이다. 그는 "죽을 때 오사하기 쉽고 죽은 뒤에 욕명을 남기기 쉬운 사회참여"란 안하는 편이 낫다고 단정하고 만다.

홍사중의 「작가와 현실」(『한양』 1964년 4월)은 서정주에 대한 비판에 앞서 '오늘날 인간은 어디서나 현실에 옥죄여 있고' '현실의 벽을 뚫고 들어가야만 인간에 접근할 수 있으며' 그리하여 '문학이란 오늘의 현실을 떠나서는 결코 성립할 수 없다'는 논리를 세운다. 지금 봐도 흠잡을 데 없는 홍사중의 논리는 정확히 50년대말부터 수입된 실존주의적 앙가주망론의 연장선상에 있다. 홍사중에게 현실이란 "인간을 둘러싸고 인간을 죄어매는" 무수한 벽들이고 정치와 제도와 조직 또는 눈에 보이지 않는 신분관계처럼 유형무형의 것들의 총체로서의 '역사적 상황'으로 뭉뚱그려지며, 그런 현실에 눈을 가린다는 것은 예술가로서의 패배에 다름아니게 된다. 홍사중의 인간 대 현실의 구도에서 현실을 변혁할 임무를 지닌 '인간'이란 실상 서구의 세례 속에서 '자유'를 갈구하는 청년세대 그 자신이다. 이 구도를 좀더 연장한다면, 서정주의 동양 전통에의 고집이란 서구적 교양의 세례를 받지 못한 후진성과 비합리성의 표식일 따름이다. 과연 홍사중은 서정주의 순수가 일본에서 온 돌연변이이고 일제의 탄압정책에 어두워져가던 현실을 벗어나려는 자폐적 행위였을 따름이라고 몰아붙인다. 그러나 홍사중에게 변혁해야 하는 현실이 그를 둘러싸고 있는 부조리의 세계 속에 머물러 있으므로, 문학의 현실참여가 불가피하다고 역설할 뿐 1960년대 한국에서의 현실참여의 내용 자체를 논할 수는 없다.

한편 김우종의 「유적지의 인간과 그 문학」(『현대문학』 1963년 11월)은 한국이 유적지이며 거기서 사는 이들은 괴물로 전락해버린 인간동물이라고 표현하면서, '굶주림'과 '밥'의 문제로 인해 무도덕과 부자유에 처한 저변부 대중들의 한국적 현실로 눈을 돌리고 있다. 작가들도 30년 전통의 '순수'를 청산하고 "정치가들처럼 경제가들처럼 혁명가들처럼 이 비극의 현실문제 속에 적극적으로 참가하는" 방법론을 강구해야 할 것이라고 주장하는 김우종의 글은 4·19와 5·16이 낳은 경제자립화론의 문학적 변형판이라고 할 수 있다. 그는 문협정통파뿐만 아니라, 오영수, 손창섭 등의 전후 소설들도 '순수' 안에 포함하고 있는데, 이들 소설은 인간동물들의 자존을 위로할 뿐 문제의 해결을 제시하지 못한다고 비판한다. 그의 심미적·도덕적 이상이 '가난'으로 대표되는 현실을 변혁하는 의지의 인간상의 형상화에 있음을 알 수 있는데, 그가 이 전범을 카뮈의 「페스트」, 앙드레 말로의 「정복자」, 헤밍웨이의 「노인과 바다」 등과 같은 외국의 소설 속에 발견하는 한 그것은 젊은 지식인의 새로운 분신일 수밖에 없다.

『현대문학』 1964년 2월호에 실린 이형기의 「문학의 기능에 대한 반성 : 순수 옹호의 노트」[51]는 문협정통파의 순수가 반정치주의 문학일 수는 있어도 정치와 절연된 문학은 아니라고 주장한다. 해방공간에서 벌어진 순수논쟁은 "좌익문인들의 정치주의를 배격함으로써 이에 대치되는 또하나의 정치적 입장을 수호하려는 싸움"이었고 "좌우투쟁의 물결 속에 적극적으로 뛰어드는 참여행위"였다는 것이다. 문학이 현실에 개입하는 것임을 인정하고는 있지만, 분단국가에 이르기 전의 좌우투쟁의 현실만이 순수가 참여가 용인하는 유일한 현실일 뿐, 사회구성체의 저발전의 현실과 문학은 무관하다는 주장이다. 이형기는 또 문학은 '현실'에 대해 무력한 장난감일 뿐, "민주주의를 등진 사람에게 민주주의를 그리고 '한국적 인간동물'에게 밥을 전달해줄 수 없"다고 말함으로써 김우종을 직접적으로 조롱한다. 여기에는 '역사의 전진과 발전'을 부정하는 순수론자들의 세계관이 버티고 있다. "순수를 배격하는 사람들은 아마 오늘을 극복하는 의지와 내일에의 희망을 주어야 한다고" 하겠지만 중세든 현대든 인간은 늘 불행했고, 희망의 약속을 믿는 참여론자들의 부정과 반항의 목소리는 순진한 생각일 뿐이라는 것이다. 역사를 초월한 김동리식의 '구경적 생'이 문학의 궁극적 지향으로 설정되어 있음은 두말할 나위 없으며, 그리하여 이형기에게 문학은 "페시미스트들의 영광스러운, 동시에 서글픈 재산"이다.

김우종은 「저 땅위에 도표를 세우라」(『현대문학』, 1964년 5월)에서 자못 흥분된 어조로 이형기가 자신을 "당의 문학의 족보로 밀어버리"려 한다면서, 자신의 지향이 카뮈나 말로, 헤밍웨이 등의 "자유주의 작가"들임을 분명히 한다. 그리고 현실문제의 해결에 참여하는 적극적 인간상의 문학적 제시야말로 순수문학이 애지중지하는 '인간성 옹호'에 더 부합한

---

51 이형기의 이 글은 김우종의 위 글과 함께 김병걸의 「순수와의 결별」(『현대문학』 1963년 10월), 김진만의 「보다 실속있는 비평을 위하여」(『사상계』, 1963년 11월)를 반박하기 위해 쓴 것이라 밝히고 있으나 글 내용으로 보아 주된 공격목표는 김우종의 위 글이다.

다는 주장을 편다. 김우종의 주장은 분단국가적 공론장에서 반공성은 언표의 타당성을 보증하는 최저선이지만, 반공성은 어떤 표지로 식별할 만큼 명확한 것이 아니라는 함의로 읽힐 수 있다.

2) 창조적 자아와 '앙가제' 논쟁

67년의 창조적 자아와 '앙가제' 논쟁부터 논쟁의 초점은 문학의 심미성을 확보하기 위한 문학적 규범의 문제로 한정되었다. 문학과 사회가 어떤 식으로든 관련된다는 것은 이제 논란의 여지가 없다. 문협정통파를 넘어선 넓은 범위의 '순수'론자들은 문학의 심미적 공간과 사회적 실천의 도덕적 공간을 분리시키고자 하였고, 참여론자들은 문학의 심미적 공간과 사회적 실천의 도덕적 공간 간의 교차점을 찾고자 하였다.

「작가와 사회」에서 김붕구는 한 생활인, 시민으로서의 나(사회적 자아)와 창작활동을 하는 나(창조적 자아)로 작가의 자아를 나누고, "창조적 자아야말로 일개 생활인을 작가로 만들어주는 본질"임을 주장한다. 물론 사회적 자아와 창조적 자아는 유년시대라는 두 자아의 미분화상을 공유하며, 소속된 공동체의 역사적 전통을 공유하므로, 사회적 자아가 창조적 자아를 거쳐 작품 속에 침투하지 않음이 없음도 사실임이 인정된다. 그러나 사회적 자아를 앞세운 '참여문학'을 내세운 사르트르의 앙가주망론을 조목조목 비판한다. 그것은 우선 문학과 정치를 뒤범벅으로 만들어버리고, 이론화에 의지하는 그 경향상 결국 프롤레타리아혁명의 이데올로기로 귀착하고 말 것이며, 지식인의 문화정신적 지도의 역할을 방기해버리고, 마지막으로 이데올로기 속에서 인간 자체를 상실하게 마련이라는 것이다. 따라서 "작가는 자기 본령이 아닌 정치적 이데올로기에 뛰어들어 창조적 자아를 자승자박 하느니보다는 한 인간으로서의 전인격적인 개성과 창조적 자아에 충실함으로써 선입견이나 조작 없이 작품 속에 '나'를 송두리째 투입시키는 성실성이 무엇보다도 소중하다"는 것이다.

순수-참여 논쟁과 관련된 것은 아니나, 5·16 직후에 발표된 김붕구의 글 「한국지식인의 생태」[52]를 검토하면, 이런 주장을 위해 그가 의지하는 근거들이 밝혀질 수 있다. 이 글에서 그는 분단과 전쟁의 불운을 '한국지식인의 생태' 탓으로 돌린다. 5·16 이후의 그에게 있어 분단과 전쟁은 미국이나 소련 때문이라기보다는, 해방공간에서 "'앙가주망'에 들뜬" 이상주의적 '인텔리들' 때문인데, 4월혁명 공간의 무정부상태와 중립화 통일론의 물결은 해방공간의 현상들과 상동적이며, 공산화가 우려되는 상황이었다고 판단된다. 그에게 공산주의는 그 논리와 제도가 완벽하면 할수록 더욱 심해지는 것이므로, 민중적 역동을 통해 정치공동체를 재구성하려는 열망도 부정된다. 그는 "이념이나 이론보다도 주어진 현실과 자기이념 원칙을 조절해나가는 투철한 지혜"와 "논리적인 진리보다 높은 인간적인 진리가 있음을 믿는 겸허한 선의"가 필요하다는 자폐적인 결론을 유도한다.

요컨대 김붕구에게 '창조적 자아'는 진리와 정의의 문제를 배제한 비논리적 공간이다. '투철한 지혜' 운운하면서 이것을 배재한 것은 사회구성체 내에서 논리적으로 이것을 추구할 때는 '위험천만하게도' 결국 맑스주의로 귀결된다고 여기기 때문이다. 그는 사회적 존재로서의 인간을 빈틈없이 고수하고 사회참여를 이론적으로 추구할 때 '필연적으로' 프롤레타리아혁명에 이르게 된다고 보는 것이다. 분단 이래 '진리'와 '정의'를 추구하는 언어는 반공주의적 제약에 의해 서구와 미국에서 왔으며, 4월혁명을 경유해 정치공동체이자 사회구성체로서의 '민족'이란 결정체를 탄생시켰다. 이 결정체가 다시 50년대적 반공주의 및 심미적 공간을 위협하자 김붕구는 '창조적 자아'라는 새로운 심미적 공간이자 탈사회적인 정체성의 공간을 범주화해 이에 대항하고자 한 것이다. 이곳은 4월혁명

---

52 『사상계』 1961년 10월.

이전에 당연시된 협소한 자유의 공간을 지적인 언어로 명시화한 것이라 하겠다. 우리는 모두 사회 혹은 역사라는 배를 타고 있으나 '창조적 자아'라는, 역사를 망각한 방안에 머물러야만 안전하게 항해할 수 있다는 것, 이것이 김붕구가 전하는 충고이다.

임중빈은 「반사회참여의 모순」(『대한일보』, 1967.10.17)에서 김붕구의 글을 "사회적 자아와 창조적 자아를 별개의 것으로" 간주하고 "사회적 자아를 전혀 도외시하기에 급급하다"며 비판한다. 하지만, 문학의 사회참여가 "역사의 암담한 벽과의 필연적인 씨름이며 생존을 위한 구체적인 언어활동"이라는 것, "창조적 참여의 근거는 산 '민중적 자아' 곧 '우리로서의 나'의 진지한 확립에 있"고 "시대에 대한 책임이 없이는 인간상실의 끝없는 언어유희에 그칠지 모른다"는 수사적 표현 외에 사회참여론에 대한 정당화를 찾기 어렵다. 공동체에 대한 책임의식, 사회발전에의 소박한 열정 외에 그는 달리 제시할 언어를 갖지 못하고 있는 것이다. 다만 그는 김붕구의 "이데올로기 노이로제"를 겨냥하며 "어떤 편리한 도식화나 '사르트르'류의 좌선회를 경계하는 창조적인 문학관의 형성이 매우 다급하다"고 역설한다. 뒤에 「한국 문학의 현황과 그 장래」(『정경연구』, 1968년 5월)에서 다시 그는 사회참여를 인도할 이론체계를 요청한다. 작품은 "객관적인 역사의식과 합류"해야 하므로, "작가의식과 시대정신과의 함수관계"를 명확히 인지해야 한다는 것이다. '작가의식과 시대정신과의 함수관계'는 『청맥』에 1965년 1월부터 1966년 3월까지 연재되었던 조동일의 「시인의식론」의 주제이기도 했다. 참여문학론이 학계에서의 내재적 발전론과 합류하는 조짐이라 할 수 있다.

한편 김현은 「참여와 문화의 고고학」(『동아일보』, 1967.11.9)에서 사회참여가 이론적으로 무장할 때 필연적으로 좌경화한다는 김붕구의 주장에 반박하면서, 서구적 이론과 한국적 현실 간의 괴리를 지적한다. "창조적 자아와 사회적 자아의 구분을 가능케 해준 서구 시민사회가 과연 우리의 경우에도 적용될 수 있느냐는 것" 요컨대 한국은 아직도 샤머니즘적 단계에 머물러 있다는 것이 김현의 평가이다. 따라서 '참여'를 운위하기 전에 서구적 어법과의 연관하에서 우리 문화에 대한 '고고학적' 탐구가 필요하다. 김현은 전근대적인 샤머니즘적 단계에 머물러 있는 '민족'과 소수 지식인들에 의해 영위되는 서구적 합리성 간의 50년대식 대립구도를 재설정함으로써 '참여론'의 위기를 극복하고자 하는 것이다. '민족'은 과학의 언어로 포착할 만한 사회구성체의 단계에 도달하지 못했다는 것이 김현이 품고 있는 기본적인 생각이고, 이는 4 · 19세대인 그가 4 · 19 이후의 혁신된 '민족' 담론에 가담하지 않았음을 나타낸다. 다만 그는 샤머니즘의 위력에 대항하는 '자유'의 정신은 4월혁명으로 인해 고양되었으며, 자신을 비롯한 4 · 19세대야말로 진정한 그 담지자임을 자랑했다.[53]

3) '불온시' 논쟁

이른바 '불온시' 논쟁은 이어령이 1967년 12월 28일에 쓴 「에비가 지배하는 문화 : 한국문화의 반문화성」을 김수영이 「지식인의 사회참여」(『사상계』 1968년 1월호)에서 넌지시 비판한 데 대해 이어령이 반발함으

---

53 그의 이런 생각은 그가 참여해 집필한 『산문시대』의 창간사나 『68문학』의 「편집자의 말」, 『문학과지성』의 창간사 등을 보면 알 수 있다. 그는 자신과 뜻을 같이하는 자신의 세대를 태초와 같은 어둠을 비추어야 하는 자유와 언어의 빛으로 간주하고 있는 것이다. 『산문시대』 창간사에서 그는 이렇게 쓰고 있다. "태초와 같은 어둠 속에 우리는 서 있다. 그 숱한 언어의 난무 속에서 우리의 전신은 여기 이렇게 초라한 모습으로 서 있다. … 이제 우리는 안다. 이 어두움이 신의 인간창조와 동시에 제거된 것처럼 우리들 주변에서도 새로운 언어의 창조로 제거되어야 함을 우리는 안다. …"(김현, 「산문시대 창간사」, 문학사와문학연구회 편 『1960년대 문학연구』, 예하, 1993[1962] : 209) 샤머니즘적인 민족 대 자유의 빛으로서의 지식인이란 구도를 유지하고 있는 한 그는 서구적 합리성의 체현인 자신들과 샤머니즘을 벗어나지 못한 50년대 문인 · 지식인들과의 변별점을 찾기에 부심해야 했다.

로써 발생한 뒤, 1968년 2월 20일부터 1968년 3월 26일까지 『조선일보』 지상을 통해 5회에 걸쳐 전개되었다.[54] 『조선일보』라는 대표적인 중앙 일간지에서 벌어진데다가 50년대말부터 필명을 날리던 저명한 비평가 와 중견시인 간의 논쟁이라는 점에서 상당한 이목을 끌었다.

불온시 논쟁은 「'애비'가 지배하는 문화」에서 이어령이 한국의 문화 적 위축을 "가상적인 어떤 금제의 힘을 총칭하는" 샤머니즘적 "애비"를 상상하는 데 있다고 본 반면, 김수영이 「지식인의 사회참여」에서 문화의 침묵이 정치권력의 탄압에 더 큰 원인이 있고, 그 자신도 발표 못하는 '불 온시'를 가지고 있다고 반박함으로써 시작되었다. 이후 이어령은 「누가 그 조종을 울리는가」에서 참여문학론자들을 예술 본래의 창조적 생명에 조종을 울리는 자로 지목하였다.

그러나 이 글의 맥락에서 더욱 중요한 것은 민중적 역동에 의한 지속 적인 정치사회적 재조직화의 이념이 김수영에게서 '불온성'이라는 문학 적 이념으로 번역되는 광경이다. 김수영의 「실험적인 문학과 정치적 자 유」에는 김수영의 유명한 에피그램 "모든 전위문학은 불온하다. 그리고 모든 살아 있는 문화는 본질적으로 불온한 것이다"가 나온다. 문화의 본 질은 꿈을 추구하는 것이고, 불가능을 추구하는 것이기 때문이라는 것이 다. 4 · 19와 8 · 15 직후의 "문학이 정치비라의 남발같은 인상을 주었다 고 해서 그 책임이 그 당시의 정치적 자유에 있다고 생각하거나 일부의 '문화를 정치사회의 이데올로기와 동일시하는 문화인'에게만 있다고 생

---

54 5회에 걸친 공방을 보면 다음과 같다. 이어령, 「누가 조종을 울리는가? : 오늘 의 한국문화를 위협하는 것」(『조선일보』 1968.2.20); 김수영, 「실험적인 문 학과 정치적 자유 : 문예시평 '오늘의 한국문화를 위협하는 것'을 읽고」(『조 선일보』 1968.2.27); 이어령, 「문학은 권력이나 정치이념의 시녀가 아니다 : '오늘의 한국문화를 위협하는 것'의 해명」(『조선일보』 1968.3.10); 김수영, 「불온성에 대한 비과학적 억측」(『조선일보』 1968.3.26); 이어령, 「불온성 여 부로 문학을 평가할 수 없다」(『조선일보』 1968.3.26).

각하고 그 폐해를 과대하게 망상하는 것은 지극히 소아병적인 단견"이다. 그는 문화를 파시즘과 같이 하나의 이데올로기로 만들거나, 하나의 정치사회의 이데올로기만을 강요하는 사회에서는 이어령식의 응전력과 창조력이나 김수영 본인이 말하는 전위성 혹은 실험성은 제대로 순환작용을 하지 못한다고 주장한다. 그러므로 정작 두려워해야 할 '숨어 있는 검열자'는 획일주의적인 유형무형의 검열이다. 김수영은 혁명의 상징적 능력에 의한 정치공동체로서의 '민족'의 재조직화 운동을 가장 명징한 언어로 드러냈던 사람이었다고 볼 수 있다. 기성의 모든 것을 거부하며 '집합적 열광'에 이르도록 철저히 타오르는 혁명, 육신과 정신, 공동체와 개인이 하나가 되는 거대한 '자유'의 황홀경이야말로 그가 '정의'를 추구할 때 기대는 규범적 모범인 동시에 '전위성'과 '불온성'이란 어휘로 염두에 두었던 심미적 지평이기도 하다. "살아 있는 문화는 본질적으로 불온한 것"이라는 전투적인 에피그램, 그리고 문화의 본질은 꿈을 추구하는 것이고, 불가능을 추구하는 것이라는 주장은 바로 이런 지평 속에서만 펼칠 수 있는 것이다. 그는 서구문명의 본향이 바로 이런 것이라고 생각했으며, 60년대의 모든 반(反)예술들이 바로 이런 것에 기반을 두고 있다고 여겼고, 그가 좋아했던 재즈나 추상예술이나 고흐의 그림이나 모두 불온성의 표현이라 생각했다.

4) 상상력−리얼리즘 논쟁

최종적으로 참여론자들은 '리얼리즘'을 통해 심미성과 도덕성의 두 요구를 충족시키고자 했다. 1969년에 백낙청이 쓴 「시민문학론」[55]에서 김수영은 "4·19의 위대한 꿈을 버리지 않는 원숙한 시민의식의 경지에 들어"섰다는 평가를 받고 있지만 백낙청은 그가 바라는 시민의식의 방

---

55 백낙청, 「시민문학론」, 『민족문학과 세계문학 I』, 창작과비평사, 1978[1969].

향을 불온성에서 '리얼리즘' 쪽으로 틀고 있다. 백낙청의 「시민문학론」
은 김수영식의 급진적 공화주의와 사회경제사의 내재적 발전론을 절충
한 양상이다. 이 글이 이상으로 설정하고 있는 "자유의 나무에 열매를 맺
게 하는" "시민다운 시민"은 남한의 소시민의 지양태이기도 하지만, 프랑
스 부르주아를 비롯해 역사상 나타난 '시민'의 현실태들을 지양한 미
지·미완의 인간상이다.[56] 서구가 경과한 지난한 진화의 시간을 압축하
고 '부르주아' 없는 한국의 도시에서 '시민의식'의 소생을 보려는 백낙청
은 분명 '급진적'이지만, 전통단절론을 반성하고 한국의 역사 속에서 시
민의식의 단초를 찾아야 하는 어려움을 자초함으로써, 급진성을 내재적
발전론으로 치환한다. 여하튼 그에게 있어 '시민'은 '이성'의 구현자이자
남을 노예로 두지 않는 '사랑'이라는 원숙한 의식으로 진정 새롭고 의미
있는 공동체를 이루려는 자인데, 리얼리즘이란 그런 원숙한 시민의식에
서 행해지는 당대 현실에 대한 사실적인 묘사를 가리킨다.

1970년 『사상계』 4월호의 '4·19와 한국문학' 특집에서 4·19로 인해
드디어 리얼리즘이 가능했음을 주장하는 김윤식의 인식도 자유와 리얼
리즘을 연결지어 생각한다는 점에서 백낙청과 비슷한 입지에 서 있다.

우리는 문학에서 글을 쓰는 명분이 보다 깊은 악이나 선을 보도록 한다
면, 그 전수, 학습, 유지의 공적 표현이란 말을 앞에 새겨놓았다. 그 구체적
인 수단이란 무엇인가, 아마도 그것은 리얼리즘의 사정거리 속에 있을 것
이다. 그것은 궁극적으로는 그 사회의 사상규제와 분리해낼 수 없으리라.
리얼리즘이란 자유의 측면이나 전면이 아니라 그 이면이기 때문이다. 리얼

---

56 "우리가 '소시민'과 대비시켜 우리의 미래를 위한 이상으로 내걸려는 '시민'
이란 프랑스혁명기 시민계급의 시민정신을 하나의 본보기로 삼으면서도 혁
명 후 대다수 시민계급의 소시민화에 나타난 역사의 필연성은 필연성대로
존중해주고, 그리하여 그러한 필연성을 기반으로 하여—또는 그와 다른 역
사적 배경인 경우 그와 다른 필연성을 기반으로 하여—우리가 쟁취하고 창
조하여야 할 미지·미완의 인간상인 것이다."(백낙청, 같은 글 : 14)

리즘은 개인의 자유가 반드시는 그것이 완전사회가 실현되지 않는 경우에
라도 다소 원칙적으로 인정된 사회에 있어서만 비로소 생각할 수 있는 문
제이다. … 그러니까 리얼리즘이 가능한 역사적 순간이 4·19였다.[57]

60년대 사회참여론자들의 리얼리즘은 흔히 상상되듯 민중현실의 비
참상에 대한 고발의 요구로부터 도출된 것이 아니라, 4월혁명이 제공한
'자유'의 발현으로서, 성숙한 '시민의식'의 문학적 표출로서 의도된 것이
었다. 성숙된 자유 혹은 시민의식의 문학적 표출로서 리얼리즘이 현실
속에서 저변의 '대중'을 만난다 해도 그것은 리얼리즘을 추구하는 성숙
한 시민의식의 작가가 간직한 정직성과 공동체적 책임감―백낙청의 표
현에 의하면 '사랑'―의 소산인 것이지, 아직 그들과의 동일시를 예상하
지 못하고 있었다. 리얼리즘은 갓 시민이 된(혹은 될) 지식인들이 사회
구성체의 한가운데로 나아가기 위한 교량으로서 요구된 것이라 할 수
있다. 요컨대 60년대말 리얼리즘의 요구는 4·19의 담당자로서 지식인
과 도시 중산층의 '보편사'를 향한 강한 자신감의 표출이었던 것이다. '보
편사'의 종점은 서구와는 다른 경로 위에 있는 또다른 '근대'였다.
상상력―리얼리즘 논쟁에서 참여론자로서 구중서의 논의는 대체로
위와 같은 반경 내에 놓인다. 그는 「한국 리얼리즘 문학의 형성」(『창작
과비평』 1970년 여름)에서 발자크로부터 소련의 사회주의 리얼리즘에
이르기까지 폭넓게 개관한 뒤 "세계문학사 가운데 의연히 살아서 흐르
고 있는 본래의 리얼리즘 기능만을 고구(考究)하고" 원용하는 일이 요청
되며, 또 그것을 '민족전통'의 바탕 속에서 실현되어야 한다고 주장한다.
그가 말하는 민족전통이란 문협정통파의 토속적 삶이라기보다는 '근대'
의 단초를 보여주는 조선 후기 이래의 평민문학과 지성사적 흐름을 가
리켰다. 구중서에게 있어 리얼리즘이란 혹은 그와 연관되는 '시민'이란

서구지성사는 물론이고, 근대의 맹아를 안고 있는 '민족전통'에 대한 총체적인 학습을 통해 성취되는 '근대'의 결정체였다.

반면 김현은 「한국소설의 가능성 : 리얼리즘론 별견」(『문학과지성』 창간호)에서 먼저 "리얼리즘과 혁명이라는 괴이한 이원론을 선험적인 진리로서 받아들이려는 태도"를 비판한 뒤, 여러 프랑스 평론가들과 소설가, 30년대 조선의 소설가를 경유하여 "생을 재생시키려는 방법으로서 리얼리즘은 '진부한 생'을 나타내는 때묻은 어휘로 천대받게" 되었고 "예술이 상상력의 산물이라는 명제는 리얼리즘의 도식화를 방지하는 이론적 근거를 제시해준다"고 주장한다. 하지만 리얼리스트들에 대한 그의 비판은 리얼리즘 자체에 있다기보다는 '한국에서 리얼리즘을 한다는 것' 자체의 허구성에 맞추어져 있다. 물질적으로나 언어적으로 서구의 부르주아 사회와는 아주 이질적인 "한국적 상황의 기묘함"이 그것의 근거이다. 폐품처럼 취급되는 과거와 서구적인 현재, 타락한 정치와 의식 있는 중간계급의 미형성, 타율적 근대화, 분단 등이 그가 말하는 기묘한 상황인데 이것은 또한 '논리적 사고를 불가능하게 만드는 한국사회의 폐쇄성'으로 간주된다. 이처럼 혐오스런 사회를 바라보는 그 자신은 프랑스 문헌들을 훑는 서구지향적 지식인으로 위치시키고 있다. 그는 여전히 샤머니즘적인 민족 대 서구적 합리성의 체현자로서의 지식인의 구도를 유지하고 있는 것이다. 다음의 인용문에서 확인되는 바처럼 샤머니즘에 물들지 않은 지식인으로서 혹은 문인으로서 '예술'의 자리를 지키는 것이 그가 내거는 해법이다.

> 이러한 여러 가지 여건들 때문에 나는 도식적 리얼리즘이 한국에서는 불가능하다고 생각한다. 한국에서 가능한 문학기술 방법은 오히려 리얼리즘의 허위성을 밝혀주는 비평적 혹은 상징적 기술방법뿐이다. 한국사회의 구조적 모순을 리얼리즘적인 수법으로 드러낸다는 것은 이중의 위험성을 지닌다. 하나는 소시민적 영웅주의에 빠질 위험성이며, 또 하나는 소시민

적 패배주의에 빠질 위험성이다. 그 둘 어느 것도 예술로서는 치명적이다. 예술이 정신적 고문이라면, 소시민적 영웅주의는 모순을 감정적으로 해소시키며, 소시민적 패배주의는 모순을 심리적으로 수락·체념해버림으로써 예술의 본래적 목적을 상실시켜버린다.

구중서와 김현 간의 이런 입장 차이에도 불구하고, 즉 지식인으로서 사회구성체를 근대로 끌고 가려 하든, 혹은 민족을 샤머니즘적 단계 속에 방치한 채 그것과 구분되는 지식인의 위상을 유지하려 하든, 그들은 서구적 교양에 철저한 자신들을 철저히 위치짓는다는 공통성을 보인다. 참여론자들에게도 전통이든 민중이든 그것은 근대로의 방향잡기와 시민으로서의 정체성의 확립 다음에 찾아오는 것이다. 백낙청의 「시민문학론」에서는 농민의 몽매성에 대한 언급들이 자주 보이며 신동엽의 시들은 농민적 몽매성의 흔적을 보이는 것으로 평가받아 '시민의식'의 대접을 받지 못하고 있다.

그러나 유신이 선포되고, 공장이 더 많이 들어서며, 빈부격차가 가시화되고, 농촌공동체의 몰락이 급진전되는 1970년대 중반이 되면 상황은 변화한다. 백낙청은 1974년에 우리가 요구하는 '시민의식'은 흔히 도시보다 농촌에서 더 강하게 나타나며 우리가 바라는 '시민문학'이 곧잘 농촌문학의 형태로 나타난다"는 역설적 상황에 부딪힌다.[58] 그리고 같은 해에 씌어진 「민족문학 개념의 정립을 위해」[59]라는 글 속에서 기층 민중에 바탕을 둔 민족문학을 주창한다. 김현 또한 1977년이 되면 "한편의 아름다운 시는 그것을 향유하는 자에게 그것을 향유하지 못하는 자에 대한 부끄러움을, 한편의 침통한 시는 그것을 읽는 자에게 인간을 억압하

---

58 백낙청, 「한국문학과 시민의식」, 『민족문학과 세계문학 Ⅰ』, 창작과비평사, (1978[1974]).

59 백낙청, 「민족문학 개념의 정립을 위해」, 『민족문학과 세계문학 Ⅰ』, 창작과비평사, 1978[1974].

고 불행하게 만드는 것에 대한 자각을 불러일으킨다"고 쓰고 있다. 이들의 이런 변모는 70년대 중반 무렵부터 한완상이 주도한 민중적 지식인론과도 조응한다. 이런 사실과 더불어 완강하던 분단국가적 공론장의 벽이 그 밖을 향해 조금씩 허물어지기 시작하면서 시민문학론은 민족문학론이 되고 자립경제론은 민족경제론이 된다. 70년대 재야운동권의 '민중'은 이런 토양 위에서의 성과였다. 그러나 "향유하지 못하는 자"로서 '민중'에 대한 강조는 50년대 국수주의자들이 일군 농촌공동체의 이상을 재전유하고 있다.

6. 맺음말 : 공론장 개념의 성과와 가능성

지금까지 이 글은 문학사회학이나 지식사회학에서라면 당연시되는 전제일 수 있는 '문학과 사회의 관련성'이라는 논점을 둘러싸고 10여 년에 걸쳐 수많은 문인들이 격렬히 논쟁할 수 있었던 독특한 의미화의 장을 규명하고 그것으로부터 논쟁자들의 언어들을 해석하고자 했다. '공론장'은 논쟁이 벌어진 의사소통의 네트워크와 당대의 언어적 구성물들 속에서 행위자들이 참여한 의미론적 맥락을 재구성하기 위한 개념적 틀로서 도입되었으며, 논쟁참여자인 행위자에게는 의사소통 합리성을 부여함으로써 그의 행위성을 부각시키고자 하였다. 이러한 이론적 장치들을 통해 순수–참여 논쟁이 분단국가적 공론장 내부에서 4월혁명이 형성한 '민족'의 새로운 의미론을 둘러싸고 벌어진 반응이었음을 보일 수 있었다.

'공론장' 개념은 우선 기존의 순수–참여 논쟁의 연구들의 미진한 점을 보완할 수 있다는 데서 장점이 발견된다. '순수–참여' 논쟁은 60년대를 휩쓴 그 열기에 비해 문학논쟁으로서의 수준에 대해서는 높은 평가를 받지 못한다. 염무웅에 의하면,[60] 논쟁의 격화와 함께 "치졸한 인신공격과 험악한 사상시비"가 끊이지 않았고, 구체적인 문학작품 검토에서 이루어진 것이라기보다는 설익고 관념적인 비판이 주를 이루는 한계도 드러냈다는 것이다.[61] 더욱이 김윤식[62]에 따를 때 "문학에서 논란되는 순수·참여의 문제란 실상은 문학의 속성이 갖는 이원성에서도 기인"하는데, 논쟁은 이를 인정치 않고 이분법적으로 재단하려는 모습을 보여주었다. 그러면서도 염무웅과 김윤식은 모두 이 논쟁이 시대적 전환에 대응한다는 의의는 지니는 것으로 평가하고 있다.[63] 순수-참여 논쟁에 대한 문학사적·비평사적 연구들은 무엇보다도 논쟁이 벌어진 60년대와 연구자 자신의 시점(時點) 간의 거리를 인정하지 않고, 적절한 해석적 노력을 기울이기보다는 예전의 저급한 문학논쟁을 정리해본다는 식의 평론가적 관망의 자세를 취한다는 문제가 있다. 논쟁의 도식성과 지나친

---

60 염무웅 「5,60년대 남한문학의 민족문학적 위치」, 『혼돈의 시대에 구상하는 문학의 논리』, 창작과비평사, 1995, 361면.

61 오양호도 이와 비슷한 평가를 내린다. 그는 60년대 비평사를 순수 대 참여 대립으로 바라보면서 다음과 같이 요약하고 있다. "① 대부분의 논쟁이 원론적 뒷받침이 약한 심정적 발언이었다. ② 한국문학 나름의 비평이론이 없었다. ③ 외국문예사조의 영향 같은 것이 거의 보이지 않는다. ④ 강단비평 쪽의 지속적이고 적극적인 비평행위가 없었다." 오양호, 「순수·참여론의 대립기」, 김윤식·김우종 외, 『한국현대문학사』, 현대문학, 1994.

62 김윤식, 『한국 현대문학사』, 일지사, 1983.

63 염무웅은 이 논쟁이, 첫째 "50년대의 강압적 냉전논리와 이념적 맹목상태로부터 벗어나기 위해 치러야 할 일종의 이론훈련 과정"이었으며, 둘째 "민족의 현실에 본격적으로 눈을 돌리게 만든 단초"를 제공하였다고 평가한다. 압축하면 "70년대의 리얼리즘론과 민족문학론의 구성을 위해 반드시 거쳐야 했던 이론발전의 불가결한 직전단계"였다는 것이다. 김윤식 또한 논쟁들의 정합성에 문제가 많았고, 당시 쓰인 개념어들이 대단히 혼돈스러운 것이었음을 인정하면서도 이런 혼란이 당시 "한국사회의 구조적 특성에서 연유되는 것으로 이해해야 할 것"이라고 주장한다. 그가 가리키는 60년대의 구조적 모순이란 4·19로 인한 자유의 상한선에 대한 깊은 좌절이 그 하나이고, 근대화의 추진과 대중의식의 성장이 다른 하나인데, 전자에 순수문학이 후자에는 참여문학이 대응된다는 것이다. 염무웅, 위의 책, 1995; 김윤식, 위의 책, 1983 참조.

인신공격성 발언들에 대한 지적, 그러면서도 손쉽게 문학사적 의의를 인정하는 것 등은 이 연구자들이 수행적 입장을 취하지 않으려 하거나, 혹은 그런 입장을 취했다 하더라도 적절한 연구결과물로 반영시키지 못했음을 뜻한다. 즉 문학과 '사회'의 연관을 집요하게 문제삼게 한 당대의 의미연관과 그런 의미연관을 낳은 역사적 변화에 대한 상세한 분석을 결여하고 있는 것이다.

그러나 무엇보다도 '공론장'은, 앞서 1절에서도 밝혔듯이 진·선·미 가치영역의 융합으로 특징지어지는 한국 지성사·문화사를 이해·설명하게 한다는 데 가장 큰 장점이 있다. 또한 그것은 정당간 권력투쟁사로 기술되곤 하는 정치사를 풍부하게 하는 데도 도움을 줄 것이다. 문화계 인사들이 주도한 70년대 이래의 재야운동권이 대표적으로 보여주듯, 정치와 문화, 학문의 융합은 간과될 수도 부정될 수도 없는 역사적 과정이다. "한국문학"은 "어느 나라의 문학보다도 정치적 상상력을 중심으로 움직여"왔으며[64], 인문학적·사회과학적 활동 또한 이 점에서는 마찬가지이다. 그럼에도 불구하고 학문적 결과로 외화되지 못한 이러한 타당한 관찰은 '공론장'에서 비교적 만족스런 개념화를 볼 수 있다고 본다.

'공론장'을 통해 필자는 1950년대와 60년대의 남한 지성사를 '오늘'의 풍부한 원천으로서 밝히고자 했다. 이른바 '민족'과 '민중'의 관점에서 지성사를 개관하는 오랜 관습에 따를 때 50년대와 60년대는 기껏해야 민족과 민중 중심의 관점을 정립하기 위한 준비기에 불과했고, 민족·민중적 지식인은 70년대의 이른바 '양심적 지식인' 혹은 '소시민적 지식인'을 거쳐 80년대에야 비로소 '과학적'으로 개화한 것으로 인식된다. 그러나 이 글에 따른다면 민족−민중의 문제틀은 4월혁명 이후 사회적으로 한정된 사람들이 공동으로 조립해낸 역사적 산물이며, 이후 변화의 과정을

---

64 정과리, 「고도성장기의 한국문학」, 김병익 외 편, 『오늘의 한국지성, 그 흐름을 읽는다』, 문학과지성사, 1995.

겪었어도 60년대적 제약들을 담고 있다고 진단할 수도 있을 것이다. 요 컨대 우리는 1960년 이후의 '민족' 속에 살고 있는 것이다. '민족'은 4·19 이후 혁명의 상징적 능력에 의해 정치공동체이자 사회구성체로서의 면모로 재구성된 것이며, 많은 사람들의 생활사적 경험과 성찰적 역량이 투여된 것이다. 이런 점을 염두에 둔다면, 너무나 짙은 실체적 동질성과 발전론적 전망, 민중에 대한 농민적·자연주의적 해석 등으로 문제시되고 있는 현재의 '민족'을 대체해 민주적 공동체를 전망하는 또다른 해석틀이 의사소통적 실천을 통해 상호주관적으로 형성될 수 있는 가능성을 전망할 수도 있을 것이다.

정치권력에 가려진 문예의 운명

― 1960~70년대 중국 산문의 명과 암 ―

이 희 경

문예의 정체성, 정치에서 찾다

5·4이래 현실폭로와 풍자를 통해 성장한 산문(잡문)은 신중국 성립 이후에도 정치화된 산문비평의 틀 속에 갇혀있기를 거부하고, 문학적·학술적 비평의 그늘로 되돌아오려는 시도를 계속했다. 1950년의 잡문부흥 토론, 1957년의 소품문 토론 등은 문학의 자리로 되돌아 오기위해 노력하는 산문계의 모습을 투영해주고 있다. 그러나 이러한 일체의 노력은 신정권에게 무조건적이고 끊임없는 지지를 보내주길 원했던 정치권력과의 입장차 혹은 불화로 나타났다. 그 결과, 정치적 필요에 따른 작가 및 작품평가라는 비평 풍토가 조성됐고, 이를 기반으로 57년 반우파 투쟁시기에는 문화권력에 대한 정치권력의 무자비한 탄압이 일어났으며, 창작에의 두려움, 작가의 소극적 현실참여, 작품 수준의 하락 등이 그 뒤를 잇게 된다.

문예비평의 권위로 자리잡은 정치화된 산문비평의 영향으로 1960년 이후 산문창작과 비평은 정치권력과 더욱 긴밀한 연계를 맺게 된다. 이런 당대 산문의 각박한 상황을 고려해 볼 때, 정치권력을 거스르지 않으면서 독자들의 관심을 불러일으켰던 삼가촌(三家村)[1]의 지식성 잡문, 양쉬(楊朔)의 '시화(詩化)' 산문의 등장은 자연스런 것이라 할 수 있겠다.

이 글은 6, 70년대 조정기 산문과 문혁시기 산문을 중심으로 중국 정치권력과 문화권력의 상호관계를 살펴보고자 한다. 60년대 조정기는 제2의 쌍백시기로 일컬어지기도 하나, 이시기 산문은 정치권력의 범주에서 전혀 벗어나지 않을 뿐만 아니라, 더욱 적극적으로 정치담론에 접근, 융화되는 양상을 보여준다. 삼가촌으로 대표되는 조정기의 지식성 잡문과 '시화' 산문으로 일컬어지는 양쉬(楊朔)의 작품들은 이 시기의 중심작들로, 이들은 내용과 형식에 있어 각각 시대의 한계에 맞춰 변화해가는 문예의 모습을 선명하게 드러내주고 있다. 또한 문혁시기의 산문창작은 그 문학적 특성을 의심받을 정도로 정치에 종속되는 면모를 보이고 있다. 문예가 자신의 정체성과 가치를 정치에서 찾는 기현상이 일어난 것이다. 이 글에서는 60년대 지식성 잡문과 양쉬 산문, 문혁 기간동안 공식 발표된 산문들, 그리고 이들과 관련된 정치적 사건들을 짚어가며 정치권력에 더욱 밀착되어 가는 6, 70년대 문학현상에 대해 고찰해보고자 한다.

---

1 1961년 10월부터 1964년 7월까지 『전선前線』 잡지에 개설된 『삼가촌찰기三家村札記』 컬럼란에 지식성 잡문을 발표한 세 명의 저자들을 일컫는 용어. 당시 북경시위원회 서기였던 덩투어(鄧拓), 북경시 부시장 우한(吳晗), 북경시위원회 통전부 부장 랴오모샤(廖沫沙)는 북경시위원회 기관지인 『전선前線』 잡지의 『삼가촌찰기三家村札記』라는 컬럼란에 번갈아 글을 발표했다. 이들은 자신들의 필명과 이름 중 한 자씩을 취해 吳南星이라는 공통된 필명을 사용했는데, 삼가촌은 이 컬럼란의 명칭에서 유래한 것이다.

그림 1 ┃

'중국의 양식 생산량이 또다시 세계 신기록을 수립했다'고 보도하는 기사. 대약진 기간 중에는 '한 무(畝)당 조생종 벼 3만 6천근을 생산'했으며 '한 무당 만생종 벼 4만 6천근을 생산'했다는 식의 과장보도가 보편화되었다.

1. 조정기의 문학적 대안–지식성 잡문 [2]

1) 지식성 잡문 등장의 배경

평등주의, 정치제일, 대중노선의 원칙을 내세웠던 대약진 정책은 1958년 9~10월에 최고조를 이루었다. 마오쩌뚱(毛澤東)은 현실에 근거한 경제발전 법칙을 배제한 채, 인민사상개조 등의 정치성 향상을 통해 경

---

2 "지식성 잡문"의 시초는 1934년 9월 창간한 『태백太白』잡지(천왕따오陳望道 주편)로 거슬러 올라간다. 『태백』잡지는 "과학소품"이라는 컬럼란을 개설하여, 과학지식과 산문을 융합시킨 새로운 형식의 글들을 소개한다. 그 후, 『중학생中學生』, 『부녀생활婦女生活』, 『독서생활讀書生活』, 『통속문화通俗文化』 등 잡지들이 이 새로운 시도에 호응하게 되어, 류쉰위(劉薰宇)의 수학소품문, 지아주장(賈祖璋)의 생물소품문, 차오쥐런(曹聚仁)의 역사소품문 등 대량의 과학소품문들이 등장하게 된다. 60년대 조정기의 "지식성 잡문"은 이 과학소

제를 포함한 전사회적 발전을 지향했다. 그러나 57년 반우파 투쟁 당시 다수 통계학자들의 숙청으로 인한 객관적 통계산출의 불가능, '우파'라는 낙인이 두려워 허위보고를 자행하는 하층간부들의 심리, 59년부터 시작된 자연재해 및 중소관계 악화 등의 악재로 말미암아 대약진운동은 국가경제 전반에 심각한 타격을 입히는 결과를 초래했다. 좌적 오류를 시정하려는 과정 중에 열린 58년 우한(武漢) 회의기간 중 마오쩌뚱은 국가주석직을 사임하고, 이듬해 4월, 류샤오치(劉少奇)가 그 자리를 대신하게 된다. 그러나, 마오쩌뚱은 여전히 당 중앙위원회와 군사위원회 주석직을 유지하며 막강한 권력을 행사한다.3

1960년 최악에 달한 중국경제상황은 당 지도부로 하여금 새로운 전환점을 찾도록 했다. 1960년 11월 15일 마오쩌뚱은 「"오풍"문제를 철저히 바로잡는 것에 관한 지시(關於徹底糾正"五風"問題的指示)」를 기초하여,

---

품의 전통을 이어받은 것이라 할 수 있으나, 그 창작의 목적이 단순한 지식 전달이 아닌 정치권력에의 적극적 협력 및 동조라는 점은 양자를 구분하는 중요한 기준이 된다. 과학소품의 등장과 발달과정에 대해서는 2004년 10월 25일자 『문회보文匯報』에 실린 예용리에(葉永烈)의 「陳望道 · 『太白』 · 科學小品」 참조.

3 1959년 7월 여산회의에서 일어난 펑더화이 비판과정은 마오쩌뚱의 정치권력이 유력함을 보여주는 한 예라 할 수 있다. 본래 대약진의 모진冒進을 시정하기 위해 열린 이 회의가 모진의 폐단을 지적한 펑더화이 비판으로 급선회하여 다시 좌적 정치노선을 견지하는 결과를 낳게 된 데에는 마오쩌뚱의 계급론적 해석이 큰 역할을 했다. 마오쩌뚱은 7월 16일 상무위원회와 23일 중앙정치국 확대회의에서의 격렬한 담화에 이어 26일, 「한 통의 편지에 대한 평론」에서 "어떤 사람들(펑더화이 등)은 당과 인민의 주요 공작에 대해 기본적으로 좋아하지 않고 불만에 가득 차 있으며, 실적에 대해서도 좋게 평가하지 않는다"고 지적하고, "현재 당 내외에 나타나고 있는 우경사상은 이미 크게 확장되어 미친 듯이 공격의 형세를 갖추고 있다. 이는 부르주아적 성격의 것"이라고 말한다. 결국 당시 호남성 농촌지역의 시찰에 근거한 펑더화이의 대약진에 대한 평가와 개선요구는 "우경기회주의"로 비난당하고, 펑더화이, 황극성, 장문천, 주소주는 "반당집단"으로 낙인찍히게 된다. 김정계, 『중국의 권력투쟁사(1949~1978)』(평민사, 2002년 8월), 118~122면 참조.

'공산풍', '과장풍', '명령풍', '간부 특수화풍', '생산방해 지시풍'에 대해 비판했다. 1960년 11월 15일~23일 사이에 국가계획위원회가 북경에서 소집한 전국계획회의를 전후하여 저우언라이(周恩來)와 리푸춘(李富春)은 "조정, 견고, 충실, 제고"의 8자방침을 제기했고, 1961년 1월 14~18일 북경에서 개최된 당 8기 제9차 중앙위원회 전체회의에서는 8자방침이 확정되어 전국에 공포됐다. 이에 따라 1961년 상반년에 기초한 「문예8조 (文藝八條)」[4]와 더불어 3월의 「농촌60조(農村六十條)」, 7월의 「과학연구14조(科研十四條)」, 8월의 「고등교육60조(高敎六十條)」, 9월의 「공업 70조(工業七十條)」 등의 정책이 차례로 발표된다. 농업, 과학기술, 교육 등 사회전반에 걸쳐 시행된 조정정책은 1962년 1~2월에 걸쳐 열린 7천인 대회 이후 더욱 활기를 띄게 된다.

　문예계에서 조정정책은 "대담하게 생각하고, 대담하게 말하며, 대담하게 행할 것"과 협의와 검토, 비판을 포용하는 민주적 작풍을 강조하는 모습으로 나타난다.[5] 국가지도자들은 중공중앙을 대표한 여러 연설에서 "백화제방, 백가쟁명"의 구체적 실천을 강조하며 반우파 투쟁 이후 경직되어 있던 문학창작에 활기를 더하려 했다. 1962년 2월 17일 발표한 「북경의 화극, 가극, 아동극 작가에 대한 강화(對在京的話劇, 歌劇, 兒童劇作家的講話)」에서 저우언라이는 "미신을 타파하고, 사상을 해방하자"고 주장했고, 같은 해 3월 6일 천이(陳毅)는 「전국 화극, 가극, 아동극 창작 좌담회에서의 강화(在全國話劇, 歌劇, 兒童劇創作座談會上的講話)」에서 정치공작자들과 지식인들 사이의 관계가 매우 비정상적임을 지적하며, 과학적 사고 및 연구의 자유와 문예창작 상의 자율을 보장해야 한다고

4　「문예8조」의 전신인 「문예10조」는 61년 8월 1일에 이미 등장했으나, 9개월 동안 중앙선전부의 수정작업과 중공중앙의 비준을 거친 후, 「문예8조」가 62년 4월 30일 정식으로 시행되게 된다.

5　저우언라이(周恩來), 「在文藝工作座談會和故事片創作會議上的講話」(1961년 6월 19일).

주장했다.

대약진의 실패로 인한 조정기의 도래는 산문창작에도 새로운 고조기를 가져온다. 그 중 잡문창작의 열기와 이에 쏠린 사회적 관심은 더욱 주목할 만하다. 쌍백시기 잡문의 첨예한 현실비판 목소리와는 성격이 다르지만, 조정기 잡문은 국가위기 극복이라는 화두 아래 산문창작의 새로운 모델을 제시하게 된다. 떵투어(鄧拓)의 『연산야화(燕山夜話)』(『북경만보(北京晚報)』1961년 3월~1962년 9월), 우난싱(吳南星)의 『삼가촌찰기(三家村札記)』(『전선(前線)』1961년 10월~1964년 7월), 『인민일보(人民日報)』문화면에 실린 『장단록(長短錄)』칼럼(1962년 5월~12월)이 바로 그 대표적인 예라 할 수 있다.

2) 지식성 잡문의 특징과 한계

조정기 문학의 특징 중 하나로 꼽히는 지식성 잡문은 대약진 정책 실패 이후 국가 전반의 회복을 위한 대안의 하나로 등장한다. 이는 반우파 투쟁 이후 배척당하던 지식인의 사회적 역할이 대중노선을 핵심으로 한 대약진의 실패, 중소관계 악화로 인한 소련전문가들의 철수 등의 혼란 속에서 다시 한 번 주목을 받게 된 것과 맥락을 같이 한다. 당의 교조주의, 간부의 부정부패 등을 겨냥하여 날카로운 비판의 목소리를 높였던 지식인들에 대한 숙청은 그로부터 3년 후 국가경제 몰락, 국민들의 사기 저하, 당에 대한 불신 등의 결과로 당에게 돌아왔다. 결국 공산당은 국가위기의 수습을 위해 다시 한 번 지식인에게 협조와 도움의 손을 내밀게 된다.

여러 가지 입장차가 존재하긴 하나, 조정기 잡문에 대한 기존 연구의 지배적인 의견은 잡문이 대약진의 실패와 그로 인한 국가 총체적 위기에 대해 지식인 특유의 냉철한 사고에서 출발하여 문제해결의 대안을 보여주고 있다는 것이었다.

(작품 속에 구태의연한 표현들이 등장하긴 하지만) 관용과 중용의 형태 속에 현실생활에 부족한 민감함과 관심을 기탁했고, 현대 교조敎條와 사상질서의 경직에 대해 의문 섞인 비판을 용인하여 서술자의 정직하고 강인한 사상적 품격을 빚어냈다.[6]

그들(삼가촌을 가리킴)은 관료주의 지도자들을 비밀리에 우화를 이야기하듯, 하지만 생동감 있게 공개적인 장소에서 이야기했다. (중략) 특히 떵투어鄧拓는 고대의 인물과 역사사건을 이용하여 당대의 인물과 사건을 에둘러 비판했다. 그의 잡문은 표면상으로는 부드러운 사회, 역사평론 같았으나, 실제로는 마오쩌뚱의 영도와 정책에 대한 훼멸적인 비평이었다.[7]

그(떵투어)는 당의 사업에 충성했고, 여전히 위대한 영도자를 숭배하고 존경했으나, 가혹한 현실 앞에서 찬가만을 부를 수 없었고, 더욱이 당시의 과장과 열광을 맹목적으로 고취할 수는 없었다. 그는 강한 역사적 책임감을 품고 현실을 비판하고, 사회의 폐단을 엄중히 경고했다.[8]

그(떵투어)는 남에게 책임을 전가하지 않고, 권력이 아닌 펜과 사상을 가지고 역사의 무대로 나아갔다. 오늘날 우리는 60년대 초의 몇 년간 떵투어의 음성과 모습이 부재한 것을 상상하기 어렵다. (중략) 그는 과장을 반대했고, (중략) 공상가의 우스꽝스러움을 그려냈으며, (중략) 실사구시實事求是의 작풍을 주장했고, (중략) 진정한 '백가쟁명'에 찬성했다.[9]

6 홍즈청(洪子誠), 『중국당대문학사中國當代文學史』(북경대학출판사, 1999년 8월), 158면.

7 [美]R. MacFarquhar, Jhon K. Fairbank 주편 R.麥克法夸爾, 費正淸 編, 『劍橋中華人民共和國史 – 革命的中國的興起』(中國社會科學出版社, 1990년 8월), 469면.

8 장전진(張振金), 『中國當代散文史』(人民文學出版社, 2003년 3월), 101면.

9 리후이(李輝) 編著, 「書生累 – 關於鄧拓的隨感」, 『書生累 – 深酌淺飮"三家村"』(海天出版社, 1998년 7월), 52면.

이러한 평가는 조정기 잡문, 특히 삼가촌 잡문에 대한 보편적인 견해이다. 문제는 조정기 잡문이 첨예한 사회비판과 문제의식제기를 특징으로 하는 '루쉰(魯迅)식 잡문으로의 회귀'로 규정짓기에는 다소 복잡한 성격을 지니고 있다는 점이다.

조정기 잡문연구에 있어 60년대 당 지도자들의 발언 및 구체적인 정책시행령들은 텍스트 분석과 함께 중요한 연구 대상에 포함된다. 쌍백시기에도 당의 정책은 문화계 변화의 주요요인으로 작용했지만, 조정기의 문화권력은 정치권력에 훨씬 밀착된 모습을 보여주고 있다. 한국전쟁에서 얻은 군사·외교적 자신감과 제1차 5개년 경제계획의 무난한 성과를 기반으로 소련의 해동문학이나 폴란드·헝가리 사건처럼 오랫동안 억눌려 있었던 다양한 목소리가 동시에 분출되어 나오는 역동성이 쌍백시기 문학의 특징이었다면, 조정기 문학은 반우파투쟁에 의한 지식계의 전반적인 위축과 대약진운동의 실패라는 다소 암울한 시대상황 하에 등장한다. 쌍백시기의 잡문이 일정한 성공 위에서 전개된 발전적 방향의 수술이었다면(비록 실패하긴 했지만), 조정기의 잡문은 국가의 총체적 위기 속에서 현실문제 해결을 위해 진행된 온건하고 제한적인 격려라고 할 수 있다.[10]

조정기 잡문이 지니고 있는 이러한 제한성은 작가군의 모습에서도 여실히 드러난다. 쌍백시기에는 다양한 연령층의 서로 다른 배경을 가진 작가들이 다양한 간행물을 통해 작품을 발표했다면, 조정기에는 비슷한 연배의 비슷한 배경을 가진 작가들이 몇 몇 국한된 간행물을 통해 작품을 발표했다. 이는 쉬마오융(徐懋庸), 니에간누(聶紺弩), 빠런(巴人) 등의 기성작가와 다수의 청년작가들이 반우파투쟁 중에 숙청되어, 60년대 잡문창작에 종사할 수 있는 작가군의 범위가 매우 축소됐기 때문이었다.

---

10 쌍백시기와 조정기 산문의 특징에 대해서는 천순신(陳順馨)의『百年中國文學總系-1962 夾縫中的生存』(山東敎育出版社, 2002년 5월), 180~182면 참조.

결국 조정기에 잡문창작을 주도한 작가들의 범주는 떵투어, 랴오모샤(廖沫沙), 우한(吳晗), 샤옌(夏衍), 탕타오(唐弢) 등과 같이 당정과 문화기구 요직에 있는 저명한 문인 관료들로 좁혀진다.[11] 그중 삼가촌 작가들은 류샤오치(劉少奇)·떵샤오핑(鄧小平)과 함께 조정정책을 이끌었던 북경시장 펑쩐(彭眞), 중앙 선전부장 루띵이(陸定一) 등과 긴밀히 연결되어 있었다.[12] 삼가촌 작가들과 조정정책을 실제 지휘했던 당내 고위 지도부와의 밀접한 관계는 이들의 정치적 운명에 결정적인 역할을 했을 뿐 아니라, 제도권 내의 개혁이라는 잡문 전반의 분위기를 주도했다. 사회적 분위기상, 국가위기 극복을 위해 대중이 다시 일어설 수 있도록 잡문이 온건하고 부드러운 격려와 위로를 독자에게 전달해야 하기도 했지만, 당내 실권파와 직접 연결되는 작가들의 정치적 신분은 잡문으로 하여금 일정 수준의 선을 넘지 못하도록 하는 한계로 작용하기도 했다.

특정 그룹을 중심으로 하는 잡문 창작군의 성격과 더불어 지식성 잡문의 특징을 이루고 있는 것은 작품 속에 드러나는 정치적 적극성이다. 이는 작품의 창작동기 및 주제, 사유방식에 이르기까지 골고루 영향을 미치고 있다.

꾸싱(顧行)과 청메이(成美)는 『떵투어전(鄧拓傳)』에서 『연산야화』

---

11 조정기 잡문 창작군에 대해 쩡옌시우(曾彦修)는 다음과 같이 언급하고 있다 : "이 시기 잡문의 대오는 극도로 축소되어, 북경에는 몇 몇 특정인들만 있었고, 전국적으로 다 합쳐봐야 2, 30명에 지나지 않았다. 게다가 대다수가 1957년에 요행히 살아남아 여전히 특정 지도업무에 종사하는 '소식이 빠른' 인사들이었는데, 그들은 여러 경로를 통해 어떤 류의 '정신' 같은 것들을 알아볼 수 있었고, 그런 연후에야 좌우형세를 살펴 그 '정신'을 논하는 몇 마디를 쓸 수 있었다." 「中國新文藝大系1949~1966·雜文集導言」, 『中國新文藝大系1949~1966·雜文集』(中國文聯出版公司, 1991년 7월).

12 삼가촌 작가들과 펑쩐(彭眞)의 사이는 특히 각별한 것으로, 떵투어는 해방 전부터 그의 부하이자 친구로 인연을 맺었고, 우한은 북경시 부시장이었으며, 랴오모샤는 해방이후 북경시 선전부 부부장, 북경시위원회 위원, 교육부장 등을 역임하며 줄곧 펑쩐 밑에서 일을 해왔다.

그림 2 ┃
삼가촌 작가 중 한 명인 떵투어(鄧拓)

의 창작계기를 다음과 같이 소개하고 있다. 1961년 1월 중앙회의 이후, 좌적 경향 극복 논의를 위해 열린 북경시 위원회 상무회의에서 떵투어는 국가상황과 신문 선전공작과 관련해 발언의 기회를 갖게 된다. 그는 현재 공업과 농업은 중지상태이고, 물자공급은 부족하며, 대중의 생활은 곤란하고, 정서가 저하되어 많은 일들이 보도하기 힘들다고 지적했다. 이러한 상황에서 신문은 독서를 제창하고, 대중들로 시야를 넓혀 지식을 증가시키며 정신을 진작하도록 도와 어려운 시기에 건전한 정신을 유지하도록 해야 한다고 주장한다.13 떵투어의 발언은 『북경만보』편집부의 호응을 얻어, 지식성 잡문 『연산야화』를 연재하기에 이른다.

그러나, 『연산야화』의 연재배경을 단순히 작가의 현실 이해와 비판에 100% 근거를 두긴 어렵다. 1961년 3월 떵투어가 『연산야화』를 집필하기 시작한 것은 「농촌60조」가 기초되기 시작한 때였다. 「문예8조」는 1962년 4월 30일에 정식으로 시행되었으나, 그 전신인 「문예10조」는 61년 8월 1일에 이미 등장하여 일부에서는 시행 중이었다. 이로 미뤄볼 때 「문예10조」의 내용이 『연산야화』의 연재가 시작될 무렵인 61년 상반기부터 이미 윤곽을 잡고 있었음을 추측할 수 있다. 「문예10조」보다 정치성이 훨씬 강화된 「문예8조」에서조차 문예의 역할을 "인민의 지식과 지혜를 높이고, 사람들의 안목을 넓히며, 아울러 그들로 정당한 예술적 향유와 건강한 오락을 누리고, 인민의 심미능력과 감상수준을 향상시켜 인민의

---

13 꾸싱(顧行), 청메이(成美) 저,『鄧拓傳』(山西敎育出版社, 1991년 11월), 105면.

정신생활을 풍부하게 하는 데에 도움을 줘야한다"고 명시하고 있다.[14] 이는 펑투어가 신문선전 공작과 관련하여 발언한 내용과 정확히 일치하는 부분이다. 게다가 이 칼럼란 연재가 시작된 지 얼마 지나지 않아, 당 중앙은 7천인대회를 소집하고, 마오쩌둥은 이 대회에서 사회주의 민주와 '삼불주의(三不主義)'[15] 발양을 호소하게 된다. 결국 조정기의 첫 번째 지식성 잡문인『연산야화』의 출현은 작가 개인의 현실인식에 근거한 루쉰식 잡문이라기보다, 중공중앙의 정책과 영도자의 호소에 응한 한 관료의 적극적인 정치참여로 보아야 할 것이다.

조정기 지식성 잡문은 출현시기뿐 아니라, 구체적인 내용까지도 당시의 정치적 논조와 기본적으로 일치한다. 그 예로 대약진 시기의 일부 정책에 대해 조정을 가하긴 했으나, 대약진 운동을 전면적으로 부인하지는 않았던 당의 정신이[16] 글에 그대로 반영되고 있는 것을 들 수 있다.

> 자연을 두려워해선 안된다. 인간이 자연을 이길 수 있다는 사상은 중국 인민 전통사상 중 매우 가치있는 한 부분으로, 우리는 이것을 계승 발전시켜야 한다. (중략) 오늘날, 마르크스 레닌주의와 마오쩌둥 사상의 지도를 받고, 사상해방을 철저히 하기만 한다면, 이야말로 진정 자연을 두려워하지 않는 것이 될 것이다.[17]

---

14 「關於建國以來黨的若干歷史問題的決議」注釋本』(人民出版社, 1983년 6월), 315면.

15 "不抓辮子(남의 약점을 잡지 않는다), '不扣帽子'(죄를 덮어씌우지 않는다), '不打棍子'(처벌하지 않는다)의 세 가지 주의를 가리킴.

16 보이뽀(薄一波)는 대약진 운동에 대한 중공중앙의 평가에 대해 다음과 같이 기술하고 있다 : "회의에서 '삼면홍기三面紅旗'는 여전히 완전하게 인정되었다. 참석자들은 모두 조심스럽게 이 전제를 파악하고 한 걸음도 넘으려 하지 않았다. 이 때문에 '7천인대회'가 경험적 교훈을 총결하고, 오류를 바로잡았다는 것은 초보적인 수준이지 않을 수 없었고, '좌'적 지도사상을 근본적으로 부정하는 것은 불가능했다." 보이뽀(薄一波), 『若干重大決策與事件的回顧』下卷(中共中央黨校出版社, 1993년 6월), 1045면.

과학기술의 발전에 따라 우리는 이런 날이 도래할 것이라고 완전히 믿을 수 있다. 그때가 되면, 나무에서 양식이 자랄 뿐 아니라, 도처에서 양식이 자랄 것이다. (중략) 심지어는 농작물을 심는데 토지가 필요하지 않고, 물만 있으면 가능할 것이다. 지금 보기에는 신화 같은 일들이 그때가 되면 지극히 일상적인 보편적 현상이 될 것이다.[18]

중국인민은 혁명적 요구, 혁명적 열성 그리고 혁명적 전통을 가지고 있으며, 마르크스 레닌주의는 중국인민에게 정신적 무기를 가져다주었는데, 바로 무산계급은 반드시 스스로 자신을 해방시켜야 한다는 것이다. 마오쩌둥 동지의 말을 빌자면 바로 '자력갱생'이다. 마오쩌둥 동지는 줄곧 '모든 것이 자력갱생에 의거하면 튼튼한 기초에 선다'는 정신으로 전당과 전국인민을 교육시켰다.[19]

마오주석은 고도의 마르크스 레닌주의의 정신본질을 장악하여 이로써 세계를 관찰하고, 사리를 처리하셨다. 이리하여 혁명가의 풍모와 기개를 길렀고, 후에 이것들을 노래한 것이 시詩와 사詞가 된 것이다.[20]

객관적 데이터분석이 결여된 주관적 의지와 정치성에의 강조, 마오쩌둥에 대한 변함없는 존경과 신뢰의 표현 등에서 볼 수 있듯이『연산야화』, 『삼가촌찰기』 그리고『장단록』의 내용들은 대약진운동의 구체적인 일부 현상들에 비판을 가했으나, 근본적으로 부정하지 않았고, 일부 글에서는 여전히 '대약진 정신'과 '대약진식 사유'를 드러내고 있다.

지식성 잡문 가운데 현실비판 정신이 비교적 분명하게 드러난다고 평

17 떵투어(鄧拓), 「不怕天」,『燕山夜話』(中國社會科學出版社, 1997년 5월), 8면.
18 떵투어, 「粮食能長在樹上嗎?」, 앞의 책 57면.
19 랴오모샤(廖沫沙), 「石油頌」,『三家村札記』(人民文學出版社, 1979년 9월), 164면.
20 천뽀(陳波), 「一代詩史當鏡吹－暢讀毛主席詞六首」,『長短錄』(人民日報出版社, 1980년 2월), 18～19면.

가받는 글 속에서도 정치권력과 보조를 맞추는 모습은 쉽게 찾아볼 수 있다. 『연산야화』중의 「달걀 하나의 가산(一個鷄蛋的家當)」, 「왕도와 패도(王道和覇道)」, 「큰소리 친 이야기(說大話的故事)」, 「두 편의 외국우언(兩則外國寓言)」, 『삼가촌찰기』 중의 「위대한 빈말(偉大的空話)」, 「'건망증' 전문치료(專治'健忘症')」, 『장단록』 중의 「한 걸음에 한 발자국(一步一個脚印)」 등의 글들은 내용의 명쾌함과 첨예함으로 독자들의 관심을 끌었다. 그러나 이 글들이 발표된 정치적 배경을 살펴본다면, 그 속에 내포된 소위 명쾌함과 첨예함이 결국 정치권력이 허락한 특정 범주 속에 머물고 있음을 발견할 수 있다.

대약진시기에 만연했던 '과장'과 '망상'을 적나라하게 지적했다는 평가를 받고 있는 「달걀 하나의 가산」은 기실 당시 인민공사와 생산대대의 투기매매와 착취행위에 대한 비판이었고, 마찬가지로 대약진을 겨냥하고 있다고 여겨지는 「큰 소리 친 이야기」도 농촌에서 다시 등장한 매매혼인과 생산량허위보고 현상에 대한 비판에 다름 아니었다. 이는 작가가 글 속에서 이미 언급하고 있을 뿐 아니라,[21] 66년 5월 자살하기 전 북경시위원회에 남긴 유서에서도 지적하고 있는 바이다.[22] '과장풍'에 대한

---

21 떵투어는 「달걀 하나의 가산」에서 우연히 계란을 줍게 된 사람에 대해 다음과 같이 평하고 있다 : "계속해서 그는 닭이 또 닭을 낳고, 그것을 팔아 돈을 벌고, 그 돈으로 암소를 사서 암소가 번식을 하면 소를 팔아 돈을 벌고, 그 돈으로 이자놀이를 한다는 일련의 계획을 구상하는데, 이는 당연히 생산적 계획이라 할 수 없다. 그 가운데 중요한 매 관건은 거의 모두 투기매매와 착취에 의거해야만 실현될 수 있는 것이다.……이 '도회지 사람'은 비록 '매우 가난하나' 빈곤한 인민은 아니고, 아마 중세기 도시의 파산한 상인부류에 속하는 듯하다. 그의 머릿속에는 온통 사기치고 착취할 생각뿐이고, 성실하게 생산노동에 힘쓸 생각은 없다." 떵투어(鄧拓), 「달걀 하나의 가산」, 『연산야화』 (中國社會科學出版社, 1997년 5월), 70면.
22 위엔잉(袁鷹)은 떵투어의 유서내용에 대해 다음과 같이 요약설명하고 있다 : "그는 그러한 단장취의(斷章取義), 흑백전도 등의 제멋대로인 모함을 용인할 수 없었다. 예를 들어 「큰 소리 친 이야기說大話的故事」를 쓴 것은 본

비판은 1960년 겨울 발표된「오풍문제를 철저히 바로잡는 것에 대한 지시」이래 마오쩌뚱, 류샤오치, 저우언라이 등이 여러 회의석상에서 강하게 규탄한 것으로, 조정기 당의 정식문건 속에서 중요한 부분을 차지하고 있었다. 전국적으로 진행되고 있는 '5풍' 비판이 관료출신 작가에 의해 잡문의 주제로 자리잡은 것은 자연스러운 일이었다.

1949년부터 1976년을 몸소 체험한 중국지식인 중 다수는 당시 마오쩌뚱의 권위에 대한 도전 혹은 비판은 어떤 형태로든 불가능했다고 회고한다. 한 전기 작가는 마오쩌뚱이 "어떤 상황에서도 그의 모든 부하들을 독재적으로 통제하고" 있었고, "불리한 결과를 가져올 급진정책을 애당초 스스로 만들어 냈고, 거기에 다가가기도 하고 뒤로 물러설 수도 있는 능력을 항상 갖고"[23] 있었으며, 떵샤오핑같은 고위 관료도 외교적 이유 때문이라기보다 마오쩌뚱의 비위를 맞추기 위해 중소논쟁 중에 완강한 태도를 보였다[24]고 논하고 있다. 심지어 어떤 이들은 "위에서부터 아래에 이르기까지 10억의 중국인과 수천만의 지식인들이 모두 꼬리를 내리고 고분고분해지도록 다스렸다"[25]라고 평하기도 한다. 중공중앙이 대약진 운동을 전면부정하지 않은 것 역시 마오쩌뚱이 가지고 있던 절대적인 권력에 대한 인정으로 해석할 수 있다. 이러한 사회적 분위기 속에서

래 당시 어떤 농촌지역에서 다시 매매혼인과 생산량허위보고 현상이 일어났다는 소식을 듣고 느낀 바를 쓴 것인데, 어찌 '인민을 선동하여 당의 총노선에 반대하는 망상을 하고, 대약진을 공격했다'고 말할 수 있는 것인가?「달걀 하나의 가산」본래 당시 일부 인민공사와 생산대대가 또 투기매매와 착취행위를 행하는 것에 느낀 바가 있어 썼던 비판인데, 어떻게 '온갖 악인들을 모아 우리 당을 전복하려는' 것이 되었는가? 그는 이를 호소하고 반박하려 했다." 위엔잉(袁鷹),「玉碎」, 『書生累－深酌淺飮"三家村』(海天出版社, 1998년 7월), 31면.

23 벤저민 양, 『떵샤오핑 평전』(황금가지, 2004년 8월), 199면.

24 앞의 책, 228면.

25 리저허우・류짜이푸(李澤厚・劉再復), 『고별혁명』(북로드, 2003년 2월), 201면.

지식인이 잡문을 무기로 대약진이나 당 지도자를 비판하는 일은 근본적으로 불가능했다고 여겨진다.

특기할만한 것은 위에서 언급한 한계에도 불구하고, 당시 지식성 잡문에 대한 독자들의 호응이 폭발적이었다는 사실이다. 실제로 61년 3월부터 62년 3월까지 『북경만보』편집부는 전국각지의 다양한 직업에 종사하는 독자들로부터 400여 통의 편지를 받았다.[26] 젊은 독자들은 직장과 학교에서 이 잡문들이 연재되는 간행물을 찾아 읽는 것이 생활화되었고, 단행본으로 간행되면 다투어 구매했다.[27] 또한 『연산야화』의 성공이후, 전국 각지의 간행물 사이에서 지식성 잡문 연재가 유행했고,[28] 66년 삼가촌을 향해 맹렬한 공격을 퍼부었던 야오원위엔(姚文元)조차도 63년 1월에는 『연산야화』합본을 출판한 북경출판사 책임자에게 편지를 보내어 『연산야화』를 "북방에서는 얻기 힘든 사상의 꽃"이라고 칭하며, 『연산야화』합본처럼 자신의 잡문도 출판해주길 부탁하기도 했다.[29]

이렇듯 정치권력에 더욱 밀착된 조정기 잡문이 독자들의 호응을 얻게 된 이유는 무엇일까? 여러 이유가 존재하겠지만, 그 중 주목할 만한 이유는 다음과 같다. 첫째, 반우파 투쟁 이후 억압당했던 지식에 대한 열망의 고조 둘째, 정치색이 강한 주제라 할지라도 딱딱한 정치논리의 틀을 벗어나, 독자들이 공감할만한 가볍고 친근한 소재로부터 이야기를 전개해가는 형식적 변화[30] 셋째, 문인 혹은 학자 출신 관료들의 박학다식함과

---

26 천순신(陳順馨), 앞의 책, 183면.

27 천페이(陳非), 「致丁一嵐信一一, 陳非信」, 리후이李輝 編著, 앞의 책, 76~77면.

28 당시 『연산야화』의 영향으로 지식성 잡문을 연재한 간행물로는 『중경일보重慶日報』의 『파산만화巴山漫話』, 『성도만보成都晚報』의 『야담夜談』, 산동『대중일보』山東『大衆日報』의 『역하만담歷下漫話』, 『운남일보雲南日報』의 『전운만담滇雲漫談』, 『합비일보合肥日報』의 『비변만설肥邊談屑』, 『서안만보西安晚報』의 『진중수필秦中隨筆』 등이 있다.

29 장셔우런(張守仁), 「一九六六年八月九日深夜」, 『北京晚報』(1988년 8월 20일).

30 지식성 잡문에 자주 등장하는 글 전개방식은 다음의 3단계로 정리해볼 수 있

텍스트를 통해 전해지는 동료, 친구와 같은 친근한 이미지 넷째, 제한된 통로이긴 하나, 글의 소재와 주제에 대해 독자들의 참여가 가능한 점[31] 등이다.

이처럼 광범한 독자층의 열렬한 지지로 말미암아 지식성 잡문은 정치적 틀 안에 갇힌 문학이라는 한계에도 불구하고, 조정기 문학의 중요한 성과로 인정받고 있다. 이는 문학작품에 대한 독자의 호감 또는 호평이 작품 자체의 결함까지도 덮어줄 수 있음을 보여주는 예로, 이후 조정기 잡문에 대한 문학사적 평가에도 지대한 영향을 미쳤다. 그러나, 정치적 기준과 문학적 호응을 동시에 장악한 지식성 잡문의 등장은 다양한 성격의 잡문 출현을 저해하는 요소로 작용했다. 정치권력에 더욱 가까워진 속성을 지닌 지식성 잡문은 62년 9월 "계급투쟁을 잊어선 안된다"는 정치구호의 등장과 함께 자취를 감추기 시작했으며, 66년에는 본래의 집필 동기와 상관없이 정치권력 투쟁의 빌미로 전락하게 된다.

2. 예술적 향상을 위한 문학내부의 시도 – 양쉬(楊朔) 산문

1) 해방 이후 산문의 문제점 및 문학계 내부의 조정 노력

새로운 사회체제 혹은 정치권력은 새로운 문학형식이 직접적이고 분

다. 첫번째, 작가자신, 동료 혹은 독자들에 의해 언급된 문제 제기 – 두번째, 제기된 문제와 관련된 역사적 사실 혹은 전고를 인용하여 비교적 넓은 범주 속에서 문제를 파악하려는 시도 – 세번째, 역사적 사실과 고찰에 근거하여 조정기 정책에 부합하는 결론 도출. 이 중 마지막 단계를 제외한 앞의 두 단계에서는 정치성이 크게 두드러지지 않는다.

31 『연산야화』에 발표된 150여 편의 글 중 28편이 독자의 질의나 제시에 응한 글임.

명하게 자신의 정당성을 드러내주기를 요구함과 동시에, 단순히 구호화된 표현이 아닌 수준 높은 문학적 성취를 통해 자신에게 보다 많은 인민들의 관심을 유도해주길 바라게 된다. 문학에 대한 정치권력의 이러한 요구는 신중국에서도 예외없이 등장했지만,[32] 그럼에도 불구하고 영웅과 노농병에 대한 기계적이고 반복적인 찬양은 49년 이래 산문창작의 주요한 경향으로 자리잡았다. 특히 후펑(胡風) 비판, 반우파 투쟁을 거치면서 산문계에서는 선진적 인물에 선진적 사물을 더하거나 웅장한 자연형세를 노래하는 등의 단조로운 찬양일변도의 통신산문이 더욱 성행하게 되었다. 서사성에 치우친 창작은 산문의 또 다른 특징인 주관적 감정의 토로를 훼손시켰으며, 이러한 산문계의 경직화 경향은 점차 문학계 내부의 해결과제로 남게 된다.

대약진운동의 실패는 산문에 대한 정치적 요구의 목소리가 잠시 수그러들게 하는 요인이 되었고, 1960년 가을부터 후챠오무(胡喬木)의 지시하에 『인민일보』는 독서생활과 관련된 일련의 칼럼란을 개설하기 시작하면서[33] 지식보급과 산문창작에 대한 시도를 하게 된다. 소위 '산문의 해(散文年)'로 불리우는 1961년에는 『필담산문(筆談散文)』이라는 칼럼란이 『인민일보』에 개설되어 산문에 대한 문학토론을 본격적으로 전개

---

32 저우양(周揚)은 「毛澤東同志'在延安文藝座談會上的講話'發表十周年」에서 "한 편으로는 문예가 정치에서 이탈하려는 경향에 반대하고, 다른 한편으로는 개념화, 공식화의 경향에 반대해야"한다는 말로 신문예에 대한 신정권의 요구를 표현했다. 『신화일보新華月報』1952년 6월호, 186면.

33 『인민일보』에 개설된 관련 칼럼란은 다음과 같다 : 『독서찰기讀書札記』(1960년 10월 13일~1961년 3월 3일), 『독서수필讀書隨筆』(1961년 1월 23일~1962년 12월 15일), 『서화書話』(1961년 3월 30일~1962년 6월), 『방서견문록訪書見聞錄』(1961년 7월 17일~1962년 4월 24일), 『시문소어詩文小語』(1961년 8월 21일~1962년 8월 28일), 『신해혁명문담辛亥革命文談』(1961년 10월 9일~11월 22일) - 위엔용린(袁勇麟), 『當代漢語散文流變論』, (上海三聯書店, 2002년 6월), 18면 참조.

정치권력에 가려진 문예의 운명

237

한다. 1월 28일부터 4개월 남짓 지속된 이 토론에는 라오셔(老舍), 커링 (柯靈), 친무(秦牧), 스투어(師陀), 리젠우(李健吾) 등 유명작가들도 대거 참여했다. 61년 산문토론이 갖는 차별성은, 비평이 아닌 산문으로 산문을 논하는 형식에 있었다. 정치화된 산문비평으로부터의 도피로 비칠 수 있는 이 토론 형식은 조정기의 자유로운 창작과 토론문화 주창이라는 배경 때문에 가능한 것이었다.

『필담산문』칼럼란에 실린 라오셔(老舍)의 「산문은 중요하다(散文重要)」, 위난페이(余南飛)의 「체제를 정하는 것은 없어도, 큰 틀은 있어야 한다(定體則無, 大體須有)」, 스투어(師陀)의 「산문은 "산만함"을 꺼린다(散文忌 "散")」, 샤오윈루(簫雲儒)의 「형식은 산만하되 정신은 산만해선 안된다(形散神不散)」, 커링(柯靈)의 「산문 - 문학의 경기병(散文 - 文學的輕騎兵)」, 펑트(鳳子)의 「또한 산문을 말하다(也談散文)」, 마티에띵(馬鐵丁)의 「뭇 꽃이 아름다움을 다투어, 각각 특출한 재간을 드러내다(群芳競麗, 各顯神通)」, 리젠우(李健吾)의 「죽간정신 - 한 통의 공개서신(竹簡精神 - 一封公開信)」 등 20 편의 글과『문회보』,『광명일보(光明日報)』,『중국청년보(中國靑年報)』 등에 발표된 산문창작 관련 글들은 당시 산문창작의 이론적 발전을 촉진하였고, 의경(意境)과 우아한 문체미를 특징으로 하는 '시화'산문이 대거 출현하게 하는 요인으로 작용한다.

60년대 초 등장한 산문의 '시의' 추구는 견고한 공식화의 벽을 예술적 제고를 통해 뛰어넘으려는 문예조정 노력의 일환이었다. 50년대 후반부터 '시화'산문창작에 주력해 온 양쒀의 작품은 이러한 문예조정 노력의 본보기가 되기에 충분했다.[34] 양쒀는 '산문을 시처럼 쓴다'는 주장을 펼

---

34 샤오윈루(簫雲儒)은 「형식은 산만하되 정신은 산만해선 안된다形散神不散」 에서 산문이 형식적으로 자유로우나 정신은 산만하지 않을 것을 주장하는데, 그의 관점은 산문이론계와 독자들에게 광범위하게 수용되고, '자유로운 형식과 산만하지 않은 정신'은 산문 문체의 가장 주요한 특징으로 자리잡게 된다. 이 주장은 산문의 완만하고 방만한 특징을 이론적으로 변호함과 동시에,

치며 자신의 참신한 의경, 사상, 정
감을 가지고 비교적 개성 있는 글
을 써내어 산문창작에 새로운 국
면을 가져왔다. 양쒜의 산분이 60
년대 초 문예계의 지대한 관심을
이끌어 낸 이유는 바로 이러한 예
술적 성취 때문이며, 그 창작상의
실천은 산문계에 하나의 '모식(模
式)'을 제공하게 된다.

그림 3 ▮ 양쒜(楊朔)

2) 한계극복의 시도가 만들어 낸 또 다른 한계

양쒜는 자신이 50년대 말 산문을 쓰기 시작한 때부터 늘 시의 의경을
추구했다고 주장한다. 그러나, '시의'에 대한 그의 이해는 혁명적 낭만주
의의 영향에 더 깊이 뿌리내리고 있는 듯하다.

> 살구꽃과 봄비에는 당연히 시가 들어있고, 군마와 창의 영웅 기개에는
> 더더욱 사람의 마음을 고무시키는 시력詩力이 있다. 투쟁 속에서, 노동 속
> 에서, 생활 속에서 늘상 어떤 것이 당신의 마음을 감동시키고, 당신을 격앙
> 시키고, 기쁘게 하며, 우울하게 하고, 깊이 생각하게 한다면 이것이 시가 아
> 니고 무엇이겠는가?[35]

실제로 양쒜 산문의 내용상 특징 중 가장 두드러진 것은 허구성과 상

일정 수준의 규칙화, 규범화를 촉진시키는 작용을 했는데, 양쒜산문의 '경景
－인물(사물)人(物)－이理'구조는 바로 그 좋은 예가 되었다.
35 양쒜(楊朔), 「東風第一枝」小跋, 『楊朔文集』(上)(山東文藝出版社, 1995년 6
월), 655면.

징성이다. 그의 작품은 항상 생활 속의 가장 밝고 고무적인 부분만을 취하여 정치적 선전구호에 가장 부합하는 결론을 도출해낸다. 이러한 긍정적이고 아름다운 측면에 집중된 현실생활 반영은 오히려 현실을 왜곡시키는 결과를 낳았다. 고향 봉래(蓬萊)에서 만난 사촌누이가 차려준 밥상을 통해 "원하는 것은 다 있는" 식으로 묘사된 인민들의 생활이나(「봉래선경(蓬萊仙境)」), 닭이 울고, 양이 풀을 뜯으며, 산골짜기에 전사들이 심어놓은 사과나무에서는 아이들 주먹만한 사과가 열리는 발해해협 지역의 모습은(「만 장의 높은 건물도 평지에서 시작한다萬丈高樓平地起」) 50년대 말 중국의 객관적 현실과는 전혀 다른 모습이다. 본래 쌀밥에 생선국을 먹는 곳(魚米之鄕)으로 알려진 남경(南京)교외 고형현(高淳縣)의 당시 상황은 농촌현실을 적나라하게 반영하는 한 예라 할 수 있다. 중공 강소성 위원회의 통보에 의하면 58년과 59년 봄 사이 이 지역에서 부종(浮腫), 영양실조, 자궁하수에 걸린 환자는 14,000여 명이고, 비정상적으로 사망한 사람은 6,000여명, 외부로 유출된 인구는 10,000여 명에 이른다. 식량난으로 인한 민심의 동요를 막기 위해 하층간부들의 구타, 감금, 수면금지 등의 체벌이 보편화되었으며, 그로 인한 인명사고도 적지 않았다. 중공 상해시위원회의 보고에 의하면 58년 봄갈이부터 가을추수 때까지 체벌로 인해 봉현현(奉賢縣)에서 발생한 사망자 수는 156명이고, 노동개조 처벌을 받은 사람들은 2,866명에 이른다.[36] 아울러 중국 농촌의 각 개인에게 지급되는 평균 곡물량도 해를 거듭할수록 감소하여 1957년 205kg이었던 것이 1958년 201kg, 1959년 183kg, 1960년에는 156kg, 1961년에는 154kg까지 떨어졌다. 59∼62년의 3년 대기근동안 2천만 명이 목숨을 잃었고, 그 후에도 수많은 어린이들이 영양실조로 사망했다.[37]

---

36 송롄셩(宋連生), 『總路線, 大躍進, 人民公社化運動始末』(云南人民出版社, 2002년 1월), 289면.

37 조너선 D. 스펜스 지음, 김희교 옮김 『현대중국을 찾아서 2』(이산, 2002년 12

그림 4 |
대약진 기간 중 재래식 용광로를 이용하여 강철을 제련하는 모습. 과학적 이론을 무시한 무모한 정책은 대량의 천연자원과 노동력의 낭비를 야기했고, 경제에 심각한 손실을 가져왔다.

그러나, 양쒀의 산문 속에서 중국 전역을 휩쓴 대약진시기의 혼란은 찾아볼 수 없다.

시의를 추구했다는 그의 산문 속에는 경제적 실패와 그로 인한 인민의 생활고가 존재하지 않는다. 오류를 범하지 않는 신격화된 지도자들의 모습, 그 지도하에 이뤄진 낙원 같은 풍경과 노동인민의 행복만이 지면을 차지하고 있을 뿐이다. 이렇게 묘사된 생활 속의 긍정적인 모습들은 모두 혁명과 정치의 공으로 돌아간다. 서정과 정감을 담아낸 양쒀 산문의 사유방식이 기실 정치권력의 틀 속에서 맴돌고 있음을 알 수 있는 부분이다.

현재, 공청단원共靑團員인 판이번范以本은 마음속에 새로운 이상을 품으며 매일 아침 일어난다. 그의 이상은 하늘의 별처럼 많지만, 그 모든 이상

월), 169면.

은 노동경쟁에서 얻게 되는 붉은 꽃에 집중되어 있다. 붉은 꽃을 보면 그의 마음은 뛰는데, 그 꽃을 달고 천안문을 걸어가며 마오주석의 열병을 받고 싶을 따름이다.[38]

공사公社에 봄갈이 시절이 돌아오면, 겨우내 서리와 눈에 덮여 있던 토양이 봄에는 부드럽고, 촉촉하게 변한다. 트랙터가 저 멀리 가없는 들판에서 밭을 갈면, 흙이 꽃처럼 용솟음치고, 파도처럼 출렁거린다. 또한, 그대가 조국의 어느 구석진 곳을 가든, 어느 민족을 만나든, 남녀노소를 불문하고 그들의 얼굴에 늘 미소가 머금어 있으며, 마치 한 송이 꽃처럼 웃고 있음을 발견하게 될 것이다.[39]

정치권력의 사유방식에 충실한 양쉬의 산문 속에서 지식인은 위대한 사회의 면모를 소개하는 나레이터에 불과하다. 갖은 풍파를 겪고 더욱 깊어진 늙은 향산(香山) 안내자의 혁명사상을 노래하고(「향산의 단풍(香山紅葉)」), 부지런히 꿀을 모으는 꿀벌의 모습에 다른 사람을 위해 쉬지 않고 일하는 노동인민의 모습을 오버랩시키며(「여지꿀(荔枝蜜)」), 물보라가 큰 파도를 이뤄 암초를 깎아내는 모습을 통해 수많은 노동자가 세상을 바꿔놓는 모습을 묘사하지만(「눈 물보라(雪浪花)」), 정작 작가로 대표되는 지식인은 노동인민과 그들의 사회를 소개하고 찬양하는 목소리로만 존재할 뿐, 그에 대한 이야기는 어디에서도 찾아볼 수 없다. 이렇듯 지식인이 철저히 배제된 양쉬의 산문은 정치권력의 기준에 얽매여 자아를 잃어버린 지식인과 문학의 모습을 투영하고 있다.

특정 주제의 반복, 지식인의 부재가 양쉬 산문의 내용적 특징이라면, '경(景) - 인물·사물(人[物]) - 이(理)'의 삼단구조는 형식적 특징이라 할 수 있다. 양쉬의 산문은 개념화, 공식화의 한계를 뛰어넘기 위한 문학

---

38 양쉬(楊朔), 「十月北京城」, 앞의 책, 380면.
39 양쉬, 「迎春詞」, 앞의 책, 408면.

계의 새로운 대안으로 주목받았으나, 독특하면서도 일률적인 특징들로 인해 양쉬모식(楊朔模式)이라 일컬어지게 된다. 양쉬모식은 내용모식과 형식모식으로 나누어 볼 수 있는데, 내용모식은 주제와 연결되고, 형식모식은 창작방식과 연결된다. 이미 언급했듯이, 양쉬산문의 대부분은 정치적 서정을 담은 것으로 그의 대표작들은 경물묘사든, 서사든 간에 모두 정치적 내용을 두드러지게 한다는 공통점을 지니고 있다. 이것이 바로 내용모식이고, 이와 함께 호응하는 형식모식이 바로 '경－인물(사물)－이'의 삼단구조이다. 즉, 먼저 경물과 인물을 내세우고 마지막에 이 모든 것을 정치적 '도(道)'로 귀결시키는 방식으로, 아래와 같이 도표화 할 수 있다.

글제목	풍경景	인물·사물人(物)	이치理(道)
여지꿀	꿀벌, 여지	양씨(梁氏)와의 만남과 양봉장 참관	자신이 꿀벌이 되는 꿈을 꿈 (노동인민의 모습을 찬양)
태산정상	태산의 풍경	길가의 공사화(公社化) 모습	더욱 휘황찬란한 일출을 봄 (인민공사를 통한 조국의 번영)
향산의 단풍	향산의 단풍	나이가 지긋한 안내인	온갖 풍파를 겪고 더욱 아름다워진 단풍 (노동인민의 아름다움)
소슬한 가을바람	가을의 산해관 (山海關)	만리장성에 얽힌 전설을 이야기하는 젊은 군인	국가수호의 책임을 맡은 군인에 대한 신뢰

위와 같은 구조를 따라 양쉬의 '시화'산문 속 인물, 사물, 사건은 모두 정치이념을 두드러지게 하는 부수적 도구에 머물게 된다.

'경－인물(사물)－이'의 삼단구조는 양쉬모식이 장기간 성행할 수 있었던 원인중 하나이기도 하다. 정치적 주제를 더욱 분명하게 드러내기 위해 사용된 이 구조는 주제를 직접적으로 드러내지 않을 뿐 아니라, 구조상의 치밀함으로 글의 안정성을 보장해주는 역할을 했다. 그러나, 셴총원(沈從文)이 지적했듯이 양쉬모식으로 대표되는 '시화'산문은 주제

그림 5 | 우한(吳晗)

상의 첨예한 현실적 갈등을 회피하여 아름다운 시의를 창출하는 데에만 만족했으며, 표현방식에 있어서도 협소하고 단조로운 공식화의 함정에 빠지게 된다.[40]

정치적 내용을 충실히 담으면서도 감성적인 서정과 시의를 추구하는 양숴식의 산문창작은 많은 비평가들과 작가들의 호응을 얻어 유사한 작품들이 대거 등장하게 된다. 그러나 산문계의 예술적 대안으로 주목받던 조정기 '시화'산문은 정치권력의 요구를 유려한 언사로 포장하는 수준에 그쳤고, 기존의 공식화 경향을 극복하기 위해 또 다른 공식(模式)을 만들어내는 결과를 초래했다.

3. 권력투쟁의 도구로 전락한 산문과 문학비평

1) 문혁 발발의 빌미가 된 "삼가촌"

주지하다시피, 문혁발발의 직접적인 도화선이 된 것은 1960년 우한이

---

40 셴총원은 1961년 1월 아내 장자오허(張兆和)에게 보낸 편지 속에서 당시 산문과 시 창작경향에 대해 다음과 같이 지적한다 : "산문과 시가 경물을 묘사할 때 모두 어떻게 손을 대야할지 모르고, 문자도 쓰기에 부족한 듯 하며 조금도 진실하지 못하오. 아마 매년 선택된 텍스트가 기준이 되는 것과 관련이 있는 듯 하오. 모두들 그걸 가지고 배우고 본뜨니, 갈수록 범위가 협소해져 다시는 문자에 있어서 새로운 풍격이나 성격이 보일 희망이 없구려.(아마 대책을 생각해 봐야 할 것 같소)" 「致張兆和・1961年 1月下旬 阜外醫院」, 『從文家書』(上海遠東出版社, 1996년 2월), 311면.

집필한 경극대본『해서파관(海瑞罷官)』에 대한 비판이었다. 1965년 11월 10일 당시 해방일보 편집위원 겸 문예부 주임이었던 야오원위엔은 장칭(江靑) 등의 지시에 따라 상해『문회보』에 「신편역사극『해서파관』을 평하다(評新編歷史劇)『海瑞罷官』」를 발표한다. 이 글에서 야오원위엔은『해서파관』속에 등장하는 '땅 돌려주기(退田)'·'억울하게 입은 죄를 재심사하여 진상을 밝히는 것(平冤獄)'과 61년의 '단간풍(單幹風 : 합작사나 인민공사에 들어가지 않고 개인경영을 하는 풍조)'·'번안풍(翻案風 : 전에 비판당한 사람들의 명예를 회복시키는 풍조)'을 연결시켜 이 대본이 무산계산에 반대하는 자산계급 투쟁형식의 반영이라고 비판했다. 우한에 대한 예고 없는 공격에 기분이 상한 북경시장 펑쩐은 북경지역의 중앙언론에 이 논문을 전재하지 않도록 지시했으나, 저우언라이를 통해 마오쩌뚱이『해서파관』비판에 관심을 갖고 있으므로 이 문제를 경시해선 안 된다는 경고를 듣게 된다. 결국 북경시위원회는 11월 28일 인민대회당에서 회의를 열어 야오원위엔 논문의 전재문제를 토의하게 되고,『해서파관』문제를 학술, 이론상의 범주 내에서만 토론하기로 결정한다.[41]

북경시위원회의 노력에도 불구하고, 66년 1월부터『해서파관』비판은 학술토론의 범주를 넘어 정치문제로 확산되었고, 이와 더불어 삼가촌에 대한 비판도 본격화되기 시작했다.『해서파관』의 작가 우한을 포함한 삼가촌에 대한 비판은 당시 마오쩌뚱과 갈등구조를 이루고 있던 펑쩐·루띵이·류샤오치에 대한 탄핵을 이끌어내기 위한 도구로 사용되었기 때문에 지식성 잡문에 대한 정치적 공세는 피할 수 없었다.

신중국 성립 이후 줄곧 막강한 권력을 소유하고 있던 마오쩌뚱에게

---

41 『해서파관』문제와 관련된 상층 지도부 사이의 갈등에 대해서는 스동빙(師東兵)의『最初的抗爭-"文革"前夜的虛眞』(中共中央黨校出版社, 1993년 1월), 58~82면 참조.

류사오치 등의 소위 실권파 지도층이 과연 위협세력으로 존재할 수 있었는가 하는 부분에는 의문의 여지가 많다. 이미 언급했듯이, 대부분의 정치인들과 지식인들에게 있어 마오쩌뚱의 권위에 도전하는 것은 불가능한 일이었기 때문이다. 중소분쟁, 대만문제로 인한 미국과의 갈등, 티베트독립과 국경분쟁으로 악화된 인도와의 대립 등 외교적 위기가 존재하긴 했으나, 60년대 당시 국내정권은 여전히 견고했다. 게다가 외교 분쟁이라는 외부의 위험요소는 전국민을 하나로 결집시킬 지도자의 자리를 더욱 정당화시키는 요인으로 작용했다.[42]

옹여우웨이(翁有爲) 등이 저술한 『당대중국정치사상사(當代中國政治思想史)』는 마오쩌뚱이 문혁을 일으킨 이념적 목표를 세 가지로 들고 있다. 첫째, 자산계급을 비판하고, 소위 '당, 정부, 군대와 각 문화계에 잠입한 자산계급 대표인물'을 타도하는 것 둘째, 전국인민 사상의 '혁명화'를 실현하고, 사람들의 세계관 문제를 철저히 해결하는 것 셋째, 당과 국가의 사상과 노선이 천추만대에 이르기까지 영원히 변치 않는 것을 보장하는 것이었다.[43] 옹여우웨이(翁有爲) 등은 이 가운데 세 번째를 마오쩌뚱의 가장 높고 궁극적인 목표로 보고 있다. 즉, 마오쩌뚱은 60년대 초 시행되었던 조정노력을 혁명이상의 변질로 파악하고, 문혁을 통해 수정주의를 제거하여 혁명 이상이 변질되지 않고 실현될 것을 의도했던 것이다. 이 목표에 도달하기 위해 조정정책을 주도해 온 실권파는 자연히 '자산계급'으로 명명되는 제거대상이 되어야 했고, 자신과 그들의 적대적 관계를 부각시켜야 했다. 따라서 마오쩌뚱의 영향력에서 기본적으로 벗어나지 않았던 실권파의 세력은 실제보다 훨씬 과장되게 보도되거나 조작되었고, 결국에는 마오쩌뚱을 위협하는 세력으로까지 인식되기에

42 앞의 책, 19~20면 참조.
43 옹여우웨이(翁有爲), 시푸쥔(席富群), 자오진캉(趙金康), 『當代中國政治思想史』(河南大學出版社, 1999년 6월), 239~241면.

이른다.[44]

　마오쩌뚱에 의해 조작된 정치투쟁이라는 틀 속에서 지식성 잡문은 적으로 설정된 실권파를 타도할 좋은 빌미가 되었다. 지식성 잡문은 당의 정책노선을 충실히 따른 당정과 문화기구 요직에 몸담은 관료 문인들의 창작물이었으나, 조작된 정치투쟁과 날조된 사회 위기의식 속에서 새로운 정치적 해석을 덧입게 된다. 새롭게 전개되는 권력투쟁의 장 속에서 이들 관료 문인들은 자신들을 향한 공격의 의도를 제대로 파악하기도 전에 반당·반사회주의자로 매도되었다. 이에 대해 작가들이 "글의 함의가 도대체 무엇인지 조직에서 몇몇 사람들을 지정하여 다시 한 번 심사해주기를"[45] 요청하고, 문혁종결 이후에도 "『삼가촌찰기』는 문단에서 거론할만한 것이 못되는 글들이고, 무슨 놀랄만한 거작도 아닌데, 도대체 어떻게 린뱌오(林彪), '사인방(四人幇)' 및 그 '권위' 있는 '고문'들이 그토록 주목하고 '호의를 베푸시며', 엄청난 재액으로 간주하고, 더 나아가서는 역사상 전례가 없는 대 재난을 만들게 된 것인가"[46]라는 의문을 제기한 것은 그들의 집필의도와 내용이 제도권을 벗어나지 않았다는 정치적 확신을 재차 천명하고 있는 것이다.

44　리우짜이푸(劉再復)는 60년대 중국의 국내 정세에 대해 다음과 같이 논하고 있다 : "1960년대 사회주의 교육운동이 한창일 당시에 정권이 철통처럼 견고했음에도 불구하고 기층조직의 80퍼센트가 썩어 있어 언제 위험이 닥칠지 모른다고 떠들어 대지 않았습니까? 이처럼 날조된 위기의식 속에서 이어진 것이 바로 격렬한 투쟁이었고, 적의 모습을 지나치게 확대시켰지요. 문화대혁명이 시작되자 계급투쟁은 더욱더 대규모로 날조되면서, '마오주석을 보위하자'는 구호가 전국을 진동했습니다. 마오쩌뚱이 극도의 위험에 처하기라도 한 것 같았지만 사실 그에겐 아무 일도 일어나지 않았지요. 그저 기형적으로 팽창된 위기의식 속에서 서로가 서로를 죽이는 정체불명의 혁명적 광기가 전국을 휩쓸었을 뿐입니다." 리저허우·류짜이푸(劉再復), 앞의 책, 149면.

45　펑투어(鄧拓)가 北京市委에 남긴 유서 내용, 꾸씽, 청메이 저, 앞의 책, 150면에서 재인용.

46　랴오모샤(廖沫沙), 「『三家村札記』出版後記」, 리후이(李輝) 編著, 앞의 책, 13면.

그림 6

1966년 4월 북경사범대학의 학생들이 학교에 비치된 삼가촌 작가들에 대한 비판자료를
읽고, 비판문을 작성하고 있는 모습.

그러나 이보다 더 주목해야 할 것은 지식성 잡문의 집필동기와 과정,
그리고 비판 속에서 드러나는 60년대 문학과 정치의 극단적 합일이다.
앞에서 살펴보았듯이 지식성 잡문은 창작과정 속에서부터 정치권력의
간여가 분명했는데, 문혁초기 이와 관련된 문학비평은 정문일치(正文一
致)의 모습을 더욱 극명하게 보여주고 있다. 지식성 잡문과 이를 둘러싼
논의는 창작과 비평 모두가 정치권력 속으로 철저히 흡수되는 60년대
중국문학의 양상을 대변해주고 있는 것이다.

2) 정치공세로서의 문학비평

지식성 잡문을 둘러싼 비평은 기존 문학비평의 재연이자, 노골적인
정치공세였다. 문혁전야의 비평은 42년 정풍 이후 등장한, 정치권력의
필요에 따라 문학비평이 정치처벌로까지 확대되는 선례를 어김없이 답
습하고 있다. 즉, 먼저 정치적 관점에서 작품에 대한 기본 비판논조를 정

하고, 행정수단을 이용하여 군중비판을 조직하며, 그 후 특별안건 정치심사를 거쳐, 최종적으로 조직에서 처리를 하는 것이다. 이때의 문학비평이 반우파 투쟁 당시보다 더 정치화된 모습을 보이는 부분은, 기존의 정치적 문학비평 절차를 그대로 답습하면서, 비판의 대상으로 구체적인 정치그룹을 포함시키고, 아울러 비판운동을 전국적 규모로 전개한 점이었다. 이전보다 훨씬 뚜렷한 정치목적과 확대된 범주 하에서 정치공세와 문학비평이 동시에 이뤄지고 있는 것이다. 실권파 타도라는 목표에 도달하기 위해 문학비평은 크게 두 부분에서 비판을 전개한다. 첫째는 잡문 내용에 대한 비판이고, 둘째는 지식성 잡문이 연재된 간행물 및 관련 기관에 대한 비판이었다.

야오원위엔, 가오쥐(高炬), 허밍(何明), 치번위(戚本禹) 등을 중심으로 이뤄진 잡문내용에 대한 비판은 대개 다음과 같은 전개구조를 지니고 있다. 첫째, "『삼가촌찰기』는 떵투어, 랴오모샤, 우한이 합자한 반동집단이다"[47]라는 논자의 결론부터 등장시키고 둘째, 이들의 반동성이 어떤 방식으로 드러나는지 구체적인 증거(주로 잡문의 내용)를 들어 비판하고 있으며, 마지막으로 이 반동집단을 비판하고 타도하여 사회주의 문화혁명을 철저히 이행하자는 다짐과 구호로 마무리하고 있다.

위 구조 중 가장 많은 편폭을 차지하고 있는 반동성에 대한 증거 제시는 크게 세 가지로 분류해볼 수 있다. 첫째, 시간 순서에 따른 반동성 입증이다. 야오원위엔은 1961년 『해서파관』발표부터 지식성 잡문의 출현, 『해서파관』비판운동 전개 이후 삼가촌 작가들의 자아비판까지의 과정을 세세히 언급하며 "『연산야화』와 『삼가촌찰기』의 출현은 (우한 등의 작가들이) 『해서파관』를 투매한 후, 순서있게 조직적이며 지휘적으로 당을 향해 계속 진공하고 있음을 보여주는 것"[48]이라고 주장한다. 치번

---

47 야오원위엔(姚文元), 「評'三家村'-『燕山夜話』『三家村札記』的反動本質」, 『文匯報』, 1966년 5월 10일.

위와 총신야오(叢新耀)는 랴오모샤와 떵투어의 해방 이전 과거사[49]까지 거슬러 올라가 이들의 반동성이 오래 전부터 존재하고 있었으며 시간의 경과에 따라 구체적으로 드러났다고 주장하고 있다.[50] 이들 극좌파 비평가들의 시간의 경과에 대한 집착은 62년 마오쩌뚱의 계급투쟁 주장을 뒷받침하기 위한 방편으로 읽혀진다. 즉, 삼가촌에 대한 정치적 비판이 일시적 현상이 아닌, 마오쩌뚱의 주장대로 사회주의 속에 줄곧 존재해온 자산계급의 정체를 밝혀내고 이를 타도하기 위한 정치운동임을 강조하고 있는 것이다.

둘째, 삼가촌의 활동이 국제적 배후의 정치조직과 연관되어 있다는 주장이다. 이러한 주장은 삼가촌의 글이 단순한 잡문이 아닌 반동정치집단의 사주를 받아 당과 마오쩌뚱을 향해 행했던 정치공격임을 강조하고 있다.

> 떵투어는 오히려 우리에게 반사회주의적 사물까지 포함한 "모든 사물"을 "가로막아서는" 안된다고 요구하며, 또한 "그것들이 순조롭게 발전하도록" 해야 한다고 했는데, 이는 분명 우리에게 자산계급 자유화를 실현하고, 현재 불기 시작한 "단간풍", "삼자일포풍三自一包風"[51]……에 대해 무릎을 꿇고 투항하라는 것이 아닌가? (중략) 이는 우리가 자력갱생하는 것이 "감당할 수 없는 것"이고, "지나친 억지"이므로 빨리 그만두고 포기하여 지주

---

48 야오원위엔(姚文元), 앞의 글.

49 랴오모샤는 30년대 "린무(林黙)"라는 필명으로 「화변문학을 논하다論「花邊文學」」를 발표, 루쉰을 공격했다는 비난을, 떵투어는 국민당에 의해 두 차례 체포되어 조직과 연락이 끊겼던 사실에 대해 비판을 받았다.

50 치번위(戚本禹), 「評『前線』『北京日報』的資産階級立場」, 『紅旗』, 1966년 第7期; 총신야오(叢新耀), 「"三家村"黑帮是怎樣通過『有鬼無害論』向黨進攻的」, 『北京日報』, 1966년 6월 12일.

51 삼자三自는 자류지를 많이 남기고, 자유시장을 많이 개설하며, 자영기업을 많이 만들어 손익을 자기부담으로 하는 것을 뜻함. 일포一包는 농업생산의 임무를 농가에 청부 주는 (수정주의적) 방법을 뜻함.

계급 "잡가雜家"들의 방법에 따라 일을 하라
는 것이다! 이는 분명히 미제국주의와 현대
수정주의의 악독한 공격에 호응하는 것이
아니겠는가[52]

그림 7 ▌ 랴오모샤(寥沫沙)

　그(랴오모샤)는 또 『전선』에 「귀신을 무
서워하는 "우아한 희롱"怕鬼的"雅謔"」을 발
표하여 우리의 위대한 당과 인민이 "입으로
는 귀신을 무서워하지 않는다지만 실제로는
귀신이 무서워 죽을 지경인 사람"이라며 욕설을 퍼붓고 모욕하였다. 어떤
사람이 이처럼 흑백을 전도하고, 모욕과 욕설의 수완을 다할 수 있단 말인
가? 바로 지주와 부농, 우파분자와 제국주의자, 현대수정주의자들과 모든
반동파가 아닌가?[53]

　셋째, 삼가촌 잡문과 마오쩌뚱사상의 대립구조 설정을 들 수 있다. 극
좌파 비평가들은 이 둘을 극단적으로 이분화시켜 둘 사이의 차이점을
부각시키려 하고 있다. 즉, 삼가촌의 글은 분명하지 않은 애매모호한 표
현으로 자신들의 정권전복 야심을 감추고 있는 악(惡)인 반면, 마오쩌뚱
사상은 매우 분명하고 정확하며 결코 오류가 없는 진리이자 선(善)이라
는 것이다.

　(『연산야화』와 『삼가촌찰기』는) 옛 것을 빌어 지금을 풍자하며, 빗대어
욕하고, 에둘러 말하여 우리의 위대한 당에 대해 전면적이고 악독한 공격
을 진행했다.[54]

　(1961년 6～7월) 마오쩌뚱 동지를 수령으로 하는 위대하고, 영광스러우

52　야오원위엔(姚文元), 앞의 글.

53　총신야오(叢新耀), 앞의 글.

54　가오쥐(高炬), 「向反黨反社會主義的黑線改火」, 『解放軍報』, 1966년 5월 8일.

며, 정확한 중국공산당은 총노선의 홍기를 높이 들고, 국내외 반동파와의 첨예한 투쟁과 엄중한 자연재해와의 투쟁 속에서 중국인민들이 사회주의의 길로 계속 승리하여 전진하도록 인도하고 있었다. 이 때 국내 반동세력, 즉 파면당했으나 실패를 인정하지 않은 우경기회주의자들은 가일층 "번안풍"을 불러일으키며 여산회의에서의 그들에 대한 비판을 부정하고, 해방이래 여러 차례의 중대한 정치투쟁 결과를 부정하려 했다. "삼가촌"의 "형제"들은 이때 당중앙을 향해 우경기회주의분자를 지지하는 독화살을 집중적으로 쏘아댔다.[55]

또한 삼가촌이 자주 인용한 역사적 사실과 그 시대적 배경이 신중국 성립 이전의 봉건시대에 속하는 것임을 지적하며 마오쩌둥사상이 지배하는 49년 이후의 신중국과는 서로 용납할 수 없음도 자주 언급하고 있다.

> "과거"는 봉건시대와 국민당반동파의 시대이고, "관례에 따르는 것"은 지주 향현鄕紳들 특히 악독지주의 "예例"를 "따르는 것"으로, (중략) "이제 우리가" 이들 "향현들"을 위해 전기를 기록하는 것은 토지개혁 이래 타도됐던 악질 토호 및 그 조상들의 위패를 다시금 받드는 것으로 광대한 중하층 농민들로 하여금 다시 "향현"의 말과 소가 되게 하는 것이다.[56]

이처럼 양자를 선과 악으로 확연히 구별시키는 것은 이들이 결코 공존할 수 없는 적대적 관계임을 강조하는 방식이라 할 수 있다. 그러면서도, 삼가촌 잡문 속에 사용된 은유, 비유, 전고인용 등의 문학적 표현들을 모두 직접적 표현으로 재해석하여 정치적 공세의 분위기를 더욱 고조시키고 있다.

극좌파 비평가들의 지식성 잡문에 대한 비평 중 게재지와 관련기관

---

55 야오원위엔(姚文元), 앞의 글.
56 같은 글.

비판도 매우 중요한 부분을 차지하고 있다. 가오쥐는 삼가촌이 "『전선』, 『북경일보』 및 『북경만보』를 독점하여 반당의 도구로 삼고, 대량의 독화살을 쏘았으며, 당과 사회주의를 향해 맹렬하게 진공"[57]했다며 지식성 잡문 게재지의 정치적 책임을 추궁했다. 가오쥐의 글이 발표된 같은 날, 『광명일보』는 「눈을 밝게 닦아 진실과 거짓을 분별하자(擦亮眼睛, 辨別眞假)」를 발표하여 마찬가지로 『전선』과 『북경일보』에 대한 정치공세를 펼쳤다.

> 당신들은 도대체 무산계급의 진지인가, 아니면 자산계급의 진지인가? 당신들은 무산계급 전제의 도구인가, 아니면 자산계급을 선양하고 부활시키려는 도구인가?[58]

야오원위엔은 "덩투어가 『전선』의 편집장을 맡아 북경시의 사상문화 공작 지도직책을 독점하였고, '삼가촌' 짝패들과 함께 『전선』, 『북경일보』, 『북경만보』를 반당 반사회주의의 도구로 삼아 반당 반사회주의의 우경 기회주의 즉 수정주의 노선을 맹렬히 집행했다"[59]고 비난했다. 지식성 잡문 게재지에 대한 비난, 특히 북경시위원회 기관지인 『전선』에 대한 공세는 바로 북경시위원회에 대한 공세에 다름 아니었다. 이미 4월부터 본격화된 북경시장 펑쩐에 대한 정치공세는 5월에 집중적으로 발표된 야오원위엔, 허밍, 치번위, 가오쥐 등의 논문을 통해 전국적으로 확대되었고, 6월이 채 되기 전에, 5·16통지 발표, 덩투어 자살(18일), 마오쩌둥의 비서 톈가잉(田家英) 직위해제 및 자살(23일), 중앙위원회의 펑쩐, 뤄루이칭(羅瑞卿), 루딩이, 양상쿤(楊尙昆) 사건심사위원회 구성 및 반당집단에 대한 심사 착수(24일)로 이어졌다.

---

57 가오쥐(高炬), 앞의 글.
58 허밍(何明), 「擦亮眼睛, 辨別眞假」, 『光明日報』 1966년 5월 8일.
59 야오원위엔(姚文元), 앞의 글.

이처럼 정치공세화된 문학비평은 문학양식으로서의 산문양식과 작가의 소멸을 가져왔고, 산문의 빈자리는 인위적으로 날조되거나, 진실여부를 확인할 수 없는 영웅전형식(英雄典型式) 산문과 각양각색의 찬가 산문이 대신 차지하게 된다.[60] 물론 지하문학, 민간창작이라 일컬어지는 문혁시기 비공개 문학들은 문혁종결 이후 발표되어 신시기 문학의 자양분 역할을 하기도 했다. 문화대혁명 기간 중 창작된 펑즈카이(豊子愷)의 『녹록당속필(綠綠堂續筆)』(1971년~1973년)이나 하방당한 지식청년들이 창작한 작품들은 그 좋은 예라 할 것이다. 펑즈카이의 글은 극도로 혼란스러워진 세상에서 여전히 평화로운 내면세계를 지켜가는 지식인의 고귀한 성품을, 지식청년들의 산문은 소수민족자치구의 광활한 자연 풍광과 독특한 풍속을 그려내어 정치적으로 경도되었던 기존의 산문들과 차별화된 모습을 드러내고 있다. 하지만, 이러한 작품들은 당시 공개 출판이나 발표를 통한 독자와의 소통이 불가능했다. 따라서 문혁시기 지하문학에 대한 논의는 작품이 직접적으로 반향을 일으키기 시작한 신시기 문학과 함께 다루는 것이 바람직할 것이다.

3) 종교화된 이데올로기 찬양과 산문의 실종

문혁전야부터 본격화된 정치공세로서의 문학비평은 정문일치(政文一致)를 이룸과 동시에 문혁을 일으킨 당사자조차도 "시가, 소설, 산문이 부족하다"고 불만을 나타낼 만큼[61] 심각한 문학의 부재 현상을 가져오게

---

60 판페이송(范培松), 『中國散文批評史』(江蘇敎育出版社, 2000년 4월), 358면.

61 1975년 마오쩌둥은 "당의 문예정책은 마땅히 조정되어야 한다. 일년, 이년, 삼년에 걸쳐 점진적으로 문예 레퍼토리를 확대해야 한다. 시가, 소설, 산문, 문예이론이 부족하다"고 지적한다. 「王洪文, 張春橋, 江靑, 姚文元反黨集團 罪證(材料之三)」, 예용리에(葉永烈), 『江靑傳』(時代文藝出版社, 1993년), 523면 재인용.

된다. 문혁시기에 공개적으로 발표된 산문의 대부분은 마오쩌뚱사상에 대한 무조건적인 존경과 찬탄이거나, 그 사상에 충성스레 순종한 인물들의 성공사례들이었다.

이 시기 산문에 등장하는 마오쩌뚱과 그의 사상은 중국인민들에게 가장 정확한 방향과 모범을 제시하는 나침반으로 비춰지고 있으며, 그 영향력은 정치, 문예, 체육, 외교, 작업활동 등 거의 모든 영역에 미치는 것으로 묘사되고 있다.

마오주석의 시사詩詞창작은 현실의 혁명투쟁을 힘있게 개괄하고 있으며, 동시에 감동적이리만큼 아름다운 찬란한 원경을 가리키고 있어서, 읽고 나면 느낀 바가 깊고 마음의 격려를 얻는다. 이는 마오주석께서 혁명적 현실주의와 혁명적 낭만주의를 운용하여 서로 결합시킨 창작방법이 다다른 혁명예술의 절정 때문이다. 이러한 창작방법은 혁명적 내용과 밀접하게 연계되어 있다. 풍부한 혁명투쟁의 실제 경험이 없으면, 혁명적 현실주의 표현방법은 토양을 잃고 만다; 혁명적 낭만주의의 표현방법은 혁명의 숭고한 이상에서 기인하는데, 후자가 없으면 전자는 거짓의 공허한 메아리가 될 것이다. 우리는 창작방법상에 있어 마오주석을 배워야 한다. 먼저 마오주석의 사상과 위대한 혁명실천, 뛰어난 예술표현력을 배워야 한다.[62]

마오주석의 혁명노선의 인도가 있으면, 우리는 국내외의 모든 적들을 이길 수 있고, 앞길의 모든 어려움을 극복할 수 있으니, 우리에게 오르지 못할 높은 곳이 없고, 무너뜨리지 못할 견고한 것이 없다.[63]

1960년, 우리의 위대한 지도자이신 마오주석께서는 "체조, 구기류, 달리기, 등산, 수영, 태극권 및 각양각색의 체육운동 등 무릇 할 수 있는 것은 모

---

62 장커지아(臧克家),「井岡山高望世界－學習毛主席詞二首的一點體會」,『光明日報』1976년 1월 3일.
63 북경 조양구 빈농, 하층, 중농 평론조北京朝陽區貧下中農評論組,「無高不可攀 無堅不可摧」,『人民日報』1976년 1월 5일.

두 다 제창해야 한다."고 지시하셨다. 마오주석과 당중앙의 관심 아래 우리 나라 체육사업은 매우 큰 발전을 했고, 광대한 도시와 향촌에서는 나날이 더 많은 공농병 대중과 청소년들이 각종 체육활동에 참가했다.(중략) 이 모든 것이 마오주석의 혁명노선 지도 아래, 우리나라 민족체육 프로그램이 건강한 발전을 했다는 것을 충분히 보여주고 있으며, 이는 누구도 말살할 수 없는 사실이다.[64]

문혁 이전에도 마오쩌뚱과 그의 혁명노선에 대한 신뢰가 사회전반에 만연했으나, 문혁시기 산문에 등장하는 이러한 신뢰의 표현 수위는 종교 적 미사여구와 맞먹을 정도이다. 마오쩌뚱사상을 적용하면 어떠한 현실 문제도 다 해결할 수 있다는 주장은 종교에서 말하는 절대자의 무소부 재, 전지전능(無所不在, 全知全能)한 능력을 연상시킨다. 산문의 주제는 "각 민족 노동인민에게 오늘과 같은 아름다운 신생활을 가져다 주신"[65] 당과 마오주석에 대한 감사와 찬양으로 일관되어 있고, 산문 속 마오쩌 뚱의 형상은 온유하고 자비로운 성품을 지닌 인민의 구원자로 묘사되고 있다.

> 6월 28일 이 날, 코르반 투룸과 대표들은 함께 중남해中南海로 들어갔 고, 각 민족이 경애하는 영도자 마오주석께서는 그곳에서 친절하게 그들을 접견하셨다. 코르반 투룸은 마오주석의 따스하고 큰 손을 꼭 붙잡고 마오 주석의 자애로운 미소 띤 얼굴을 바라보았는데, 행복의 기운이 온몸에 퍼 졌고, 가슴은 울리는 탬버린처럼 마구 뛰었다.[66]

---

64 샤오팡(曉方), 「喜看"太極"開新花 豈容睜眼說瞎話」, 『中國人民不可侮 批判 安東尼奧尼拍攝的題爲『中國』的反華影片』(人民出版社, 1974년), 82면.

65 추란(初瀾), 「頌歌·戰歌·凱歌-『戰地新歌』續集評介」, 『人民日報』, 1973년 6월 24일.

66 리즈쥔(李志君), 「庫爾班吐魯木」, 『解放軍文藝』, 1972年 第10期.

마오쩌뚱 사상이 한 개인의 운명을 바꾸어 놓았다는 식의 노동자 영웅을 소재로 한 산문은 종교 간증문과 유사하다. 보통 종교 간증문의 구조는 세 단계로 이뤄진다 : 절대자(혹은 신)를 만나기 이전의 흑암속의 방황과 고통 → 절대자와의 만남과 고통으로부터의 해방 → 종교적 신념에 근거하여 현실 속의 갈등을 해결하고 도달하는 영적 성숙(혹은 득도(得道))의 경지. 문혁시기 영웅전형식 산문의 구조는 위의 모식을 그대로 답습하고 있다. 절대자의 자리는 마오쩌뚱 사상으로, 절대자를 만나기 이전에 처했던 흑암은 자본주의, 봉건주의, 반동분자의 통치로 대치할 수 있으며, 절대자와의 만남과 고통으로부터의 해방에는 49년 신중국 성립이라는 시대적 분기점을 대입시킬 수 있다. 신실한 종교인

그림 8 ▮
1958년 6월 28일, 신장 위구르자치구의 노동모범자로 선출된 코르반 투룸이 중남해에서 마오쩌뚱과 악수하고 있는 모습(위)과 동상(아래)

이 세속과 타협하지 않고 절대자에 대한 믿음을 저버리지 않듯이, 산문의 주인공 역시 현실 속에 숨어있는 지주, 수정주의자, 주자파의 유혹과 공격을 물리치고, 마오쩌뚱 사상을 견지하고 전파하는 데에 전력을 다하는 혁명분자로서의 삶을 살아간다.

52년 신장(新疆) 위구르자치구에서 당나귀를 타고 마오쩌뚱을 만나러 북경으로 가려했던 위구르인 코르반 투룸의 이야기[67]나 60년대 동북지역에서 레이펑(雷鋒)처럼 영웅적인 군복무를 마치고 사천성(四川省)의 산간지방 인민공사의 생산향상에 모범을 보이고 있는 팡치우성(方秋生)의 이야기[68]는 문혁시기 영웅전형식 산문의 대표작이라 할 수 있다. 이들은 마오쩌뚱의 인도로 기존의 불행한 삶에서 벗어났거나 새로운 삶의 목적을 찾았으며, 마오쩌뚱 어록의 구절들을 가슴에 새기고 지역주민들을 선도하고, 인민공사의 생산향상과 사상학습에 희생적으로 참여하여 당과 지도자에 대한 인민들의 충성심을 더욱 고취시키는 인물들이다. 이들의 적극적이다 못해 무모한 열정은 실패와 좌절을 경험하기는커녕, 당과 마오주석의 인정을 받고 소속 인민공사의 발전을 이끌어 낸다는 비현실적인 결론으로 산문은 끝을 맺는다. 이처럼 종교적 색채가 농후한 영웅전형식 산문의 구조와 주인공의 비현실적인 성공담은 마오쩌뚱의 사상과 당의 정책이 초자연적인 능력을 소유한 절대자와 마찬가지로 객관적 현실조건을 뛰어넘는 역량을 구비하고 있음을 강조하고 있다. 이 작품들은 주인공의 처지와 별반 다르지 않은 인민대중을 대상으로 어떠한 상황 속에서도 당의 영도와 마오쩌뚱 사상을 견고히 붙들면 상식을 뛰어넘는 기적과 같은 변화를 경험하게 될 것이라는 메시지를 전하고 있다.

이와 같이 문혁시기 산문은 정치권력의 의도에 맞추어 당의 정책을 선전하는 것을 넘어, 정치권력을 신격화하는 데까지 이르게 된다. 그러나 산문에 드러난 정치권력과 국가지도자에 대한 과도한 추앙과는 달리 일반인들 사이에서 당의 위신은 조금씩 그 위용을 잃고 있었다. 국가권력의 위상이 흔들리게 된 가장 대표적인 사건은 71년 9월에 일어난 린뱌

---

67 리즈쥔(李志君), 앞의 작품.
68 왕중차이(王中才), 「郞家坡」, 『解放軍文藝』, 1973年 第2期.

오의 사망소식이었는데, 72년에야 공식적으로 알려지게 된 이 사건은 많은 사람들로 하여금 체제에 대한 불신을 품게 했다.[69] 그 후 이뤄진 미국과의 수교, 떵샤오핑 등의 정계복귀 등은 70년대 중국이 산문 속에서 부르짖는 마오쩌뚱식의 사고방식과는 분명 다른 길로 접어들고 있음을 시사하고 있었다. 결국 문혁시기 산문은 독자의 공감대를 이끌어 낼만한 설득력을 상실하고 다양한 미사여구와 영웅이야기로 단장한 채, 현실과 유리된 국가권력에 대한 찬미가로 전락하는 양상을 보여준다.

4. 문예의 정치화가 야기한 비극

6~70년대 중국산문은 문예가 정치와 일치하기 위해 기울였던 부단한 노력의 과정을 여실히 보여준다.

60년대 조정기는 대약진의 실패를 극복하기 위한 대안으로 등장했으나, 근본적으로 이를 뛰어넘지 못하는 태생적 한계를 지니고 있었다. 그로 말미암아 형성된 정치적 규제는 문학창작의 소극성, 제한성으로 나타났고, 독자들의 대대적인 호응을 얻은 새로운 양식의 산문 역시 정치권력의 행보와 더불어 끊임없이 변화하는 양상을 보여준다.

당의 고위관료 문인들은 지식성 잡문 창작을 통해 당의 조정기 정책을 선전하고, 대중에게 이해시키는 역할을 감당하는 적극성을 보여주나, 이러한 적극성은 문인의 창작열정보다 공산당원의 정치열정에 가까운 것이었다. 당원과 정치가로서의 모습이 강조된 지식성 잡문은 그 집필동기, 소재채택, 주제내용 전반에 걸쳐 더욱 정치에 구속되는 문예의 모습을 반영하고 있다. 서정산문의 예술적 한계를 극복하기 위한 방편으로 제창된 '시화'산문 역시 일관된 주제와 틀에 박힌 격식이라는 새로운 한

---

69 조너선 D. 스펜스 지음, 김희교 옮김, 앞의 책, 206~207면 참조.

정치권력에 가려진 문예의 운명

계를 드러내고 있다. 지나치게 노골적인 정치적 표현을 지양하고, 서정 산문의 예술적 본질을 추구한다는 것은 분명 산문 창작의 다양성을 위한 문학적 노력의 일환이었으나, 정치담론에 대한 지나친 의식은 '시화' 산문 속에서도 예외없이 드러나고 있는 것이다. 이 때문에 '시화'산문은 정치권력이 지향하는 바를 안전하고 보기좋은 그릇에 담는 조정기 문학의 한 특징으로 간주되기도 한다.

예술이 아닌 정치의 범주 속에서 정체성과 가치를 추구했던 산문은 결국 정치에 의해 이용당하고 버림받는 비극적 결말에 도달하게 된다. 이전 시기보다 더욱 정치권력에 민감해지고 가까워진 조정기 산문, 특히 지식성 잡문이 정치권력투쟁에 직접 이용된 것은 당연한 결과일지도 모른다. 문혁 전야, 전중국에 울려퍼졌던 삼가촌 반당집단에 대한 비판은 문학비평이 아닌 정치적 공세였고, 실권파 지도자들을 타도하기 위한 도구로 이용되었다. 정치투쟁의 도구로서 사용된 산문은 문혁기에 접어들어서는 정치권력의 신격화에 적극 동참하게 되고, 결국 그 문학적 본질을 상실하는 대가를 지불하게 된다.

이처럼 조정기 잡문의 부상(조정기의 창작과정)과 침륜(문혁전야의 비판 및 문혁기의 창작경향)은 모두 정치권력의 변화와 밀접한 관련을 맺고 있으며, 6~70년대 산문의 운명은 정치권력에 밀착된 문예의 명암을 다각도로 보여주고 있다.

1990년대 중국의 문학장(場)과
지식 담론

이 정 훈

1. 사회주의 중국에서의 문학 담론의 특수한 위상

　중국 현대사의 전개에 있어 '80년대'는 이른바 '신시기(新時期)'로서, 말 그대로 역사의 '새로운' 한 시기로서 이해되었다.[1] 여기서 새로움을 운위하는 근거란 중화인민공화국이 성립된 1949년에서 문혁이 종결된 1970년대 후반까지의 '사회주의 중국'의 역사적 연속성에 중대한 변화가 나타났다는 점이다. 사회주의 이념, 더 구체적으로는 마오쩌뚱(毛澤東)의 지도노선에 입각한 사회주의적 발전노선이 한계에 봉착했으며, 이를 넘어설 새로운 비전의 모색이 필요하다는 암묵적 공감대가 핵심 권력층에서 평범한 인민에 이르기까지 광범위하게 존재하였으며, 이는

---

1 80년대의 지적 상황에 관해서는 다음을 참조하라. 리쩌호우(李澤厚) 저, 『중국현대사상사론』(한길사, 2005)에서 80년대 계몽사조의 핵심적 면모를 엿볼 수 있고, 아울러 『告別革命』(옥스포드대학출판사, 1992)에서 90년대적 전환을 확인할 수 있다.

'새로움'에 대한 사회적 욕구를 집단적 차원에서 분출하는 것으로 표현
되었다.[2]

　그러나 실제로 이 시기의 출발선에 있어서는 '새로움(미래)'을 향한
열정 보다는 '지나간 시기의 상처(과거)'에 대한 반추가 더욱 큰 비중을
차지했다. 이 기간 동안 지식 영역의 기본적 '발전 동력'은 우선 문화대혁
명에 대한 역사적 반성과 성찰에 집중되었는데, 문학 또한 지나간 '낡은
시기'의 성격을 규명함으로써 '새로운' 시기의 '새로움'의 가능성을 모색
하는 형식으로 자신의 존재를 드러내었다. 미세한 감정의 결을 다루는
문학의 속성 상 문혁 체험의 압도성은 문학적 추구의 방향에 결정적 영
향을 미쳤다. 따라서 '80년대'의 문학 담론은 다른 지적 담론들과 마찬가
지로 이 문혁 체험이라는 족쇄 혹은 트라우마에 제약된 일종의 폐쇄적
공간 안에서만 새로움을 추구할 수밖에 없는 처지에 놓이고 만다.

　문학이 문혁이라는 상처의 '주박(呪縛)'에서 풀려나 진정한 새로움의
추구로 이행하는 데는 상당한 시간의 경과가 필요했다. '80년대' 초기 유
행한 문혁 체험에 대한 '반사(反思)'[3]는 낡은 것은 무너져 가는데 새로운
것은 아직 형성되지 않은 역사 전환기의 공백과 연결시켜 이해할 때 그
성격이 보다 잘 이해될 수 있는 사태이다. '반사'란 말 그대로 '반성적 사
유'를 의미하며, 새로운 역사의 가능성을 모색하는 80년대 초기에 있어
'반사'는 기실 문혁만이 아니라 문혁을 낳게 한 1949년 이래의 중국 사회
주의 경험 전반을 발본적이고 반성적인 재사유의 대상으로 놓아야 했다.
그러나 사회주의의 역사적 경험 전반에 대한 '반사'가 전면적으로 요청

2　이철승, 「문화혁명 이후 중국 사상계의 현실 인식과 이론 논쟁의 의미」 계간
　『시대와 철학』 2003년 14권 1호에서 '인도주의'와 '소외' 개념을 중심으로 80년
　대 사상 논쟁의 의미를 정리하였다.

3　'반사'란 반성적 사유, 재인식을 뜻하는 중국어 표현이다. 반성이나 재인식으
　로 옮길 경우 미묘한 뉘앙스의 차이가 생겨나기에 하나의 개념어로서 원어를
　그대로 사용한다.

되는 시기라 하더라도 중화인민공화국의 이념적 근간인 '사회주의' 그 자체를 회의의 대상으로 설정하는 것은 매우 큰 위험을 수반하는 시도였다. 따라서 실제로 요청되는 것은 역사적 경험 전반에 대한 총체적이고도 전면적인 반성이지만 원리로서의 '사회주의' 그 자체를 문제 삼는 것은 자칫 체제의 붕괴로 이어질지도 모를 위험 앞에 속수무책으로 노출되는 것과 다름 없었다. 이러한 근본적 위험을 회피하는 것은 반성의 절박함 만큼이나 중요한 문제였고 이러한 딜레마 속에서 '반사'가 대상으로 삼을 것의 폭과 수위가 결정되었다. 80년대의 '반사'는 이러한 상황적 논리 속에 놓여 있었으며 그 자체로서 '중국 공산당' 내부의 각기 다른 입장 사이의 갈등을 반영하고 있는 것이기도 하였다.

이런 조건 속에서 '반사'는 사회주의 역사 전체의 경험, 혹은 원리로서의 사회주의 이념 그 자체를 반성의 대상으로 삼는 대신 '문혁'이라는 가까운 과거의 다소 특수한 경험만을 주된 반성의 대상으로 설정하게 된다. 결국 중국 사회주의 역사 전체의 경험이 역사적 국면의 총체적 연관과 맥락 하에 평가되는 대신 그 일부이되 극단화된 이상국면으로서의 문혁이 반성의 초점에 놓이게 되어, 사회주의 역사 전반에 대한 근본적 반성을 대체해 가게 된다.[4] 이것은 한편으로 엄존하고 있던 정치적 제약으로 인한 이념의 한계 때문이기도 하지만 다른 한편으로는 사회주의 역사 전체와 맞먹을 수 있을 정도의 충분한 밀도와 중량감을 갖춘 새로운 역사적 비전 혹은 대안적 담론이 미처 형성되지 않았다는 점 때문이기도 하였다. 그런 점에서 '80년대'는 문혁 체험의 직접성에서 점차 탈피해가는 과정이면서 다른 한쪽에서는 '사회주의'를 반성적 재평가의 시험

---

4 이런 점에서 '문혁'은 점차 '현재'의 필요에 의해 급속히 '스테레오타입'화 되는 경향을 띤다. '문혁'과 관련된 기억과 회고가 당대 현실 속에서 재맥락화 되면서 변용되고 '소비'되는 양상에 관해서는 따이진화(戴錦華) 주편, 『문화적 영웅 빚어내기 — 세기 전환기의 문화연구(書寫文化英雄 — 世紀之交的文化研究)』 江蘇人民出版社 2000의 1장과 2장을 참조.

대에 올려 놓을 수 있는 대안적 '패러다임'을 모색하고 구축해 가는 과정이었다고 할 수 있다.[5]

'80년대'의 문학 담론 역시 그 출발점에 있어서는 다른 지적 영역에서의 반성적 움직임이 그러했던 것처럼 1949년 이후 '사회주의적 문예 정책' 전반에 대한 비판과 극복을 목표로 삼기보다 문화대혁명기라는 '비상한 시기'에 집중적인 관심을 투여한다. 문혁 기간에는 문학의 창작과 유통에 극도의 이념적, 제도적 제약이 가해졌으며 그에 대한 비평과 연구를 통해 2차적 담론을 생산하는 대학 및 연구제도 역시 실질적인 붕괴상태에 처해 있었다.[6] 그러므로 '80년대'의 문학담론은 무엇보다도 문혁이라는 이념적 폐허 상태에 대한 정신적 도전이라는 긴급한 문제를 중심으로 출발하게 된다. 70년대 말에 전개된 인성론(人性論) 논쟁[7]의 예에서 볼 수 있는 것처럼 '신시기'의 문학 담론은 문학에 관한 이론 혹은 비평의 형태로 문화대혁명과 그것을 가능하게 했던 경직된 사회주의관료 독재를 직접적으로 비판하는 것에서부터 새롭게 조직되기 시작했다. 문학 작품에서 바람직한 '인간성'의 묘사는 어떤 것인가라는 비교적 좁은 문예 이론적 주제에 대한 토론으로 시작된 이 논쟁은 향후 맑시즘과

---

5 관점을 달리 해서, 과연 이 시기의 문혁 경험 혹은 사회주의 경험에 대한 문학적 평가가 정당했는가 질문했을 때, 다소 조심스럽고도 섬세한 접근이 요청된다. 80년대의 문화혁명 비판이 90년대 들어서는 사회주의 비판으로 곧장 연결됨으로써, 역사에 대한 냉정한 성찰이 부족했다는 비판도 존재한다. 허짜오티엔(賀照田) 졸역, 「중국의 '포스트사회주의'의 역사 경험과 최근 문학 비평관의 변모 양상」, 『진보평론』 18호, 2004 참조.

6 문혁 기간의 문학과 문화정책 전반에 대해서는 김진공, 『문화대혁명 시기의 문예 연구』 2001 (서울대 박사학위 논문)을 참조.

7 '인성'을 둘러싼 논쟁은 1949년 이후 크게 두 례에 걸쳐 반복된다. 1950년대 후반 반우파 운동의 일환으로 전개된 부르조아적 '인성론'에 대한 비판이 첫 번째며, 1979년과 1980년에 걸쳐 전개된 사회주의의 인도주의적 성격을 둘러싼 논쟁이 두 번째이다. 논쟁의 경과에 대해서는 바이예(白燁), 「人性論爭三十年」『文學評論』 1981년 제1기를 참조.

'인성'(휴머니즘)의 관계에 관한 철학적 논의로 확장되어 지배 이데올로기로서의 맑시즘 자체의 성격을 문제 삼는 이념 논쟁으로 발전한다.

그러나 엄밀히 말해 이러한 정신적 도전의 최전선에 위치한 것은 지식이나 사상 담론의 층위에 속하는 것으로서가 아니라 '창작'으로서의 문학이었다. 벽시(壁詩) 운동, 지하간행물 <오늘(今天)>과 '몽롱시(朦朧詩)'의 작가들, 문혁이 남긴 정신적 상처를 소설을 통해 드러낸 '상흔문학(傷痕文學)' 등은 문학 창작이 문혁 이후의 정신사에서 차지한 절대적 비중을 웅변해 주는 예들이다. 기실 이 시기의 문학 담론은 창작을 통해 분출되는 비판적 에너지를 자신의 자양으로 삼아 영향력을 확대시켜 갈 수 있었다. 이 시기의 문학 담론은 바로 창작에 대한 비평의 형식으로서, 새로운 미학적·사상적 현상으로서의 이 시기 창작이 가지는 새로운 성격을 해명하고 논리화하며 다음 단계로의 전진을 예시하는 비평의 형식으로 존재하며 창작과 더불어 새로운 시대의 전망을 열어 나갔던 것이다. 몽롱시를 둘러싼 논쟁은 이런 상황을 전형적으로 보여주는 예이다.[8]

물론 문혁에 대한 비판을 통해 새로운 전망을 열어나가려는 모색은 문학만이 아니라 지식 및 예술의 기타 영역에서도 나타난다. 그러나 '80년대' 초반의 지적 담론 공간에서 문학이 보여준 것만큼의 활기찬 모색을 통한 적극적이고 선도적인 작용은 여타의 담론 영역에서는 쉽게 발견되지 않는다. 이처럼 '80년대'에 문학 담론이 차지한 당대적 위상을 이해하기 위해서는 우선 왜 문학만이 유독 지적 담론의 영역 안에서 그처럼 중대한 역할을 떠안을 수 있었는가 하는 것을 문제 삼을 필요가 있다.

이 질문은 크게 두 가지 측면에서 대답될 수 있는데, 첫째 사회주의 시

---

8 몽롱시에 대해서는 양태은, 「중국신시기의 몽롱시연구」, 1994 (연세대석사논문); 홍즈청(洪子誠) 박정희 역, 『중국당대문학사』 비봉출판사 2000; 홍즈청 홍석표 역,『중국당대신시사』 신아사, 2000 참조.

기 동안 문학이 처해온 정치와의 특수한 관계 속에서 축적된 문학의 사회적 권위와 그에 수반되는 강력한 대사회적 발언권에 주목할 필요가 있다. 둘째는, 바로 그런 이유에서 문학만이 누렸던 상대적 발언의 자유가 여타 담론 영역에는 금지되어 있었다는 사실과 관련된다. 문학은 당시까지도 엄존하고 있던 이념적, 정치적 제약으로 인해 자유로운 발언 공간을 얻지 못하던 다른 담론 영역과 달리 자신의 권위에 기반한 상대적 자유를 누릴 수 있었고 그로 인해 다른 담론 영역과의 관계에 있어 일종의 대표자이자 대리자로서 기능할 수 있었다. 여타 담론의 영역에 속하는 발언들도 가급적이면 문학적 발언의 형식을 빌어 발언하려는 경향이 있었다.

이러한 현상은 우선 1949년 '신민주주의혁명(新民主主義革命)' 이후 성립된 '사회주의' 사회에서 문학이 담당했던 복합적인 기능의 연장이라는 측면에서 이해될 수 있다. 이념 문제에 관한 공산당의 전적인 권위로 인해, 사상·문화·철학 등의 영역에서 자유로운 토론이 실질적으로 불가능했던 상황에서 문학에 관한 담론은 늘 문학과 동시에 어떤 '금지된 토론 영역'을 보충하는 기능을 담당해 왔다. 이 문제는 사회주의 시기의 문학만이 아니라 80년대와 90년대 문학 담론의 성격을 이해하는 데 있어서도 대단히 중요한 전제가 되는 것으로서 보다 자세한 고찰이 요구된다. 아래에서는 이 문제를 당대 중국의 지적 상황과 관련하여 보다 심도 있게 다루기로 한다.

먼저 문학이 정치와 특수한 밀착 관계에 있었음으로 인해 일정한 담론적, 정치적 권위를 축적했다는 사태를 어떻게 바라보아야 할 것인가 하는 문제가 제기될 수 있다. 사회주의 시기의 문예정책 속에서 문학은 사회주의 혁명의 결과물로서 중화인민공화국 탄생의 이념적·역사적 정당성을 전체 인민을 상대로 널리 알리는, 이른바 '선전·선동'의 중요한 담당자로 기능해 왔음은 주지의 사실이다. 문학은 발화자(중국공산당과 정부)와 수신자(전체 인민) 사이에서 '혁명의 정당성'이라는 메시지를 전달하는 중요한 매개자로서 기능해왔다. 국가와 인민 사이의 정치적 이념적 매개자로서의 문학은 그 자체가 하나의 제도로서 미디어적 기능을 하였고 이러한 문학의 입지는 그 자신이 미디어가 본질적으로 갖게 되는 권력 효과를 낳게 된다.

문학은 어떤 차원에서는 그 스스로가 미적 예술적 내용을 담은 메시지로서 잡지 출판 신문 등의 미디어에 의해 전파되는 대상이다. 그러나 권력과 국가의 정당성 문제를 둘러싼 '혁명의 서사'라는 또 다른 정보 소통의 차원에서는 권력과 대중 사이에서 그 스스로가 일종의 매개자(미디어)적 위치에 존재하는 이중적 속성을 가짐으로서 권력과의 특수한 관계를 맺게 된다. 이때 미디어로서의 문학이 갖는 권력효과는 자신이 매개하는 메시지의 발신자와 수신자 양방에 대해서 동시에 작동하게 된다. 문학이 다소간 피동적인 입장에 서기 마련인 수신자의 입장에 처해 있는 인민에 대해 매체로서의 권위를 갖는 것은 지극히 당연하다. 그러나 미디어로서 문학이 갖는 효용이 커질수록 문학은 수신자만이 아니라 발신자인 권력에 대해서도 점차 강한 발언권을 얻기 시작한다. 권력의 입장에서는 이데올로기의 대중적 전파라는 자신의 목적에 대해 문학의 유용성이 확고하게 인식될수록 문학은 권력에 의해 중시되고 특별하게 관리 되는 경향을 띠게 된다.[9]

---

9 그러나 양자의 이러한 권력관계는 결코 단방향으로만 작용할 수 없다. 권력의 문학에 대한 관리는 양자의 관계에서 기본적인 주도권을 관리하는 측에서 갖도록 하지만, 순전히 권력에 의해 일방적으로 관리당한 문학이 나름의 자율성을 잃고 단순한 도구와 수단이 되는 만큼 문학은 그 효용성을 잃어버릴 개연성에 처하게 된다. 따라서 권력의 입장에서는 부득불 문학에 일정한 자율성을 부여하여 독자적 발언권을 인정하고 그 내부적 가치를 존중하지 않을 수 없다, 이는 일종의 공생적 관계 때문에라도 권력이 문학에 대해 그 권위와 설득력을 어느 정도 존중하는 입장을 취하지 않을 수 없음을 의미한다. 그런 점에서 '사회주의 시기'의 선전과 선동으로서의 문학, 문예정책으로서의 문학은 문학의 자율성과 권력으로부터의 독립을 강조하는 입장에서 흔히 상상하기 쉬운 것처

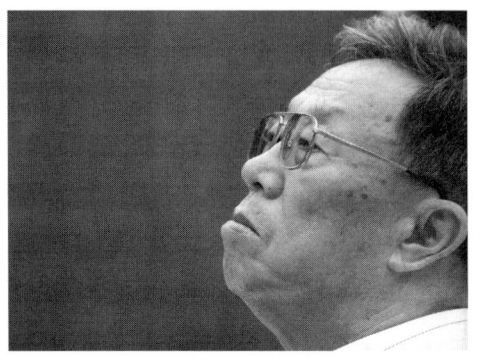

그림 1 |
노벨상후보로 자주 거론되는 작가 왕멍의 최근모습.

중화인민공화국에 있어 전통적으로 국가 권력 기구의 핵심부서에 속하는 선전부의 주요 업무 가운데 하나는 '문화정책' 특히 문학 관련 정책을 입안하고 집행하는 것이다. 작가협회와 문련 (文聯) 같은 예술가 단체는 선전부의 직접적 관리를 받는 하위 기관으로서 권력과 대중을 이어주는 역할을 자연스럽게 담당해 왔다. 그러나 이와 같이 문학이 국가 기간 부서의 핵심적인 관리 대상 가운데 하나가 되는 정황은 대부분의 자본주의 사회에서 문학이 정치 혹은 국가권력과 맺고 있는 관계를 생각해 볼 때 매우 이질적으로 느껴진다. 한국의 경우 문학 관련 정책을 담당하는 부서인 문화부는 전통적으로 가장 권력의 핵심에서 거리가 먼 부서 가운데 하나로 인식되어 왔으며 해당 부서의 업무 가운데서 문학 관련 정책이 차지하는 업무 비중은 지극히 미미하다고 할 만한 수준이었다. 이런 의미에서 국가의 핵심 관료를 역임한 소설가 왕멍(王蒙)의 다음과 같은 발언은 매우 의미심장하다.

> 문학의 위상을 미국의 그것과 비교해 보면 매우 재미있습니다. 미국 친구가 하는 말이, 공산당이 그토록 문학에 깊은 관심을 가지는 것이 자기로서는 도저히 납득이 되지 않는다는 겁니다. 미국에서는 공화·민주 양당이 가장 관심을 덜 갖는 문제가 뭐냐하면 그게 바로 문학이라는 거죠. 심지어

럼 단순히 권력의 시녀로서 권력과의 일방적인 관계를 형성하는 것은 아니다.

동성애 문제도 문학 보단 훨씬 더 관심을 갖는 사안인 셈인데, 왜냐하면 동성애는 그와 유관한 사회문제 및 정책, 법률문제와 직접 관계되기 때문이죠.[10]

왕멍의 진술에서 알 수 있듯, 사회주의 중국에 있어 문학의 지위는 미국과 같은 서방 국가들의 경우와는 판이한 조건, 즉 다른 국가들에서는 상상하기 어려운 정도의 특별한 중시를 받아왔다. 이처럼 문학이 권력으로부터 고도의 정치적 중시를 받았다는 점은 특히 '사회주의 시기'의 중국 문학의 존재양상을 이해함에 있어 관건적인 문제이다. 이에 대해 문혁 시기 '문학인(文學人)'이 겪었던 집중적 탄압과 같은 불행한 사태들은 이런 판단을 뒤집는 예가 아니냐는 반문이 있을 수 있다. 그러나 문혁과 같은 특수 상황 속에서 문학인에게 집중된 탄압 역시 뒤집어 생각해보면 일종의 전도된 방식으로 문학과 정치 사이의 특수한 관계 양상을 보여주는 것이라고 할 수 있다. '중시'되지 않는 대상에게는 '비판'이 필요 없으며, 그런 의미에서 집요한 비판은 역설적으로 문학이 그만큼 권력에 의해 중시되고 관리되는 위치에 있었음을 알려주는 표지일 수 있는 것이다.[11] '사회주의 시기'의 문학은 이처럼 권력과 전체 인민 사이의 이념적 매개자로서 양자 모두에 대해 일정한 영향력을 행사할 수 있었다. 다른 사회나 체제에서 불가능했던 문학의 이런 권위는 사회주의 중국의 특수한 정치적, 사회적 조건에 의해서만 설명될 수 있는 것이며 이같은 양상을 일컬어 현대 중국의 문학 담론이 처해온 '사회주의적 조건'이라고 할 수 있을 것이다. 앞으로 다루게 될 '80년대'와 '90년대'에 걸친 문학의 변화는 이러한 '사회주의적 조건'의 와해 및 재구성과 관련지어서만 이해될 수 있을 것이다.

---

10 왕멍(王蒙) 타오뚱펑(陶東風) 대담, <關於當代文化與知識分子問題的對話>『原道』제4집.

11 타오뚱펑(陶東風), 『社會轉型與當代知識分子』上海三聯書店 1999.

다음으로 문학이 다른 지식 담론과 맺고 있었던 관계를 살펴보기로
하자. 앞서 언급한 것처럼 사회주의 시기 문학 담론은 그 특수한 정황으
로 인해 권력이 부여한 일종의 대표성을 전유하고 있었다. 이것은 다른
지식 담론 영역에 일상적으로 따르던 권력에 의한 제약이 문학에는 상
대적으로 덜했음을 의미한다. 철학과 역사, 기타 사회과학 영역의 지식
담론은 문학과 비교할 때, 훨씬 직접적으로 국가 이데올로기를 다루는
영역에 속한다. 보다 긴밀히 사회주의적 통치이념과 관련되어 있었으며
따라서 여기에 허용되는 발언의 폭은 정치적 풍향에 따라 어느 정도의
편차는 존재할 수 있겠으나 기본적으로 매우 제한적이었다. 중국 공산당
의 통치 이념은 맑스 – 레닌주의, 마오쩌뚱주의로 이어지는 사회주의 이
론에 그 기반을 두고 있다. 이것은 단순히 통치 이데올로기에 그치는 것
이 아니라 철학, 역사, 정치학 경제학 등의 지식담론 전 영역에 걸쳐 자
신의 이론 체계를 완비한 철학과 역사학 사회과학 이론이기도 하였다.

변증법적 유물론으로 대표되는 철학 이론, 유물사관과 계급투쟁을 통
한 역사발전론에 입각한 역사기술, 전위당 이론과 프롤레타리아에 의한
계급독재론을 골간으로 하는 국가론과 정치학 담론, 노동가치설과 가치
법칙, 자본주의 사회에서의 이윤율의 경향적 하락, 그리고 그에 의한 자
본주의의 상시적 위기설로 대표되는 정치경제학 이론 등은 지적 영역의
담론인 동시에 직접적으로 사회주의 권력의 이념적 정당성을 떠받치는
것이었다. 이러한 상황에서 학문의 정치 및 이데올로기에 대한 자율성은
기본적으로 축소될 수밖에 없다. 학문적 이론이 곧바로 국가 이데올로기
의 중심적 지주로 기능하고 있기 때문에 학문적 논쟁은 곧바로 정치적
이견 및 권력투쟁으로 확대 해석되는 경향이 있었다. 몇 차례에 걸친 사
상논쟁은 사회주의 중국(나아가 사회주의 사회)에서 지식 담론이 처해
있는 상황을 보여준다. 그러므로 문학을 제외한 여타 영역의 지식 담론
은 권력에 대해 비판적 입장에 서는 한 거의 자신의 발언통로를 확보하
기 어려운 처지에 있었다. 사회주의 권력의 이데올로기적 권위가 여전하

고 이에 대한 제도적 통제가 강력히 작동하고 있는 상황에서 여타 영역의 지식 담론들은 그것이 지식 담론으로서 기능하기 위해서 필요한 최소한의 토론 공간조차 확보하지 못하였다. 특히 반우파투쟁과 정풍운동(整風運動)의 이름으로 진행된 건국 후 두 차례에 걸친 대규모 비판운동의 엄중한 정치적 결과는 중국 사회에서 지식 담론이 처한 폐쇄적 상황을 완전히 고착시키는 계기로 작용하게 된다.

이런 상황을 감안할 때 문학은 여타 담론 영역과 비교할 때 훨씬 많은 융통성을 보장받은 영역으로 자리매김 될 수 있음은 놀라울 것이 없는 일이다. 사상 및 예술 영역에 대한 정치적 비판 운동의 와중에 많은 문학 역시 수차례 희생양이 되기도 했지만, 체제가 허용하는 공식적 입장을 한 치도 벗어나기 어려웠던 기타 지식 담론과는 다른 처지에 있었다는 점은 특기할 만하다. 문학은 그 속성상 지식과 예술, 그리고 선전(미디어와 커뮤니케이션)의 영역에 동시에 걸쳐 있는 것인 만큼 정치권력에 의한 이념통제에 의해 발언과 논의가 완전히 차단되기 어려운 것이기도 하였다. 문학이 가진 미학적 다의성과 모호성은 특정한 발언에 대한 이념적 정치적 책임소재를 다소간 불분명하게 만드는 것으로서 받아들여졌으며 바로 이 점 때문에 가급적이면 직접적으로 건드리지 않는 일종의 절충지대로서의 성격을 갖게 되었다. 이런 요인들이 동시에 영향을 미쳐 문학은 어떤 의미에서는 권력의 입장에서 볼 때 이념적 통제 및 억압과 동시에 열어 주는 일종의 '숨쉴 구멍'으로서의 의미를 가지게 되었다.

문혁의 경험을 중국이 미처 봉건적 사상의 잔재를 청산하지 못함으로서 초래된 '불충분한 계몽'의 결과로 보는 80년대의 계몽적 사유는 이전 시기와 마찬가지로 '문학 담론'에서부터 조직되기 시작하여 사상과 문화 등 제반 지식 영역의 '계몽'을 선도해 간다. '상흔문학'과 '반사문학'에 관한 토론에서 '심근열(尋根熱)'과 '문화열(文化熱)' 논쟁을 거쳐 '문화심리구조론(文化心理構造論)'와 '주체성론(主體性論)'[12] 등으로 이어지는 80

년대 중국 지식계의 주요 화두는 문학 영역에서 제기되어 문화, 철학, 사상 등의 영역으로 불이 옮겨 붙는 형태로 진행되는 특성을 보였으며 우리는 이를 통해 80년대 중국의 지적 지형에서 문학 담론이 여타 지식 담론 맺고 있던 관계를 잘 관찰할 수 있다.

2. 90년대 이후 문학 담론의 위상 변화

문혁이라는 역사적 혼란으로 귀결된 마오쩌뚱 노선에 입각한 낡은 방식의 사회주의와 대비되는 '개혁 · 개방'의 시기로서의 이른바 문혁 이후 시기의 상대적 통일성과 연속성에 대한 믿음은 1980년대 이후 정치권과 지식분자, 그리고 대다수 인민들에게 별다른 의심 없이 받아들여진 역사(시간)관념이었다. 그러나 이 두 시기의 대비를 근저에서부터 회의하게 만드는 정치적 사건의 발생은 이러한 역사 관념의 기본 구도를 근본에서부터 뒤흔들어 놓았다. 보다 철저한 개혁 · 개방을 요구하며 천안문 광장에서 농성을 벌이던 학생과 시민들을 탱크와 특수부대를 앞세워 유혈 진압하는 사태가 발생함으로써 문혁 이후 1989년까지의 새로운 모색과 실험은 정치적으로 비참한 종말을 맞이하게 된 것이다.

앞서 언급하였듯, 이 시기의 전환적 의미에 착목할 때 80년대 이후의 역사는 새로운 해석을 필요로 하게 된다. '마오쩌뚱 노선'에 입각한 과거 역사에 대한 부정과 청산이라는 공통의 요구에 기반한 80년대 이래의 모색을 의심 없이 현재에까지 연속되는 것으로 받아들이기 어려워지는

---

12 찐관타오(金觀濤) 리우칭펑(劉靑峰),『興盛與危機』, 湖南人民出版社, 1984;
『開放中的變遷』, 1993; 리쩌호우(李澤厚),『批判哲學的批判』(수정증보), 人民出版社, 1984; 리우짜이푸(劉再復), <文學主體性論>『文學評論』1985 제6기;『文學評論』1986 제1기 등.

그림 2 ▮
천안문사태 유혈진압에
항의하는 포스터

것이다. 문혁과 달리 지금에 이르기까지 공식적으로 중국공산당 중앙에 의해 역사적 평가와 반성이 이루어지지 않은 천안문 사건은 공산당(권력)과 전체 인민(의 요구를 대변한다고 생각되어진 학생 및 여타 계층 출신의 시위군중) 사이의 유혈 대립을 통해 역사의 불연속과 균열을 드러내 보이는 지점이 되는 것이다.

이러한 균열의 역사적 의미를 되물을 때 80년대와 90년대의 연속적, 동맹적 관계는 해체되고 두 시기 사이의 본질적 단절[13]에 대한 사유가 요구된다. 우리가 이 시기 중국인의 사회적 정치적 삶을 이해하기 위한 중요한 경로 가운데 하나로서 문학에 주목하는 이유는 문학이 이러한 정치적 이념적 충돌과 분열을 가장 민감하게 보여주는 담론의 영역 가운데 하나로서 존재해 왔기 때문이다. 여기에는 사회주의 중국의 현대사를 관통해서 문학이 중국 사회 내부에서 정치권력 및 여타 지적 담론과 맺어온 자신의 특수한 관계로 인해 사회적 충돌의 국면을 민감하게 재

---

13 역사적 시기를 논함에 있어 모든 단절에 관한 논의는 암묵적 전제로서 모종의 연속성에 대한 승인에 기반한다. 역사에 있어서의 단절은 그 조건상 모든 것의 절대적이고도 완전한 단절일 수 없다. 단절은 늘 특정 국면에서의 단절이며 그것은 기타 국면에서의 연속성을 함축하는 것이다.

현할 수 있는 자리에 설 수 있었다는 중국문학 특유의 상황이 존재한다. 따라서 이 시기를 전후한 문학담론의 변모 양상을 살핌으로서 역으로 이 시기의 사회적 이념적 변화 양상에 심도 있게 접근할 수 있을 것이다.

문혁 이후 중국 사회의 방향설정을 두고 기존 질서의 옹호에 주력하는 '보수파'와 서구적 '현대화'를 한시라도 빨리 실시함으로서 체제 위기를 정면에서 돌파하려는 공산당 내부의 '개혁파' 사이에는 지속적인 대립이 있어왔다. 스스로 그 희생양이 되어본 체험을 가진 개혁파의 입장에서는 문혁이 낳은 가공할 결과에 대한 부정성을 뼈저리게 인식할 수밖에 없었고, 따라서 한시라도 빨리 기존의 사회주의 이념에 대한 대대적인 혁신을 통해 새로운 비전을 창출하는 것이 절박한 과제였다. 한편 그간 완고한 이념적 통제 체제로 인해 닫혀 있었던 외부의 사상 및 문화에 대해 갈증을 느끼던 지식인들에게 '개방'의 필요성을 수용하는 권력 내부의 개혁적 입장에 대한 적극적인 지지와 협조는 자연스런 선택이었다.

이렇게 해서 80년대의 특수한 상황 속에서 '권력'과 '지식' 사이에 일종의 동맹관계가 형성된다. 그러나 이 불안정한 동거는 경제면에서의 개혁적 조치들의 시행이 결과적으로 권력을 가진 자들에게만 혜택이 집중되는 양상을 보이고(소위 '금권교환[權金交換]'), 이전 시기에 보장되던 의료 교육 등의 사회주의 기본정책들 마저 개혁을 내세워 후퇴함에 따라 사회적 불만이 증폭되면서 점차 균열상을 드러낸다. 한 마디로 새로운 모색의 과정에서 나타난 여러 가지 부정적 결과들이 점차 개혁의 당위성에 대한 의구심으로 나타나는 양상이 전개되었다. 이런 결과를 두고 공산당 내부에서도 개혁파와 보수파 간의 주도권 다툼이 치열하였는데, 개혁적 조치들이 초래한 예기치 않은 부작용들에 대해 책임을 진 소위 '개혁파' 인사들이 입지가 점차 좁아지는 경향이 나타났다.

이런 보수 회귀의 움직임에 대해서 학생과 지식인을 중심으로 한 저항적 목소리가 터져나왔고 북경 지역 대학생들이 중심이 되어 "더 많은 자유와 개혁"을 요구하며 천안문 광장을 점거하고 시위에 돌입하게 된다. 이것은 개혁 노선의 정책적 한계 및 개혁 이념의 내적 분화가 공산당의 정치적 위기를 초래한 것으로 이해할 수 있다. 특히 동구 사회주의권의 몰락이라는 전 세계적 추세 앞에서 중국 공산당의 입장에서는 권력의 안정적 유지는 초미의 관심사였다. 또한 대학생 계층을 중심으로 걷잡기 어렵게 고조되어 가는 개혁과 자유에의 요구는 전통적인 '치/란(治/亂)'의 관념에 입각해 정치적 사안을 판단하는 정치 엘리트의 입장에서 볼 때 국가적 위기의식을 극도로 증폭시키는 사태로 이해되었다. 국가의 통제력 상실이 초래할 사회적 기회비용에 대한 엘리트 계층의 불안이 점점 크게 번져 가면서 학생들의 시위에 대한 초기의 일정한 방관적 수용적 태도는 시간이 지날수록 '강경진압'을 통한 질서회복 쪽으로 가닥이 잡혀갔다. 결국 학생들의 시위에 대해 동정적인 태도를 취하던 짜오즈양(趙紫陽) 등 개혁파의 입지가 흔들리면서 총리 리펑(李鵬)을 중심으로 한 강경진압론이 다수 의견으로 채택되고 실질적 최고 지도자였던 떵샤오핑의 재가를 얻게 된다. 1989년 6월 4일 새벽 천안문 광장에는 탱크를 앞세운 중무장 병력이 투입되어 유혈진압을 통해 오랜 정치적 대치국면을 종결시키게 된다. 시위 진압 과정에서 숫자가 확인되지 않은 많은 수의 사상자가 발생하였고 적극적 시위 가담자의 블랙리스트(黑名單)가 작성되어 체포와 구금이 이어졌으며 체포를 피하기 위한 관련자들의 대규모 해외망명 사태가 이어졌다. 80년대 전반에 걸친 개혁과 개방의 무드도 씻은 듯 자취를 감추고 구체제로의 복귀가 기정사실로 받아들여졌다.

이러한 급작스러운 반전이 지식인 사회에 미친 파장은 엄청났다. 80년대는 정부가 주도하는 개혁에 대한 모색의 과정이었고, 지식인의 사회적 지위도 집단적 박해의 대상이 되었던 문혁 시기와는 비교할 수 없을 정도였다. 대다수의 지식인들 역시 정부의 개혁적 조치에 보조를 맞추는 중요한 지지세력으로 기능해왔다. 그러나 예기치 못한 유혈진압 사태는 지식인들을 집단적 충격 속에 몰아넣었고, 일시적으로 지식인들은 어떠한 대응도 불가능한 '침묵' 상태에 빠져들게 된다. 파장이 다소 가라앉으면서 지식인들의 발언이 차츰 수면 위로 떠올랐는데 대개는 학생들의 '극단적 행동'을 비판하고 정부의 단호한 조치가 불가피했음을 인정하는 이른바 '대세론'을 따르는 목소리들이 주류를 이루었다.

이 과정은 이상주의적이고 계몽주의적인 80년대적 지식인 집단이 극도의 정치적 충격을 거치면서 모호한 입장의 통일성에서 벗어나 자신의 위치를 찾아가는 일종의 자기분화 과정이기도 하였다. 사태의 불가피성을 인정함으로써 정부의 조치를 묵인 혹은 소극적으로 지지하는 측에서는 89년 6·4 천안문 사태에 있어 민주주의에 대한 이해와 책임의식이 결여된 학생들의 '급진적이고 정서화된 대응'을 비판하는 한편 그들을 올바른 방향으로 이끄는데 실패한 지식인에게도 책임이 있다는 일종의 '자성론(自省論)'을 편다. 이들은 현실을 과감히 받아들이고 적극적으로 정부에 협조하는 태도를 취하였는데 그 가운데 상당수는 각급의 국가기관에 투신하여 관료나 국유기업의 지도자 등으로 변신하는 경우도 많았다. 그러나 일부의 '발 빠른' 대응에도 불구하고 대다수의 지식인들은 집단적 '침묵' 상태에 빠져 있었는데 이들은 공산당의 유혈 진압을 지지하지는 않지만 당시의 제반 여건상 전적으로 공산당 권력의 폭력성에만 전적으로 사태의 책임을 묻기 또한 어렵다는 입장을 취했다. 이러한 침묵 속에서 지식인 사회는 '80년대'적 사조의 한계에 대한 전면적 재검토와 반성으로 침잠해 가는 경향을 보였다.[14]

---

14 6·4 천안문 사태의 정치적 책임 소재를 두고 권력과 지식 사이에 발생한 균열한 대해서는 좀 더 깊은 이해가 필요하다. 유혈진압이라는 불행한 사태의 결과로 발생한 지식인과 정치권력의 대립과 긴장으로서만 이 사태를 이해하는 것은 문제를 지나치게 단순화할 우려가 있다. 특히 서방 매체들이 사태를 바라보는 방식인, 민주 대 반민주의 단순한 대립 구도는 본토에서는 최소한 일면적인 평가로 받아들여졌던 것으로 생각된다. 첫째, 당시 권력의 속성에

적극적으로 권력에의 포섭/투신으로 나아가지 않은 지식인 집단은 자연스럽게 권력과의 관계를 새롭게 조정하게 된다. '지식'과 '권력' 사이의 80년대식 연합, 최소한 일부 지식인 그룹이 가져왔던 권력 핵심부 '개혁파'와의 긴밀한 관계는 종식되고, 권력의 입장에서 볼 때, '지식'은 관리되어야 하는 것으로서, 즉 정치적 안정이라는 대의를 위해 기본적으로 '권력'에 의해 통제되고 관리되어야 하는 것으로서 자리매김 된다. 이는 지식인들로 하여금 공산당에 대한 실망감과 더불어 주변화 되어버린 지

대해서 흔히 알려진 상식과는 다른 판단이 가능하다. 그 책임의 귀속성을 묻는 것과는 다른 차원에서 당시 권력의 상황에 대한 다른 판단이 가능하다. 즉 유혈진압이라는 결정은 공산당 권력의 선택이 통제능력을 상실할 위기에서 터져 나온 '자기보호'를 위한 극단적 반응의 일종으로서 권력 자체의 내부적 혼란과 무기력 상을 반영한다고 보는 관점이 가능하다. 둘째, 주도세력 자체의 정치적 도덕적 측면에 걸친 문제점을 지적할 수 있다. 학생에 의해 주도된 정치적 요구였으되 정부에 대한 '청원'이라는 형식과 '개혁'과 '민주'라는 막연한 요구를 강경한 방식으로 요구한 내용 사이의 부조화가 있었으며 점차 실질적인 대화 보다는 내부 헤게모니 장악을 위해 요구의 선명성만을 과시적으로 드러내는데 관심이 집중되었다는 지적이 있다. 명확한 정치적 방향을 상실했다는 점은 시위 대오 내부에 각종 '투기분자'들의 출현과 더불어 만연한 노선 투쟁 등 부정적인 요소를 만연시켰다. 셋째, 대립의 기본구도는 정부 대 학생의 형식을 취했으나 실제로는 광범위한 지식인을 비롯하여 정부 각급 단위 역시 6·4 사태의 드러나지 않는 저항적 주체로서 기능했다는 점이 지적될 수 있다. 왕후이(汪暉)의 평가(『새로운 아시아를 상상한다』 창비 2003의 2부 「1989년 사회운동과 중국 '신자유주의'의 기원 : 중국 사상계의 현황과 현대성 문제 재론」)에서 드러나듯, 언론사와 정부산하 연구기관 등 '지식(인)'적 속성을 갖는 개인, 단체는 물론이거니와, 개혁적 입장을 지지하던 각종 국가 기관들 역시 내부 논의를 거쳐 반(半)공식적으로 시위과정에 적극 참여했다는 점은 사태의 성격을 이해하는데 있어 빠뜨릴 수 없는 부분이다. 이는 당시의 대립이 국가권력 '내부'의 대립이기도 했음을 암시한다. 또한 이 점은 향후 중국의 공공공간이 반드시 권력의 '외부'에 별도로 자리하는 것이 아니라 필요에 따라 국가권력과 그 외부의 경계에 걸치거나 심지어는 권력 내부에서 권력에 의한 보호를 받으면서 존재하는 '역설'적 상황을 이해하는데 도움이 된다.

식인 자신의 현실적 존재 조건에 대한 좌절감을 동시에 불러일으키게 된다. 이러한 실망에도 불구하고 즉각적으로 권력에 대한 비판의 목소리를 내는 것은 사실상 불가능했는데, 그것은 중국 지식인들이 다른 나라의 지식인들 보다 더 비겁하거나 용기가 결여되어 있었기 때문만은 아니다. 무엇보다도 반우파운동에서 문혁 시기의 지식인 박해로 이어지는 권력과의 불행했던 역사적 관계를 돌이켜 볼 때, 권력의 향배와 반응 양상에 대해 전혀 가늠할 수 없는 상황 속에서 적극적으로 자신을 드러내는 것은 대단히 부담스러운 것임에 틀림없었다. 그러나 이런 침묵의 상황이 장기화되면서 그것은 '지식(인)'의 사회적 존재근거를 스스로 와해시키는 결과를 빚게 된다.

'전향'을 통해 권력에 적극적으로 협조하는 일부를 제외한 나머지의 경우, 그 반대편의 선택이라고 할 수 있는 비판과 저항 또한 적극적으로 선택하지 못한 채 존재감을 상실해 감으로써 일종의 '잉여'적 존재로 취급되기 시작한다. 이런 상황 속에서 지식인 내부에서는 80년대에 누려온 사회적 중요성과 권위를 일거에 상실하고 정치적으로 뿐 아니라 경제적으로까지 주변적 위치에 몰리게 되는 상황에 대해 집단적 두려움이 싹터 오르기 시작한다. 이러한 상황은 지식인의 입장에서 자신의 존재 조건 자체와 관련하여 매우 절박한 두 가지 당면 목표를 제시하게 된다. 즉 권력에 의한 통제와 관리에서 벗어나 자립적이고 자율적인 존재 공간을 확보해 가야 한다는 과제와 더불어 지식인의 주변화 현상을 극복하기 위해 적극적으로 현실 상황 속에서 발언의 입지를 확보해 가야 한다는 과제가 그것이었다.[15]

---

15 이 두 가지는 보는 각도에 따라서는 상호 모순적인 요구일 수도 있는데 자율적 공간의 확보는 일정한 폐쇄성을 동반하지 않을 수 없고, 현실에의 적극적 개입은 개방성, 경우에 따라서는 정치와의 새로운 결합을 요구한다는 점에서 그러하다.

1989년 6·4 사건 이후에서 1991년 말까지의 상황이 한치 앞을 내다보기 힘든 '안개 정국'과도 상황이었다면 1992년 벽두의 이른바 '남순강화(南巡講話)'는 향후 가시화된 90년대 중국 사회의 '시장주의적' 기본노선을 대내외에 공표함으로써 향후 중국 사회의 전개 방향에 대해 기본적인 예측의 가능성을 제고시키는 하나의 전환점이 되었다. 당시 실질적인 최고지도자 자리에 있던 떵샤오핑(鄧小平)은 1992년 벽두부터 노구를 이끌고 자신이 개혁 개방의 상징적 조치로서 단행한 선쩐(深圳) 경제특구의 증권시장을 '현장지도' 차 방문하여 유명한 '남순강화'를 발표한다. 경제특구의 성공적인 경제발전을 높이 평가하면서 개방 노선의 강화를 대내외에 천명한 떵샤오핑의 연설은 6·4 이래 만연해 왔던 중국의 '보수회귀' 가능성과 이에 따를 국제사회로부터의 고립에의 우려를 불식시키는 계기가 되었다. 아울러 이는 걸핏하면 "성씨가 자본주의냐 사회주의냐"[16]로 향후의 노선을 두고 시비를 일으켜온 공산당 보수파에 대한 권력 핵심으로부터의 강력한 경고 조치로서의 성격도 겸하고 있었다. 2년여의 모색 끝에 공산당이 선택한 것은 위로부터의 개혁 조치를 강화하는 것이었고 이는 시장화와 국제화, 외국 자본에 대한 적극적인 유입 정책으로 이어진다. 공산당은 소모적 이념 논쟁만을 반복하게 될 경우 확산될 내부 반발과 당 정체성을 둘러싼 시비가 재연될 가능성에 대한 우려 때문에라도 정부 주도의 개혁 드라이브 정책을 급속하게 추진하는 노선을 채택한다. 정치적 안정기조를 유지하는 가운데 중앙 권력에 의해서 지도되는 급진적 시장화 정책을 통해 성장과 안정이라는 두 마리 토끼를 동시에 쫓는 것이 '남순강화'로 상징되는 새로운 노선의 요체라고

---

16 이른바 '성자성사(姓資姓社)' 논쟁이란 개혁적 경제조처들에 대해 그것의 성격이 자본주의적인지 사회주의적인지를 물으며 '이념적 시비'를 불러 일으킨 천윈(陳雲) 등 당 내부의 적 원로 그룹의 급진개혁노선에 대한 비판을 가리킨다.

할 수 있다.

개혁 개방 노선의 지속이 최고 지도자에 의해 공개적으로 천명됨으로 써 경색되었던 중국 사회의 분위기는 급속히 바뀌게 된다. 이후 '중국 특 색의 자본주의 시장경제'로 명명된 '시장'의 기능을 대폭 확대한 새로운 경제 정책은 전 인민의 삶을 새롭게 바꾸어 놓게 된다. '돈'이 보다 공개 적으로 자신의 위력을 과시할 수 있게 된 조건 속에서 '권력'에 비해 좀 더 접근이 용이하다고 생각되는 '화폐'에 대한 추구는 '자본주의적 이윤 동기'를 삶의 중요한 목표로 바꾸어 놓게 된다. 더구나 이 과정은 사회주 의를 표방해온 국가 권력에 의해 이념적 무해성이 보증되고 고무, 장려 되는 것이기에 과거와 같은 정치적 부담을 의식할 필요도 없었다. 짧은 기간에 사회의 기풍은 급속히 달라져, '싸하이(下海, 돈의 바다에 뛰어 들다)'와 '징상'(經商, 장사로 돈벌이에 나선다는 의미)' 같은 말이 지식인 들 사이에서도 자연스럽게 입에 오르내리고 '치부광영'(致富光榮, 재산 을 모으는 것은 영광스러운 일이다)과 같은 구호가 거리 곳곳에 나붙는 등 '친자본주의'적 사태들이 눈 깜짝할 사이에 사회의 주류적 흐름으로 편입되어 들어왔다. 이같은 급격한 '우경화'는 다른 의미에서 지식인들 로 하여금 이에 대해 적절히 반응하는 것을 불가능하게 했다. 오히려 그 들에게 비판의 대상이었던 '권력'은 기대 보다 훨씬 더 급진적인 방식으 로 '자본주의'를 허용하고 심지어는 고무하였으며, 인민들 역시 '80년대 식 계몽주의'로서는 상상하기 어려울 정도로 '시장의 합리성'에 빠른 속도로 적응해 가기 시작했다. 비판의 대상과 목표가 눈앞에서 전도된 것이다.

정부의 개혁 조치 가운데서 문학과 지식 담론의 판도에 가장 큰 영향 을 미친 것이라면 역시 '매체 개혁'과 관련된 조치를 들 수 있을 것이다. 정부는 비효율적이고 비대한 공공부문에 대해 각급 단위들에 책정된 예 산 가운데 정부가 직접 책임지는 비율을 일정 수준 이하로 줄이고 기타 필요 예산에 대해서는 단위 별로 책임 경영을 통해 해결해 나가는 내용의 조치를 실시한다. 이 조치는 광범위한 언론 잡지 그리고 출판 매체들에 대해서도 예외 없이 적용되었는데, 이는 언론과 출판의 존재 방식을 완전히 뒤바꾸는 결과를 초래한다. 이전까지 정부의 보호와 관리 안에서 충실히 정부의 입장을 선전하던 언론의 기능에 심각한 변화가 불가피해진 것이다. 정부의 입장을 충실히 전달하는 뻔한 내용으로는 더 이상 생존을 지속하기 어렵다는 판단이 서자 상당수의 매체들은 과감한 변신을 시도하게 된다. 즉 시장에서 살아남을 수 있는 잘 팔리는 '컨텐츠'의 생산에 목을 매게 된다. 정부의 통제가 아니라 시장의 원리가 언론 매체에 있어서도 가장 중요한 행동준칙이 된 것이다. 언론의 시장화와 자본화가 대세로 자리 잡았고 이에 적응하지 못한 많은 매체들은 통폐합 되거나 심지어는 도태되기도 하였다. 이러한 조치를 통해 각종 매체들은 우선 양적으로 규모의 확대를 추구했다. 지면을 늘림으로써 판매부수와 광고 수입을 늘리는 것이 일차적인 생존의 방책이었고, 늘어난 지면을 채우기 위해 자체 기사 외에 상당량의 외부 기고를 받아들였다. 매체 간의 경쟁도 점차 강화되어 독자들에게 어필할 수 있는 컨텐츠들, 특히 '사회적 명망가'와 '유명 문인'들의 원고는 매체 편집자들 사이의 쟁탈 대상이 되기도 했다. 이런 현상은 문학 및 지식 담론이 새롭게 사회적 영향력을 확대할 수 있는 기회를 제공하였다. 즉 매체 공간의 확장을 통해 담론 공간이 회복되었고 보다 종전 보다 더 넓고 강력한 대사회적 유통채널을 확보할 수 있는 조건이 열리게 된 것이다.

그러나 이런 상황이 그 자체로 문학 담론의 권위 회복에 유리한 국면만을 열어준 것은 아니었다. 그것은 어떤 점에서는 문학 담론이 직면한 하나의 새로운 도전이었다. 문학잡지를 비롯한 문학의 사회적 유통 출판 구조 전체가 당면한 상업적 이익에 입각하여 재편되는 과정은 우선 작가들에게 정치적 제약과는 다른 방식으로 창작의 자유를 제약하게 되었다. 이를테면 80년대의 문단에서 활발하게 시도되던 문학적 실험이 후퇴하고 그 빈자리를 이윤동기를 극대화한 '잘 팔리는 책'들이 차지하게 되었다.[17] 문학 담론은 천안문 이후의 침묵에서 채 회복되기도 전에 문학의 전면적 시장화 현상이라는 강력한 도전에 부딪히게 된 것이다. 89년 이후 문학 담론은 우선 창작의 측면에서 살펴보자면, 다른 지식 예술 영역과 마찬가지로 64 직후에는 일체의 움직임이 동결되었다가, 계엄령이 해제되는 90년부터 이른바 '주선율(主旋律)'을 충실히 따르고 있는 작품에 문학잡지의 지면이나 출판기회가 우선적으로 분배 되었다. 매체의 '시장화' 조치가 시행되기 이전에는 정치적 고려에 따라 발표의 기회를 선점한 이런 '주선율'에 해당되는 작품들이 문단을 주도하는 상황이었다.

이런 보수적 문단 상황은 주요 문학 매체들의 편집 책임자 및 작가 단체의 간부 등 문학의 유통을 책임지는 소위 '링다오(領導, 각 급 단위의 책임자)'들의 배치가 80년대와 완전히 달라진 것과도 관련된다. 80년대 문학의 선도성은 젊은 작가들의 과감한 실험정신과 서구 문예사조에 대한 미학적 경도 외에도 이를 긍정적으로 보고 후원하는 입장에 섰던 문학잡지의 편집 책임자와 중견 비평가들의 존재와 무관하지 않았다. 정치적으로도 현실에 대해 비판적이었던 이들 가운데 상당수는 6·4 사건 당시 학생들의 시위에 적극적인 지지의사를 표명하는 한편 문인 지식인들을 조직하여 서명 및 시위 등의 방법으로 정치적 의사를 표출하는데 앞장섰다. 6·4 직후의 엄격한 책임자 색출 과정에서 이 범주에 속하는 대부분의 인사들이 직위해제 되었고 일부는 체포·구금되었고 간신히 이를 피한 일부는 해외망명을 선택하기도 하였다. 이들의 자리를 채운 것은 건국에서 문혁에 이르는 기간 동안 '문예선전 공작'에 종사해온 소위 '노간부(老幹部)'들이었는데, 90년대 초반 문예계의 보수화 현상은 '복벽(復辟)'에 성공한 이들 문예계의 노간부에 의해 주도되었다.

---

17 사오옌쥔(邵燕君), 『文學場的傾斜─當代文學生産機制的市場化轉型』江蘇人民出版社 2003 1장과 2장 참조.

그러나 매체에 대한 전면적 개혁 조치가 실시되고 나서 상황은 완전히 달라진다. 신문 잡지를 비롯한 각종 매체는 더 이상 정부의 시책에 충실히 부응하는 것만으로도 별다른 걱정 없이 기존의 안정적 지위를 유지하는 것이 불가능해지게 되고, 문학 영역 내부에서 상당한 권위를 누려왔던 편집자를 포함하여 관련 업계 종사자 전체가 대규모 '샤강(下崗, 자본주의 체제에서의 실업에 해당하는 사회주의 체제에서의 고용중단)'의 위기에 직면하는 처지로 전락하게 된다. 이를 타개하기 위해 각종 매체는 자생력 강화에 매달리게 되었고 상업적 성공을 목표로 대중의 구미에 맞는 잘 팔리는 작가를 발굴하기 위한 경쟁은 전례 없이 가열되었다. 이러한 상황 속에서 중국의 문단 및 출판계 전체는 전면적인 '베스트셀러' 만들기 경쟁에 돌입하게 된다. 이런 상황 속에서 자신의 작품을 스스로 '건달(痞子) 소설'로 내세운 왕쑤어(王朔)의 작품들이 전례 없는 성공을 거두게 된다. 왕쑤어의 작품들은 소설로서 뿐 아니라 TV 연속극과 영화로도 개작되어 대중의 폭발적인 반응을 이끌어 내면서 소설가 본인 및 이를 컨텐츠화하는 상업적 조작에 가담한 이들에게 돈과 명예를 한 손에 움켜쥐도록 해주었다.

이와 더불어 당시의 '국학' 붐을, 중산층의 차별화를 지향하는 문화적 소비 욕구와 적절히 결합시킨 위치우위(余秋雨)의 여행 산문[18] 또한 엄청난 판매고를 올리게 된다. 이런 대중적 베스트셀러의 출현은 문학과 교양, 지식에 대한 기존의 관념을 완전히 바꾸어 놓았다. 대중들은 사회주의 시기의 교양이나 80년대 풍의 계몽주의적 태도와 차별화된, 자신이 소비할 수 있는 문화상품을 요구했고 또 시장의 판매부수로 이를 확실

---

18 상해희극학원 교수인 余秋雨의 여행산문집 『문화고려 文化苦旅』는 출간 당시 수백 만 부가 팔리는 폭발적인 반응을 보이며 이른바 '베스트셀러(暢銷書)' 시대의 개막을 알렸다. 이를 포함한 위치우위의 여행관련 저서 대부분이 『위치우위의 문화유산 탐방』(전집 전 5권) 미래M&B 2006으로 번역 소개되어 있다.

히 보여주었다. 이런 분위기 속에서 80년대부터 서서히 유행이 번져왔던 찐융(金庸)의 무협소설도 80년대의 대표적 인문교양서적 출판사인 삼련서점(三聯書店)을 통해 정식 판본으로 출간되기에 이른다.[19]

대학생과 일부 식자층 사이에서 유행하였으되 "숨어서 즐기는 것"이란 인식이 지배적이던 무협소설이 삼련서점이라는 상징적인 의의를 가진 출판사를 통해 정식으로 출간된 사실은 당대의 문화사적 맥락에서 대단히 시사적인 사건이다. 이는 사회주의 시기 문학에 부여되어온 엄숙성과 진지함이 퇴조하고 문학이 시장경제의 메커니즘 속에서 일종의 대중적 소비품으로 다시 자리매김 되어 가는 새로운 추세를 보여준다. 한편 찐융의 무협소설은 '중국적인 것'에 대한 대중의 희구와도 관련지을 수 있는데 이는 사회주의 이념이 퇴장하고 경제적 발전이 최고의 가치로 받아들여지던 당시 분위기 속에서 민족주의적 정서가 이념적 공백의 보충물로서 새로운 '세일즈포인트'가 되었다는 저간의 사정과 관련된다. 이를 전후한 시기에 『노(No)라고 말할 수 있는 중국』[20]와 같은 국수적 성향의 책들이 출판 시장에서 크게 성공한 것과 견주어 '중국적 가치'를 환기시키는 문화적 장치로서의 김용 소설의 성공은 국수적인 성향이 하나의 대중적 문화상품으로서 확산되어간 현상으로 이해될 수 있을 것이다.

거시적으로 볼 때 1990년대는 문학담론의 위상이 상대적으로 쇠퇴한 시기였다. 가깝게는 문혁 이후의 신시기 국면 이래, 멀리는 사회주의 혁명 이후 혹은 5·4 이래의 문학 담론이 지식 영역 내에서 차지해온 중요성은 90년대 이후 급격한 하강을 겪었다. 여기에는 여러 가지 원인이 있

---

19 사오옌쥔, 앞의 책 132면.
20 1996년 발간되어 중국에서 50만부의 판매부수를 기록한 것으로 알려진 이 책은 한국에도 번역 소개되었다. 송챵 등저 강식진 역, 『No라고 말할 수 있는 중국』 동방미디어 1999.

을 수 있겠으나, 우선 두 가지를 지적하고 싶다.

첫 번째, 지식인 사회 전반의 심리적 상황을 들 수 있다. 89년의 천안문 사태를 겪고난 후 지식인 사회를 포함한 중국 사회 전반에는 이상주의적 삶의 태도가 철저히 부정되는 심리적 경향이 만연하였다. 구국과 계몽에의 열정, 사회주의 혁명에의 열렬한 긍정, 공산주의적 이상 사회 건설에의 희구 등 중국 현대사를 관통해온 삶의 태도이자 미학적 원리로서의 이상주의가 6·4 천안문 사태로 상징되는 현실 정치의 냉혹함에 대한 생생한 체험을 통해 전면적으로 부정당한 것이다. 이러한 이상주의는 정치적 박해와 억압이 절정에 달한 문혁 시기에 조차 굳건히 유지되어 온 것이었으며 어떤 의미에서 문혁은 이상주의의 과잉 발산의 결과물이기도 하였다.

이런 점에서 그 부정은 어떤 의미에서는 건국 이래 최초의 것이라고도 할 수 있는 것이었고 그런 만큼, 심리적 파장은 컸다. 또한 이런 이상주의적 태도는 지배이데올로기로서의 공산당의 성격에 대한 이해와도 긴밀한 관련성을 맺고 있었다. 이를테면 공산당 권력은 내부의 숱한 혼선과 실책에도 불구하고 '혁명'으로 요약되는 이상주의의 비전을 현실속에서 체현해 가는 '집행기구'이며 '인민해방군'의 지상목표는 '인민'을 보위하는 것이라는 당과 사회주의에 대한 '신뢰'는 체제의 정통성 문제를 심리적·미학적으로 보충해주는 '이상주의'에 의해 지탱되는 것이기도 하였다. 그러나 정치적 반대세력, 그것도 자체의 무장력이 전혀 없던 학생과 젊은이들을 '인민해방군'의 무력을 동원하여 '학살'에 가까운 방식으로 진압하는 공산당 권력의 맨얼굴을 목격한 이후 중국 사회 전반의 이상주의는 설 곳을 잃고 말았다.

'아우슈비츠 이후에도 시가 가능한가'라는 아도르노의 말처럼 이상주의가 일종의 환멸로 바뀌는 순간, 지고의 인간성에 호소함으로써 보다 나은 삶과 사회를 만들어 갈 수 있다는 믿음에 입각하여 창작되고 수용되는 '문학' 역시 그 '아우라'를 잃고 말게 된 것이다. 이처럼 이데올로기의 면사포조차 벗어던진 채 건조하고 냉정하게 행사되는 국가폭력은 '인간성'에 호소함으로써 그리고 '감동'이라는 미학적 기제를 통해 궁극적으로 세상을 바꾸어 갈 수 있으리라는 문학을 떠받치고 있던 오랜 믿음을 파멸시켰고 그에 의해 지탱되어온 '문학 담론' 역시 권위를 잃게 되지 않을 수 없었다.

둘째, 문학담론이 누려온 상대적으로 독점적인 지위의 소멸을 들 수 있다. 앞에서 언급한 것처럼 현대 중국에서 문학은 권력과 특수한 관계를 유지함으로써 여타의 지식 담론에 허용되지 않았던 상대적 자율성과 일정한 발언 공간을 누릴 수 있었다. 그러나 89년 6·4 이후의 냉엄한 정치 상황은 1992년 초의 '남순강화' 시기에 이르도록 조금이라도 정치적 반대의 메시지로 해석될 소지가 있는 모든 종류의 지식 담론에 대해 일률적으로 발언의 공간을 폐쇄하는 결과를 낳았다. 공산당의 지도방침을 충실하게 따르는 소위 '주선률'에 해당되는 것이 아니고서는 어떠한 발언도 잠재적으로 정치적 탄압의 위험에 노출될 수 있다는 두려움이 지식계 전반에 만연해 있었다. 문학 담론의 생산자들 역시 이런 현실 인식에 기초하여 기존에 용인되어온 스스로의 '예외성'을 자진 반납하며 침묵으로 일관했고 이는 향후 문학 담론의 현실적 대응력에 대한 불신과 의혹으로 이어져 상황이 완화된 92년 이후에도 이전에 누렸던 권위를 회복할 수 없게 만드는 중요한 요인이 되었다.

상술한 두 가지 원인의 상승효과로 문학은 확실히 소강국면에 접어들게 되었고, 문학 담론은 쇠퇴 혹은 몰락이라는 진단을 내리기에 부족함이 없는 상황에 놓이게 된다. 그러나 이 판단에는 두 가지 전제가 동반되어야 한다.

첫째 그것은 문학담론의 영향력 쇠퇴라는 현상은 철저히 상대적인 비교의 관점에서만 이해될 필요가 있다는 점이다. 이전 시기에 여러 가지 이유로 거의 주목 받지 못하는 처지에 있다가 90년대 들어 새롭게 지식 담론의 중심영역으로 떠오른 여타 지식 담론과 비교할 때 문학담론의 상대적 위축은 일종의 체감 수치로서 부각된다는 점에 주의할 필요가 있다. 즉 전체 지식 담론의 영역 내에서 절대적인 비중에 있어 문학담론을 압도하는 다른 지식담론(들)의 존재를 반대로 실감하는 것 또한 용이한 일은 아니다. 특히 구체화된 계량적 수치를 통해 문학과 여타 영역 사이의 상대적 비중을 계산해 '냄으로써 이를 입증하기는 더욱 곤란하다. 이는 문학담론의 쇠퇴가 반드시 더욱 강성한 다른 담론의 존재를 전제로 하여 그것과의 절대적이고 수평적인 비교를 통해 도출된 결론이라기보다는 지난 시기의 문학 담론이 누려온 위상과의 상대적이고 수직적인 비교의 결과라고 보아야 할 것이다. 오히려 문학담론은 그 나름의 분화되고 전문화된 영역 내에서는 여전히 세력을 유지하고 있었다. 특히 개혁조치의 일환으로 잡지와 단행본 등 매체 부문의 정부지원이 삭감되고 매체의 독립채산제도 실시된 93년 이후, 문학 작품집의 발행 부수 등 계량적 비교가 용이한 수치한 데이터를 근거로 삼을 경우, 오히려 과거에 비해 그 규모가 확장되었다는 판단도 가능하다.[21]

둘째, 문학 담론의 쇠퇴는 문학을 좁은 의미의 근대적 문학으로 규정했을 경우에 한정된 판단으로 제한될 필요가 있다. 다시 말해, 문학 담론은 그와 인접한 지식담론의 영역, 예컨대 90년대의 대중문학/문화 붐이 촉발한 문화연구의 성행 등을 광의의 문학 담론의 범주로 포섭할 경우 쇠퇴라는 진단은 섣부른 것이 되기 쉽다. 특히 90년대 들어 중요한 역할을 담당한 문화 연구의 경우, 이를 주도한 지식인 그룹이 서양 관련 학계의 경우와 같이 인류학, 사회학, 매체학 분야의 연구자 집단 속에 골고루 분포되어 있었다기 보다 주로 전통적인 문학비평가 그룹에 속한 경우가 많았다는 점을 감안하면, 문화 연구의 성행은 일종의 '간판을 바꿔단' 문학비평으로 보아도 무리가 없을 것이다.

이런 문화 연구 붐과 더불어 비평적 관심은 문자-텍스트를 뛰어 넘

---

21 사오옌쥔, 앞의 책, 제2장 참조.

어 전방위적으로 확장 되는 양상을 보이게 된다. 즉 '문학'을 향해 쏟아졌던 80년대의 '열정'이 한편에서는 전통적 미디어인 '문자-텍스트'에 갇혀 있는 문학이라는 '장르'를 벗어나서 종합 미디어인 영화를 비롯하여, 90년대 들어 대중적 영향력이 극대화된 연속극과 다큐멘터리, 그리고 시사 프로그램 등의 TV 프로그램, 그리고 연극, 대중음악 등으로 확산되어 갔다. 문자 텍스트로부터 이탈한 관심은 말 그대로의 '멀티-미디어'를 향해 뻗어갔으며, 이런 새로운 정황 속에서 전통적 '문학'은 사회의 시장주의적 재편에 따라 이제까지는 본격적 문학이라는 관념 속에서 알게 모르게 배제되어 왔던 부류의 통속적 문학, 즉 대중의 기호에 영합하는 것을 일차적 목표로 하여 생산된 상품으로서의 문학에 새삼스러운 관심과 주목을 표시함으로서 잃어버린 관심을 회복하는 방향으로 나아가게 되었다.

그러나 문학 비평이 문자 텍스트를 넘어 '멀티미디어'에 기반한 인접 영역을 향해 비평적 관심을 넓혀 가는 현상은 문학의 입장에서는 영역의 확장으로 이해될 수 있지만 멀티-미디어의 입장에서 볼 때 문학이 하나의 새로운 하위 영역으로 편입된 것일 뿐이다. 지난 시기 문자텍스트가 가졌던 매체로서의 중요성은 기술의 발달과 미디어의 사회적 존재 조건이 달라짐에 따라 점차 축소되어 복합매체를 사용하는 '非'문자텍스트에게 점차 자리를 내주게 되었다. 따라서 문학이 문자텍스트의 차원에서 가장 효과적인 메시지 전달 수단이자 정련된 예술 형식으로서 누려온 특권도 함께 사라지게 되었다. 그러나 여타 매체와의 경쟁관계 속에서 문학이 소멸하거나 자신 만의 영역으로 축소되어버린 것만은 아니다.

문학은 물론 자신의 일정하게 분화된 자신의 영역을 유지하는 한편 복합 매체를 사용하는 장르 속에 그 일부분으로 녹아들어가게 된다. 영화나 TV 드라마 같은 전형적인 복합장르의 경우에도 그 성패를 결정하는 가장 기본적인 요소는 문자 텍스트의 차원에 속하는 대본(스토리라인, 플롯)인 경우가 허다하다. 회화나 무용, 사진 등과 같이 표현 매체의 속성 상 텍스트를 배제하는 예술 형식도 물론 존재하지만 이런 장르들의 경우 미디어로서의 정보전달력이 문학적 요소가 긴밀한 구성 부분을 이루는 복합매체적 장르에 비해 제한적이기 때문에 새로운 환경 속에서도 이들 장르가 주류적 위상을 점하는 사태는 일어나지 않는다. 문제가 되는 것은 영화, TV 드라마, 연극, 대중가요의 경우 처럼 문학적 요소를 배제하기 어려운 장르이다. 기술적 진보를 바탕으로 압도적 대중적 전파력을 가진 이들 장르(미디어)는 문학의 속성을 내재화함으로써 문학을 대체하는 보다 강력한 영향력을 발휘할 수 있게 되었다. 이런 신흥 미디어-장르들의 위상이 제고되면 될수록 그에 상응하는 진지한 검토와 비평이 요구되었는데, 그에 답할 수 있는 비평적 안목과 능력은 역시 오랜 기간 경험이 축적된 문자-미디어, 문학의 영역에서 우선 찾을 수 밖에 없었고 이에 따라 비문자적 텍스트에 대한 문학적 개입이 자연스럽게 확산된다.

한편 90년대 초반 급속히 확장된 이들 신흥 장르들의 부흥 현상은 문화자본의 축적과 재생산 과정으로서의 문화산업의 견지에서 고찰될 필요가 있다. 90년대 초반 정부의 재정 적자 규모 축소 정책의 일환으로 신문 잡지 출판 등에 가해져 오던 정책적 규제가 완화되었다. 이 조치의 결과로서 정부가 미디어들에 대한 재정적인 책임에서 벗어나게 되는 상황은 미디어를 국가 이데올로기의 선전 통로로만 규정해 오던 오랜 관행을 자연스럽게 약화시키는 결과를 빚는다. 물론 정치적 규제의 완화 조치가 국가에 대한 자유로운 비판까지 허용된다는 적극적인 의미를 띤 것은 아니었지만 최소한 상투적인 국정 선전에서 벗어나 '자력갱생'을 위해 적절히 시장의 구미에 맞는 기획을 시도할 자율권은 보장되었다. 이런 미디어들의 자력갱생을 위한 몸부림은 대중의 새로운 입맛에 좀 더 가까이 다가간 컨텐츠에 대한 수요로 이어진다. 신문, 잡지, 출판 같은 텍스트 중심의 미디어들이 인기 작가들의 원고로 지면을 채운다거나 베스트셀러의 기획출판을 시도하는 동안, 비텍스트 미디어 역시 훨씬 더 강력한 시장지향적 변신을 시도하게 된다. 경제성장의 순조로운 지속은 컬러 TV, VCD와 같은 멀티미디어에 접속할 수 있는 내구재 소비품의 보급을 촉진시켰고 홍콩, 대만을 위시한 해외 프로그램이 일시에 TV 채널을 점령하게 된다. 다른 한편에서는 해외 영화제에서의 잇단 수상으로 인해 국내 영화에 대한 인식이 새로워지는가 하면 VCD 플레이어의 급속한 보급과 보조를 같이한 불법복제 영상물의 유행으로 헐리우드와 홍콩 영화 등을 중심으로 대중적 영화붐이 조성된다.

　이런 분위기는 문화를 자본주의적 상품의 일종으로서 새롭게 정의하게 만들었으며 그에 상응하는 대한 비평적이고 미학적인 접근을 필요로 했다. 이 같은 복합적인 문화상황에 대해 기존의 문학 담론의 분석틀은 일정한 효용을 발휘했으나 결국은 한계에 봉착하였다. 그 한계는 우선, 텍스트 중심의 분석틀로는 더 이상 커버하기 어려운 복합매체 자체의 속성에 대한 기술적 장르적 이해가 부족했다는 점에서 찾을 수 있겠다. 영화나 TV 드라마, 연극, 대중가요 등은 미디어의 속성 및 문학에 비해 훨씬 복잡한 유통 방식 자체에 대한 보다 깊은 이해가 필수적이었다. 그러나 정작 더욱 중요한 문제는 미디어 자체의 속성을 뛰어넘는 새로운 '문화적 환경'을 어떻게 이해할 것인가 하는 문제에 있었다. 시장경제에 대한 찬미와 소비적 문화산업의 메커니즘이 문화를 지배하는 상황 속에서 더 이상 예술 창작자 개인의 장인적 숙련과 깊은 고뇌의 산물로서 작품을 다루어 오던 문학의 비평적 관행은 그 적용범위가 지극히 제한되었다. 개개의 작품을 둘러싼 사회적 현상 전체의 맥락을 고려하는 것이 매우 중시되었다.

　이런 달라진 상황에 대한 새로운 안목은 새로운 이론에 대한 수요를 낳았고 이 지점에서 '문화연구'나 '포스트모더니즘'의 대중문화 이론 등이 주목 받게 되었다. 이처럼 문화생산의 영역에서 나타난 전통적 문학 비평 담론에서 '문화연구' '포스트모더니즘'의 대중문화론 등으로의 확장 혹은 전이는 한편에서는 '전통적' 문학 담론의 쇠퇴로 다른 한편으로는 문학 담론의 확장 및 발전으로 이해 수 있는 양면성을 동시에 가지고 있다. 그러므로 이런 양면성이야 말로 문학 담론을 주어로 두고 이 시기의 '문화적 현상'을 이해하는 것이 제한적인 의미만을 가진다는 점을 보여준다고 하겠다.

이처럼 문학 담론의 '쇠퇴'이자 '발전'인 90년대 초중반의 양상은 어떤 의미에서는 '슈퍼코드로서의 문학'이 해체되는 과정이라고 할 수 있다. 중국 사회 내부의 독특한 조건 속에서 '문학' 영역이 근대적 의미의 문학 이상의 몫과 기능을 담당해 왔다는 의미에서 문학은 일종의 초월적이자 복합적인 속성, 즉 일종의 '슈퍼코드'적 성격을 가지고 있었다. '문사철(文史哲)'을 통합하는 개념으로서의 전통적 '문(文)'의 관념이 자연스럽게 그 속에 함축되어 있었는가 하면, 당에 의해 직접 관리 통제되는 사회과학 영역의 담론들을 의제(擬制) 적으로 대신하는 기능을 담당하기도 했다.22 그러나 90년대 이래의 변화 즉, 가치의 분화를 통한 제반 영역의 자립성 제고와 전문화 현상의 대두는 슈퍼코드로서의 문학을 해체하게 되었다. 따라서 문학 담론이 담당해오던 초월적이고 복합적인 기능 또한 새롭게 분화된 담론 영역 속으로 이전되게 된다.

이런 가치분화 현상은 크게 세 가지 변화로 요약된다. 첫째, 문학 담론이 창작, 비평, 연구로 내적 분화되는 한편 그동안 주목 받지 못했던 인접 영역인 사상(사), 학술(사), 문화연구 등의 담론으로 확장 전이되면

---

22 사회주의 시기의 문학은 이념적 민감성을 띤 사회과학 영역의 담론을 '문학 담론'의 형태로 바꾸어 유통하는 기능을 담당하기도 했다. 이는 사회주의 특유의 '문학관'과 관련된 것인데, 레닌의 '당조직과 당문학'이라는 유명한 문건에서 나타나듯 '문학'의 개념을 시 소설 산문 비평 희곡 등의 근대적 장르로서의 문학만이 아니라 '당내의 사상투쟁'을 매개하는 글쓰기 활동 일반으로 확장시켜 이해해온 관행과 관련된다. '보고문학'이 대단히 중요한 장르로서 격상된 것이나, 당 내부의 공식적 문건을 제외한 정치적 이데올로기적 글쓰기가 '문학' 활동으로서 처리되어 온 것은 이런 '관행'을 염두에 두지 않으면 이해하기 어려운 현상이 된다.

서 다변화하는 현상. 둘째, 구체적 사회 현실 문제를 다루는 비판 담론이 사회과학 영역을 중심으로 대두하기 시작하는 현상. 마지막으로 국가권력과 지식 사이의 관계가 재조정됨에 따라 지식 담론 내부에 이를 둘러싼 입장의 균열이 생겨나기 시작하는 현상을 들 수 있다.

문학 담론은 새로운 현실적 조건에 맞추어 스스로를 재구성함으로써 일정한 형태로 살아남게 되었지만 현실은 이미 이를 뛰어 넘는 지식 담론의 해석과 개입을 필요로 하고 있었다. 따라서 문학 혹은 그것의 확장 형태로서의 인문학이라는 범주를 넘어서서 보다 사회의 현실 문제에 구체적으로 개입해 들어가는 새로운 지식 담론들이 등장하기 시작했는데, 이는 크게 보아 사회과학 담론의 대두 현상으로 요약될 수 있다. 그렇다면 문학 담론이 감당하지 못하는 빈 공간을 사회과학 담론이 채울 수 있었던 원인은 무엇인가?

먼저, 사회주의 특유의 조건 속에서 권력과 이데올로기 기구에 대해 사회과학 담론이 하나의 독자적 지식영역으로 존립하기 어려웠던 상황이 사회의 제반 영역의 제도적 분화라는 큰 추세 변화를 따라 개선되었다는 점을 들 수 있겠다. 즉 사회과학 담론에 가해졌던 이념적 제약이 약화됨에 따라 사회적 문제의 분석틀로서 사회과학이 가진 고유의 역할이 인정되기 시작한 것이다. 둘째, 특별히 이 시기에 사회과학 담론이 주목받게 된 데에는 새로운 '사회적 문제'의 폭발적인 확대라는 상황 역시 간과할 수 없다. 위로부터의 급진적인 개혁 조치는 낡은 문제들을 개선하는 데 일정한 효과를 발휘했지만 그에 못지않게 새로운 사회적 문제를 양산해 내게 되었다. 주로 시장 메커니즘의 도입으로부터 생겨난 새로운 사회적 문제들은 그를 분석해낼 새로운 이론적 도구를 필요로 했고, 제반 사회과학 담론은 이런 수요에 대한 이론적 부응의 결과물이었다. 말하자면 사회과학 담론은 구체적 문제에 대한 보다 구체적인 비판 담론의 형태로 제출된 것이었다. 셋째, 사회과학이라는 담론 영역 자체의 제도적 정착을 들 수 있다. 90년대 초반 이후 대학 및 연구기관 내에서 사회과학이 학문으로서의 자리를 잡아가게 되었는데 이 과정에서는 90년대 이후 급속히 늘어난 외국과의 학술 교류 및 외국 유학 출신자들의 역할이 막중했다. 80년대 이래 많은 수의 유학생들이 미국과 유럽에 나가게 되었고 90년대 초반부터는 소위 "세계 수준에 발 맞추자(與世界接軌)"는 구호의 유행 및 점차 증대되는 중국에 대한 세계 학계의 관심 덕분에 중국 연구자들에게 포스트닥 과정 등의 형식으로 외국에 나가 방문 연구를 수행할 수 있는 기회가 크게 늘어났다. 이들을 통해 정치 경제 법률 등의 영역에서 서구의 사회과학 담론들이 대량으로 수입되었는데 이는 국내의 담론 지형을 바꾸는데 있어 강력한 촉진제로 작용하였다.

3. 인문정신(人文精神) 논쟁의 전개와 그 효과 : 문학장의 구조 변동 및 지식담론의 분화

90년대 초반의 이러한 상업 출판의 성공이 그 자체로 문학 담론의 지위를 상승시킨 것은 아니었다. 오히려 비평가들의 감식안과 관계없이 시장에서의 성공 여부로 작품의 가치를 평가하는 풍조가 일반화됨에 따라 '비평 담론'의 입지는 전례 없이 축소되었다. 상업적 출판의 성공은 역설적으로 비평 담론, 나아가 문학 담론 전체의 영향력을 쇠퇴시키는 결과를 빚고 만 것이다. 따라서 입지가 축소된 비평가들은 문예 잡지의 편집 및 문학작품 단행본의 출판 과정에서 중요한 권한을 행사함으로써 창작과 긴밀하게 연관되어 있었던 과거와 달리 외부의 새로운 '귀속처'를 필요로 하는 입장이 되었다. 이런 상황 속에서 대학 내부의 아카데미즘이 하나의 대안적 공간으로 주목받게 되고 비평 담론의 생산에 종사했던 상당수의 인력을 대학 내부로 흡수하게 된다.

이 시기의 급속한 경제적 성장추세는 과거에 비해 확대된 고등교육 수요를 창출하였고 대학 재정 또한 자율책임제 실시 이후 상당한 융통성을 가지게 됨에 따라 연구 및 강의 인력에 대한 신규 수요와 관련하여 이에 적합한 인원을 대학 내부로 흡수할 여력을 갖게 되었다. 따라서 창작 및 미디어 활동에 관여되어 있던 상당수의 인원들이 연구자 혹은 교육자로 자신의 사회적 역할을 재조정하게 된다. 따라서 비평 담론은 창작 및 미디어와의 긴밀한 결합에서 해방되어 대학의 연구 및 강의 체제 속에 새로운 둥지를 틀게 되었다. 이처럼 비평가들의 신분이 이동함에 따라 비평 담론의 존재 양식 역시 대학 체제 내부의 아카데미즘에 직접적으로 영향을 받게 된다. 이는 이전 시기 비평 담론의 활동 공간이 아카데미즘의 영역 내부로 축소되는 경향을 낳는다.

이처럼 비평 담론이 창작 및 편집, 출판, 문학이론, 문학사연구 등에 종횡으로 연결되어 있었던 종래의 구조가 파괴되면서 문학 담론은 '문화산업에 속하는 비평 담론'과 '아카데미즘 내부의 비평 담론'으로 양극 분화하는 양상을 띠게 된다. 상업적 변신에 성공한 일부 대형 국영출판사들이 주도한 '베스트셀러' 지향의 작가 총서에 기획자 겸 편집자로 참여한 일부 편집자와 비평가들의 경우에서 볼 수 있는 것처럼 성공적으로 문화산업의 메커니즘에 적응한 경우는 전체 가운데 지극히 소수에 불과했다. 끊임없이 대중의 '소비트렌드'를 포착하여 적절한 작가를 발굴해내고, 기획의도에 부합하는 창작 방향을 제시하고 관리하며, 적절한 수위의 언론 노출과 문학상 수여 이벤트 등 문화 마케팅 수단을 능란하게 구사하는 등 문화산업 시스템에서 요구되는 '크리에이티브 디렉터' 역할을 수행하는 경우가 없지는 않았지만 이는 전체 문학인들 가운데서 지극히 소수에만 해당되는 경우라고 할 수 있다. 오히려 정황적 조건 때문에 변신에 성공한 경우도 처음부터 이를 적극적인 목표로 설정하고 추구해 나간 경우보다 갈수록 치열해지는 시장에서의 경쟁 추세 속에서 살아남기 위한 하나의 몸부림으로서 새로운 '게임의 룰'을 어쩔 수 없이 받아들인 경우가 보다 보편적이라고 할 수 있다. 80년대의 계몽주의적 지식 담론이 주로 출판 활동[23]을 통해 권위를 쌓아 나갔던 상황과는 판이한 양상을 보여주는 것이다. 출판은 이제 계몽주의의 보루가 아니라 상업주의의 첨병이 되고 만 것이다. 따라서 90년대 중반 이후의 문학 담론은 자연스럽게 대학 혹은 국가 연구소와 같은 연구 제도의 안정성에 기댐으로써 자신의 새로운 생존공간을 여는 쪽으로 방향을 전환하는 경향을 띠게 되었고 이는 문학 담론을 적극적으로 학술 담론화하는 추세의 상황적 근거로 작용하게 된다.

'학원'이라는 새로운 근거지를 기반으로 한 '본격문학'의 옹호자들은 갈수록 노골적인 상업주의 경향을 상황을 우려와 불안 속에서 관망하던 중 대단히 충격적인 발언을 접하게 된다. 당시 폭발적인 인기를 모아 '왕쑤어 신드롬(王朔現象)'이라는 신조어까지 유행시킨 왕쑤어의 문학에 대해 공산당 문화부장을 지냈으며 80년대 계몽주의적 입장의 대표자 가운데 한 사람인 왕멍(王蒙)이 매우 호의적이고 긍정적인 논조의 평론을 발표하여 공개적으로 지지하고 나선 사건이 그것이다.[24] 문학은 '유희'에 불과하며 자신의 창작 역시 유희적 태도로 일관한 결과물이라는 왕쑤어식의 문학관에 대해 왕멍은 그 경박함을 꾸짖기는커녕, 그의 소설이 얼마나 '시장경제'라는 새로운 사회의 방향에 적절한 지를 조목조목 분석하며 그 '시의적절함'을 강조하고 나섰다. 상업문학의 범람에 대해 소외와 위기감을 동시에 느껴오던 정통적 문학 담론의 생산자들에게 이러한 왕멍의 발언은 대단한 충격으로 다가왔다. 그것은 왕멍 자신이 문화부장이라는 고위 공직자 출신으로 공산당의 문예정책 전반에 대해 상당한 책임과 비중을 가진 인물이라는 점 때문만이 아니라 그 스스로가 80년

---

23 80년대 지식운동의 한 가지 특징은『미학역문총서(美學譯文叢書)』『주향미래총서(走向未來叢書)』『문화 : 중국과세계총서(文化 : 中國與世界叢書)』등, 출판사의 총서기획위원회 외형을 갖춘 지식인 그룹이 담론 생산과 전파를 주도했다. 왕샤오밍(王曉明), 「번역의 정치 – 80년대 번역운동의 한 측면(飜譯的政治 – 從一個側面看80年代的飜譯運動)」

24 왕멍, <숭고로부터의 도피(躲避崇高)>『독서』1993년 제1기

대의 대표적 작가로서 '본격문학'의 속성을 누구보다 잘 이해하고 있는 인물이기 때문이었다. 이것은 곧바로 조용하던 문단을 이에 대한 논쟁으로 들끓게 하였다.

이에 대해 포문을 연 것은 상해 및 남경 지역의 젊은 비평가 및 지식인 그룹이었다. 왕샤오밍(王曉明) 주쉬에친(朱學勤) 등 일군의 인문주의적 지식인들은 갈수록 심각해져 가는 문학의 상업화 경향을 향해 강력한 비판을 제기하고 나선다. 문학의 상업화 현상은 단순히 순수문학 본격문학만의 위기가 아니라 '인문정신' 전반의 위기를 불러옴으로서 대중의 정신적 삶을 통째로 황폐화 시킬 우려가 있다는 것이 이들의 주장이었다.25 상업문학의 범람에 대한 이들의 통렬한 공박은 문단 및 지식계의 광범위한 공감을 불러 일으켰고 논의는 지역적 범위를 벗어나 전국적으로 확대되어 갔다.26 동시에 이 논쟁의 과정을 통해 문학 담론은 오랜 침묵을 딛고 다시 한번 사회의 중심적 '이슈'로 떠오르게 되는 기회를 얻게 된다. 오랜 동안의 침묵을 거치면서 지식인사회에서 마저 뒷전으로 물러나 앉아있던 '문학'이 '인문정신'과 같은 정신적 가치의 옹호자로서 결연한 자세를 드러냄으로써 자신의 존재를 대사회적으로 증명한 셈이다. 그러나 이 단계에서 이미 이 '문학' 논쟁은 문학의 범주를 넘어서게 된다. 즉 '인문정신'이라는 범주를 통해 진지한 본격문학의 가치를 옹호함으로써 논쟁의 초점은 "'인문정신'이란 도대체 무엇인가"라는 문제로 확대 된다. 이런 점에서 이 논쟁은 상업문학의 팽창이라는 새로운 현상에 대한 문학 담론 내부의 자기비판으로서 제출되었지만 논의의 전개과정에서 곧장 '인문정신'이라거나 '지식인'과 같은 범주로 논쟁의 외연을 넓혀 가

---

25 왕샤오밍 등 대담「曠野上的廢墟 : 文學與人文精神的危機」『上海文學』1993년 6월호

26 당시 지식인 사회의 가장 영향력 있는 저널 가운데 하나이던『독서』가 이들에게 5회에 걸쳐 '인문정신' 문제를 둘러싼 논의에 특집(專欄)을 할애하였다. 왕샤오밍 등「人文精神尋思錄」1~5,『讀書』1994년 제3호~제7호.

게 된다. 이처럼 논쟁이 '지식인의 사회적 역할'과 같은 문제로 번져가게 된 것은 당시의 몇 가지 상황을 반영한 결과이다.

　첫째, 90년대 초반 숨가쁘게 전개된 '시장체제로의 개혁'과 '물질만능'적 사회풍조는 지식인이라는 사회집단을 배제하는 방향으로 전개되기 시작한다. 이런 급격한 변화에 대해 지식인들은 자기 존재의 주변화에 대한 불안감을 느끼는 한편 지나치게 급속한 방식으로 자본주의화해 가는 사회현실에 대해 본연의 비판적 입장을 개진하고픈 욕구를 갖게 된다. 따라서 이전의 인식론적 입장과 가치기준으로는 유효하게 개입하기 힘든 새로운 현실에 효과적으로 개입할 수 있는 비판적 담론을 재구성함으로써 지식인의 사회적 존재를 부각시킴으로써 다시 '무대의 중심'으로 복귀해야 할 필요성이 대두되었다. 그러나 무서운 속도로 눈앞에서 전개되는 새로운 현실의 운동 메커니즘을 비판적으로 인식할 새로운 이론적 도구를 찾아내는 것은 손쉬운 것이 아니었다. '문학주의'적 견지에서 새로운 사회현실을 천박한 '상업주의' '배금주의'로 규정하고 이에 대한 반정립으로서의 '인문정신'의 가치를 강조하는 방식으로 현실에 비판적으로 개입해 들어가는 것은 다소 '나이브'하지만 상당히 직관적인 방식으로 대중적 호소력을 불러일으킬 수 있었다.

　최초로 인문정신론을 제기한 것은 왕샤오밍 등 상하이의 젊은 문학연구자 그룹이었다. 이들은 문학 비평가이자 연구자로서 문학잡지를 중심으로 일종의 지식 그룹을 형성하고 있었지만 문학 담론이 사회적 영향력을 차츰 상실해가는 상황 속에서 문학 담론을 '지식(인) 담론'과 결합시킨 형태로서 '인문정신론'을 제기한다. 1993년 『상해문학』 제6기에 발표된 좌담형식의 글[27]에서 왕샤오밍, 짱홍(張宏), 쉬린(徐麟), 짱닝(張檸), 추이이밍(崔宜明) 등 상해의 젊은 비평가들은 입을 모아 상업주의의 거대한 물결 속에서 '진지한 문학'이 중대한 위기에 봉착했음을 선언

27　왕샤오밍 등 대담, 「曠野上的廢墟－文學和人文精神的危機」 같은 잡지 같은 호.

한다. 순문학잡지들이 원래 노선을 버리고 상업주의적 기획으로 투항하는 현상, 새롭게 창작된 작품의 보편적인 수준 저하와 이와 맞물린 독자들의 감상능력의 저하 현상, 상당수의 문학 관련 인사들이 '업종'을 바꾸어 소위 '쌰하이(下海)'의 길로 나선 점 등을 들어 왕샤오밍 등 좌담 참석자들은 문학이 엄중한 위기 국면에 처한 것으로 진단한다.

이들은 "문학의 사회적 삶에 있어서의 지위가 급속히 쇠락"하고 겨우 명맥을 유자하고 있는 "문학에 대한 최소한의 사회적 관심마저도 문학 그 자체에 대한 것이 아니라 문학 외부의 어떤 '비문학적 요소'에 의한 것"에 불과한 것으로 치부한다. 심지어는 당시 일정한 '문학성'을 인정받으면서도 엄청난 판매고를 올린 장편소설 『폐도(廢都)』의 성공을 두고서도 이것이 과연 진지한 문학의 복귀 가능성을 보여주는 것인지에 대해 회의적인 시선을 보낸다. 짱훙(張宏)과 쉬린(徐麟)에 의하면 이런 위기적 국면은 작가의식의 퇴보로 드러나는데, 작가들이 더 이상 창작을 엄숙한 자기실현과 사회적 발언의 수단이 아닌 '혼자 즐길 거리(自娛)'와 '속된 취향 따라가기(媚俗)' 쯤으로 치부하는 현상이 만연하고 있다는 것이다.

상업주의와 배금주의의 만연에 대한 이들의 '선구적' 비판은 이들의 지역적 배경이 '상해'라는 문제적 공간이라는 점을 감안하면 충분히 수긍될 만한 일이다. 경제적 발전과 급격한 변화, 유행의 중심지로서의 상해가 당시 중국 전체를 대표할 수는 없다고 하더라도 향후의 추세를 징후적으로 드러내는 하나의 '시범적' 성격을 가진 공간임은 충분히 납득할 만 하다. '문학'의 타락과 긴급한 '인문정신'의 회복을 주창하는 이들의 도발적 문제제기는 곧장 북경의 유력한 월간 매체 『독서(讀書)』로 지면을 옮겨서 지속된다. 1994년 『독서』 제3기에 실린 글28에서 짱웨이룬(張

---

28 「인문정신심사록1 : 인문정신은 어떻게 가능한가(人文精神尋思錄之一 : 人文精神－是否可能和如何可能)」 『독서』 1994 제3기.

汝倫), 왕샤오밍(王曉明), 천쓰허(陳思和), 쭈쉬에친(朱學勤) 등 네 사람의 上海 출신 지식인은 '인문정신'의 필요성에 대한 토론을 전개한다. 이들은 기본적으로 80년대 계몽주의의 유효성을 긍정하는 입장에서 90년대의 급격한 변화가 초래한 부정적 국면을 비판하였는데, 이들의 문제제기는 『독서』 제4기에서 7기에 따로 마련된 지면을 통해서 지속되었다. 그러나 이와 관련된 토론이 직접적으로 매체나 대중의 관심을 촉발시킨 것은 아니었다. 또한 토론에 참가한 지식인들의 입장 역시 다양하였고 '인문정신'에 대한 전제에 대한 공통의 전제가 부재하였기에 과정에 있어 이론적 생산성이 부족했으며 의미 있는 결론을 이끌어 내지도 못하였다. 오히려 이에 대한 반응은 약간의 시차를 두고 각기 다른 방향에서 나타나게 된다.

그 가운데 재미있는 것은 소위 '신'인문정신에 대한 관변적 비판이다. 1995년 3월 『작가보(作家報)』에 발표된 왕꽝뚱(王光東), 스짠쥔(施戰軍), 리시우진(李秀金) 등의 비판은 인문정신론이 지나치게 감정에 치우쳐 논리가 취약하며, 사회를 개탄하는 식의 태도로 일관할 뿐, 이를테면 중국의 전통적인 '문인정신'과 같은 구체적인 사상전통을 언급하지 않아 내용이 공허하다고 비판하였다. 또 같은 해 4월 『문예보』의 주최로 북경에서 개최된 '신인문정신토론회(新人文精神硏討會)'에서는 인문정신론을 비판 혹은 나름의 방식으로 자기화하는 각기 다른 목소리들이 넘쳐났다. 이들은 대체적으로 인문정신 '재건'의 필요성에 대해서는 공감하면서도 '인문정신'의 의미에 대한 해석에서는 각자 다른 자기식의 해석을 펼쳤는데, 주로 관방의 입장을 대변하는 소위 '주선률'과 관계된 입장이 부각되었다.

이들에 의하면 인문정신은 새롭게 정의될 필요가 있는데 "사회주의 정신문명의 가치를 드높이고 시장화의 부작용으로 인한 정신적 오염을 제거하는 하나의 수단" 혹은 윤리적 범주에서 "인간의 가치를 긍정하고 인간에 대한 관심을 드높이는 도덕 선양의 방편으로 재규정되어 사회의 정신생활에 보탬이 되어야' 할 필요가 있다는 것이었다.

이와 같은 관변적 색채가 농후한 접근은 논리적 설득력이 약한 만큼 더 이상 지식인 사회 내부의 주요 이슈로 떠오르지 못했다. 이에 비해 왕빈빈(王彬彬)과 왕멍 사이의 논전(이른바 二王之爭), 그리고 왕멍을 비판하고 나선 작가 짱청즈(張承志)와 짱웨이(張煒)의 입장은 문학계 및 지식계 전반의 커다란 관심과 반향을 불러 일으켰다.

1994년 잡지『문예쟁명(文藝爭鳴)』제6기에 발표된 <지나치게 총명한 중국의 작가들(過於聰明的中國作家)>라는 글에서 남경의 청년 비평가 왕빈빈은 "중국문학의 성취가 드문 까닭은 작가들의 지나친 총명함에 그 원인이 있다'고 갈파하였다. 왕빈빈은, "작가들의 '총명함'이란 그 실제 내용이 "사람 노릇 하는 법, 생존책략, 삶의 지혜, 처세술, 형이하학적 출세수단" 따위에 불과한 것이며, "일부 이름난 대가의 경우 그 수준이 '노화순청(爐火純青)'의 경지에 이르러서 가히 보는 이로 하여금 걸음을 멈추게 할 지경"이라는 것이다.

이런 도전적 언사는 물론 구체적으로 지목하는 대상을 염두에 둔 것이었다. 그는 글속에서 작가들의 '총명함'을 보이는 예로 유명 원로작가 샤오치엔(蕭乾)과 왕멍의 예를 들고 있다. 고희를 맞은 노작가 샤오치엔은 한 인터뷰에서 감개에 찬 어조로 호풍 사건 당시 뤼잉(呂熒)의 경우를 예로 들면서 작가로서 진실을 말한다는 것의 어려움에 대해 언급한 적이 있었다. 왕멍의 경우는 물론 왕멍의 작품이 가진 당대적 의의를 긍정적으로 언급한 <숭고로부터의 도피>에서 왕쑤어의 '총명함'을 찬양하였고 또 이는 암묵적으로 왕멍 자신의 '총명함'에 대한 자기긍정의 색채를 띠고 있다는 것이다. 왕빈빈은 "총명한 작가는 결국 스스로의 총명함에 의해 진실한 문학적 성취로부터 멀어지는 결과를 낳"으며, 따라서 "작가의 총명함이야말로 인문정신과는 화해불가능한 것"이라고 주장하였다. 이에 대해 샤오치엔과 왕멍은 각기 <총명한 이가 쓴 총명한 글(聰明人寫的聰明文章)>29과 <흑마와 검둥개(黑馬與黑駒)>30 그리고 <상

해사색록(滬上思絮錄)>[31]을 통해서서 왕빈빈의 주장을 반박했다. 샤오치엔의 경우, 왕빈빈의 주장이 자신의 발언을 악의적으로 왜곡하였고, 호풍과 여영을 감옥에 보낸 사람보다도 그들을 위해 용감히 나서 증언하지 않았던 작가들에게 비판의 화살을 돌리는 풍조를 다시 생각해 보아야할 필요가 있다는 주장의 핵심을 고의로 간과하였다는 입장을 펼쳤다. 또 왕명은 왕빈빈의 주장에 대해 소위 '대가'를 공격함으로써 자신의 문학적 명성을 높이려는 상투화된 풍조의 하나가 아닌지 의심되며, 그토록 '비장한 반대'가, 도대체 "무엇 때문에, 그리고 누구를 위한 것이며, 어떤 상황에서, 무슨 문제에 대한 것인지"를 따져 물어볼 필요가 있다고 하였다. 이는 다시 왕빈빈의 격렬한 반론[32]과 두 사람 사이의 논쟁을 지켜보는 여타 당사자들의 개입[33]을 낳았으나 인신공격과 비방 외에 가치 있는 쟁점들을 형성하는 데는 실패했다.

왕명에 대한 비판은 문단의 '이장(二張)'으로 불린 짱청즈와 짱웨이에 의해 다른 각도에서 새롭게 불이 붙는다. 짱청즈는 <순결한 정신(淸潔的精神)>, <붓을 깃발로 삼다(以筆爲旗)> 등 일련의 산문에서 당시 왕쑤어에서 쟈핑와(賈平凹)에 이르기까지 상업화로 치닫는 문단의 지리멸렬함의 원인이 "문학을 자신의 생명으로 삼고 온몸으로 밀고 나가는 정신"의 부재에 있으며 이를 극복하기 위해 혼자서라도 "붓을 깃발로 삼아 세상에 대해 감당해야할 문학적 저항을 지속하겠다"는 입장을 밝혔다. 그의 이런 입장은 '관용'을 주장한 왕명의 입장을 정면으로 반박하며

---

29 샤오치엔, 『文藝爭鳴』 1995년 제1기.

30 왕명, 『新民晚報』 1995년 1월 17일.

31 왕명, 『上海文學』 1995년 제1기.

32 「再談過於聰明的中國作家及其他」, 『文藝爭鳴』 1995년 제2기.

33 대표적으로 쩡쩐난(曾鎭南)의 「知人論世的聰明」(『文藝爭鳴』 1995년 2기)과 씨에융(謝泳)(「內心恐懼：王蒙的思惟特徵」, 『中華讀書報』 1995년 5월 10일).

'관용에 대한 거부'를 주장한 짱웨이의 입장과 하나로 묶여 "현실에 대한 문학의 투항을 거절하는" 작가의 전투정신으로 칭송되었다.

이들의 주장이 문단의 주목을 받게 되면서 1995년 6월 '저항과 투항 시리즈(抵抗投降書系)'라는 출판기획물로 짱청즈와 짱웨이의 소설이 함께 출간되었다[34]. 문학의 지고한 가치를 강조하며 경박한 세태에 대한 견결한 문학적 저항의 입장을 강조한 이들의 책은 나오자마자 상당한 반향을 불러 일으켰다. 왕빈빈은 이들 두 작가의 작품집에 대한 서평에서 이들과 한사오꿍(韓少功)을 일컬어 이상주의를 견지한 최후의 양심적 작가들로 옹호하며, "최근 중국사회의 실용주의와 배금주의 풍조의 만연 속에서 정신의 가치가 폄하되고 도구적 이성이 가치 이성을 압도하는 상황 그 자체가 필연적으로 자신의 적대적 대립물인 도덕적 이상주의를 낳은 것"이라는 입장을 펼쳤다.

전체적으로 보아, 인문정신 논쟁의 후반부는 비평가와 작가, 작가들 사이의 근본적 입장차이를 효과적으로 드러내었다는 긍정적 효과보다는 논의의 수준이 도덕적 태도에 관한 상호비방과 인신공격으로 치우치는 결과를 낳았다. 아이러니한 것은 인문정신에 대한 이러한 토론과 상호비판이 '인문주의적' 성숙함에 기반한 상호간의 대화와 토론이기 보다는 '상업적 목적'과 긴밀히 연관된 일종의 문단 내부의 떠들썩한 볼거리의 전시 수준으로 떨어짐으로써, 인문정신의 결여를 개탄하는 목소리 그 자체가 자신이 개탄하고 있는 바의 '상업화' 메커니즘 속으로 끌려들어가고 말았다는 것이다. 자기 스스로에 대한 비판마저도 상업적 메커니즘 속으로 끌어넣는 것이 자본주의적 산업으로서의 문학 출판의 속성이고 보면 그 자체가 새로울 것은 없다. 하지만 출판의 시장화가 진행된 지 얼마 되지도 않은 사이에 놀라운 속도로 문학 담론을 삼켜버린 시장화의 위력은 가히 놀라운 것이었다.

---

34 짱청즈, 『無援的思想』 및 짱웨이, 『慢慢的歸途』.

논쟁에 있어 결정적인 한계는 인문정신에 대한 입장을 둘러싼 양자 간의 대립구도가 일종의 허구성을 띠었다는 점이다. 상대측을 각기, 문학을 팔아 일확천금을 꿈꾸는 천박한 '매설가(賣說家)'나 낡은 이념에 집착하여 변화된 현실을 거부하며 은밀한 국가주의적 태도로 창작의 자유를 구속하려는 반동적 문학관의 소유자로 보는 태도에 입각해서는 생산적인 토론은 애초에 불가능한 것이었다. 그럼에도 불구하고 이 논쟁을 통해 권력과 지식의 관계설정에 관한 문제, 지식인의 주변화 현상과 이에 대한 극복 대안의 문제, 문학이 새로운 사회적 조건 속에서 어떻게 개방성을 형성해 갈 것인가 등등 유의미한 문제들이 다루어졌다. 인문정신론자들의 비판 대상이 된 왕멍 등의 입장은 시장화의 의의를 적극적으로 평가하는 입장에 서서, 시장화가 권력에 의해 통제되던 문학 창작의 자유를 비약적으로 신장시켜 주리라는 믿음을 스스럼없이 내비쳤다. 이것은 90년대 초의 전면적인 시장화 도입으로서의 제2차 개혁개방이 갖는 역사적 의의에 대한 나름의 역사적 평가였다.

　문학 담론과 그 확장 형태로서의 인문학 담론이 주도하던 1990년대 초반의 지적 상황에 사회과학 담론이 새롭게 진입하게 된 것은 지식계 전반에 있어 신선한 자극이 되었다. 이를 계기로 지식인 사회는 64 천안문 사건 이래 보편화된 좌절감에서 벗어나 80년대 계몽주의 시기와 같은 활발한 사회참여와 비판을 다시 한 번 전개할 계기를 마련하였다. 사실 사회과학 담론에 속하는 지식 영역의 토론은 64천안문 사건과 80년대의 계몽주의 담론에 대한 비판의 형태로 90년대 초반에 이미 시작되었다. 그것은 사상사와 정치학 영역에 걸쳐 벌어진 이른바 '급진주의 비판'이라는 논제에서 출발했는데, 여기에는 홍콩에서 창간된 잡지 『21세기』의 역할이 지대했다. 처음 논쟁의 불을 당긴 것은 중국 사상사에 있어서의 '급진'과 '보수'에 관해 이론적 문제를 제기한 위잉스(余英時)의 주장이었다. 이미 위잉스는 1988년 홍콩 중문대학에서 <중국 근대사상사에 있어서의 급진주의와 보수주의(中國近代思想史中的激進與保守)>

라는 제목의 강연을 행한 바 있었는데, 중국근대사상에 있어서 격진주의
의 폐해를 비판하는 그의 주장은 64천안문 운동의 실패를 학생들의 지
나친 급진주의적 심리에서 찾는 입장과 맞물려 지식계 내부에 상당한
반향을 일으키게 되었다.

이를 계기로 하여 『21세기』에서는 급진과 보수의 문제를 주제로 한
일련의 기획물을 지속적으로 실어 토론을 확대시켜 갔다. 제3기에 발표
된 린강(林崗)의 <중국에서의 급진사조(激進主義在中國)>에 이어 제6
기에 실린 위잉스(余英時)의 「중국지식인의 주변화(中國知識分子的邊
緣化)」, 또 위잉스의 입장을 비판한 쟝이화(姜義華)의 <급진과 보수 :
위잉스선생에 대한 반론(激進與保守 : 與余英時先生商権)>(10기)와 그
에 대해 다시 반론 등이 연속으로 실리면서 대륙 지식계 전반의 침체와
는 사뭇 다른 분위기의 활발한 토론이 홍콩이라는 상대적으로 자유로운
지식 소통공간 속에서 전개되어 갔다. 이후에도 이와 관련된 토론은 지
속적으로 전개되었는데, 80년대 계몽주의 특유의 급진적 관점인 총체적
서구화론(全般西化論)을 비판하는 근대사상사를 둘러싼 토론에서 급진
주의와 보수주의를 정치학과 정치사상의 관점에서 다루는 토론들로 초
점이 옮겨가게 되었다.

떵샤오핑의 남순강화 발표 이후 64 천안문 사태 이후 경색되었던 중
국 사회의 정치적 경색 국면은 다소 누그러졌고 이에 따라 보수주의와
급진주의 같은 정치사상 문제 역시 홍콩이 아닌 대륙 내부에서도 일정
한 자율적 토론 공간을 확보해가기 시작했다. 급진주의에 대한 비판은
자연스럽게 내부의 합의와 토론이라는 민주적 절차에 따라 급진성의 폐
해를 극복해갈 수 있는 성숙한 방안으로서의 공공공간과 시민사회에 관
한 문제를 제기하는 방향으로 나아가게 되었다. 이에 따라 공공공간과
시민사회, 그를 뒷받침하는 법치와 제도의 정비 등 근대적 민주 정치체
제에 관한 토론이 이어졌다. 이러한 토론은 본격적으로 법학과 정치학의
문제를 논쟁의 장 속으로 끌어들였는데, 어떤 방식으로 80년대식의 급진

주의에 경사된 민주에의 요구를 '본토화'하여 경제와 정치의 영역에서 구현할 것인가가 논의되었다. 당시의 논의에서는 새롭게 형성된 시장 기제의 적극적 의의에 대한 암묵적 전제가 공유되었는데, 시장경제의 광범위한 도입이 중산계급을 성장을 촉진할 것이며 새롭게 형성된 이들 중산계급이 중국의 시민사회를 성숙시키는 주도세력으로 등장할 것이라는 낙관적 전망이 그것이었다. 학생이나 인민대중의 급진적 요구는 문혁이나 6·4 천안문 사태에서 나타난 것처럼 현실에 대한 충분한 고려와 절차상의 민주에 대한 요구를 왕왕 무시하게 됨으로써 중국 현대사의 경험 속에서는 파괴적인 양상으로 치달아왔다는 전제 하에 시장의 확대에 의한 중산계급의 성장이라는 '경제결정론'적 전망이 이를 대신하게 되었다.

그러나 92년 이후 본격화된 시장중심적 개혁조치는 그 적극적 개혁의지에도 불구하고 여러 가지 문제점을 낳았다. 특히 광범위한 소유제 개혁을 통해 국영기업을 비롯한 공공적 재부가 개혁의 이름으로 소수에게 특권적으로 귀속되는 현상에 대한 비판의 목소리가 터져 나오기 시작했다. 이런 문제제기는 개혁 조치의 투명성과 절차적 정당성을 마련해야 한다는 제도적 법적 차원의 주장으로 이어졌고 이를 통해 자연스럽게 제도화와 법치의 문제가 토론의 중심영역에 들어서게 되었다. 추상적 정치사상의 문제는 토론의 전개과정을 통해 중국의 구체적 문제와 결합하여 보다 현실적인 방향으로 심화되었다.

80년대 학생운동의 실패에서 얻은 교훈처럼 권력 구조의 급진적 개편을 통한 개혁의 길은 더 이상 불가능하다는 인식이 지식인 사회 내부에서 일정한 공감대를 형성하게 되면서 그 대안으로 중장기적인 과정으로서의 시장과 시민사회의 성장에 기대를 거는 경향들이 확산되었다. 정치적 급진주의 비판과 포퓰리즘에 대한 거부의 반대편에서는 시장이라는 경제학적 대상과 시민사회라는 정치학적 주제들이 지식인 사회의 주요 화두로 떠오르게 되었다. 이는 자연스럽게 사회과학적 방법론에 대한 적극적 모색으로 이어졌는데, 몇 가지 단순한 가정에 입각한 가설들은 그 자체로 상당한 문제를 내재하고 있었다. 이를테면 '시민사회의 성장 = 중산층의 안정적 성장'이라는 도식이나 '시민사회의 정착이 직접적으로 민주주의라는 결과로 이어질 것이라는 단순한 가정은 이론과 실천의 면에서 향후 상당한 오류를 도출하는 결과를 낳았다. '시장 기제에 의한 중산계급의 성장 추구'라는 단순한 전략은 일종의 시장만능론적 경향을 부추김으로써 이론적 대안의 모색이 극도로 축소시켰다. 시장주의적 시민사회론이 중국의 현실적 상황 속에서 실제로 지칭하는 중산계급은 사실상 중산계급이라기보다 개혁개방의 성과를 독점한 '신부유계층'으로서 이미 하나의 '이익집단'을 형성해가고 있었다.

또한 이 새로운 이익집단은 여러 가지 네트워을 통해 국가 기구와도 긴밀한 관련을 맺고 있었다. 대규모 '권한이양(放權讓利)' 정책의 부작용은 '제도적 부패'의 문제를 낳았고 국유기업개혁과 지방정부로의 권한이양을 통해 공공적 소유의 대규모 사유화 현상이 발생했다. 이 과정에서의 국유기업 개혁 조치는 사영화의 부작용으로서 대규모 실업(下崗)사태를 야기하는 등 소유체제 변화로 인한 혼란을 경제적 약자에게 전가하는 결과를 빚었다. 이 과정에서 사회주의 고유의 의료 주택 등 기본적 복지 정책이 후퇴하였고 지식계 일각에서는 이런 현실적 부작용에 대한 비판의 목소리가 나타나기 시작했다. 이는 향후 지식인 사회의 사상적 내부 분화를 촉진하는 계기가 되었는데, 훗날 '신좌파'적 입장으로 명명되는 일군의 비판적 지식인들은 '경제민주'와 '정치민주'의 관계를 근본적으로 재검토할 것을 요구하였다. 즉 '경제민주'의 이름으로 '권력 및 제도'의 비호하에 저질러지는 부패와 독점을 합법화 하는 것을 강력히 비판하면서, 시장만능적 '경제민주' 우선론을 버리고 '경제민주'와 '정치민주'의 조화로운 관계를 새롭게 구상할 것을 주장하였다.

이런 입장은 '정치민주'를 통한 '경제민주'의 효율적 감시와 제어의 수단으로 제도개혁과 법치의 문제를 함께 제기한다. 이에 관해서는 비판법학의 입장에서 소유제문제를 다룬 추이즈위앤(崔之元)의 입장이 대표적이다. 당시 급속한 경제성장을 구가하던 동남 연해 지대에서는 '향진기업(鄕鎭企業)'과 민영기업이 급속하게 발달하고 있었다. 추이즈위앤은 과거의 인민공사 체제에서 전화하여 시장경제 체제에 맞는 소규모 제조업으로 변신한 향진기업에서 소유제 문제와 관련한 하나의 새로운 가능성을 보고자 하는 입장을 제출한다. 이들은 국영기업의 사영화 과정을 통해 효율의 이름으로 권력과 결탁하여 저질러지는 공유재산의 사유화를 비판하면서 향진기업의 경우 인민공사에서 이월된 재산에 대해 개개인의 분할 소유로 귀속되지 않는 공공적 소유가 일반적임을 강조함으로써 공공재산의 사적 소유와 구분되는 공공적 소유를 제도적으로 정착시킬 필요성을 역설한다. 이는 시장경제의 도입과 더불어 절대시된 사적 소유의 개념 자체가 서구의 비판법학에서는 이미 부정되고 있는 추세이며, 그 대안으로 '소유권의 다발'과 같이 사유권과 공공의 권리를 동시에 고려하는 복합적 재산권 개념을 중국의 시장경제 운용 과정에서 적극적으로 도입할 필요가 있다고 보았다.

격진과 보수를 둘러싼 토론, 인문정신의 위기에 관한 논쟁 등 기본적으로 지식인 사회 내부의 추상적 화제를 둘러싼 논쟁과는 다른 방향에서 중국 사회의 구체적 현실 문제를 다루는 논의들이 차츰 논쟁의 수면으로 떠오른 것은 1993년 이후의 현상이다. 매체에 대한 통제가 느슨해지면서 확대된 토론 공간 속에서 홍콩의 『21세기』와 대륙에서 새로 창간된 『전략과 관리(戰略與管理)』, 『동방(東方)』 등의 잡지를 중심으로 중국개혁의 향방, 농촌경제의 변모, 증권열풍 문제, 나아가 1990년대 러시아 및 동유럽의 개혁상황 등 현실적 문제를 폭넓게 다루는 토론이 전개되기 시작했다. 관련 토론에 활발하게 참여했던 왕사오광(王紹光)과 후안강(胡鞍鋼)은 미국 예일대학 방문 연구 도중에 의기투합 하여 관련 문제에 대한 공동연구에 돌입하였고 그 결과물로서 『시장경제전환에 있어 중앙정부의 주도작용강화 — 중국국가역량연구보고(加强中央在市場

經濟轉型中的主導作用-關於中國國家能力的硏究報告)』라는 긴 제목의 보고서를 완성한다. 이와 관련된 토론이 1994년 『21세기』에 <중국국가능력토론>란을 통해 전개된다.

이들은 개혁조치의 일환으로 지방정부에 대거 이양한 세수(稅收)가 중앙권력의 약화를 불러왔다고 진단한다. 이들은 중앙정부의 세수가 축소되는 반면 지방정부 및 권한을 이양받은 국유기업의 예산 외 수입은 급속도로 늘어나는 추세에 있으며 이는 소비와 투자에 대한 중앙의 통제능력을 약화시키고 과수요를 부추겨 통화팽창을 불러오게 될 것이라고 경고하였다. 중앙정부의 경제조절 및 재분배 능력 저하는 곧바로 정부의 권위실추와 합법성 위기를 불러오게 되고 이는 지방정부 및 권한을 이양 받은 하부 단위들의 집단 이기주의와 조직적 부패 등에 대한 통제능력 상실로 이어지고 결국은 국가 전체의 위기를 초래하게 된다고 보았다. 중앙의 조절 능력은 세수를 통한 재정능력의 확보에서 출발해야 하는 만큼 중앙과 지방의 세수를 적절히 안배하는 '분세제(分稅制)'를 통해 중앙의 권위를 다시 회복하는 것이 긴급한 문제라는 이들의 주장은 당시 중앙정부와 지방정부 사이의 갈등문제를 두고 고민하던 당 지도부에 의해 받아들여져 1994년 10여 년 간의 '권한이양(放權讓利)' 정책을 일부 수정한 분세제(分稅制)의 도입으로 현실화 되었다.

이는 국가와 체제 바깥에서 자신들의 비판적 입지를 구축하려던 지식인 사회의 주류적 움직임과는 그 궤를 달리하고 있다. 개혁 과정의 혼란이 엄중한 사회적 위기상황으로 치닫는 상황에서 중앙과 지방의 관계문제를 중심으로 한 총체적 사회위기의 해결에 지식분자가 적극 개입하여 '강한 정부의 재구성'이라는 처방을 제시함으로써 당면 위기의 돌파에 기여한 이들의 입장은 비록 소수이기는 하지만 '지식분자'와 '국가' 혹은 '권력' 사이의 관계가 새로운 방식으로 구성될 수 있는 가능성을 보여주었다. 이를 두고 지식의 독자적 공간을 포기하고 국가적 이슈 내부로 수렴되어 버린 '지식(인)의 국가화' 현상으로 비판하는 것은 지나치게 단

순화된 지표를 적용함으
로써 논쟁이 가진 중국 사
회 내부의 실질적 의미를
간과할 위험이 있다. 국가
와 지식 사이의 적극적 소
통을 통해 당면한 사회적
위기를 공동으로 극복하
려는 지식과 권력 사이의
협력 모델은 단순한 친체
제/반체제의 구도로 설명
이 어려운 부분이 많다. 이
런 경향은 지식 담론이 이

그림 3 ▮
방미하여 존슨 우주센터를 방문한 등소평

상과 원칙에 대한 제시를 넘어서서 구체적 현실 문제에 깊이 개입해 들
어가면 갈수록 점차 국가 권력과 직접 대면하고 경우에 따라서는 뒤엉
키게 된 90년대 지식 담론의 특징적 경향을 징후적으로 보여준 사건이
라고 할 수 있다.

일본 음악운동의 문화연대사

– '우타고에' 운동의 민족과 민요의 발견 –

임경화

1. 한국에 소개된 '우타고에' 운동

올해로 창립 60주년을 맞는 일본의 진보적인 민간음악운동단체인 '우타고에' 운동이 한국에 소개되기 시작한 것은 최근이다. 정확히 말하면 1998년 3월 31일에 '일본의 우타고에 전국협의회(日本のうたごえ全國協議會)' 대표단이 '한국민족음악인협회'(이하 '민음협')를 방문하여, 양 단체가 교류에 합의한 이후, 지금까지 활발한 교류활동이 전개되고 있다. 중요한 활동을 소개하면 다음과 같다.

> 1998년 11월 21～22일 '우타고에 50주년 기념 제전'(토쿄국제포럼)에 '민음협' 음악가 15인으로 구성된 한일문화교류 프로젝트 그룹인 '삶. 뜻. 소리'가 참가하여, <아침이슬> <대결> 등을 일본합창단과 같이 불렀다.
> 1999년 4월 2일 '제주 4·3 항쟁 전야제'('한국민족예술인총연합' 주최)에 '우타고에'가 참가하였다.
> 1999년 5월 18일 '5·18 기념행사' 전야제에 '우타고에'가 참가하여 <아침이슬> 등을 불렀다.

그림 1 ▌
광복60주년 전야제 '아시아 한마당'에서(광화문)

2000년 5월 18일 광주항쟁 20주년 기획 국제평화음악제인 'HUMAN VOICE'에 멕시코, 아르헨티나, 페루의 음악인과 함께 일본의 '우타고에'도 참가하였다.[1] '민음협'이 주최한 이 행사는 "예술을 통해 5.18 정신을 국제적으로 공유하고 확산시켜 세계적 민중운동으로서 5.18의 의미를 되새기자는 취지로, 민주와 평화의 근·현대를 함께 해 온 세계 각국의 음악 팀들과 국내 음악인들이 함께 만드는 국제음악제"(『오마이뉴스』 2000. 5. 16)였다고 한다.

2001년 10월 18일 '2001 전주세계소리축제'에 '우타고에'가 참가하였다.

2001년 10월 20~25일 '삶. 뜻. 소리'가 일본 5개 도시에 순회공연을 가졌으며, 일본 민주인사를 초청하여 역사교과서 왜곡문제에 관한 대담을 행하

---

1 이때 연출을 담당했던 김보성에 따르면, 라틴아메리카의 누에바 깐시온 (Nueva canción) 팀의 초청에는 '우타고에'의 조력이 있었다고 한다(김보성, 「생활문화로서의 음악운동의 가능성 : 일본 음악운동집단과의 국제교류 경험을 바탕으로」, 『음악과 문화』 11, 2004). '우타고에'는 창립 당시부터 국제교류를 추진하였으며, 관련단체인 '일본 아시아·아프리카·라틴아메리카 연대위원회'(아시아, 아프리카, 라틴아메리카와의 연대 강화와 해방운동 지원을 목적으로 55년에 설립된 단체)의 협력으로 라틴아메리카의 음악운동단체들과도 활발한 교류를 전개해 왔다.

기도 했다.

2003년 8월 2일 한일 합창음악회 '아시아의 평화를 위하여'가 일본에서 개최되었다(분쿄구 시비쿠홀). 이 행사는 "'풀뿌리 민간외교'로 열리는 한일 합창음악회"(NHK AM 제1라디오. 한일 월드컵 1년을 돌아보는 한일교류 특집방송)로 보도되기도 했다.

2003년 10월 11일 한일합창음악회 '아시아의 평화를 위하여'가 예술의 전당에서 개최되어 합동공연을 가졌다. 한국의 '음악이 있는 마을'(단장 이강숙)과 일본의 '오쿠보혼성합창단'(단장 쓰지 마사유키)이 참가하였다.

2004년 9월 12일 '세계문화오픈 2004'(서울)의 문화행사에 '우타고에'가 출연하였다.

2005년 8월 14일 광복 60주년 전야제 '아시아한마당'에 참가하였다.

2006년 5월 17일 5.18 민주화운동 29주년 전야제인 '2006 님을 위한 행진곡'에서 '우타고에'는 <아침이슬>을 한국어로 열창했다.

한국에 소개된 지 10년째를 맞는 '우타고에'는 다양한 진보적인 문화 행사에 참가해 왔는데, 이 '우타고에'를 소개하는 매스컴의 보도는 주로 '민음협'의 다음과 같은 이해를 원천으로 하고 있다.

> 일본 '우타고에' 운동은 2차대전 종전 이후에 **반전, 평화, 노동운동**을 일관되게 견지해온 일본의 대표적인 음악운동이다. 특히 1970년과 1972년에 오키나와 반환의 국민적 바람을 주제로 한 가극 <오키나와>는 전국 60개의 무대에 올려져 10만 명 이상의 관객을 동원하는 대성공을 거두었다. 우타고에는 80년대에 들어와서도 **반핵, 평화**의 초근운동에 호응하여 '반핵일본의 음악가들'과 연대하여 80년대에 매년 200회 이상의 **반핵, 평화 콘서트**를 개최했으며, 현재 **평화를 추구하는 운동과 관련하여 여성, 장애자, 복지, 청소년, 노동자, 시민운동 등 이른바 국민의 요구에 부흥하는 운동**으로서 그 역사를 한층 더 쌓아올리려는 노력을 꾀하고 있다. 또한 우타고에의 정신을 알리고 실천하기 위해 해마다 '우타고에 제전'을 여는데, 전국에서 수천 개 단체가 참가신청을 할 정도로 절대적인 영향력을 보이고 있다.[2](강조는 인용자)

강조부분을 보아도 명확하듯이, '우타고에'는 주로 노래를 통해 반전, 반핵, 평화운동 등을 펼치고 있는 민간단체로 한국의 매스컴을 통해 소개되고 있다. 거기에는 이 운동을 마치 평화와 인권의 옹호나 환경보호 등을 외치며 활동하는 여느 외국 시민단체와 다르지 않은 조직으로 이해하려는 시선이 투영되어 있다. 위의 소개문은 실제로 일본에서 '우타고에' 운동을 추진하는 역할을 하는 전국조직인 '일본의 우타고에 전국협의회'(이하 '협의회')의 공식 홈페이지(http://www.utagoe.gr.jp)에 실린 '우타고에' 운동의 「역사」를 발췌하여 한국어역한 내용이므로, 지금의 운동조직의 공식적인 입장을 전하는 것이기도 하다. '협의회'는 또한 이 운동의 목적을 "합창을 주체로 한 서클활동을 기반으로 하는, 대중적이며 민주적인 음악운동으로, 내외의 뛰어난 음악유산을 계승하고 전문가 및 대중적 창작 활동과 연계하여, 평화롭고 건강한 노래를 모든 국민에게 보급하는 것"(1975년에 결정되어 지금까지 이어지고 있는 「일본의 우타고에 전국협의회 규약」 제2조)[3]이라고 밝히고 있기도 하다.

하지만, 위의 '민음협'의 소개문에는 이 운동이 태동·성장·발전하여 최성기를 맞은 후 급격히 쇠퇴해 가는 1960년대까지의 기술이 결락되어 있으므로, 이것만으로는 이 운동의 역사를 정확히 전달한 것이라고 할 수는 없다. '우타고에' 운동의 긴 역사 속에서 널리 애창되었던 대표적인 노래가 무엇인지조차 소개되지 않은 문제는 접어두더라도, 전후 일본의 정치상황 속에서 사회운동과 밀접한 관련을 맺으면서 개화했던 이 음악운동의 역사가 무시되고, 사회운동이 침체기에 돌입한 70년대 이후의 이 운동의 모습만을 전하는 것에는 지금의 대중매체의 취향에 편승하여 무난한 내용의 정보만을 제공하고자 하는 의도마저 느껴진다. 하지만 '우

---

2 민음협 홈페이지(http://www.koreamusic.co.kr)의 「일본 우타고에와의 교류」 참조.

3 井上 賴豊 편, 『노랫소리여 날개를 펼쳐라(うたごえよ翼ひろげて)』, 新日本出版社, 1978, 209～210면; '협의회' 공식 홈페이지의 「목적」.

타고에' 운동에 대한 이와 같은 불충분한 이해는, 예를 들면 북한 핵실험에 대한 항의성명을 발표[4]하는 한편으로, 2008년의 운동 60주년을 앞두고 "핵도 (미군) 기지도 없는 21세기에 자유와 평화의 노랫소리(우타고에)를 높이 울리자"[5]라는 구호를 내걸고 있는 이 운동의 지금의 모습을 제대로 평가하지 못하게 만들 뿐만 아니라, 진정한 상호연대의 가능성을 방해하는 것이기도 하다. 위의 기술에서 태반을 차지하고 있는 80년대 이후의 이 운동의 전개상황은 앞 시대의 역사를 비판적으로 계승하여 갱생의 길을 모색하는 과정으로 볼 수 있다. 그러므로 '우타고에' 운동의 전후사를 소상히 추적하는 것은, 반핵과 평화를 노래하는 이 운동의 지금의 모습이 의미하는 바를 올바르게 아는 것일 뿐만 아니라, 상대방에 대한 깊은 이해와 배려를 바탕으로 하는 한·일 간의 진정한 문화교류 및 연대운동을 위하여 불가결한 작업일 것이다. 이에 본고에서는 '우타고에' 운동의 전후사를, 특히 그것을 뒷받침한 문화이론에 주목하면서 개괄하고, 운동사에서의 전후와 70년대 이후의 전개에 보이는 연속·불연속의 의미를 명확히 하고자 한다.

2. '우타고에' 운동의 전후사

그러면, 우선 '민음협'이 '우타고에'에 대해서 소개한 글 「일본 우타고에와의 교류」에서 소홀히 한, 1948년 창립기부터 1960년대까지의 역사

---

4 '일본의 우타고에 전국협의회 회장'의 이름으로 발해진 이 항의문(홈페이지를 통해 공개)에는 북한의 핵실험에 항의하고 핵병기 개발계획 포기를 강력히 요구하면서 일본의 피폭 체험을 환기하고 있다. 그리고 그 속에서 탄생한 헌법 9조와 교육기본법의 이념을 전해야 한다고 강조하고 있다. 그런 점에서, 이 운동이 북한을 비난하며 헌법과 교육기본법 개악을 요구하는 일본의 우파세력과는 일선을 긋고 있다는 것을 알 수 있다.
5 '협의회' 공식 홈페이지의 「일본의 우타고에 소개」

는 '협의회'의 공식 홈페이지에 어떻게 실려 있는지 보도록 하자.

전후의 민중의 평화와 민주주의, 행복을 추구하는 요구나 행동, 투쟁이 활발해지는 가운데, 1948년 2월 10일 세키 아키코의 지도 아래 중앙합창단이 창립된 것을 출발점으로 하여 '우타고에' 운동은 시작되었다.

'우타고에' 운동은 아름다운 **일본민족의 노래, 세계 모든 국민의 평화의 노래, 사람들의 생활과 투쟁**을 세 가지의 창조의 원천으로 하여 활동해 왔다. 또한 '모두 노래하는 모임(みんなうたう会)'을 비롯하여 다양한 곳에서의 보급 활동, '우타고에' 서클을 만들 것을 기본으로 하는 조직 활동도 명확히 하여 정력적으로 퍼뜨려 갔다. 세계 7개 국어로 불린 <원폭을 용서 않으리>는 '우타고에' 운동이 세계를 향해서 퍼지는 커다란 힘이 되었다. 60년 안보조약반대, 일하는 자의 투쟁과 연대가 하나 되어 전국에 퍼졌으며, 이후로 끊임없이 불리고 있는 <힘내자>. 오키나와 반환투쟁 속에서 탄생한 <오키나와를 돌려다오>.

이와 같이 '우타고에' 운동은 일관해서 **평화운동이나 노동운동과 연결되어 전국으로 퍼져, 국민적인 음악운동**으로 내외의 주목을 모을 정도로 발전했다. 그리고 60년의 미이케(三池) · 안보 대투쟁 속에서 활동이 비약적으로 커져, 60년대 중반에는 그 규모가 최대로 되었으며, 운동 20주년 (1968년)에는 가극 <오키나와>의 제작 · 상연운동을 일으키기에 이르렀다.

'우타고에' 운동은, 패전 전부터 '일본 프롤레타리아 음악가 동맹'(이하 'PM')에서 활약한 성악가 세키 아키코(關鑑子, 1899~1973)와 일본공산당의 하부조직으로 간주되었던 청년운동단체인 '청년공산동맹'(이하 '청공')의 청년들에 의하여 1948년에 '청공중앙합창단(靑共中央合唱團)'(1951년에 '중앙합창단'으로 개칭됨)이 창립되면서 시작된다. 세키와 '청공'의 청년들은 합창단 창립 후 연주활동을 전개하는 한편으로, 'PM'의 활동을 계승하여 노동현장에서 '모두 노래하는 모임'을 통하여 직장합창단 등의 조직과 노동가6, 혁명가 등의 보급 활동에 진력하였다(러시아민요, 일본민요 등의 민요도 레퍼토리에 포함되었던 사정에 대해서는 후술). 그 뿐만 아니라, 교육활동을 통해서 음악운동의 새로운 활동가를 배출해 갔으며, 창작활동을 통하여 변화하는 사회상황을 담은 노래를 만들어 운동진영에 제공하였다. 연주 및 보급, 교육, 창작활동을 축으로 하는 이 합창단은 이후 '우타고에' 운동을 퍼뜨리는 중심적인 존재가 되었다.

그림 2 |
1949년 제20회 중앙 메이데이 대회장에서 노동가 지휘를 하는 세키 아키코

하지만 고정된 단원을 가진 합창단이 아니라, 항상 저변을 확대한다는 방침 아래 전국적으로 퍼져 갔으며, 이윽고 '청공(靑共)'으로부터도 독립하여 독자적인 '우타고에' 운동을 전개하게 된다. '우타고에'라는 명칭은 합창단에서 발행한 기관지 『우타고에(うたごえ)』(55년 4월 7일에 창간되어 지금도 발행되고 있는 『우타고에 신문(うたごえ新聞)』의 전신)에서 유래한 것이다.

이와 같이 단순한 아마추어 합창단이 아니라, 노동운동과 연계하여 '우타고에' 운동가들이 많은 노래를 직접 창작하고 퍼뜨린 것은 이 노래운동의 중요한 특징이다. 그런데 전후의 '우타고에' 운동이 평화운동과 함께 노동운동과도 결부되어 있는 음악운동이었다는 점은, 80년대 이후의 운동의 전개에 관한 기술에는 선명하게 드러나 있지 않다. 이러한 특징이 한국에 그다지 알려지지 않은 데는, 후술하듯이 절대빈곤의 탈출과

---

6 노동운동과 밀접한 관련이 있는 노래로, 패전 이전에 유행했던 노동가로는 <메이데이 노래(メーデー歌)>(大場勇작사, 1922), <인터내셔널(L'Internationale)> 등이 있고, 전후에 유행한 것으로 유명한 것은 <민족독립행동대의 노래(民族獨立行動隊の歌)>(1950, 岡田和夫 작곡), <불태우라 투혼을(もやせ鬪魂)>(荒木榮 작곡, 1958), <힘내자(がんばろう)>(荒木榮 작곡, 1960) 등이 있는데, 이들 대부분이 '우타고에' 운동 속에서 탄생한다.

고도경제성장으로 인한 노동운동 및 사회변혁운동의 침체에 따른 이 운동의 방침전환과도 무관하지 않을 것이다.

이러한 점을 염두에 두고 80년대 이후(본고 제1절 인용문)와 60년대까지의 운동사에 관한 기술(위 인용문)을 비교해 보면, 60년대까지의 기술에 ① 노동운동이 강조되었던 점 이외에도, 운동의 주체와 그 외연을 가리키는 술어로 ② '민중'이나 '민족'이라는 말이 보이는 것이 주목된다. 그런데 80년대 이후가 되면, 이러한 말들이 사라지고 그 대신 ③ '시민'이라는 말이 새로 등장하고 있다. 한편, 60년대까지의 운동사에서도 강조되었던 ④ '국민'이라는 말은 80년대 이후의 기술에도 여전히 키워드로 자리 잡고 있다. 또 하나 주목해야 하는 점은, 60년대까지 운동사에 기술된 평화운동은 모두 ⑤ 반미운동과 깊이 관련되어 있다는 점이다. 예를 들어, '우타고에' 운동 속에서 창작된 노래 중 가장 자주 불리는 곡이라고 하는 <원폭을 용서 않으리(原爆を許すまじ)>(淺田石二 작사・木下航二 작곡)는, 1954년에 미국에 의한 비키니섬 수폭실험 감행에 반대하는 원폭반대 서명운동과의 관련 속에서 탄생했다. 1953년의 우치나다(內灘) 기지(현재의 石川縣) 반대투쟁, 1956년 스나가와(砂川) 기지(현재의 立川市) 반대투쟁에서도 '우타고에' 운동은 지원활동을 벌였다. 1960년 미일안전보장조약의 영속화를 확인한 조약개정에 대한 반대투쟁이나 오키나와 반환투쟁이 반미의식과 강하게 결부된 내셔널리즘적 감정에 크게 영향을 받았다는 것은 잘 알려진 사실이다.

첼리스트로 전전부터 'PM'에 참가하였으며, 전후에 '우타고에' 운동의 이론적・음악적 지도자로 활동했던 이노우에 요리토요(井上賴豊, 1912~1996)는, 운동 50주년을 앞두고 발표한 글에서 70년대까지의 '우타고에' 운동의 고양기를 다음과 같이 3기로 나누고 있다. 1954년의 "원폭을 용서 않으리 일본의 우타고에 제전"을 중심으로 하는 시기, 1960년대 전반의 안보・미이케투쟁의 시기, 70년과 72년의 가극 <오키나와>[7]의 상연활동기가 그것인데,[8] 이것은 모두 반미・평화를 외치는 사회적 운동의 고양과 밀접한 관련을 가지고 있다. 최근까지도 이어지는 기지반대운동은 이 운동이 전개하고 있는 평화운동이 여전히 반미적인 기조를 가지고 있다는 것을 전하고 있지만, 그것이 과거와 같은 집중력과 영향력을 상실한 것이라는 사실은 분명하다.9

그림 3 |
'제1회 관동의 우타고에'(1953)에서 연주하는 이노우에 요리토요. 당시 미군기지 반대투쟁을 전개했던 우치나다(內灘), 묘기(妙義), 아사마(淺間)에서의 승리를 기원하는 연주였음을 알 수 있다.

7 오키나와 본도에서 배로 40분 거리에 있는 섬 이에지마(伊江島)에서 1955년부터 11년간에 걸쳐 미군기지를 상대로 전개되었던 토지반환투쟁을 그린 것이다. 도민들은 제2차세계대전 당시 3,500명이 죽고, 살아남은 사람들도 수용소로 갔는데, 패전 후에 귀도(歸島)가 허락되어 황폐해진 땅을 일구었다. 그러나 1955년 3월에 다시 땅이 미군기지로 강제 수용되자, 도민들은 미군에 의한 토지 접수의 부당성과 토지반환을 요구하며, 노래를 부르면서 구걸하는 '진정구설행각(陳情口說行脚)' 운동을 전개한다.

　　1960년대 후반이 되어 오키나와가 베트남전쟁의 최전선기지화하면서 섬을 둘러싼 반미투쟁이 활발히 전개되었을 때, '우타고에' 대표단도 1966년에 오키나와를 방문했는데, 이때 이에지마의 '진정구설행각'에 대해서 들은 것이 계기가 되어, '우타고에' 운동 창립 20주년 기념행사의 하나로 가극 <오키나와> 제작이 결정되었다. 운동 안팎의 전문가들의 협력·조언을 얻어 3년에 걸쳐 완성. 1969년 12월, 토쿄 시부야 공회당(澁谷公會堂)에서 초연, 1970년에는 제1차 공연으로 전국 31회, 1972년에 개작되어 제2차 공연으로 전국 32회의 공연을 성공리에 완료하였다고 한다.

8 井上賴豊,「うたごえの發展と飛躍への期待」,『前衛』668, 1996, 195~196면.

9 '우타고에' 운동과 관련된 지금까지의 연구사를 정리하면, 최근의 長木誠司「運動ムーヴマンとしての戰後音樂史　1945～⑨～⑭：うたごえ運動Ⅰ～Ⅵ」(『レコード藝術』53-9~12・54-1~2, 2004・2005)가 언급하고 있듯이, 50~60년대의 '우타고에' 운동의 압도적인 파급력에도 불구하고 당시의 매스컴에는 그다지 다루어지지 않았으며, 이후의 음악사나 사회사 연구로부터도 철저하게 무시되어 왔다. 운동사의 정리는 지금까지 운동 내부에서 행해진 작업이 대부분이고, 외부에서 타자의 시점으로 이 운동을 바라보는 연구는 최근에

그런데, 60년대까지의 운동의 성격을 기술한 ① ⑤와, 운동의 이념이 실현되는 공동체로서 상정된 집단의 변화 양상을 기술한 ② ③ ④와는 불가분의 관계가 있다. 즉, 60년대까지의 노동운동(①)은 일하는 노동자·농민을 중심으로 하는 '민중'을 강조하면서 전개되었으며(②), '평화운동'의 이름으로 전개된 반미운동은 '일본민족'이나 '일본국민'을 미국의 식민지화의 위기에 처해 있는 집단으로 간주하여 미국으로부터의 독립과 해방을 강조하면서 전개되었다(② ④). 따라서 '민중'이나 '민족'이라는 말의 후퇴는 노동운동과 반미운동의 침체와 연동되어 있다는 것을 알 수 있다. 그렇다면 전후의 운동 당시 '민족'과 거의 동의어로 쓰였던 '국민'이라는 말이 지금도 여전히 운동의 핵심어로 가리잡고 있는 것(④)은 무엇을 의미하는 것일까. 또한 60년대까지만 해도 '부르주아'라는 의미로 한정되어 비판의 대상이 되었던 '시민'이 등장하는 것(③)과 이 운동의 방향 전환과는 어떠한 관계가 있는가. 이와 같은 지금의 '우타고에' 운동이 지향하는 바를 제대로 이해하기 위해서는, 무엇보다 이 운동이 걸어왔던, 화려했지만 지양할 수밖에 없었던 전후사를 파악하는 것이 필요하다.

서서히 행해지고 있는 형편이다. 최근의 성과로는 甫出賴之,「うたごえ運動の 歷史的展開：1946年から1960年を中心に」, 『エリザベト音樂大學研究紀要』 22, 2002; 寺田眞由美, 「うたごえ運動における民謠の意義：昭和30年代の 《木曾節》を例として」, 『表現文化研究』 3-1, 神戸大學表現文化研究會, 2003 등이 있으며, 長木誠司의 논문은 당시의 방대한 자료를 토대로 이 운동을 일본의 전후 음악사 속에 정위하려는 본격적인 연구 성과이다. 하지만, 기존의 연구는 대체로 '우타고에' 운동의 전후사의 기술에 편중되어 있어, 지금의 모습을 이해하기 위한 시점들이 마련되어 있다고 보기는 어렵다.

3. '우타고에' 운동의 이념 : 민족과 민요의 발견

'우타고에' 운동의 전후사에서 가장 핵심적인 것은, '민중'을 강조하는 노동운동(①)과 '민족' 내지 '국민'을 강조하는 반미·평화운동(⑤)이 어느 것도 억압받는 다수의 해방(독립)투쟁이라는 점에서 운동의 인식사 속에서 깊이 맺어져 있었다는 사실이다. 그리고 이와 같은 실천의 배경에는 일본의 전후의 문예사를 지배했던 일본공산당이 가지고 있었던 사상적인 영향력이 있었다.[10]

제2차세계대전 패망 후, 그때까지 천황제 이데올로기 속에서 억압받던 일본의 진보적인 지식인들은 '민주주의 세력'이라는 이름으로 복귀했으며, 1947년을 전후해서 연이어 공산당에 입당하게 된다. 그리고 48년에는 '민족'의 독립에 대한 위기감과 맞물리면서, 그때까지의 계급투쟁을 주로 하는 당의 기본방침이 반미·반제를 외치는 '민주민족전선'으로 변화된다. 이에 따라 당의 문화정책도 민족주의로 일변한다. 1947년 12월 일본공산당 제6회 대회에서 결정된 문화정책의 기본방침(「문화 활동의 기본적 방향과 당면 임무」)에서는 "일본민족문화의 독립을 위한 투쟁"이 요청되었으며, "이것은 반혁명적, 반인민적이 아닌, 조금이라도 진보적인 모든 문화인 및 문화 활동가와의 협력, 문화에 있어서의 인민전선의 강력한 전개를 필요로 함을 의미한다"고 강조되었다.[11] 그런데 이러한 방침 자체는, 어디까지나 "노동자계급이 민주주의 문화운동의 지도권을 획득"할 것을 목표로 삼고, "천황주의, 국가주의, 민족주의, 군국주의 등"을 "반민주주의적인 사상과 문화"로 규정하여 그 일소에 전력을

---

10 長木誠司, 「運動ムーヴマンとしての戰後音樂史 1945〜 ⑩ : うたごえ運動 Ⅱ」, 『レコード藝術』 53‑10, 2004・2005, 79〜80면.

11 藏原惟人, 『藏原惟人評論集』 제6권(文化論Ⅰ), 新日本出版社, 1969, 525〜539면. 藏原가 기초.

다할 것을 호소했던 전년도 제5회 대회(1946년 2월)에서 결정된 문화정책의 기본방침(「일본공산당의 문화정책」)[12]으로부터의 명백한 노선전환을 의미하는 것이었다. 특히 제6회 대회 때는 '청공(靑共)'이 "문화활동의 중심부대가 되지 않으면 안 된다"[13]고 강조되었다. 당의 "문화전문가"인 세키와 '청공(靑共)'의 청년들이 '청공중앙합창단'을 결성한 것은 이 직후로, 이 합창단을 중심으로 하는 '우타고에' 운동은 당의 변화된 문화정책의 모범적인 실천운동의 중요부분으로 자리를 잡아 간다.

운동 초기에는 명문화된 공동강령 같은 것은 존재하지 않지만, 운동의 목표는 이로써 공공연히 개진되었으며, 단원들은 당시 당의 문화운동의 중심에서 추진적 역할을 했던 쿠라하라 코레히토(藏原惟人, 1902~1991)의 『예술론』을 암기할 정도로 읽고 토론을 했다고 한다.[14] 이러한 운동이념은 노래운동 속에서 구체적으로 실천되었는데, 당시 '우타고에' 운동 속에서 창작되어 새로운 노동가로서 널리 애창되었던 곡이 <민족독립행동대의 노래(民族獨立行動隊の歌)>라는 사실도 이러한 사정을 전하고 있다.

<민족독립행동대의 노래> (山岸一章 작사·岡田和夫 작곡, 1950)
1. 민족의 자유를 지켜라/ 결의하라 남부(조국)의 노동자
   영광된 혁명의 전통을 지켜라
2. 민족독립을 쟁취하라/ 고향 남부공업지대
   두 번 다시 초토의 벌판으로 만들지 말라
(후렴) 피에는 정의의 피로 내쫓아라/ 민족의 적 나라를 팔아먹는 개들을
   전진 전진 굳게 단결/ 민족독립행동대 앞으로 앞으로 전진[15]

---

12 藏原惟人, 위의 책, 511~524면. 宮本顯治가 행한 보고.

13 藏原惟人, 위의 책, 537면.

14 井上賴豊 편, 앞의 책, 21면.

15 關鑑子 편, 『靑年歌集』第1篇(改訂版), 音樂センター, 1953, 126면.

이것은 1950년에 일어난 일본국유철도의 정원법(定員法) 반대 투쟁 속에서 국철 노동자인 야마기시 잇쇼(山岸一章)가 쓴 시에 중앙합창단의 창작반에서 활동한 당시 19세의 단원인 오카다 카즈오(岡田和夫)가 곡을 붙인 것으로, 새

그림 3 |
1960년 미이케 탄광에서 열린 '제2회 서일본의 우타고에'. 조합 측에 불리한 "알선안을 거부하고 단결투쟁하자"는 내용의 플래카드가 걸려 있다.

로운 혁명가로서 이후 10여 년 이상 노동운동뿐만 아니라 반미·평화시위에서도 끊임없이 불린 노래이다. 이 노래는 노동운동이 곧 민족의 평화와 독립을 위한 투쟁이며, 노동자는 독립투사이기도 하다는 것을 천명하고 있다. 또는 '우타고에' 운동이 낳은 스타인 미이케(三池) 탄광 노동자 출신 작곡가인 아라키 사카에(荒木榮, 1924~1962)는, 전후 노동운동의 분수령을 이루었다고 하는 미이케 투쟁(1959~60)[16]에서 단결을 외

---

16 平井陽一, 『三池爭議 : 戰後勞働運動の分水嶺』, ミネルヴァ書房, 2000. 패전 전에는 미츠이(三井) 그룹의 중핵을 이루었었던 미츠이 광산(三井鑛山)의 계열사인 큐슈의 미이케 탄광(三池炭鑛)에서 발생한 대규모의 노동쟁의로, 1953년과 1959~1960년의 두 차례에 걸쳐 전개되었다. 에너지원이 석탄에서 석유로 변화하면서 경영합리화라는 명목으로 행해진 다수의 지명해고에 대항하여 노동자들이 전개한 동맹파업이다. 특히 두 번째의 쟁의에서는 재계가 미츠이 광산을 전면적으로 지원하는 한편으로, 일본노동조합총평의회는 미이케 노조를 전면적으로 지원했기 때문에 "총자본 대 총노동의 대결"이라 일컬어지기도 했다. 하지만 장기간의 파업으로 인한 극도의 생활고와 유혈 사태에 대한 공포 등으로 결국 노조에게 압도적으로 불리한 정부의 알선안을 받아들이면서 패배로 끝났다. 미이케 쟁의 이후 일본에서는 노사대결형에서 노사협조형 조합이 급속히 늘어났으며, 일본사회당 등에서 종래의 대

치는 <힘내자(がんばろう)>(森田ヤエ子 작사, 1960)[17]를 만드는 한편으로, 오키나와 반환 투쟁 속에서 끊임없이 불린 <오키나와를 반환하라 (沖縄を返せ)>(全司法福岡高裁支部 작사, 1956)[18]의 작곡을 담당하고 있다.

또한 일본공산당의 새로운 문예이념은 '우타고에' 운동의 레퍼토리의 확대에도 영향을 미쳤다. '일본민족'의 표상으로서 '일하는 민중'의 음악적 기반으로서 '민요'가 강조된 것이 그것인데, '민요'는 전후의 이 운동의 성격을 규정하는 핵심어중 하나이다. 중앙합창단은 1948년 2월의 창립무대에서부터 전전부터의 혁명가인 <동지여 굳게 뭉쳐라(同士よ固く結べ)>(유태인 프롤레타리아트 투쟁가, 1926) 이외에, 당시 러시아민요로 소개되었던 <우리들의 초원(Poljushko Pole)>과 함께 일본의 민요인 <기소부시(木曾節)>를 합창했으며, 민요는 노동가나 혁명가와 함께 '우타고에' 운동의 텍스트 가집인 『청년가집(青年歌集)』[19]의 중요한 레퍼

결형 정치를 지양하고 구조개혁론이 대두하는 계기를 만들었다.

17 1. 힘내자 치켜 올리는 하늘에/ 검붉은 남자의 주먹이 있다/ 불타는 여자의 주먹이 있다/
2. 힘내자 치켜 올리는 하늘에/ 손을 맞잡는 동지의 주먹이 있다/ 밀려오는 동지의 주먹이 있다
3. 힘내자 치켜 올리는 하늘에/ 나라의 안팎의 주먹이 있다/ 승리를 부르는 주먹은 하나
(후렴) 투쟁은 여기에서 투쟁은 지금부터
―關鑑子 편, 『青年歌集』 第8篇, 音樂センター, 1962, 125면.

18 단단한 땅을 부수고/ 민족의 분노에 불타는 섬/ 오키나와여/ 우리들과 우리들의 선조가/ 피와 땀으로/ 지키고 일군 오키나와여/ 우리들은 외친다 오키나와여/ 우리들의 것 오키나와여/ 오키나와를 반환하라/ 오키나와를 반환하라―關鑑子 편, 『青年歌集』 第6篇, 音樂センター, 1960, 110면.

19 1948년 12월에 첫 『青年歌集』이 발간되었고, 이것을 재간한 것이 1951년 11월에 간행된 『青年歌集』 제1편이다. 1953년 5월에 간행된 『青年歌集』 제1편은 이것의 개정판이다. 편집방침은 일본국민의 현대의 투쟁과 생활의 노래, 일본민요와 근대의 훌륭한 가곡, 세계 각국의 민요와 노동가와 근대의 뛰어

토리로 자리 잡는다.

이와 같이, 이 운동의 개시와 함께 '일하는 민중'의 외연에 '일본민족'을 상정하고 "일본의 민족적인 전통이 낳은 노래"인 민요나 민족예능이 적극적으로 받아들여졌다는 점은 전전의 'PM'과 같은 진보적인 노래운동과의 결정적인 차이이다.[20] 운동의 지도자인 세키 아키코는 'PM'의 "최대의 결점은 민족음악, 민요에 대한 소극적인 태도였다"[21]고 비판하고, "일본의 음악이나 무용의 전통을 살려서 현대의 생활 속에서 더욱 발전시키기 위하여, 이러한 음악을 사랑하는 대중과 전문가의 노력과 교류"[22]를 요청하고 있다. 사실 'PM'이 민요를 경시한 것은 그들이 서양음악의 전문가들이었다는 사실 외에도, 당시에 지배층의 국수주의와의 투쟁이 전면화했기 때문이다. 그들에게 민요란 국수를 상징하는 전통적이고 보수적이고 반동적인 것으로밖에 비치지 않았던 것이다. 그런데 '우타고에' 운동 속에서의 민요는 새로운 '국민음악'의 건설을 이끌어 내는 기초로서의 미래지향적인 전통으로 발견되었다. 더욱이 그 '민요'는 미국산 문화의 압박으로부터 민족문화의 독립을 지킨다는 진보적인 의미까지 실려, '민주민족전선' 즉 민족 전체가 평화와 독립을 위한 투쟁에 참가하는 것의 인위성을 자연성으로 포장해 주는 수단으로 사용되었던 것이다.

이때 내부의 분열과 대립을 초월하는 개념으로서의 '국민'은, 운동 속

난 음악작품을 수록하는 것이다. '우타고에' 운동의 보급과 교육에 활용되었던 이 가집은 이후 1969년 12월에 제10편이 간행된 것을 끝으로 운동사에서 사라진다.

20 甫出賴之, 앞의 논문, 68면.

21 關鑑子,「うたごえ運動の理論」,『知性』3-5, 1956; 關鑑子,『歌ごえに魅せられて』, 音樂センター, 1971, 146면.

22 關鑑子,「'靑年歌集'再刊にあたって」,『靑年歌集』第1編, 1951; 關鑑子, 위의 책, 75～76면.

에서는 범계층적 연대, 특히 그 중에서도 대중과 전문가의 교류와 연대가 강조되는 술어로 사용되었다. 유사한 의미로 쓰인 '민족'이라는 말이 특히 외래문화로부터의 독립과 해방을 함의하는 것과는 용법상에 미묘한 차이가 있다. 그것은 '우타고에' 이외에도 이 당시에 좌파지식인(전문가)을 중심으로 '민요'나 '민화(民話)', '민무(民舞)', '민예' 등에 주목하여 전개되었던 운동에도 공통된다. 예를 들면 "포클로어에서 배우자"고 거듭 강조한 일본사학자 이시모다 쇼(石母田正, 1912~1986)가 "역사학을 국민의 것으로"라는 슬로건을 내걸며 '국민적 역사학운동'을 전개한 것이 대표적이다.[23] '우타고에' 운동에도 '국민음악' 건설을 지향하는 많은 전문가들이 직·간접적으로 관여했다. 대표적인 예로, 3년 동안의 창작과정을 거쳐 1969년에 완성된 가극 <오키나와>는 전문가들과 대중들의 협력을 통해 만들어진 것이다.

하지만, 갑자기 민요를 진보적인 합창운동으로 도입해야 했던 운동의 초기에는 그 선례를 소비에트를 중심으로 한 공산권국가에서 찾을 수밖에 없었다. 『청년가집』에는 러시아, 중국, 폴란드 등의 민요가 소개되었으며, 특히 러시아민요는 인기가 많았다고 한다. 시베리아에 억류되었다가 48년에 귀국한 이노우에 요리토요 등은 억류중의 문화경험을 토대로 러시아민요뿐만 아니라 소비에트가 어떻게 민족유산을 발전시켜 갔는지를 소개했다.[24] 조선(북한)의 민요 <아리랑>, <도라지> 등이 소개된 것도 이때이며, 북한의 문예정책을 철저하게 규제했던 김일성의 「우리 문학예술의 몇 가지 문제에 대하여 : 작가, 예술가들과의 담화」(1951.6.30)[25]

---

23 石母田正, 『歷史と民族の發見 : 歷史學の課題と方法』, 東京大學出版會, 1952, 101~143면.

24 井上賴豊의 관련 저서로는 『ロシアの民謠』(筑摩書房, 1951), 『ソヴェト音樂の三十年』(筑摩書房, 1952), 『ソヴェト合唱曲集』(筑摩書房, 1953) 등이 있다.

25 관련 부분을 인용하면 다음과 같다.

도 곧바로 소개되어 문화운동을 뒷받침하는 이론의 하나로 기능할 것이 기대되기도 했다.[26] 이러한 국제적인 운동의 선례와 공산권국가들과의 빈번한 국제교류를 통하여 그에 걸맞은 일본민족의 노래로서의 일본민요의 발견이 요청되었다는 견해[27]도 사실일 것이다. 하지만, 민요의 발견에 있어서의 보다 근본적인 동인은 어디까지나 공산당의 문화정책의 전환이며, 그 실천 속에서 각국의 민요가 참조되고 일본의 민요가 발견되었다고 보아야 할 것이다.

중앙합창단은 공산당이 무력투쟁노선을 강화해 가고 레드 퍼지가 행해지는 가운데 공산당의 청년단체로부터 독립하였지만, 여전히 공산당의 '문화정책'의 영향 아래에 있었는데, 그것은 다음의 중앙합창단의 강령에도 명확히 제시되어 있다.

> 중앙합창단은 아름다운 일본민족의 노래를 자랑스럽게 부르며, 여러 민족의 평화의 노래를 드높고 활기차게 퍼뜨린다.
> 우리들은 이것을 가로막는 미일 반동지배·매국정부·식민지문화에 대하여 모든 국민과 함께 투쟁하며, 일본의 평화와 독립을 쟁취한다.(1953

"과거의 모든 민요를 그대로 부르는 것이 민족문화의 계승이라고 생각하는 사람들이 있는데 이것은 잘못입니다. 이러한 경향은 우리 민족문화 발전의 기본 노선과 배치되는 것입니다. 민요, 음악, 무용 등 각 부면에서 우리 민족에게 고유한 우수한 특성을 보존하는 동시에 새 생활이 요구하는 새로운 리듬, 새로운 선율, 새로운 률동을 창조하여야 하며 우리 인민이 가지고 있는 풍부하고 다양한 예술 형식에 새로운 내용을 담을 줄 알아야 합니다."(김일성, 『김일성 저작집』 6, 조선로동당출판사, 1980, 405면).

26 김일성의 담화는 『新日本文学』에 「祖國解放戰爭と文學藝術の創造」라는 제목으로 소개되었다(『新日本文学』 6-10, 1951). 편집부의 주기에 "예술가의 기본임부, 그 예술로서의 고도의 표현, 낡은 것과 새 것, 민족성과 국제성의 관계 등에 대하여 배울 점이 많아, 작가·독자의 실천적인 연구에 도움이 되었으면 한다"(17면)고 씌어 있다.

27 寺田眞由美, 앞의 논문, 30면.

년 중앙합창단 제11회 총회에서 결정된 강령)

1950년에 코민포름으로부터 반미투쟁의 강화를 요청받고 무장투쟁을 결의하면서 심하게 분열한 일본공산당이 1955년에 무장투쟁노선을 완전히 포기하고 방침을 전환하여 선거에 의한 의회 진출을 꾀했을 때에도 당원들로 하여금 '우타고에' 운동을 통하여 지지자를 모으도록 하였다고 한다.[28] 그 와중에도 민족투쟁노선에 입각한 문화정책은 지속되었기 때문에, 민요도 여전히 '우타고에'의 중요한 레퍼토리로 합창되었다.

운동의 지도부는 세계의 민중들이 사랑하는 민요나, 일본에서도 일하는 사람들이 즐기는 향토적인 민요 속에서 청년의 심상에 맞는 것을 뽑으면, 노래운동은 반드시 퍼져갈 것이라고 확신했다.[29] 거기에 아코디언 반주를 주로 하여 합창곡으로 불린 당시의 노동가의 선례를 샤미센 반주의 향토의 노동민요에서 찾는 조루함은 아무런 문제가 되지 않았다. 오히려, 노동민요의 리듬이나 멜로디를 살리고 노동가의 투쟁의 현실을 담은 가사를 붙이는 것이, 사회주의 리얼리즘에 대해 스탈린이 제창한 "형식에 있어서는 민족적, 내용에 있어서는 사회주의적"이라는 방침에 합치하는 것이라고 생각하였다. 그 속에서 기존의 민요들은 원가(原歌)의 모습을 바탕으로 하여 자유로이 변용되었다. 예를 들면 민요의 내용을 노동가나 혁명가 풍으로 개사(改詞)한 노래가 유행하기도 했다.

> 아~ 비키니 다랑어는 개도 안 먹네/ 다랑어뿐인가 물조차 마실 수 없네
> 숨 쉬기도 조금 걱정되네/ 나도 당신도 살아남기 위해서는
> 수폭실험 따위 하는 놈은/ 지옥 끝까지 던져버리자/ 오~이사네

---

28 小熊英二, 『〈民主〉と〈愛國〉：戰後日本のナショナリズムと公共性』, 新曜社, 2002, 288면.
29 關鑑子, 앞의 책, 77~80면.

그림 4 ▮
미이케 투쟁에서의 아라키 사카에

　이 노래는 <야기부시(八木節)>의 한 절인데, 미국에 의한 비키니섬 수폭실험을 비난하는 내용이 담겨 있다. 이러한 민요의 개사가는 기록으로 남아 있는 것 이외에도 현장에서 즉흥적으로 창작되었을 것으로 보인다. 혹은 노동민요 중에서도 남녀의 사랑을 다룬 내용 등을 배제하는 등의 자체 검열을 가하여 보급하기도 했다.30 이것은 '우타고에'가 "평화롭고 건강한 노래를 널리 국민들에게 보급하여 일본의 새로운 민족음악을 만들어 낼 토대를 구축할 것"을 운동의 목적으로 하고 있었던 것과 그 지지층으로 미성년자를 적지 않게 가지고 있었던 것31과 관련되어 있을 것이다. 하지만, 문예이념의 실천으로서 가장 의의가 인정되었던 것은, 아라키 사카에의 작품으로 대표되는, 민요의 형식을 기조로 하여 서양의 음악을 도입하는 방법이었다. 아라키는 이러한 방법을 다용하는 것에 대해서 매너리즘에 빠졌다고 비판을 받았을 때 다음과 같이 답변한다.

　　형식상으로 보면, 가장 매너리즘에 빠지기 쉬운 시골타령조(田舍節)를, 나는 주저 없이 계속 사용하고 있습니다. (……) 왜냐하면 이 형식 속에 맥박 치는 민족의 피, 단순 솔직하고 쉽게 분노하며 정 많은 일본인적 요소·

30　寺田眞由美, 앞의 논문, 22〜31면.
31　關鑑子, 앞의 책, 156면.

일본 음악운동의 문화연대사

서민적 풍격을 한없이 사랑하는 마음을, 저는 저만의 것은 아니라고 믿기 때문입니다.[32]

'시골타령조(田舎節)'란 라도레미솔의 반음을 포함하는 5음계로 이루어진 선법으로, 이 당시 민요나 민속예능에 널리 사용되어 있다고 여겨졌다. 아라키는 이 형식에서 연면히 이어오는 민족의 정신을 발견했으며, 민족성을 가장 잘 대변하는 형식이 다용되는 것은 당연한 이치라고 생각했다. 이러한 인식이 이 시기의 일본에 깊이 받아들여졌던 것은 이 운동의 극적인 성장·발전의 모습과 그 속에서 아라키의 많은 곡들이 애창되었던 사실을 통해 알 수 있다.

4. '우타고에' 운동의 침체

그런데, 위의 아라키의 확신은 '일하는 민중'의 음악적 기반이 민요일 때에 한하여 성립한다. 또한 그것이 노동운동이나 평화운동 속에서 현장성을 동반하며 널리 향유되는 한, 매너리즘이나 음악적인 미숙함의 문제는 부차적인 것으로 회피될 수 있다. 하지만, 60년대에 들어서면서 이 두 가지 전제는 급속히 붕괴되어 갔다. 이미 고도경제성장의 진전으로 인해 노동운동은 미이케 투쟁을 정점으로 급속히 쇠퇴해 갔고, 60년대 이후 이 운동의 관심은 안보투쟁, 오키나와 반환투쟁, 베트남 반전운동, 기지 반대운동, 반핵운동 등으로 이어지는 반미·평화운동으로 경도하게 되었다. 하지만 그것마저도 대중연대 기운의 약화와 사회변혁운동의 침체라는 상황 속에 놓여 있었다. 이와 연동하여 일본이 미국과의 공조 속에서 자본주의국가로서의 발전을 착실히 이룩하고 있는 현실 속에서, '일

---

32 神谷國善,『勞働者作曲家 荒木榮の歌と生涯』, 新日本出版社, 1985, 101면.

본민족'이라는 말도 억압으로부터의 해방이라는 진보적인 의미를 급속히 상실해 갔다.

또한 60년대 이후가 되면 일본의 음악문화도 급속히 다양화된다. 특히 젊은이들은 포크, 록, 팝음악 등에 열광했으며, 그들에게 '민요'는 더이상 '우리의 노래'로 거듭나는 동적인 의미를 지닌 장르가 아니었다.[33] 10대~30대의 젊은 층을 지지 기반으로 하는 '우타고에' 운동에게 있어서는 운동의 근간을 뒤흔드는 중대한 상황을 맞이하게 된 것이다. '우타고에'는 이러한 상황을 미국산 음악에 의한 퇴폐화로 규정하고 대중음악과 일선을 긋지만, '우타고에'의 창작곡마저 기타반주의 곡들이 늘자, 운동의 '현대화·대중화'론이 일게 되고, 1970년에 찬반양론이 분분한 속에서 기타, 드럼 등의 반주에 의한 합창곡을 승인하게 된다. 그 한편으로, 전문가들도 이전부터 계속되어 온 예술인가 정치인가와 같은 방침의 대립이 첨예화되면서 분열하였고, 일본공산당과의 밀접한 관계로 인한 정치로의 종속에 회의를 품은 회원들이 늘어갔다. 더욱이 민중들 사이에서 자신의 음악적인 발전의 힌트를 얻고자 했던 그들의 초기의 동기도 대중의 음악문화의 다양화 속에서 희석되고 말았다. 그런 와중에 가극 <오키나와> 공연이 극적인 성공을 거두기는 했지만, 곧 이어 오키나와가 반환되어 공연의 의의가 갑자기 사라졌으며, 그 총괄이 완전히 끝나기도 전에 운동의 구심점이었던 세키 아키코가 73년에 죽는다.

'우타고에' 운동의 전환점을 언제로 볼지는 이견이 있겠지만, 본고에

---

33 『うたごえ新聞』이 1956년에 행한 애창곡 앙케이트에 따르면, 베스트 20 안에 러시아민요는 여러 곡이 높은 순위에 들어 있는 데 비해, 일본민요는 한 곡도 끼지 못했다. 寺田眞由美의 앞의 논문(30면)은 이러한 사실을 근거로 "민요는 우타고에 실행위원회가 기대한 만큼 청년층에 침투하지 않은 것 같다"고 했는데, 寺田의 논문의 경우는 이 운동 속에서 공유되었던 '미래지향적인 민요'의 의미가 음미되어 있지 않으며, 아라키 사카에 등에 의한 민요의 형식을 살린 창작곡이 널리 애창되었다는 사실도 제대로 이해되지 못하고 말았다는 점에서 본고와 견해를 달리한다.

서는 73년에 세키가 사망한 후, 그 재건을 위해 74년 2월에 '우타고에 전국협의회' 제7회 총회가 개최되어 새 방침이 결정되고, 이에 따라 「일본의 우타고에 전국협의회 규약」이 제정된 1975년 무렵으로 보고자 한다. '협의회'의 제7회 총회에서는 1964년 '일본의 우타고에 제전'을 피크로 74년까지 양적으로 3분의 1로 감소한 현실을 인정하고, 운동의 출발점과 기본원칙, 지금까지의 주요 오류나 운동내부의 결함이 분석·총괄되었으며, 곡목의 폭과 보급의 대상을 과감히 늘리는 획기적인 새 방침을 발표하였다. '우타고에' 운동의 목적과 성격을 명확히 하여 합창을 중심으로 하는 보급활동, 서클확대를 조직적 기반으로 할 것, 운동 내부의 폐쇄적 섹트적 경향의 일소, 잘못된 문화이론의 극복을 목표로 전국적 의지통일과 새로운 전진을 꾀했다.[34] 이에 기초하여 결정된 「규약」의 일부를 인용하면 다음과 같다.[35]

<제2조(성격·목적)> 일본의 우타고에 운동은 합창을 주체로 한 서클활동을 기반으로 하는 대중적이고 민주적인 음악운동이며, 내외의 뛰어난 음악유산을 계승하고 전문가 및 대중적 창작 활동과 연계하여, 평화롭고 건강한 노래를 전 국민에게 보급하는 것을 목적으로 한다.

<제3조(활동)> 협의회는 목적을 실현하기 위하여 "노랫소리는 평화의 힘"을 구호로 다음의 활동을 행한다.

(1) 한 사람이 다른 한 사람에게 우타고에를 전하는, 모두 노래하는 모임 활동을 기초로 하여, 우타고에 서클·노래하는 모임·합창단·악기 서클 등 우타고에의 조직을 만들어, 전 국민에게 우타고에를 퍼뜨린다.

(2) 국민의 생활·감정·요구를 음악의 기초로 하여 다음과 같이 활동한다.

㉮ 국민의 생활과 투쟁을 창조의 원천으로 하여, 연주·교육·창작활동을 발전시킨다.

㉯ 일본의 민족적인 음악의 뛰어난 전통을 계승하여 발전시킨다.

---

34 井上賴豊 편, 앞의 책, 1978, 11~12면.
35 井上賴豊 편, 앞의 책, 1978, 209~210면.

㉡ 여러 국민의 뛰어난 음악의 성과를 배워, 일본국민의 것으로 한다.
(3) 각 산업·지역·계층의 우타고에 교류를 활성화하여, 일본의 우타고에 제전을 연다.[36]
(4) 널리 음악단체, 음악가 및 민주적 단체와 공동의 관제에 기초하여 협력·제휴한다.

새로운 「규약」에는 지금까지의 강령 등에 보였던 '반미'나 '독립', '민중', '노동운동' 관련 표현이 사라져 있고, '민족'이나 '투쟁'이라는 말도 후퇴해 있으며, '산업', '계층' 이외에 '지역'을 운동의 단위로 묶어 시민운동으로의 지향성을 보이고 있다. 이때부터 본격적으로 등장하기 시작한 '시민'이라는 말에는 이미 '부르주아'라는 의미의 한정이 사라져 있으며, 「규약」 제정 이후에 지역사회 속에서의 연대를 이끌어 내는 시민적 음악운동이 점차로 주류를 이루게 되었다. 또한 여기에 보이는 '국민'은 이 운동이 여전히 범계층성, 대중 지향성, 전문가와 대중의 연대를 특징으로 한다는 것을 나타내는 것이라 할 수 있다. 그러나 이 「규약」의 핵심은, '시민'이나 '국민'은 더 이상 독립과 해방운동의 주체가 아닐 뿐만 아니라, 운동의 목표도 이미 '국민음악(민족음악)의 건설'은 아니며, 따라서 그 기초로서의 '민요'의 강조도 사라졌다는 사실이다.[37] 이것은 운동의 주체들이 '우타고에'의 침체의 의미를 읽어낼 때, 운동의 방법론이나 시대적 흐름 못지않게 중요한 것으로서 과거의 운동 그 자체가 가지고 있는 본질적인 한계를 직시했다는 것을 의미한다. 요컨대 운동의 초기에 연대를 강조하는 '민주민족전선'은 다수를 끌어들이는 데에 성공하기도

---

36 현재의 「규약」에는 지역, 산업, 계층의 순으로 되어 있다.
37 '우타고에'와의 교류를 실질적으로 담당했던 김보성에게 이 활동이 생활문화에 기반을 둔 오타쿠적 열정으로 비친 것(앞의 논문)도, 이 운동의 지금의 모습의 일단을 전하는 것이겠다. 하지만, 이 또한 이 운동을 지나치게 일본문화론으로 보편화하는 견해에 지나지 않을 뿐만 아니라, 이 운동의 역사적 성격을 무시하는 견해이다.

했지만, 애초에 그 인위성을 '민족'이나 '민요'로 자연화하려는 데에 한계가 있었던 것이다. '민족'이나 '민요'가 불변의 가치가 아니라는 사실은 운동의 전후사를 통해서 증명되었기 때문이다.

5. 맺음말

일본의 민간음악운동인 '우타고에' 운동은 전후에 노동운동과 반미를 기조로 한 평화운동이라는 사회운동 속에서 국민음악의 건설을 목표로 활동을 개시했다. 운동의 주체들은 일본공산당과 깊이 연계하면서 민주민족전선에 입각한 문화정책을 이 운동 속에서 실천에 옮겼다. 즉, '우타고에' 운동은, '민중'을 강조하는 노동운동과 '민족' 내지 '국민'을 강조하는 반미・평화운동이 모두 억압받는 다수에 의한 해방투쟁이라는 점에서 깊은 관련을 맺으면서 전개되었던 민주민족전선에 입각하여, '일하는 민중'의 외연에 '일본민족'을 상정하고, 일본의 민족적인 전통이 낳은 음악장르로서의 민요를 적극적으로 수용하여, 국민음악 건설의 기초로 삼았다. 이를 통해 창조된 민요는 민족전체가 평화와 독립을 위한 투쟁에 참가하는 것의 인위성을 자연성으로 포장하는 동적이고 적극적인 역할을 부여받았다.

그러나 60년대 이후 고도경제성장이 진전되면서 노동운동이 급속히 쇠퇴하고, 반미・평화운동도 과거의 집중력과 영향력을 점차로 상실해 가는 속에서 '우타고에' 운동도 긴 침체기에 들어서게 되며, 주로 평화운동으로 경도해 간다. 또한 이와 연동하여 음악문화도 급속히 다양해지면서, 민요는 대중들에게 있어서 창조적인 재료로서의 호소력을 갖는 중심장르에서 빗겨갔다.

이에 따라, '우타고에' 운동은 과거의 민요적 전통에 기초한 국민음악의 건설이라는 목표를 사실상 철회하고, 지금까지의 문화이론의 제약에서 벗어나 다양한 음악적인 시도를 행하게 되었다. 하지만, 여전히 국민적인 연대를 강조하고 있어 내셔널리즘적인 성격을 완전히 탈각하지는 못했지만, 여기에서의 국민은 전문가들의 다수로부터의 고립을 거부하는 실천적인 연대의 장의 개념으로 사용되고 있다는 점도 놓쳐서는 안 된다.

70년대 이후에 당파성을 배제하고 지역사회 속에서의 연대를 이끌어 내는 진보적인 시민운동으로 거듭난 '우타고에' 운동은 이만큼의 역사적인 굴곡을 짊어지고 있었다. 그 역사가 우리에게 던져주는 메시지를 읽어내는 소중한 시선에서부터 진정한 문화의 교류와 연대는 시작될 것이다.

찾아보기

집필자 소개 (원고 게재순)

▌　진재교陳在敎

성균관대학교 한문교육과 교수. 조선후기 한문학과 문화를 중심으로 연구하고 있으며, 주요 저서로는 『이계 홍양호 문학 연구』, 『이조후기 한시의 사회사』, 『동아시아 서사학의 전통과 근대』(공저), 『충돌과 착종의 동아시아를 넘어서』(공저) 등이 있다.

▌　한기형韓基亨

성균관대학교 동아시아학술원 교수. 한국의 근대문학과 근대문화제도를 중심으로 연구하고 있으며, 주요 저서로는 『한국 근대소설사의 시각』, 『근대어·근대매체·근대문학』(공저), 『흔들리는 언어들』(공저), 주요 역서로는 『역주 신단공안』(공역) 등이 있다.

▌　차태근車泰根

성균관대학교 동아시아학술원 연구교수. 중국 근대의 사상과 문화를 중심으로 연구하고 있으며, 주요 논문으로는 「19세기 전반 동아시아 담론과 지식망」, 「근대지식, 교육과 문학」, 「트랜스모더니티: 지역중심에서 상호성으로」 등이 있다.

▌　홍준형洪埈熒

동덕여자대학교 중국어과 조교수. 중국현대문학과 산문을 중심으로 연구하고 있으며, 주요 논문으로는 「언어문자와 사상: 周作人의 한자론」, 「5·4초기 산문장르의 정체성과 글쓰기의 존재양상」 등이 있다.

김영숙金英淑

성균관대학교 동아시아학술원 BK21박사후연구원. 일본 정치외교사와 한일관계사를 중심으로 연구하고 있으며, 주요 논문으로는 「만주사변 후의 동아시아 국제관계와 일소불가침조약 체결 문제」, 「중동철도 매각문제와 동아시아 외교관계」, 「政軍關係로 본 조선총독부의 위상」 등이 있다.

김미정金美廷

서울대학교 사회학과 박사과정 수료. 사회이론, 문화사회학, 역사사회학을 중심으로 연구하고 있으며, 주요 논문으로는 「의사소통 이성의 한계에 대한 화용론적 비판: 언어의 바깥을 넘어 '삶의 형식'으로」, 「기혼여성의 자아와 가족질서의 균열-봉합」, 「국민국가 경계자의 정체성의 정치학」 등이 있다.

이희경李喜卿

전남대학교 중어중문학과 강사. 중국현당대 문학을 중심으로 연구하고 있으며, 주요 논문으로는 「수상록 – 자아형상의 탐색 및 회복 과정」, 「시대의 그늘과 지식인의 목소리」, 「새로운 정치권력이 요구하는 문학적 지지와 갈등」 등이 있다.

이정훈李政勳

성균관대학교 동아시아학술원 BK21박사후연구원. 90년대 중국문학과 문화를 중심으로 연구하고 있으며, 주요 논문으로는 「'문학'을 되묻다 – 최근 중국학계의 '순문학' 및 '문학성' 문제를 둘러싼 토론」, 「비판적 지식담론의 자기비판과 동아시아론 – 쑨꺼의 다케우치 요시미론에 관한 일고찰」 등이 있다.

임경화林慶花

성균관대학교 동아시아학술원 HK연구원. 동아시아의 시가사를 중심으로 연구하고 있으며, 주요 저서로는 『근대 한국과 일본의 민요 창출』, 역서로는 『여성표현의 일본근대사』, 『국어라는 사상』(공역) 등이 있다.

집필자_ 원고 게재순

● 진재교 陳在敎 성균관대학교 한문교육과 교수

● 한기형 韓基亨 성균관대학교 동아시아학술원 교수

● 차태근 車泰根 성균관대학교 동아시아학술원 연구교수

● 홍준형 洪埈熒 동덕여자대학교 중국어과 조교수

● 김영숙 金英淑 성균관대학교 동아시아학술원 BK21박사후연구원

● 김미정 金美廷 서울대학교 사회학과 박사과정 수료

● 이희경 李喜卿 전남대학교 중어중문학과 강사

● 이정훈 李政勳 성균관대학교 동아시아학술원 BK21박사후연구원

● 임경화 林慶花 성균관대학교 동아시아학술원 HK연구원

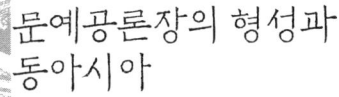

문예공론장의 형성과
동아시아

1판 1쇄 인쇄 2008년 2월 25일

1판 1쇄 발행 2008년 2월 29일

**지은이	진재교 · 한기형 외**	
**펴낸이	서정돈**	**편집인	임형택(동아시아학술원)**
**펴낸곳	성균관대학교 출판부**	

등록 | 1975년 5월 21일 제1975-9호

주소 | 110-745 서울특별시 종로구 명륜동 3가 53

전화 | 02-760-1252~4

팩스 | 02-762-7452

홈페이지 | http://press.skku.edu